百年乡愁

张丽军 主编

中国乡土小说经典大系 ⑬

黑骏马
——当代西北乡土小说

山东城市出版传媒集团·济南出版社

图书在版编目（CIP）数据

黑骏马：当代西北乡土小说/张丽军主编．－－济南：济南出版社，2023.6
（百年乡愁：中国乡土小说经典大系）
ISBN 978-7-5488-5714-3

Ⅰ．①黑… Ⅱ．①张… Ⅲ．①乡土小说－小说集－中国－当代 Ⅳ．① I247.7

中国国家版本馆 CIP 数据核字（2023）第 107381 号

黑骏马——当代西北乡土小说
HEIJUNMA

张丽军/主编

出 版 人	田俊林
责任编辑	贾英敏　李文展
装帧设计	郝雨笙　张　倩
出版发行	济南出版社
地　　址	山东省济南市二环南路 1 号（250002）
编辑热线	0531-86131722
发行热线	0531-86116641　87036959　67817923
印　　刷	济南龙玺印刷有限公司
版　　次	2023 年 6 月第 1 版
印　　次	2023 年 7 月第 1 次印刷
成品尺寸	145 毫米 × 210 毫米　32 开
印　　张	13.75
字　　数	271 千
定　　价	68.00 元

（济南版图书，如有印装质量问题，请与出版社出版部联系调换。电话：0531-86131736）

编委会

主　编　张丽军

副主编　田振华

编　委（以姓氏笔画为序）

丁　帆　马　兵　王方晨　王光东　王延辉　田振华
付秀莹　丛新强　刘玉栋　刘醒龙　李　勇　李云雷
李君君　李掖平　吴义勤　何　平　张　炜　张丽军
陈文东　陈继会　赵月斌　赵德发　贺仲明　徐　勇
徐则臣　蒋述卓

总　序

记录百年中国乡愁　传承千年根性文化

　　面对急剧迅猛的乡土中国城市化、现代化、高科技化浪潮，我们惊讶地发现，曾被认为千年不变、"帝力于我何有哉"的中国乡村根性文化正面临着从根源深处的整体性危机。"谁人故乡不沦陷？"千百年来，孕育和滋养乡土中国文化、文明的乡村及其根性文化正以某种加速度的方式消逝，甚至被连根拔起。这不仅是乡土中国城市化、现代化的问题，而且是一个全球化、人类性的整体危机。早在20世纪60年代，法国社会学家孟德拉斯就提出，在工业文明入口处，数十亿农民向何处去的问题。而在1948年，中国学者费孝通就在《乡土重建》中提出传统的乡土社会所面临的现代性失血危机，进而提出了"乡土重建"的深邃思考。显然，在21世纪的今天，思考乡村、乡土、农业、农民乃至整体性人类向何处去的问题,显得无比重要而迫切。

作为一个从事乡土文学研究二十多年的研究者,我在苦苦思考:中国乡土文学向何处去?乡土中国社会向何处去?乡土中国农民向何处去?新时代乡村如何振兴?……苦苦思考之后,我突然意识到,既然看不清去处,何不回顾自己的来路?未来的道路,并不是冥思苦想来的,而是从过去的来路而来。历史的来路,决定了我们未来的去处,即未来的去处正蕴藏在历史来路之中。这让我重新思考百年中国乡土文学,重新回顾晚清以来中国仁人志士的文化选择和文学审美思考,乃至从更远的历史、文学中寻找智慧和启示。正是在这样一种文化思考中,我与济南出版社不谋而合,立志从众多乡土中国文学中选编一套"中国乡土小说经典大系",来为21世纪的新一代中国青年提供一个关于百年乡土中国心灵史的文学路线图,慰藉那些因完整意义的乡土中国乡村消逝而无从获得纯粹乡土中国体验的21世纪中国读者。此外,从中汲取智慧和灵感推进新时代中国乡村振兴,也是本套丛书的应有之义。简单归纳之,《百年乡愁:中国乡土小说经典大系》(以下简称"大系")具有以下特点:

一是强烈的经典意识。文学、文化的传承与经典的建构是由一个个经典化的环节与步骤完成的。从古代文学的"选本",到20世纪中国新文学大系,在中国文学经典化中,"选本"文化起到了某种极为重要的,乃至核心的作用,为经典化提供了不同时代不断接续的核心动力源。本套"大系"选编了现当代文学史中具有重要影响的作家作品,力图使"大系"具有乡土中国现代化思想史的重要功能，展现中华民族的百年心灵史。

二是浓郁的地方气息。乡土文学是最接地气的文学，是"土气息、泥滋味"的文学，是由不同地域文化包孕、滋养的文学，又是最能显现和表达乡土中国各个地方独特文化的审美形态的文学。本套"大系"就是百年中国各地民俗文化最大、最美、最迷人的表达。齐鲁、燕赵、三秦、三晋、江南、东北、西北、岭南等不同地域的文化，在本套"大系"中得到了较完整的展现。从这个意义上而言，本套"大系"既是一部百年中国民俗文化史，也是一部最精彩的地方文化志。

三是典雅的审美意识。文学是审美的艺术。言之无文，行而不远。文学性、审美性是文学的自然属性。文学应该是美的，是诗，是生命舒展的自由吟唱。正是在这个审美维度上，我们来选编百年乡土中国小说，让读者、研究者在美的文字诗意流动中获得对千年中国乡村根性文化之美的感悟，从而思考人与自然、人与大地、人与世界的精神建构问题。因此，本套"大系"是"乡土中国最后的抒情诗"，是千年乡土中国根性文化的当代吟唱，是具有深厚乡土生命体验的文化乡愁。

乡愁是感伤的，是一种甜蜜优美的感伤。不是每个人都有乡愁的。乡愁是一种深厚的文化情怀，是对大地、故乡、世界的一种深刻的生命眷恋。而《百年乡愁：中国乡土小说经典大系》就是让我们这些具有乡土中国完整经验的最后一代人，以文化传承的方式，把这种纯粹、完整、具有审美意义的文化乡愁，传递给21世纪中国青年，乃至未来的中国青年。我们曾有过这样一种乡土生活，这样一种乡土中国乡村根性文化——这就是我们的文化根基、我们的精神基因，它蕴含未来的路径和种种可能性。

我们常言，越是民族的，就越是世界的。而我想说的是，越是地方的，越是中国的，也越是世界的。中华文化是一个整体，是由一个个具有地方文化特性的地域文化组成的，是千百年来文化交融凝聚而成的。地方性文化的丰富和多样，恰恰是中华文化的活力与魅力所在。《百年乡愁：中国乡土小说经典大系》就具有鲜明的、浓郁的地方性文化特征，不同地域的读者不仅可以从中读到自己家乡的影子，而且可以由一个个乡土文化而建立起丰富、感性、美美与共的中华文化世界。

本套"大系"适合研究乡土文学文化的学者、学生阅读，也适合对中华文化、地域文化感兴趣的读者阅读。事实上，这套"大系"对于世界各国读者而言，是理解和思考千年中国根性文化、百年中国社会变迁的最佳读本，是具有世界性意义、最接中国地气、最具中国民俗文化气息的文学读本。

是为序。

张丽军
2023 年 7 月 1 日凌晨于暨南园

导　读

　　每一位作家的生长环境与童年际遇，造就了他们独特的叙事诉求。本卷选取当代文坛 8 位作家的 12 篇代表性文章。从三晋山村乡野，到内蒙古辽阔草原，从农民生活生存，到传统节日民俗，每一件叙事背后，都是民间深厚文化积淀的爆发，都沾染着作家特有的文化印记。

　　吕新，1963 年出生于山西省左云县的一个山村，1986 年发表第一篇小说作品，三十多年来创作了五百余万字的长、中、短篇小说。本卷选取其早期短篇小说《人家的闺女有花戴》。此篇以其独特的叙述方式与语言风格，以生活断面的形式将山区的风土人情组合起来，以一种有别于山西文学的创造套路为我们描摹了一幅幅晋北农村的独特风貌。

　　李锐的小说集《厚土》为其影响力较大的作品，描写了吕梁山的众生苦难，刻画了普通人的生存群像。本卷选取的集内小说《古老峪》与《合坟》，通过一系列身体意象的分析，展现了吕梁山千疮百孔的历史变动与人世沧桑。

葛水平著有小说集《守望》《官煤》，诗集《美人鱼与海》《女儿如水》，散文集《心灵的行走》，等等。本卷选取的中篇小说《喊山》曾获第四届鲁迅文学奖。此篇作品细腻的文笔伴随着故事中哑巴红霞的竭力喊叫，带给我们的是作者对大山深处生活与生存的思考。

杨遥的作品不同于北方作家大多厚重、宏大的乡土叙事，而选择了"虚"的建构。从故事的生发到精神的守望，他的作品为我们提供了新的思考。本卷选取的小说《闪亮的铁轨》是一部关于"寻找"的作品，故事里的少年是寻找的主体，他要寻找什么？透过作者虚实得当的叙述技巧，我们或许可以探寻孤独的本质。

石舒清，回族，著有中短篇小说集《苦土》《伏天》《暗处的力量》《开花的院子》，长篇小说《底片》等。作者的身份与成长经历，为其造就了一双文化慧眼，其作品也大多关注回族的传统民俗。本卷收录的短篇小说《清水里的刀子》讲述了一个回族老妇人去世后，他的儿子耶尔古拜准备宰家中唯一的老牛为母亲做"四十"（亡人安葬后第四十天忌日）的故事。

郭文斌的《大年》和《吉祥如意》从传统节日与民俗出发，通过聚焦家庭内部从筹备到庆祝的种种细节，将民俗的"宜"与"忌"刻画得生动盎然，暗含作者对传统文化的回望与反思。

玛拉沁夫，蒙古族，其短篇小说《活佛的故事》通过主人公玛拉哈由人到"神",又由"神"到人的命运流转,向人们揭示:人世间是没有神的,神只不过是人们创造的膜拜对象。作者独特的语言风格,以及大胆的想象塑造,彰显了一方风俗特色。

张承志,回族,1968年到内蒙古插队,这段经历成了他之后文学创作的素材温床。他1978年开始发表作品,早年的作品带有浪漫主义色彩,语言充满诗意,洋溢着青春热情的理想主义气息。本卷收录了他最具代表性的三部作品——《黑骏马》《北方的河》《骑手为什么歌唱母亲》,再现了草原民族的风土人情,歌颂了草原人民勤劳、质朴的美德,引起读者对普遍意义上美好生活的向往与追求。

目录

百年乡愁：中国乡土小说经典大系

人家的闺女有花戴 / 吕新　001

古老峪 / 李锐　039
合坟 / 李锐　050

喊山 / 葛水平　060

闪亮的铁轨 / 杨遥　117

清水里的刀子 / 石舒清　132

大年 / 郭文斌　144
吉祥如意 / 郭文斌　177

活佛的故事 / 玛拉沁夫　195

黑骏马 / 张承志　208
北方的河 / 张承志　286
骑手为什么歌唱母亲 / 张承志　405

长篇存目　423

后记　424

人家的闺女有花戴

/// 吕新

　　那年秋天的一个黄昏里，我爬上高高的房顶，帮助祖母晾晒南瓜。我看见隔壁的远来宝一个人站在他家院子里的一截土墙下久久地发呆。在他的身边堆放着一些草筛、锄刀以及锄头一类的东西。院里有一棵很高大的榆树，树叶正在凋零、飘落，寂静的院子里一片萧瑟。秋日的夕阳映照在那些褐黄色的墙上，看上去很暖和。

　　远来宝瘦小的身子站在院墙下显得很寒冷，他穿着一身黑颜色的棉袄棉裤，戴着一顶软塌塌的兔皮帽子。那时候山区里的人都穿这种手工缝制的黑袄黑裤，都戴着兔皮帽子或狗皮帽子，都盲目地穿行在漫长的冬季里，都袖着手，在空荡荡的北风呼啸的山区里走来走去。

　　天快黑下来的时候，我听见王明回来了。王明是远来宝的大儿子，远来宝一共有三个儿子，两个女儿，我和远来宝的二儿子王水同龄。远来宝和他的老伴都又瘦又小，可王明和他的几个弟弟都十分高大，这事情使好多人都觉得奇怪，都觉得王明他们十有八九是错了种。

我看见王明很高大的身体穿着一件白茬的羊皮袄，头上戴着一顶毛发蓬松的土黄色的狗皮帽子。王明手里拎着一杆鞭子进门的时候，脸上的颜色很凶。那时候王明就是那样，对谁都很凶。我们都不明白王明为什么要那么凶。

王明一直在山区里赶马车，春天拉肥、拉土，夏天拉石头，秋天拉庄稼、拉草，冬天就又拉石头。那时候，我和王明的弟弟王水都十分羡慕王明，王明整日里都赶着马车在山区里跑，马铃铛叮叮当当的，我们都十分希望能坐一坐王明的马车，但我们都不敢，王明很凶。有一次，我们偷偷爬上他的马车以后被他发现了，王明就用那杆鞭子将王水从车上抽了下来，王水浑身鞭痕，流了很多的血。王水就站在马车后面哭，一遍一遍地哭，他是希望王明听到他的哭声后能让他重新坐上马车。我们也都乖乖地站在王水的旁边，怀着一种像王水那样的心情在不安地期待着。但是，一切落空了，王明连看我们一眼也没看，便很凶地驾起马车走了，把一路的尘土留给了我们。

"王明这人真凶。"有人大声地说。

王明的马车已经走出老远了，渐渐地看不见了，附近都是王明留下来的尘土。

"总有一天，总有一天我要杀了他。"王水边哭边说。王水的两只手都被脸上的血染红了。我们就拉着王水往回走，王水不走，仍站在原处哭。

"我操他妈！"王水望着远去的马车高声骂道。

尘土飞扬得很厉害，我们站在路边，一个个都土头土脑的。

夜里，我吃过饭以后就去王水家里。我们家那时候与王水家是邻居，就隔着一堵土墙。那时候，王水的爹远来宝经常趁人不注意，总是一根两根地隔着那堵墙头把我们家院子里的一些柴草划拉到他们家的院子里去。

王水是我们山区里身材最高的学生，比学校里的老师都高出一头。一般情况下，王水总是那样软绵绵、懒洋洋的，走路驼着背，用我们老师的话说就是王水的身上没筋，似乎一根筋也没有。

我进到王水他们家的时候，见王水的爹远来宝正一个人坐在院子里的屋檐下编筐子。他的身边堆放着许多红颜色的、黄颜色的和绿颜色的荆条。远来宝一有空就总在编筐子或编草筛。他的手艺很好，编完了就悄悄地卖给山区里的人家使用。我进院子里以后，远来宝没有看我，他手里的一只筐子那时已编好一半了。许多湿润而柔软的荆条正在无声地扭动着，一起一落地变幻着。

王水一家人正围在一盏煤油灯前吃饭。王水的大姐很早以前就出嫁了，男人是一个煤矿工人。王水还有一个二姐，叫杏花，比王明小，比王水大，王水下面还有一个弟弟，叫王老五。那时候，王老五才七八岁的样子，刚上学不久，整天一个人鼓捣一些从煤矿上偷回来的电线。

很多年来，我一直没有看见王明笑过一次。煤油灯很昏暗，王明很凶地在吃饭，他脸上的灰尘很多很厚，除此之外，王明的脸上还有无数数不清的粉红色的疙瘩，都鼓鼓的，有时还往外淌水。有人说那淌出来的不是水，是脓。

我记得王明这人饭量很大，很能吃。一吃饭，他的脸便全部都鼓起来了，他脸上的颜色一直都是褐黄色的。

"哥，你明天还拉石头？"王水吃完饭以后，就凑到王明跟前小声问道。

"不拉石头拉什么？"王明很凶地说道。王明的头那时一直在碗里，没有抬起来，脸上的疙瘩就泡在饭里。

"你把石头送到哪儿？"王水又问道。

"矾水沟。"王明说。

"哥，我也跟你去，我给你搬石头。"王水说。

"去你妈的，小心老子扇你！"王明很凶地说。

远来宝不知在什么时候已经进来了，王明骂王水的时候，远来宝就站在一旁无言地看着，听着。我看见远来宝脸上的颜色有些急躁，有些复杂。远来宝是觉得王明骂王水可以，只是王明不该自称是王水的老子，这事情让远来宝的心里很难受，很心酸，但远来宝始终什么话也没说，之后，便盛了一碗饭，坐在地上稀里呼噜地吃了起来。

王明的妈一年四季里总在无休止地咳嗽,一到冬天,便咳嗽得更厉害了,气喘如牛,瘦小的腰弯曲得像一张年久失修的弓。王明坐在离他妈很远的一个地方吃饭。

"咳,咳,你老是咳嗽。"王明对他妈说,"一到夜里你就不停地咳,弄得人睡不着觉。"

王明的妈很艰难地抬起头看了王明一眼。她脸上的颜色是黑黄色的,一半以上的头发已接近灰白了。

"我难受。"她说,"我总是忍不住。我要是能忍住,我就不咳嗽了,我就是忍不住。"

说完话之后,她就又忍不住开始接连不断地咳嗽。

屋子里的墙壁已不很干净了,空间里布满了一些蜘蛛网一般的灰尘,有些灰尘的形状酷似一只草筛子。屋子里那时弥漫着熬猪食的气味和酸菜坛子的气味。那时候我们对这些气味已十分熟悉,十分习惯了,丝毫不觉得有什么不好。

王明的弟弟王老五吃完饭以后,便一个人悄悄地躲在一个角落里,鼓捣着一个废弃了的空手电筒,不时地弄出一些很难听的声音来。

"爹,给我一块钱。"王水放下碗说道。

王水的爹远来宝正在埋头吃饭,他听到王水的问话以后像是被人在头上猛击了一下,立即抬起头瞪大了两只眼睛问道:"什么?你要什么?"

"一块钱。"王水理直气壮地说道。

"又要钱？做什么又要钱？"远来宝有些急躁地问。

"不是我要，是老师要，老师说要买书。"王水说道。

王明吃过饭以后，正坐在一旁剔牙，这时，便很凶地说道："妈的，老子白天黑夜地干，你倒好，一伸手就要钱，没钱。去跟你们老师说，就说没钱。"

远来宝眨了眨眼睛，想了一会儿说道："开学时不是已经给你两块钱了吗？怎么现在又要钱？"

王水说："又不是我要，是老师要，我哪知道。"

王明便很凶地对远来宝说："看他也不是念书的料，不要让他念了，给他揽一群牛让他去放。"

王水听到这话以后，声音里便有了一种隐隐约约的哭腔。王水很仇恨地望着王明，又望望远来宝，王水说："我就不放，要放你去放。"

王明很凶地说："小心老子摔死你！"

"你们老师真的又要钱了？"远来宝问道。远来宝这话是在问我，我和王水是一个班的，那时候我们都十二三岁，都在山区小学里上学。

于是，我便告诉远来宝说，老师真的要钱了，每个学生一块钱，这钱都是买书用的，老师一分也不要。

"你也交了？"远来宝又问道。

我说："交了。很多的人都交了，现在就剩下王水一个人没交。"

"妈的，去哪儿能弄到一块钱呢？"远来宝摸着头，一个人自言自语地说道。他的几个手指头上沾着一些牛粪和草末子，他摸完头以后，有些牛粪和草末子就留在他的头上面了。

那时候，王水的妈已经又一次咳嗽完一个回合了。在此之前，她一直在埋头咳嗽，身子佝偻得像一口锅。王水的妈抬起头之后，艰难万分地对王水的爹说："坛子里还有二十一个鸡蛋，明天去供销社卖了，就够了。"

王水很感激地望了他妈一眼。借着十分昏暗的煤油灯光，我看见王水的两只眼睛里蓄了一些亮闪闪的十分零碎的东西。

王明忽然说道："你到街上去，跌一跤起来后就能捡到一块钱。"

王明说话的时候，头一直冲着黑暗中的墙壁，所以，我们谁也不明白王明的这番话是说给谁的，谁也没有吭气。那时候，我觉得很多人都很怕王明。王明像是一个充足了气的车胎，稍不小心便会爆炸。

远来宝听了王明的话以后，也没有说话。后来，远来宝就吸着一管旱烟问我："王水在学校里学习好不好？"

我就告诉远来宝说王水在学校里学习很好，他是班里的文体委员。

"那天，老师还表扬他了。"我告诉远来宝说。

远来宝问道："老师还夸他了？"

我说："夸了，老师说王水的字写得好。我们教室里墙上的字都是王水写的。"

远来宝听了我的话之后,一个人默默地琢磨了一会儿。后来,他才对我说:"这好像用处不大。写好了字,以后就能出去工作吗?"

我告诉他说:"能,写好了字就能出去工作,还能在过年时给家里和邻居们写对联。"

王明在一旁说道:"你们老师是一个二五眼。"

我们都不约而同地觉得王明这个人很可恨,我们经常希望他能早一天死去。平日里我们总是在默默地祝愿,祝愿王明脸上的那些粉红色的疙瘩越来越多。

夜里,躺在黑暗无比的屋子里,我听见狰狞的西北风从外面呼啸而过,有如昔日山区土匪的马队。

越过那道褐黄色的土墙,王水家院子里的那棵高大的榆树在风中摇摇晃晃。那棵树生长在院子东南角的茅房的附近,一年四季里总有一些鸟在上面做巢。那些黑乎乎的鸟巢里充满了叽叽喳喳的聒噪不休的声音。王水曾经赤着双脚爬到树上,掏过几只鸟。后来,那些鸟都死了。再后来,那些树枝上就都挂满了无数凄厉苍凉的风声。

我们大家至今都能记忆犹新地回忆起我们的老师庄严而神圣地站在黑板前,语重心长地一遍又一遍地教导我们要认真学习马列主义、毛泽东思想,全心全意地为人民服务,胸怀祖国,放眼世界,毫不利己,专门利人,做一个高尚的人,做一个纯粹的人，做一个有文化、有理想、有道德的社会主义劳动者。

回忆那些情景，我们便激动不已，热血沸腾。老师的面孔和身影是清晰无比的，往事历历在目。老师的面孔是慈祥的，老师的身影是热情澎湃的。

王水是一个好学生。

他很听话，他善解人意。那时候，王水最爱唱的一首歌就是《学习雷锋好榜样》，还有一首《三大纪律八项注意》。那时候王水是班里的文体委员，每天上第一节课之前，王水便带领大家唱那两首歌曲。

那时候我们的那位姓高的老师刚从一所师范学校毕业出来不久，他总穿一件海蓝色的短大衣，他的牙齿很碎很密，他总是站在讲台上与我们一起唱歌，并挥动两只手打着雄壮有力的节拍。那时候，王水总是经常替姓高的老师从山区的供销社里买烟。一般情况下，姓高的老师总是抽三角二分钱一包的"孔雀"牌香烟或"大光"牌香烟。这事让山区里的广大劳动人民都为之侧目，都十分羡慕，都感慨万千。

学校的后面有一块空地，空地上有一些低矮的树桩，姓高的老师没事的时候便在学校后面的那块空地上散步，总是一个人散。夏日的黄昏里，我和王水从山上割草回来时，经常见到姓高的老师一个人坐在那些低矮的树桩上吸烟，低着头想心事。

"你说他在想什么？"我和王水坐在一个山冈上，一边用手中的镰刀刨着地上的草，王水就一边问我。

"不知道，或许是想家了吧。"我望了望远处的姓高的老师，对王水说道。

"不对。"王水说。

"是想女人了吧！"我又说。

"你净胡说。高老师是个那么了不起的人，怎么会想女人！"王水神情肃穆地对我说。

"女人都不是好东西。"王水又说。

"这话是谁说的？"王水的话使我感到很吃惊。

"不告诉你。说了你也不懂。"王水说道。

我忍不住问道："你说他在想什么？"

"他好像是在备课。他把课讲得那么好，不备课能行吗？"王水的脸上放着一种光，兴致勃勃地说着。

那个夏日的黄昏，我第一次发现我和王水之间忽然有了某一种距离，但那时候我一点儿也不清楚那是一种什么样的东西，更何况那种事情丝毫也不影响我和王水之间的种种情分。我们仍是同学和邻居，一起上山割草，一起下河捞鱼，在秋日的山区田野里跟在牛和犁的后面，一颗一颗地捡土豆，在山区的大路上，一捆一捆地拾干草，一筐一筐地捡炭。

姓高的老师家在山区的东北方向一带，从山区里出来，要翻过三座大山以后才能到达。姓高的老师一般一个月左右回一次家。有时，遇上学校里开会、考试之类的事情，他就两个月回一次家。

姓高的老师似乎对所有的学生都很好,都笑眯眯的。那时候姓高的老师正准备发展我为团员,同时被发展的还有王水等十几个人。但后来的一场风波终于使我失去了那次机会。那天下午,我和班里的一个学生打架,姓高的老师闻讯后便跑出来劝架。事情的要命之处就出在那天中午。王水对我说:"你真是,你和谁打架不好,偏偏和他。高老师中午刚在他们家里吃了饭,还喝了酒,你不是自找倒霉吗?"

我记得姓高的老师在劝架的时候,曾经顺手牵羊地给了我一个耳光子,那时候我一点儿也不知道姓高的老师中午吃饭喝酒的事,我只觉得世事太不公平,于是,我便抓住姓高的老师的手,在他的手臂上恶狠狠地咬了一大口。后来,姓高的老师便急急忙忙地撒开了手,他感到很疼。后来,他的手臂上就开始流血了,很红的血流到了山区的校园里,在地上形成了一些梅花般的图案。再后来,团员的事便离我远去了,无影无踪了。事情过后,我看见姓高的老师的那只手用一本旧书垫着,又用一根白色的绷带吊起来。从那以后,我们包括王水在内,几乎所有的山区孩子就在背地里都把姓高的老师叫作王连举。

午后,踏着满地软塌塌的树叶和青草,我和王水一起去山冈上割荆条。王水的爹编筐子、编草筛用的荆条,都是王水从山上割回来的。山区的夏日里充满了无数的飞鸟,地头边经常可以看见一些盛饭盛水用的罐子和坛子。

我和王水穿过一些暗红的、鹅黄的或碧绿的灌木丛,有一个人正在地里锄地，我们都认识他。他在附近的煤矿上当工人。那人的眼皮有些烂糊糊的。个子在山区里无比地高，那时候我们只觉得他极高，但不知到底有多高。现在想起来，他至少有一米九的样子，或许还要更高一些。

我曾经隐隐约约地听山区里的人们说过，眼前的这个身材瘦高的人曾经在很多年以前与王水的母亲有过一些什么事情。那时候，王水的母亲不咳嗽，像一朵鲜艳的花儿一样。山区里的人都传说王水他们兄弟三人都是那个人的孩子，王水他们的身高便可以说是最有力的证明。大家都觉得远来宝那么瘦小，无论如何也不会生出王水兄弟三人那样高身材的孩子来。

见我们走近，他就停下锄来，一个人坐在地头边吃饭。罐子里盛着满满当当的玉米粥，还有一碗酸菜。他用他的那一双烂眼皮，有情有义地望着王水。他一点也不理我，我与他说话时他也是爱理不理的样子。他对王水极为亲切、慈祥，不住地用手摸王水的头和脸，还翻阅王水的衣服。后来他一边吃，一边让我们也吃，我和王水就都说不吃。他问王水在家里吃什么饭了，王水就说家里吃的是菜团，他听了，就笑起来。他说，菜团好吃，我最爱吃菜团了，放点辣椒，真是再好吃也没有了。我和王水听了就都笑。

他还问我王水在学校里学习好不好，我告诉他说王水在学校里学习很好，他听了之后，便笑了，一双烂眼皮一翻一翻的。

眼看着他将一大罐子满满当当的玉米粥都喝下去了，一碗酸菜也吃光了,他吱吱地咂了几下嘴,看样子像是吃饱了,又像是没吃饱。他抓了一些土扔进罐子里和碗里,两只手就来回地转。不一会儿之后,他就把罐子里和碗里的土倒了出来,再看那罐子和碗,早已擦得干干净净,一尘不染。

我和王水于是就觉得他很有本事,很了不起。

我问他:"你吃饱了吗?"

他说:"算是吃饱了。要是有馒头,至少还能吃五个,再加两大碗面条,或一罐子米汤。"我和王水听了之后便都又笑,他一边拔着胸上的汗毛,一边也朝我和王水笑。

山区里的一些人正赶着牛在远近一些地里犁地。牛在阳光下慢吞吞地走着,犁铧一闪一闪的,像是有玻璃从土里生了出来。犁地的人十分缓慢地挥动着手里的鞭子,空中不时地飘闪着鞭子的黑影。

后来,他就把手伸进衣服里面去摸索。我听见他窸窸窣窣响了半天后,从衣服里面摸出两颗污秽不堪的水果糖。水果糖的一半已经没有纸了,上面沾满了细毛、烟末和土。他把两颗水果糖放到嘴边吹了吹,之后便递给王水,让王水吃。

"吃糖。"他把手伸到王水的面前说道。

他的眼神十分柔和而认真,中间饱含着某种慈祥而温情的东西。他伸到王水面前的那只手有些微微地颤抖,他满怀信心地望着王水。

我看见王水的脸"腾"地一下便红了,王水很生硬地说道:

"我不吃，不稀罕。"

他听了王水的话以后，慢慢地将伸出的手缩了回来，他小心翼翼地看着王水的脸，他似乎很害怕王水，那时候我一点儿也不明白他为什么要这样，王水也不明白。他就那样十分没趣地干坐着，小心翼翼地看着王水。

"咱们走。"王水站起身，拉着我便走。

走了一会儿之后，我回过头，看见他仍是像先前那样，呆呆地坐在地头边，久久地望着王水远去的背影。他身边的罐子和碗东倒西歪的。

后来，我又回过头看时，见他已不再眺望我们了。他一个人低着头坐在地头边。一动不动，远远地看上去，就像是一块石头，或一堆衣服。

"他对你那么好，还给你糖吃，你为什么不吃？"

走到一片山梁上后，我问王水说。

"我也说不清。"王水说。

那片山梁很开阔，四野的庄稼五颜六色，十分斑斓。远处的山岭间流淌着清水似的郁郁岚气。山梁上有一些用白色石块垒起来的巨大的标语和口号，四周的草不规则地起伏着。

越过一部分橘黄色的庄稼地，我看见许多伤疤似的山谷。山谷里的采石场上经常有十分沉闷的轰隆隆的炮声响起，声音总是传得很远。

一些蓝颜色和黄颜色的鸟在辽阔无边的山梁上飞来飞去。

山区的夏天赤日炎炎。

那些果树都老了，再也结不出丰硕的果实来了，昔日满树叮叮当当的繁荣景象早已荡然无存，一去不复返了。

古老的树叶有如众多的铁片和钱币。

那天夜里，我听见隔壁的王水家一片混乱，人喊鸡叫，锅碗瓢盆响作一团。王水的弟弟王老五整天鼓捣一堆乱纷纷的旧电线，居然就鼓捣出了电，将一只正在吃食的鸡给活活地电死了。后来，我就听见了王水的母亲很干瘪的哭泣声，这中间一直穿插着王明很凶的声音。王水的弟弟王老五手握着那团纷乱的旧电线呆呆地立在墙角里，那时他才九岁，他一点儿也没有料到他自己会发出电来，也没有人认为他会有这种天分和才情。

山区的夜晚深不见底。

那年夏天的一个中午，我看见王水家的院子里停了一辆毛驴车，拉车的驴正在墙边沙沙地吃草。王水他们家里人很多，说话的声音乱哄哄的。时近中午，一阵油炸烹炒的香味不断地从王水他们家里飘出来，弥漫在山区里。这个景使许多的人都停下了各自的脚步。

王水的一个远房亲戚来了，那辆毛驴车就是那位亲戚赶来的。随之而来的还有一个二十来岁的姑娘以及姑娘的父亲。王水家的那位远房亲戚从山区的西北方向一带为王明介绍了一位姑娘，今天就是来相亲的日子。女方要亲自看看王明的家境及其他方面。

那天中午，王明在慌乱之中找人剃了头，洗了脸，王明穿了一身深蓝色的咔叽布制服，戴了一顶仿制的黄军帽。我看见王明的身上至少穿了有六七件上衣，他把每件上衣的衣领子都翻了出来，一层一层地露在了外面。最里面的领子是一件白衬衫，第二件是一件红球衣，第三件是一件蓝球衣，第四件是一件蓝白格相间的海魂衫，第五件又是一件白衬衫，第六件是一件黄布的制服，第七件是一件学生蓝的制服，第八件就是那件深蓝色的咔叽布制服，脚上是一双新买的黄胶鞋。

那天中午，我看见王明老在出汗。额头上、鼻尖上以及嘴角四处都布满了汗。那时候，山区里来看热闹的人很多，男人、老头、抱着孩子的女人，以及山区里的一些姑娘。这些人有的站在院里，有的进到屋里，叽叽喳喳的，王明的汗就越出越多。

我跟随王水进入到他们的屋里时，我看见那个姑娘正低头坐着，不说话，也不抬头，一些山区女人正围在她的身边。我看见那个姑娘很胖，两条腿很粗，把裤子绷得很紧。姑娘有一双很大很粗的手，头发很密，一条很粗的辫子拖在身后。

王明的爹远来宝正和那位远房亲戚一起陪着那姑娘的父亲在一张小方桌边说话、抽烟、喝水。他们都很松懈地笑着。

屋子里热烘烘的。王明不安地出来进去，手足无措，他脸上的那些粉红色的疙瘩被不断渗出的汗水冲刷着，显得更加鲜亮。

后来，就看见王水的姐姐端了一碗褐黄色的红糖水递到那姑娘的面前让她喝。那姑娘起初不喝，也不抬头，王水的姐姐便一直端着碗站在她的面前十分耐心地等待着。过了一会儿之后,那姑娘终于抬起了头,接过了那碗颜色褐黄的红糖水。我看见那姑娘的两道眉毛很粗,两个脸蛋儿有如秋日后成熟了的红高粱一样鲜红丰满。那姑娘小心翼翼地喝了两口水之后,便说不喝了,就将碗递了回去。

待众人全都散去时,天色已近午后。王水的弟弟王老五在院子里噼里啪啦地放了一串鞭炮,声音又引来一群看热闹的山区孩子。孩子们待炮声响完之后,便一齐蜂拥而上,纷纷拾抢着地上的那些中途熄灭了的鞭炮。

下午上学的路上,王水忽然冲我一笑,之后便从口袋里掏出几颗水果糖给我吃。

"吃吧。这是我哥的喜糖。我妈说,吃糖的人越多,事情就越好。"王水很兴奋地说道。

"你哥的事情成了吗?"我问道。

"好像是成了。"王水说。

"那女的就是不说话,一句话也不说。"王水说着话,将口里的水果糖咬得砰叭乱响。

"她是不是嫌你们家穷?"我问道。

"不知道。看样子他们家也不富,王八绿豆对眼。"王水说道。

快到学校的时候,我问王水说:"那女的丑不丑?"

王水听了我的话之后,咧了咧嘴,不假思索地说道:"一点儿也不好看，最丑了。"

"幸好是给我哥的，要是给我，我死也不要。"王水心有余悸地说道。

那女的在王水他们家里吃过中午饭以后，便和她的父亲一起回去了。王明等人一直送了老远。王明一点儿也不凶了，只是仍没见他笑过一下。

又过了一些日子以后，那女的一个人来了，那时候天气已经是初秋季节了，但仍然很热。那女的穿着一件水红色的衬衫，一条灰色的裤子和一双白凉鞋。王水告诉我说："那女的老朝他笑，使他觉得很怕。王明那几日里几乎很少出去赶车，就找了山区里的一个闲人替他出工。很多没有结婚的年轻人都很羡慕王明，都说王明有好命，王明听了就觉得很得意，对谁也不凶了，有时候还情不自禁地哼哼出一些调子来，声音很粗，像是在咳嗽。那女的在王明家住了几天，王明的母亲几乎每天都要端着一些粮食去山区里的石碾上去碾，做细粮给她吃。王水告诉我说，她要是再住下去，我们家就快要被她吃塌了，这几天我爹老龇牙咧嘴的，看样子像是顶不住了。到了夜里，那女的就和王水的二姐一起睡。本来，王水的父母曾经专门为那女的倒腾出一间空房让她和王明一起睡，但那女的死活都不肯，王水的父母便也毫无办法，王明也只好干瞪眼，一味地着急上火，嘴角四处蹿起了许多的燎泡。王明的爹就劝王明说，不要着急，不要上火，她会同意的，一旦等她正式嫁过来以后，一切就全由不得她了，她跑不了。女人一辈子也翻不了身,她终归还是在你的下面。

有一天傍晚,正是山区里人家吃饭的时候,那女的对王明以及家里的其他人讲明了她这一次来的目的和意思。女方的家里基本上同意了王明的婚事,因此,从这时候起,女的就有一半算是王明家的人了。秋天来了,天气逐渐凉起来,那女的便让王明给她买一些秋冬的衣服带回去,在周围的人面前也好歹有个交代,不枉是嫁了一回男人。女的说完这话以后,神情一下子变得很自在了,就大胆地用眼睛扫射着王明和所有在场的人。王明的父亲听完以后便连忙点头说,嫁鸡随鸡,嫁狗随狗,嫁给谁也得穿衣吃饭。这事你该早说,早晚我们都是一家人。女的就说,我说不出口,我觉得这真不好意思。

夜里,树梢上挂满了呜呜咽咽的风声。王明与他爹一起摸黑出了门,分头去一些人的家里借钱。那时候,山区里很多的人家里一般都没有钱,王明父子俩分别跑了三四十户人家以后才借到了几十块钱。王明的爹就问王明说,不知道这些钱够不够?王明说,我也不知道。王明说这话的时候,神色十分苍茫,迷迷糊糊的。王明十分忧愁地对父亲说,这钱要是不够,就麻烦了。王明的爹也说,就是,可要麻烦了,我还得再借一些去。王明的爹说完话之后转身就要走,被王明一把拽住了,王明问道:"明天去哪儿?去白庙还是去枯树?"

王明的爹想了想之后,便说:"就去枯树吧。枯树地方大,货也多。"

说完话之后，便立即进入了黑暗之中。王明一个人捏着口袋里的几十块钱在原地站了一会儿，之后便向家里走。山区里的一些墙头高矮凸凹，在夜色中变得黑魆魆的，像是某种遗留下来的形状古老的东西。王明从一些结构松散的山区房屋前慢慢走过，看到一些房屋的灯已经灭了，人已经睡去了。另一些房屋里还微微地亮着灯光，有的里面还有低低的轻轻的说话声和咳嗽声。

后来，王明就远远地看见家里的昏黄的灯光了。王明的身上有些燥热，皮肤很紧。他把手伸进口袋里，不住地捏着那些借来的钱。他妈的，她花了我那么多的钱，我一定要把她干了。王明这样想的时候，就觉得口袋里的那些油腻腻的钱正在哗哗地出汗，一些很凉快的风在他的头顶上方和身体四周吹来吹去。他听见黑暗中有一头年老的母牛在叫，哞哞的声音很沉闷地回旋在空荡荡的山区里。狗日的东西，我要是不把她干了，我就誓不为人，我就不姓王了。

一阵风从王明的背上刮过，王明情不自禁地咳嗽了一声。

枯树是距此十多里的一个集镇，在山区的东南方向，再往东，便是白庙，也是一个集镇，但远没有枯树镇大，人多。

一般情况下，遇上逢年过节或婚丧嫁娶的重要节日时，山区里的人便去枯树镇跑一趟，采买一些所需的东西回来。一般山区里需要的东西，都能在那里买到。

枯树镇里有一个煤矿。有许多的上海司机驾驶着一些草绿色的汽车在那里运煤，并长期住在那里。除此之外，还有许多的北京来的司机也住在那里，汽车的车门上印着"宣武区""东城区"之类的字样。上海来的汽车没有印那些字样，车门上只写着几个阿拉伯数字，像是银行里的车。

上海的司机和北京的司机们经常隔三五日便来山区里买鸡。他们用一根木棒挑着买来的鸡，像一些日本人一样在山区里大模大样地走着。除此之外，上海的司机们还大量地购买山区里的人不愿意要的一种东西，就是牛和羊的生殖器。每逢山区里杀牛或宰羊的时候，他们便来了。持刀者便将那东西挽好了，卖给他们。山区里的人不懂得珍贵，卖得极便宜。北京来的司机们则不买这些东西，只是常在河里或田地里捉一些青蛙，用汽油桶拎回去吃。所有的司机们都穿着蓝色的劳动布工作服，都戴着油污污的手套。上海的司机们还都戴着帽子，帽檐很硬，很长，状如鸭嘴。

那天夜里，王明的爹远来宝与王明分手后，并没有再借到一分钱。就在他一筹莫展的艰难时刻，他看见了一间亮着灯光的屋子。山区里一个长期从事屠宰业的屠夫就住在那里。此时，在夜深人静的时候，还有一阵肉香从那屋子里飘溢出来。王明的爹推门进去以后，看见那屠夫正在一个人喝酒，碗里盛着肉。

王明的爹远来宝一进屋以后，就看见在屋里的墙壁上挂着一些晒干的牛羊的生殖器，至少有十几副。

那天夜里，王明的爹远来宝与那位屠夫说了许多的话，都是一些好话，人世间最吉祥如意最讲义气最暖人心的话。拐弯抹角地算起来,王明的爹还是那屠夫的一位本家叔叔。后来,屠夫就把墙上挂的那十几副东西都给了王明的爹了,王明的爹对此感激万千,他不住地朝屠夫躬身作揖,语词哽咽地说:"恩人,你可是救了我的命,你救了我们全家人的命,我做牛做马也要报答你。"屠夫听了,便笑笑,说:"我每天屠杀生灵,干的都是伤天害理的事情,每天都像做噩梦一样,我啥都不求,只求时辰一到,能够顺顺利利、平平安安地把两腿一蹬,两眼一闭,就是天大的造化了。"

后半夜,王明的爹远来宝兴奋不已地提着那十几副东西回了家。他嘱咐王明第二天到枯树镇的时候,将这十几副东西随身带去,卖给上海的那些司机们,晒干了的东西价钱都很高。王明的爹粗略地算了一下,十几副东西能卖不少钱呢。

夜里,聆听着满院的风声,王明的爹始终没有合眼。

王明也是。

第二天天亮之后,王明他们一家人早早地便起来了。等那个女的梳洗完毕吃过早饭以后,王明便带着她要上路了,去枯树镇买东西。

王明的爹把那十几副晒干后的东西挽起来装进一个筐子里让王明拎着,之后又嘱咐王明说:"去了那里千万要小心,不要让人把钱掏了去,不要与人家女的走散了,走散了就麻烦了,事情就不好办了。"王明听了,便点点头说:"我知道。"

这时刻,山区里的广大的劳动人民正手里端着大瓷碗在街上吃早饭。虽然太阳已经升起老高了，但那似乎是一种习惯、一种传统、一种源远流长的朴素故事。那时候山区里的人们就是那样，天不亮不起床，太阳不出来就不吃饭（下雨下雪天除外）。那种意义上的早晨其实早已不再是早晨了，早晨早在炊烟四起的时候便已匆匆地结束了。

王明领着他的对象从大门里一出来，街上吃饭的人们便都停下筷子看他们。那女的发现人们都在看她，立即便有些慌，脸涨得很红，低着头，脚下飞快地往前走。王明手里拎着筐子跟在女的后面。

穿过一片庄稼地和水沟以后，王明和那女的便从人们的视线里消失了。后来，他们又蹚过了一条河，沿着一些矮树林子一直向山区东南方向的枯树镇走去。

不到一个时辰，王明便垂头丧气地拎着那个筐子又回来了。筐子里的那十几副牛羊的东西还依旧原样不动地盘踞着。王明的脸上有几道被指甲抓过的血痕，他的裤子上和鞋子上全是泥水。王明的眼神有些直，脸色一片灰暗，死气沉沉。

王明的父亲远来宝正好扛着一具犁要去山梁上犁地，看见王明身子摇摇晃晃地回来以后，便吃了一惊，就停住脚步等着。

王明垂头丧气地告诉远来宝说，那女的跑了，跑回她们家里去了，一边跑一边哭。

"你们吵架啦？"远来宝很急躁地问道。

"没有。"王明说。

"你欺负她了？"

"我没有欺负她，我一点儿也没有欺负她，我哪敢欺负她，哄还哄不住呢，我就是想拉她一下手，摸摸她，她就不让，就扑上来抓我的脸，后来就哭了，哭着跑回去了。"

"我的祖宗，你急什么，早晚她还不是你的，这么多年你都熬过来了，就差这么一下？"

"我一点儿也不知道她会那样，我要是早知道她会那样，我说什么也不会拉她的手了。她还骂我是流氓。"

"这事情麻烦了，弄不好要出人命。"

"爹，你有没有办法，她说她再也不来了，这辈子再也不来了。"

"她真是这么说的？"

"就是，她就是这么说的，说一辈子再也不登咱家的门了。"

"事情全让你弄坏了，我能有什么好办法，我一点儿办法也没有。"

山区里的人们大部分都到地里上工去了，街上只有一些不上学的孩子，还有几个年老的人坐在各自的墙头下和大门口的台阶上捻毛线，晒太阳，打盹。

秋天来了，昔日山区里的暑气都慢慢地消失了，田野里和山冈上的庄稼一派金黄。早先空荡荡的打谷场上现在都堆满了收割回来的庄稼，一些鸟就在那庄稼垛上和打谷场的上空飞来飞去。山区里的吊着铃铛的马车满载着高高的庄稼，日夜穿行在田野和打谷场之间。很多的人都从地里转到场上干活来了，另外的一些人仍然留在庄稼地里，早出晚归披星戴月地抢收庄稼。

王明好像早已把找对象的事全给忘了，他整天赶着马车一趟一趟地拉庄稼。他几乎很少说话，脸上的颜色依然像从前那样凶。我每天上学下学时，都能看见他头上顶着一些高粱花子，身上落满了厚厚的尘土。尘土把他脸上的那些粉红色的疙瘩都盖住了，他的整个面部变得很灰，一片萧瑟。

秋天又来了的时候，我们的那位姓高的老师被几个穿蓝制服的带枪的人带到县里去了。传说他有一次回家后一个人在家乡的田野里散步，后来他就看到了一个痴呆的姑娘在山冈上挖野菜，于是，他就很顺利地糟蹋了那个痴呆的姑娘。那时，他对此事感到十分得意，他自认为事情干得天衣无缝，滴水不漏，因为对方是一个痴呆之人。然而，当几个月过去之后，那姑娘的肚子奇迹般地大了起来的时候，家人便发现了问题，就穷追不舍，接连拷问。后来，这件事的最后结果是那位姓高的老师便像一块石头一样浮出了水面，裸露在众多萧瑟衰败的视线之内。那时候我们刚刚学完《掩耳盗铃》那篇文章，那时候我们都觉得姓高的老师就是一位掩着两耳的盗铃人，他的形象很清晰地浮在水面上，浮在阳光里。

姓高的老师被带走的那一天天气很好，学校院里很干净，木柴和炭堆放得井井有条。姓高的老师那天穿着一件蓝色的短大衣，脚下是一双棕黄色的翻毛皮鞋。他把蓝色的短大衣披在身上，两只手倒背在身后。后来，忽然刮来一阵风，风把姓高的老师身上的蓝色短大衣刮到了地上。我们才忽然看见姓高的老师的两只手被反剪着，两只银色的带链条的铁圈就套在手臂上。王水悄悄告诉我说，那就是手铐。王水趴在我的耳边对我轻轻地说："你看见了吗？那两个东西就是手铐，猛一看就像手表似的，那是专门用来铐人的，谁犯了法就铐谁。"

临走的那时，我看见姓高的老师回过头朝我们轻轻地笑了一下，那时候有很多的学生都在院子里玩，男孩子们都在玩弹子、摔跤，女孩子们都在跳皮筋、踢毽子。蓝色的短大衣的领子不时地摩擦着姓高的老师的脸颊和鬓角。后来，姓高的老师忽然对王水说道："王水，过些天教室里生炉子后，千万要小心，不要中了煤气。"

姓高的老师这话是对王水说的，但王水似乎没听见或根本没听懂。王水只是愣怔着站在那里，一句话也没说，两只眼睛很迷茫，像是一个走村串户的盲人。

姓高的老师说完话以后便转身走了。我们都看见在山区的水渠旁边停着一辆墨绿色的吉普车。

那时，有一朵很芬芳的云彩正从我们头顶上面的天空里走过，飘浮的云朵像一个陌生的岛屿，像生命中的某种状态和意义。

那件事在山区里影响很大，在很长的一段时间内，就像一个美丽动人的传说一样成了人们说话的中心和主要内容，源远流长，经久不息。

秋天的一个傍晚里，残阳如血，我爬上高高的房顶帮助祖母晾晒南瓜。我看见隔壁的王水家的院子里一片寂静，墙头被夕阳染得很红，院子里的草垛整整齐齐的。后来，我就看见夕阳里的王明了，王明那时正一个人低头坐在屋檐下，不知在想什么事情，他的身边燃着一根银白色的苦艾叶子，用来驱散院子里的蚊子。那个院子里总是十分干净而整洁，在它的一些角落里堆放着一些日常使用的农具和杂物。那些杂物都是王明的父亲从外面一件一件地捡回来的。山区里四五十岁以上的人都有一种古老的习惯，无论在外面碰上什么东西，都要亲自捡回家里去，无论是一颗螺丝或一只手套，一两粮票或一寸布票，都不会白白地放过，许多人都觉得这是有关勤俭持家的内容之一。黎明即起，洒扫庭除，这是一部分老人的信条和法典。

墙头上的一只黑色的陶罐被风吹得呜呜咽咽的，稀稀落落的青草东倒西歪，摇来晃去。

那年秋天临近结束的时候，发生了一件让人哭笑不得的事情，消息传来的时候，所有的人都觉得不可思议。那些日子里，王水老是哭，谁也劝不住。他的字也写得不好了，字体潦乱、急躁、疲惫不堪。这后来，王水就不再继续上学了，从那时候起，我和王水的童年岁月便算结束了，因为我还在继续上学，而王水不上了，王水成了一个大人了，他结了婚，成了家，一年之后便生下了一个孩子。

事情需从王明先前的那个对象说起。那个女的自那次与王明在去枯树镇的路上闹翻以后,她果然遵循了她自己的誓言,在很长一段时间里始终没有来过王明他们家,也没有信来。那些日子里,王明一回到家里便阴沉着脸,摔盆子摔碗的,看什么都不顺眼,看谁都有气,因此,王明便三天两头地与家里的人吵架。这中间,王水和王老五被王明无缘无故地打过四五次,王水被打掉了一颗牙齿,王老五则被打得胳膊发生了骨折,到医院里花了一笔钱才慢慢见好。除此之外,王明还经常无缘无故地破坏家里的各种农具,追打一些家禽,他先后砸毁了两把锄头和三把镰刀,用脚和手分别弄死了两只母鸡。

王明像一个疯子一样,谁见了都躲着走,都怕他。王明的父母每天提心吊胆,坐卧不安。后来,有人便告诉王明的父母说,王明估计是想女人想疯了,若是不让他早一点成婚,后果谁也无法设想。于是,王明的父母便打点了一些东西,托那位远房的亲戚又一次去找先前的那个姑娘。王明的父母准备豁上老命,欠上一大笔外债也要把那个女的娶回来,仿佛只有她才能使王明驯服,才能使王明不再行凶,重新变得就像一个人一样。

秋天结束的时候,那女的果然传话来了,所传的内容让人哭笑不得,走投无路。

那女的原来是看上王明的弟弟王水了,她说要嫁便嫁给王水,价钱也不高,至于王明,她死活不嫁。

那些天,王水一家人都愁云密布,叹息连天。王水对此事感到十分害怕,几乎每天夜里都要做一到两个噩梦。白日里上学时

神情恍惚,头重脚轻。王水既不听课,也不做作业,有好几次他都对我说:

"我不想活了,我一点儿也不想再活了。"

一个繁星满天的夜晚,我坐在我们家高高的房顶上背诵一篇课文,那是一篇古代游记,文中枯燥的内容和僵硬的文风使我在房顶上如坐针毡。我听见隔壁的王水家里乱哄哄的,正在吵架。我听见王水的父亲让王水立即停学,与那个女的完婚,王水一边哭一边抗拒着,我听见王水悲悲切切地说:

"我就不娶她,我才十三岁,她快二十了,那么丑,我还要上学。"

王水的父亲说:"去你妈的,你又考不中状元,上的哪门子学。你看看那女的多便宜,打着灯笼也难找,她大你几岁怕甚?她能疼你。"

王水说:"我不要她疼,我就是不娶她,我才十三,她都二十了,又那么丑。"

这时候,我听见屋里"啪啪"地响了两下,王水的父亲打了王水两个耳光子,王水便又呜呜咽咽地哭了起来。王水的弟弟王老五躲在一个角落里,大气也不敢出。王水的父亲对王水说:"丑怕什么?丑是家中宝。你一没钱,二没权,好看的谁嫁给你,才子配佳人,炉渣配烂炭。你也不小了,人大了就得结婚,不结婚就会有麻烦,就像你们那个姓高的老师,要是早结了婚,还能犯了法?"

王水那时忽然停住哭声，很严厉地对他爹说："不许你污蔑我们老师，他是好人，有人陷害他，好多男的都糟蹋过那个痴女，高老师只是命不好才倒霉了的。"

　　很凉很凉的夜风从西北方向的山梁上刮了下来，山区里寒意很浓。满天的星星基本上出齐了，今夜星光灿烂。我将书扔到院子里，然后便沿着墙头从房顶上下来。王水他们家里已经没有任何声音了，灯也灭了，院子里一片寂静。

　　都睡了。

　　吵归吵，闹归闹，到该睡的时候便都睡了。

　　多少年来，山区里广大的劳动人民一直都是这样。

　　王水的童年岁月提前结束了。虽然我与他同龄，但当我仍然停留在童年岁月里时，王水已经从我的身边走开了，他成了一个大人了，我们之间的距离便整整地相隔了一代。

　　初冬的一天，阳光很稀很白，远近的树木都掉光了叶子，变成一些铜枝铁干。

　　西北风不停不歇地刮着。山区里很冷。

　　出门上学的时候，我看见王水穿了一身簇新的蓝衣服，衣服皱皱巴巴的，一看便知道以前从未穿过。王水头上戴了一顶灰白色的兔皮帽子，脚上穿着一双黄胶鞋。他正推着一辆半新的自行车要出门远行，车上挂着一些包袱和一个筐子。那自行车是王水从他姐夫那里借回来的，王水已经和那女的订婚了，他要去女方的家里送东西。

王水看见我的时候，便立即摸出一支烟递给我（我和王水两个人都是从六岁起便开始吸烟，烟龄都很长了）。王水笑眯眯地告诉我说："腊月二十三我结婚。"

我感到心里有一种很难言的东西，但尚不知道那是一种什么样的东西，只是觉得有些瑟瑟发冷。

"王水，你真的再不念书啦？"我问道。

"不念了。"王水说。

"王水，你真的要娶那个女的？"我问道。

"真的娶。我要是不娶，我爹就不活了，就要上吊，我妈也不活了。"王水一手扶在车把上，一手夹着烟说道。

"你不是嫌她丑么？"我问。

"那有什么办法？我们家没有钱！杨白劳不是唱过嘛，人家的闺女有花戴！"王水有点悲戚地叹了口气。

"你给她家带了些什么东西？"我感到无话可说，便看着王水自行车上的包袱和筐子。

"白面、粉条、油，还有给她爹的两瓶酒。"王水指着那些包袱说着，他又揭开后面的那个筐子说，"这是鸡蛋，我妈攒了一夏天都没舍得吃。"

我看见筐子的四周堆满了谷糠和麦糠，满满的一筐子鸡蛋。

"你不怕把鸡蛋碎了？"我问道。

"碎不了，我骑慢一点儿就行了，碎不了的。"王水说。

"王水，去了她家，你都说些什么话呢？"我感到这是一个即将面临的十分艰难、十分麻烦的问题,便很为王水忧虑、焦急。

王水笑笑说:"我也不知道,我不知道该说什么,无非就是好话多说准没错。我去了,把东西给她们留下,吃一顿饭,我就又回来了。"

王水笑的时候便露出那只豁牙的缺口,那颗牙便是被王明打落了的那颗。如果没有那颗豁牙,王水的一口牙是很好看的,又白又齐。王水个子很高,肩膀也很宽,人长得眉清目秀,一点儿也不像是十三岁的孩子。这时,我才很惊讶地发现原来王水长得很好看,很招人,很多年来,我还是第一次有这样的感觉。难怪那个女的非要降价嫁给王水,我想她一定是真心实意地喜欢王水,迷上王水了。

那年冬天,山区里一直没有下雪,每天都刮风,刮挺黄挺大的风,每天都冷飕飕的,街上的行人也不多了,稀稀落落的,漫天遍野的黄风刮得昏天黑地的,看什么都看不清楚。山区里有一些上年纪的老人都死了。

那年冬天,有很长一段时间我都没有见过王水,一个新转学来的学生占用了王水先前用过的那张课桌,另一个女生接替王水当了班里的文体委员,每天领着大家唱歌,声音细细的,与王水的浑厚的声音迥然不同。起初,学生们都有些不习惯,一唱歌时总有人笑,但慢慢地,随着时间的流逝,大家也都习惯了,很多人就都把王水给忘了。

有一天,学校里接到了一个通知,通知是县里发来的,我们的那位姓高的老师被判了七年的有期徒刑,已经送到很远的一个煤矿劳动去了。姓高的老师在那里很听话,因此便当了一名文书,写黑板报,办墙报,遇到节日的时候,还编写一些演唱材料。因为他人缘好,又有文化,在一起的犯人们便都很尊敬他。后来,有去那里的人见到了他,回来后说姓高的老师胖了,脸也白了,一说话就笑。

整整一个冬天,我都很少见到王水的影子。他似乎很忙,每天早出晚归,披星戴月。祖母告诉我说,王水在外面揽了好几种活儿,每天傍晚回来,吃过晚饭之后,还要出去给人画炕围,油漆家具和门窗。这时,我忽然想起王水不但能写一手很好的毛笔字和钢笔字,还能写一手很漂亮的美术字。以前,学校里的考试题多是王水在蜡纸上一个字一个字地刻出来的,他的仿宋体字也很地道。

冬至的前一天傍晚,我正独自坐在窗户前翻看一本《桐柏英雄》的小人书,王水笑眯眯地来了,约我出去玩弹子。王水告诉我说他今天没有活儿,专门腾出时间来与我玩弹子。

那天傍晚,在王水家的大门过道里,我和王水一直玩了许久。

后来,王水便约我一起找个地方去吸烟。王水说烟是他自己挣钱买的,也有在别人家干活时人家送的。

那天傍晚,我和王水躲在他们家的羊圈里一口气吸完了一包"火车"牌香烟。羊圈里很黑、很冷。我和王水两个人并排着坐在一个盛草料的木头槽子上吸得云山雾罩。圈里的几只羊被我们吐出来的烟雾呛得不住地流泪，不住地咳嗽。

羊一咳嗽，我们两个人就都笑。后来，王水就问我："过瘾了吗？"我说："过了。"

推开羊圈门出来的时候，借着屋里窗户上透出来的一点灯光，我看见王水的两只眼睛里闪烁着一些亮晶晶的东西。

那个夜晚只是山区里无数个平常的夜晚中的一个，那是我们一生中最后一次在苍茫的大门过道里玩弹子，在漆黑寒冷的羊圈里吸烟，昔日的一切都在那个冬日的傍晚里结束了。那时候，我一点儿也没有意识到，我们的消瘦而朴素的童年岁月和友谊就在那样的一个寒冷而漆黑的日子里永远地逝去了，一去永不再回来。

很多年以后的一个秋天，山区里橙黄碧绿，牛羊都安安静静地卧在山坳里，一些牛车从低缓的山冈上走过，车上的口袋里装满了粮食，都横七竖八地堆在一起。

原野里有一些明亮的水沟。

天上正下着蒙蒙的细雨，那雨似乎是山区一年里最后的一场雨了，声音便有些匆忙。远处的地里有一些低矮的瓜棚和用玉米秸秆搭成的淡黄色的房子。

越过一道狭窄的山谷，我看见对面平缓的山梁上有一个人正在冒着细雨犁地。牛和人都很从容地走着，都走得很慢。犁地的人是一个驼背的男人，但仍能看出他曾经十分地高大过。后来，当他赶着牛扶着犁从地头那面重新走过来时，我便看清了，那犁地的驼背人原来是王水。

王水见到我以后只是微微地有些吃惊,但脸上的大部分表情仍然十分固定,十分平静。他对牛说了一句话,之后便停住了犁,一边用五个手指慢慢地梳理牛毛,一边问我:"几时回来的?"

"回来两天了。"我说道。

这以后,王水似乎感到再无话可说,便坐在地头边开始吸烟。我一直都在看着。王水见我老看他,便声音轻轻地说道:"这天老下雨。"

牛很安详地卧在他的身边,他把烟叼在嘴上,动手将牛背上的一团缰绳解了下来。

"这牛是你的?"我问道。

"嗯。"王水应道。

他的头上和脸上有很多的土,被雨水冲刷着。这中间他曾经轻轻地笑过一下,我看见他的那颗门牙依然空缺着,一说话便很显眼地露了出来。他的脸色有些隐隐的青紫,又有些褐黄。

"你老了。"我望着他说道。

"老了。"他说,"岁月不饶人。"

"你爹妈他们都还能动吧?"我问他。

"都死了,几年前就死了。我妈一到冬天就气喘得不行,你走后的第二年冬天就死了。我爹是前年秋天死的,晚上吃过饭后就说累了,一觉睡下去后就再也没有起来。"

王水很慢地说着话,一边撩起衣襟擦着脸上的雨水。

"也都该死了,活多大也是个活,都到时候了。"他说。

"王水,你还记得咱们小时候常在一起玩弹子的事吗?"我问道。

王水听了我的话以后,显得很迷茫。愣了半天,他才说道:"你还记得那些事,都多少年了,你的记性真好,我早就忘了。我只记得你经常坐在房顶上背课文。"

这时,从山坡下面上来两个孩子,都是女孩儿,都七八岁的样子,两个女孩儿头上共同顶着一张白色的塑料布,手里提着一只罐子。

王水也看见那两个孩子了,王水就告诉我说:"我的两个孩子,给我送饭来了。"

"你两个孩子?"

"四个啦。"

王水一下子伸出五个手指头对我说道,但马上他便将其中的一个手指弯了回去。

那年腊月二十三,王水结婚后,那女的果然对王水很好。第二年的秋天时,便生下了一个孩子,那时候,王水才十四岁。现在算起来,那个孩子也有二十岁了,于是,我便问王水道:"老大还在上学?"

王水听了,笑笑,说道:

"早就不上了,一看见书就肚疼,没缘分。起初跟一个木匠师傅当学徒，后来就不干了，就到了煤矿上。"

那天，王水告诉了我很多山区里的事情。王水的哥哥王明去年夏天的时候死了。王明这些年一直没有结婚，就一个人过。后来，王明就买了一辆拖拉机替山区里的供销社拉货，还拉砖或石头什么的。那时候，山区里的煤窑渐渐地多了起来，后来，便修起了一条铁路。那年夏天，王明驾驶着他的拖拉机横穿铁路的时候，正好被驶过来的火车撞翻了。当人们从铁轨下面抬出王明时，他已经死了，人们看见他的脸上一片浓重的褐黄色。那天，王明正好替一家盖房子的人家拉砖，红色的碎砖头那时候把铁路都堆满了。

"他很可怜。"王水声音低低地说。

王水还告诉我说，他现在正在犁的这块地并不是他自己的，而是他弟弟王老五的。王水说这些话时，我看见他的情绪有些起伏。王水说："狗日的现在发了，富得流油。我记得咱们上学的时候，《毛泽东选集》里有一篇湖南农民运动的文章，那篇文章里说湖南那个地方的土豪劣绅为富不仁，那时候我一点儿也不知道什么叫为富不仁，现在我知道了，一看见老五，我就懂得什么叫为富不仁了，狗日的很凶。"

雨那时候已经不下了，远处的山岭之间荡起了浓浓的弥天大雾。雨后的山区，清晰而苍茫，空气中有一种草绳和牛皮的气味。

临下山的时候，我叫住王水说："晚上你不要在家里吃饭了,到我那里去,我等你。"

王水看了我一眼,说声"行",然后便牵着牛扛着犁,带着两个孩子走了。那天晚上,王水一直没有来。

那天晚上,山区的房顶上平静如水。那时候,我总是坐在那上面帮助祖母晾晒南瓜和豆角,闭着眼睛一遍一遍地背书。

古老峪

/// 李锐

他睡不着。一连三天了都睡不着。

从酸菜缸里溢出来的那股刺鼻的酸臭味儿，一缕一缕地朝鼻孔里钻。头顶前，离炕沿三尺远，横担着一根被鸡屎染花了的树棍，树棍上鸡们照着祖先的模样在睡觉，蜷缩着身子，羽毛蓬松起来，尖尖的嘴插在羽翼中，也许是有悠远古老的梦闯了进来，它们时不时呻吟似的叽叽咕咕地发着梦吧。灶炕边那只小猪睡得太深沉，常常就舒服地哼出声来。窗户纸上有个小洞，冷气一阵阵地拂过鼻尖和额头。身边的汉子浑重地打着呼噜，炕皮儿有点微微地颤。凭着直感，你知道，隔着汉子，在炕的那一端，她也没有睡，不知是怕，还是在等。他还知道，再过一会儿，汉子就会爬起来，拎过炕头上那个奇大无比的砂盔，响响地尿上一阵。然后就摸索着套上衣服，披上羊皮袄，提着马灯去给牲口们添草。随着窑门哐当一声响,漆黑的土窑洞里,烤人的土炕上,就只留下他和她。而且,他知道本地的习俗;按照这习俗,土炕的那一端,污黑的被子里裹着的是一个一丝不挂的身子。一想到这儿,他就羞愧难容,可是,一连三天了,他总是想到这儿……

三天前,工作队长分派任务的时候拍拍他的肩膀:

"小李,古老峪除了土改的时候去过工作队,这二十多年来没人去,你去。给他们念念文件就回来,三天。对啦,临走前选个先进个人报上来。"

他打好背包,收拾了洗漱用具,而后翻遍大队部的土窑,只找到一本掉了书皮的《新华字典》,空荡荡的心里不由得一阵怅然,呆呆地立了一刻,也只好把《新华字典》装进怅然中一起带上路。

黑暗中,炕的那一端传来一阵轻微的响声,她在翻身,这响声是那赤裸的身子和粗劣的布们摩擦出来的。他也翻了一下身,把脸和身子正对着窗户,把后背朝着黑暗中的那一端。冷风迎面吹拂到脸上。他抗拒着羞愧,抗拒着引起羞愧的强烈的想象。他是工作队员,他到这里来的任务是宣读文件,鼓励农民"改天换地""大干快上"的,可现在在胸膛里倒海翻江一般奔涌着的,都是些与此极不相称的东西。远处,响起拖拖沓沓的脚步声,这下好了,借助于外力他终于从迷乱中挣扎出来,仿佛解脱了似的一阵轻松。接着,门又一响,涌进一股逼人的寒气。接着,汉子又摸索到炕上来,熄了马灯,只一会儿,炕皮儿就又微微地在打战。再过一会儿,三尺开外横担的树棍上,那只白羽红冠的雄鸡便勾举着脖颈洪亮地唱起来。唱一遍;然后,再唱一遍;再然后,还唱一遍。窗纸上就蒙上一层灰白的光影,熬到这个时辰,他才昏昏沉沉地睡去。等到睁开眼时天已大亮。炕上空荡荡的,主人们的被子已叠好靠在炕脚。

一连三天,天天如此。

热水就在灶火上温着。是她烧的。灶口上一枝尚未烧尽的柴兀自支撑着,还在冒出些断断续续的火苗来。掀开锅盖,等白腾腾的水汽飘过后,结了一点水碱的锅底上露出四个又大又白的鸡蛋来。这是她特意煮的。他有点惊讶,前两天是两个,可今天却翻了一倍。舀出水洗了脸,漱了口,再把鸡蛋取出来仔细地剥去皮,玉石般晶莹的蛋白颤巍巍的,咬一口,很香。每天这特殊的待遇叫他很惶恐,可是又必须得吃,不吃就会招致许多的埋怨和推让,那埋怨和推让就更叫他惶恐。他有点舍不得一下子就把它们吃完,一小口,一小口地咬,似乎是在品味着一个什么故事。今天就该走了,可他却隐隐地觉出来她不大愿意,她好像有些个不舍,要不,为什么又多煮了两个鸡蛋呢?三天来他还隐隐觉得这土窑里的父女俩之间一直有种紧绷绷的气氛,似乎有件什么事情因为他的到来而暂时中止了。这事情显然是主人不愿叫外人知晓的。

洗了脸,吃了鸡蛋,他靠在自己的被垛上,随手又打开了那本没有书皮的《新华字典》,一行一行地看下去:涟,水面被风吹起的波纹。莲，多年生草本植物，生浅水中，叶子大而圆叫荷叶，花有粉红、白色两种……鲢，鲢鱼，头小鳞细，腹部色白，体侧扁，肉可以吃。奁，女子梳妆用的镜匣。妆奁，嫁妆，陪嫁，陪送，旧时女子出嫁从母亲家带去的衣服用具……

窗外不远处，传来连枷打在豆秧上的闷响。来到古老峪的第一个早上，他到场院上去过，因为记着"同吃，同住，同劳动"的纪律，手中的连枷挥打得分外卖力。可只干了一会儿，身子刚刚发热，当队长的汉子就派下来另外的活儿：

"老李，你跟上咱女子把这边打完的豆秧抱一捆送到马号去，再带上些回去生火吧，招呼炕凉。"

周围的人们都很谦恭地围望着。放下连枷他才发现，身后站着一个空了手的男人，正把两只粗大的手举到嘴前呲呲地哈着，厚厚的嘴唇里喷出长长的一条白汽。他猛然就觉得很不好意思起来，对自己刚才那一阵热情而奔放的劳动尤其愧悔。因为他停了手，周围的人们也都停了手，很木讷又很谦恭地在等什么。内中一位老人呵呵地笑道：

"老李真是能行呢，劲大，呵呵劲大！"

众人也都附和着，都说"劲大"，可又都分明还是在等。他一下子明白过来：大家在等着他离开。脸一下子涨红了，本来还想再干一会儿的决心顿时飘得空荡荡的。得了父命的女儿搂起一大抱豆秧来，在一旁轻声地催促：

"老李，咱走！"

他赶忙抱起豆秧遮住脸。刚刚走出不远,他就听见背后的场院上一阵阵的笑骂和连枷爽利的敲打声。有只豆荚扎到了脸上,很疼。

回到土窑里,当炕头上的灶火呼呼地蹿起来的时候,她微笑着问他:

"能住惯不?"

"能。"

她抿嘴忍住笑:"能住惯昨夜里那是咋啦?"他脸又红了,答不上来。

猛地,她将一只手掌反转来堵到嘴上,两腮间升起一片桃红。

来到古老峪的第一天夜里,他跟着队长回到家里,队长指着土炕说:"就在我这儿歇吧。"

他不由一愣,因为灶台前忽闪着的火光里分明站着十八九岁的她。看他发愣,队长又解释:

"全村就这六户人,到处都是老婆孩子一大堆,就我这儿还能挤下。"

他不好再说什么,只好"挤"下来了。"同吃,同住"是对工作队员最基本的要求。但到了晚上该脱衣睡觉时,他还是有些不自然,油灯在炕头上的灯座里幽幽地晃着,晃得心里总有些忐忑。可是队长却率先坐在被窝里,先脱了棉衣,露出污垢遍布的坚实的身子,接着,褪下棉裤又露出半截厚墩墩的屁股,而后从被窝里抽出棉裤来,一面又安抚:

"老李，咱们先睡。"

他只好硬起头皮也脱，但却小心地留下了秋衣秋裤。等着他钻进被窝，队长伸出蒲扇般的大手朝灯座上那幽幽的火苗一扇，灭了，又吩咐：

"你也睡！"

语气中分明带了些愤懑。黑暗中，炕的那一端服从着，传过来一阵窸窸窣窣的脱衣声，他直觉得羞愧难当，就从那一刻睡不着了，可是熬到半夜里，尿却把他从被窝里逼了出来。听见响动，汉子问道：

"老李，炕凉？"

"不。上厕所。"

"给"。

随着一声钝响，那只大砂盔被递了过来。他慌忙推让着：

"不用，不用！我出去，我出去！"

"出去？怕啥，黑灯瞎火的谁也看不见。"

他还是满心羞愧地跑了出去，那一刻，总是觉得黑暗处闪着一双眼睛。她问的就是这件事，笑的也是这件事，可率直的眼睛里黑亮亮的看不出半丝的杂念来。他喜欢这双眼睛。

三天来，每天晚上他给大家念文件的时候，就是这双黑亮亮的眼睛从头到尾，目不转睛地盯在他脸上。有一次，文件念到一半，有一个字的发音忘记了，他随手打开字典查阅了一下，又接着读下去。第二天，她惊异地指着那残破的书满怀敬意地问道：

"这书咋恁有用。啥字都有？"

"差不多。"

"这字咋写？"

她敲敲灶火上扣着的鏊子。他查出来指点给她看：

"这不鏊，一种铁制的烙饼的器具，平面圆形。"

"呀——呀！"

她五体投地地赞叹着，粗糙的手拿过字典。离得很近，空身穿的对襟棉袄的扣襻之间，一条白白的肌肤忽隐忽现。他忽然建议道：

"你给当咱们古老峪的先进吧！"

"我不。"

"为什么？"

"我才不先进哩。"

"我看这三天就数你听得认真。"

"听啥？"

"念文件呀。"

她抿嘴笑了："我啥也听不懂，我是看你念得好看。"他不由得升起一阵悲哀来。

她把字典还过去："你们公家人都好看，看这手细的，像是戏上的人。"悲哀中又揉进些难言的惭愧，他急忙别过脸去。

"爱巧就嫁给你们公家人了，在煤窑上。"

"爱巧是谁？"

"住东头,在公社念过一年完小,去年结的婚。"

为了从窘状之中挣出来,他改了话题:"两三天都没听见你和你爸爸说话,跟他生气啦?"

她低下头去,再不说了,灶口上的火光一闪一闪的。

场院上连枷还在响,单调,枯燥,他放下也是同样单调枯燥的字典,从书包取出那份已经复写好的总结材料来。封面上写着:古老峪"农村三大革命运动"总结。已经想好了,自己拿一份,这一份留给队长。

兀自支撑在灶口上的那枝柴终于烧断了,一阵塌折的微响之后,落进灶坑中的残柴又冒起一股火,把锅底剩下的一点水烧得呻吟起来。

场院上连枷的声音停了,过了一会儿传过渐近的脚步和人声。愈走近那人声似乎愈急切:

"人家哪不好?你凭啥不应承?"

"他坏,他撕拽我,还摸我!"

"撕拽就咋啦?摸就咋啦?还不是早晚的事?你往后还得躺到炕上给人家生儿哩!"

"他是牲口!"

"你才是牲口!你不嫁能守我一辈子?你知道村里都说啥!都说我留着你是自己用哩,牲口,你不把我逼得见了你妈就不算完?"

争吵突然停顿了。她一定哭了,他想。

可是等到父女俩走进土窑的时候，两个人的脸上都是那么平静，平静得叫人感到木然。父亲放下手中掐着的一蓬豆秧，周身拍打着，脸上又堆出往日的笑容问：

"老李，等得肚饥了吧？"

他忐忑不安地应着，心里生出来许多的愧疚，本想问问父女俩吵些什么，可看见主人脸上那做出来的笑容，就又把话吞了下去。那笑脸分明是一张厚厚的盾牌。他忽然就感到自己在这土窑里的多余和无用。

冬天是两顿饭，本来吃完前晌饭他就该走了，可不知为什么就耽搁了下来，只觉得还想做些什么，可又什么也没有做，一直等到日压西山的时分，他才背上行李走出了窑洞。走的时候她不在，不知去了哪。队长说了几句炕不热、饭食不好的客套，而后又把那份总结还给他：

"老李，这营生还是你留着吧，搞运动啥的都是公家的事情，咱留下这没啥用。"他笑笑，接了过来。

沿着那条斜长的土路他登上沟顶，一道坦平的土垣豁然在眼前舒展开来。暮色中，冬日荒寂的土垣上没有一丝声响，满目皆是一种闷钝的空旷。西坠的太阳被云层裹住，正在烧出一派金红来。忽然，他看见她了，路口上放了一副水桶，扁担横放在两只水桶上，她正坐在担子上静静地等。他急走到近前去。

"你走呀？"

"嗯。"

"不来了吧?"

"嗯。"

"你走晚了,得赶夜道。"

"不怕,有手电。"

"我回呀。"说着,她把水桶担了起来。

"你还是当了先进吧!"他几乎是抢着在说。

"我不。"

"当吧,这次当了先进能到县里开三天会!"

"真个?"

"嗯。"

"你也去?"

"嗯。"他说谎了,特别想说。

"我当!我还没去过县上哩。"她挪挪扁担,满足地微笑起来,"我回呀。"

随着步子,扁担钩在水桶的梁撑上发出吱吱的尖响。

辉煌的夕阳从烧毁了的云海中掉了出来,刹那间,干旱贫瘠的土垣被它幻化成一派壮丽的辉煌,黑幽幽的窑洞,残缺的围栅,破烂的窗棂上挂着的满是尘土的辣椒串,场院上的谷草垛,道路上星散的牲畜的粪便,院子里啄食的邋遢的鸡群,石槽前奔忙的肮脏的小猪,家门前怀抱婴儿的衣衫褴褛的妇人,垣头上凄凉地举着枯瘦的手臂的荒棘,顿时都被染上一层灿烂的金光,一切都面目全非,一切都熠熠生辉,一切都在这一刻派生出无限的生机来，显得有如童话般的富丽堂皇……

在这幻化的辉煌之中走着她，水正从桶里溢出来，于是在均匀的颤动中，流金溢彩般地，有火焰沿着桶壁燃烧起来。

仿佛被这火灼痛了眼睛，他急忙转过了脸。

合坟

/// 李锐

院门前，一只被磨细了的枣木纺锤，在一双苍老的手上灵巧地旋转着，浅黄色的麻一缕一缕地加进旋转中来，仿佛不会终了似的，把丝丝缕缕的岁月也拧在一起，缠绕在那只枣红色的纺锤上。下午的阳光被漫山遍野的黄土揉碎了，而后，又慈祥地铺展开来。你忽然就觉得，下沉的太阳不是坠向西山，而是落进了她那双昏花的老眼。

不远处，老伴带了几个人正在刨开那座坟。锹和镢不断地碰撞在砖石上，于是，就有些金属的脆响冷冷地也揉碎到这一派夕阳的慈祥里来。老伴以前是村里的老支书，现在早已不是了，可那坟里的事情一直是他的心病。

那坟在那里孤零零地站了整整十四个春秋了。那坟里的北京姑娘早已变了黄土。

"恓惶的女子要是不死,现在腿底下娃娃怕也有一堆了……"

一丝女人对女人的怜惜随着麻缕紧紧绕在了纺锤上——今天是那姑娘的喜日子,今天她要配干丧。乡亲们犹豫再三,商议再三,到底还是众人凑钱寻了一个"男人",而后又众人做主给这孤单了十四年的姑娘捏合了一个家。请来先生看过,这两人属相对,生辰八字也对。

坟边上放了两只描红画绿的干丧盒子,因为是放尸骨用的,所以都不大,每只盒子上都系了一根红带。两只被彩绘过的棺盒,一只里装了那个付钱买来的男人的尸骨;另一只空着,等一会儿人们把坟刨开了,就把那十四年前的姑娘取出来,放进去,然后就合坟。再然后,村里一户出一个人头,到村长家的窑里吃荞麦面饸饹、浇羊肉炖胡萝卜块的臊子——这一份开销由村里出。这姑娘孤单得叫人心疼,爹妈远在千里以外的北京,一块儿来的同学们早就头也不回地走得一个也不剩,只有她留下走不成了。在阳世活着的时候她一个人孤零零走了,到了阴间捏合下了这门婚事,总得给她做够,给她尽到排场。

锹和镢碰到砖和水泥砌就的坟包上,偶或有些火星迸射进干燥的空气中来。有人忧心地想起了今年的收成:"再不下些雨,今年的秋就旱塌了……"

明摆着的旱情,明摆着的结论,没有人回话,只有些零乱的叮当声。

"要是照着那年的样儿下一场,啥也不用愁。"

有人停下手来："不是恁大的雨，玉香也就死不了。"

众人都停下来，心头都升起些往事。

"你说那年的雨是不是那条黑蛇发的？"

老支书正色道："又是迷信！"

"迷信倒是不敢迷信，就是那条黑蛇太日怪。"

老支书再一次正色道："迷信！"

对话的人不服气："不迷信学堂里的娃娃们这几天是咋啦？一病一大片，连老师都捎带上。我早就不愿意用玉香的陈列室做学堂，守着个孤鬼尽是晦气。"

"不用陈列室做教室，谁给咱村盖学堂？"

"少修些大寨田啥也有了……不是跟上你修大寨田，玉香还不一定就能死哩！"

这话太噎人。

老支书骤然愣了一刻，把正抽着的烟卷从嘴角上取下来，一丝口水在烟蒂上亮闪闪地拉断了，突然，涨头涨脸地咳嗽起来。老支书虽然早已经不是支书了，只是人们和他自己都忘不了，他曾经做过支书。

有人出来圆场："话不能这么说，死活都是命定的，谁能管住谁？那一回，要不是那条黑蛇，玉香也死不了。那黑蛇就是怪，偏偏绳甩过去了，它给爬上来了……"

这个话题重复了十四年，在场的人都没有兴趣再把事情重复一遍，叮叮当当的金属声复又冷冷地响起来。

那一年，老支书领着全村民众，和北京来的学生娃娃们苦干一冬一春，在村前修出平平整整三块大寨田，为此还得了县里发的红旗。没想到，夏季的头一场山水就冲走两块大寨田。第二次发山洪的时候，学生娃娃们从老支书家里拿出那面红旗来插在地头上，要抗洪保田。疯牛一样的山洪眨眼冲塌了地堰，学生娃娃们照着电影上演的样子，手拉手跳下水去。老支书跑在雨地里磕破了额头，求娃娃们上来。把别人都拉上岸来的时候，新塌的地堰将玉香裹进水里去。男人们拎着麻绳追出几十丈远，玉香在浪头上时隐时现地乱挥着手臂，终于还是抓住了那条抛过去的麻绳。正当人们合力朝岸上拉绳的时候，猛然看见一条胳膊粗细的黑蛇，一头紧盘在玉香的腰间，一头正沿着麻绳风驰电掣般地爬过来，长长的蛇信子在高举着的蛇头上左右乱弹，水淋淋的身子寒光闪闪，眨眼间展开丈把来长。正在拉绳的人们发一声惨叫，全都抛下了绳子，又粗又长的麻绳带着黑蛇在水面上击出一道水花，转眼被吞没在浪谷之间。一直到三十里外的转弯处，山水才把玉香送上岸来。追上去的几个男人说山水会给人脱衣服，玉香赤条条的没一丝遮盖；说从没有见过那么白嫩的身子；说玉香的腰间被那黑蛇生生地缠出一道乌青的伤痕来。

后来，玉香就上了报纸。后来，县委书记来开过千人大会。后来，就盖了那排事迹陈列室。后来，就有了那座坟，和坟前那块碑。碑的正面刻着：知青楷模，吕梁英烈。碑的反面刻着：陈玉香，女，一九五三年五月五日生于北京铁路工人家庭，一九六八年毕业于北京第三十七中学，一九六九年一月赴吕梁山区岔上公社土腰大队神峪村插队落户，一九七二年八月十七日为保卫大寨田，在与洪水搏斗中英勇牺牲。

报纸登过就不再登了，大会开过也不再开了。立在村口的那座孤坟却叫乡亲们心里十分忐忑：

"正村口留一个孤鬼，怕村里要不干净呢。"

可是碍着玉香的同学们，更碍着县党委会的决定，那坟还是立在村口了。报纸上和石碑上都没提那条黑蛇，只有乡亲们忘不了那摄人心魄的一幕，总是认定这砖和水泥砌就的坟墓里，聚集了些说不清道不白的哀愁。荏苒便是十四年。玉香的同学们走了，不来了；县委书记也换了不知多少任；谁也不再记得这个姑娘，只是有些个青草慢慢地从砖石的缝隙中长出来。

除去了砖石，铁锨在松软的黄土里自由了许多。渐渐地，一伙人都没在了坑底，只有银亮的锨头一闪一闪地扬出些湿润的黄色来。随着一脚蹬空，一只锹深深地落进了空洞里，尽管是预料好的，可人们的心头还是止不住一震：

"到了？"

"到了。"

"慢些，不敢碰坏她。"

"知道。"

老支书把预备好的酒瓶递下去：

"都喝一口，招呼在坑里阴着。"

会喝的，不会喝的，都吞下一口，浓烈的酒气从墓坑里荡出来。

木头不好，棺材已经朽了，用手揭去腐烂的棺板，那具完整的尸骨白森森地露了出来。墓坑内的气氛再一次紧绷绷地凝冻起来。这一幕也是早就预料的，可大家还是定定地在这副白骨前怔住了。内中有人曾见过十四年前附在这尸骨外面的白嫩的身子，大家也都还记得，曾被这白骨支撑着的那个有说有笑的姑娘。洪水最后吞没了她的时候，两只长长的辫子还又漂上水来，辫子上红毛线扎的头绳还又在眼前闪了一下。可现在，躺在黄土里的那副骨头白森森的，一股尚可分辨的腐味，正从墓底的泥土和白骨中阴冷地渗透出来。

老支书把干丧盒子递下去：

"快，先把玉香挪进来，先挪头。"

人们七手八脚地蹲下去，接着，是一阵骨头和木头空洞洞的碰撞声。这骨头和这声音，又引出些古老而又平静的话题来：

"都一样，活到头都是这么一场……做了真龙天子他也就是这个样。"

"黄泉路上没老少，悁惶的，为啥挣死挣活非要从北京跑到咱这老山里来死呢？"

"北京的黄土不埋人？"

"到底不一样。你死的时候保险没人给你开大会。"

"我不用开大会。有个孝子举幡，请来一班响器就行。"

老支书正色道："又是封建。"

有人揶揄着："是了,你不封建。等你死了学公家人的样儿,用火烧,用文火慢慢烧。到时候我吆上大车送你去。"

一阵笑声从墓坑里轰隆隆地爆发出来,冷丁,又刀切一般地止住。老支书涨头涨脸地咳起来,有两颗老泪从血红的眼眶里颠出来。忽然有人喊:

"呀,快看,这营生还在哩!"

四五个黑色的头扎成一堆,十来只眼睛大大地睁着,把一块红色的塑料皮紧紧围在中间:

"是玉香的东西!"

"是玉香平日用的那本《毛主席语录》。"

"呀呀,还在哩,书烂了,皮皮还是好好的。"

"呀呀……"

"嘿呀……"

一股说不清是惊讶,是赞叹,还是恐惧的情绪,在墓坑的四壁之间涌来荡去。往日的岁月被活生生地挖出来的时候竟叫人这样毛骨悚然。有人疑疑惑惑地发问:

"这营生咋办?也给玉香挪进去?"

猛地,老支书爆发起来,对着坑底的人们一阵狂喊:

"为啥不挪?咋,玉香的东西,不给玉香给你?你狗日还惦记着发财哩?挪!一根头发也是她的,挪!"

墓坑里的人被镇住,蔫蔫地再不敢回话,只有些粗重的喘息声显得很响，很重。

大约是听到了吵喊声，院门前的那只纺锤停下来，苍老的手在眼眉上搭个遮阴的凉棚：

"老东西，今天也是你发威的日？"

挖开的坟又合起来。原来包坟用的砖石没有再用。黄土堆就的新坟朴素地立着，在漫天遍野的黄土和慈祥的夕阳里显得宁静，平和，仿佛真的再无一丝哀怨。

老支书把村里买的最后一包烟撕开来，数了数，正好，每个人还能摊两支，他一份一份地发出去；又晃晃酒瓶，还有个底子；于是，一伙人坐在坟前的土地上，就着烟喝起来。酒过一巡，每个人心里又都升起暖意来。有人用烟卷戳点着问道：

"这碑咋办？"

"啥咋办？"

"碑呀。以前这坟底埋的玉香一个人，这碑也是给她一个人的。现在是两个人，那男人也有名有姓，说到哪去也是一家之主呀！"

是个难题。

一伙人闷住头，有许多烟在头顶冒出来，一团一团的。透过烟雾有人在看老支书。老人吞下一口酒，热辣辣地一直烧到心底：

"不用啦，他就委屈些吧，这碑是玉香用命换来的，别人记不记扯淡，咱村的人总得记住！"

没有人回话，又有许多烟一团一团地冒出来，老支书站起来，拍打着屁股上的尘土：

"回去，吃饸饹。"

看见坟前的人散了场，那只旋转的纺锤再一次停下来。她扯过一根麻丝放进嘴里，缓缓地用口水捻着，心中慢慢思量着那件老伴交代过的事情。沉下去的夕阳，使她眼前这寂寥的山野又空旷了许多，沉静的思绪从嘴角的麻丝里慢慢扯出来，融在黄昏的灰暗之中。

吃过饸饹，两个老人守着那只旋转的纺锤熬到半夜，而后纺锤停下来：

"去吧？"

"去。"

她把准备好的一只荆篮递过去：

"都有了，烟、酒、馍、菜，还有香，你看看。"

"行了。"

"去了告给玉香，后生是属蛇的，生辰八字都般配。咱们阳世的人都是血肉亲，顶不住他们阴间的人，他们是骨头亲，骨头亲才是正经亲哩！"

"又是迷信！"

"不迷信，你躲到三更半夜是干啥？"

"我跟你们不一样！"

"啥不一样？反正我知道玉香恓惶哩，在咱窑里还住过二年，不是亲生闺女也差不多……"

女人的眼泪总是比话要流得快些。

男人不耐烦女人眼泪,转身走了。

没有星星,也没有月亮,很黑。

那只枣红色的纺锤又在油灯底下旋转起来,一缕一缕的麻又款款地加进去。蓦地,一阵剧烈的咳嗽声从坟那边传过来,她揪心地转过头去。"吭——吭"的声音在阴冷的黑夜深处骤然而起,仿佛一株朽空了的老树从树洞里发出来的,像哭,又像是笑。

村中的土窑里,又有人被惊醒了,僵直的身子深深地掩埋在黑暗中,怵然支起耳朵来。

喊山

/// 葛水平

一

太行大峡谷走到这里开始瘦了，瘦得只剩下一道细细的梁。从远处望去赤条条的青石头儿悬壁上下，绕着几丝儿云，像一头抽干了力气的骡子，瘦得肋骨一条条挂出来，挂了几户人家。

这梁上的几户人家，平常说话面对不上面要喊，喊比走要快。一个在对面喊，一个在这边答，隔着一条几十米直陡上下的深沟，声音倒传得很远。

韩冲一大早起来，端了碗吸溜了一口汤，咬了一嘴黄米窝头冲着对面口齿不清地喊："琴花，对面甲寨上的琴花，问问发兴割了麦，是不是要混插豆？"

对面发兴家里的琴花坐在崖边上端了碗喝汤，听到是岸山坪的韩冲喊，知道韩冲想过来在自己的身上欢快欢快。斜下碗给鸡们泼过去碗底的米渣子，站起来冲着这边喊："发兴不在家，出山去矿上了，恐怕是要混插豆。"

这边厢韩冲一激动，又咬了一嘴黄米窝头，喊："你没有让发兴回来给咱弄几个雷管？獾把玉茭糟害得比人掰得还干净，得炸炸了。"

对面发兴家里的喊："矿上的雷管看得比鸡屁眼还紧，休想抠出个蛋来。上一次给你的雷管你用没了？"

韩冲咽下了黄米窝头口齿清爽地喊："收了套就没有下的了。"

对面发兴家的喊："收了套，给我多拿几斤獾肉来啊！"

韩冲仰头喝了碗里的汤站起来敲了碗喊："不给你拿，给谁？你是獾的丈母娘呀。"

韩冲听得对面有笑声浪过来，心里就有了一阵紧一阵的高兴。哼着秧歌调往粉房的院子里走，刚一转身，迎面碰上了岸山坪外地来落户的腊宏。腊宏掮了担子，担子上绕了一团麻绳，麻绳上绑了一把斧子，像是要进后山圪梁上砍柴。韩冲说："砍柴？"腊宏说："呵呵，砍柴。"两个人错过身体，韩冲回到屋子里驾了驴准备磨粉。

腊宏是从四川到岸山坪来落住的，到了这里，听人说山上有空房子就拖儿带女地上来了。岸山坪的空房子多，主要是山上的人迁走留下来的。以往开山，煤矿拉坑木包了山上的树，砍树的人就发愁没有空房子住，现在有空房子住了，山上的树倒没有了，獾和人一样在山脊上挂不住了就迁到了深沟里，人寻了平坦地儿去，獾寻了人不落脚踪的地儿藏。腊宏来山上时领了哑巴老婆，还有一个闺女一个男孩。腊宏上山时肩上挑着落户的家当，哑巴老婆跟在后面，手里牵着一个，怀里抱着一个，哑巴的脸蛋因攀山通红透亮，平常的蓝衣，干净、平展，走了远路却看不出旅途的尘迹来。山上不见有生人来，惹得岸山坪的人们稀罕得看了好一阵子。腊宏指着老婆告诉岸山坪看热闹的人，说："哑巴，你们不要逗她，她有羊羔子疯病，疯起来咬人。"岸山坪的人们想：这个哑巴看上去腿脚利索的，要不是有病，要不是哑巴，她肯定不嫁给腊宏这样的人。话说回来，腊宏是个什么样的人——瓦刀脸，干巴精瘦，豆豆眼，干黄的脸皮儿上有害水痘留下来的窝窝。韩冲领着腊宏转一圈子也没有找下一个合适的屋，转来转去就转到韩冲喂驴的石板屋子前，腊宏停下了。

腊宏说："这个屋子好。"韩冲说："这个屋子怎么好？"腊宏说："发家快致富，人下猪上来。"韩冲看到腊宏指着墙上的标语笑着说。标语是撤乡并镇村干部搞口号让岸山坪人写的，当初是韩冲磨粉的粉房，磨坊主要收入是养猪致富。韩冲说："就写个养猪致富的口号。"写字的人想了这句话。字写好了，韩冲从嘴里念出来，越念越觉得不得个劲，这句话不能细琢磨，细琢磨就想笑。韩冲不在这里磨粉了，反正空房子多，就换了一个空房子磨粉。韩冲说："我喂着驴呢，你看上了，我就牵走驴，你来住。"韩冲可怜腊宏大老远地来岸山坪，山上的条件不好，有这么个条件还能说不满足人家？腊宏其实不是看中了那标语，他主要是看中了房子，石头房子离庄上远，他不愿意抬头低头地碰见人。

住下来了，岸山坪的人们才知道腊宏人懒，腿脚也不勤快。其实靠山吃山的庄稼人，只要不懒，哪有山能让人吃尽的。但腊宏常常顾不住嘴，要出去讨饭。出去大都是腊月天正月天，或七月十五八月十五，赶节不隔夜，大早出去，一到天黑就回来。腊宏每天回来都背一蛇皮袋从山下讨来的白馍和米团子，山里人实诚，常常顾不上想自己的难，老想别人的难，同情眼前事，恓惶落难人。哑巴老婆把白馍切成片，把米团子挖了里边的豆馅，摆放在有阳光的石板上晒。雪白的馍、金黄的米团子晒在石板地上，走过去的人都要回过头咧开嘴笑，笑哑巴聪明，知道米团子是豆馅，容易早坏。

腊宏的闺女没有个正经名字，叫大。腊月天和正月天，岸山坪的人会看到，腊宏闺女大端了豆馅吃，紫红色的豆馅上放着两片酸萝卜。韩冲说："大，甜馅儿就着个酸萝卜吃是个什么味道？"大以为韩冲笑话她，就翻他一眼，说："龟儿子。"韩冲也不计较她骂了个啥，就往她碗里夹了两张粉浆饼子，大扭回身快步搂了碗，进了自己的屋里，一会儿拽着哑巴出来指着韩冲看，哑巴乖巧的脸蛋儿冲韩冲点点头，咧开的嘴里露出了两颗豁牙，吹风露气地笑，有一点感谢的意思。

韩冲说："没啥，就两张粉浆饼子。"

韩冲给岸山坪的人解释说："哑巴不会说话，心眼儿多，你要不给她说清楚，她还以为害她闺女呢。"

挖了豆馅的米团子，晒干了，煮在锅里吃，米团子的味道就出来了。哑巴出门的时候很少，岸山坪的人觉得哑巴要比腊宏小好多岁，看上去比腊宏的闺女大不了几岁，也拿不准到底小多少岁。哑巴要出门也是在自己的家门口，怀里抱着儿，门墩上坐着闺女，身上衣服不新却看上去很干净，清清爽爽的小样儿还真让青壮汉们回头想多看几眼睛。两年下来，靠门墩的墙被抹得亮旺旺的，太阳一照，还反光，打老远看了就知道是坐门墩的人磨出来的。

岸山坪的人不去腊宏家串门，腊宏也不去岸山坪的人家里串门。有时候人们听见腊宏打老婆，打得很狠，边打还边叫着："你敢从嘴里蹦一个字儿出来，老子就要你的命！"岸山坪的人说，一个哑巴你倒想让她从嘴里往出蹦一个字儿？

有一次韩冲听到了走进去，就看到了腊宏指着哆嗦在一边的哑巴喊着"龟儿子，瓜婆娘"，看着韩冲进来了，反手捏了两个拳头对着他喊起来："谁敢来管我们家的事情，我们家的事情谁敢来管！"腊宏平常见了人总是笑脸，现在一下黑了脸，看上去一双豆豆眼聚在鼻中央怪凶的。韩冲扭头就走，边走边大气不出地回头看，怕走不利索身上沾了什么晦气。

现在韩冲驾了驴准备磨粉，他先牵了驴走到院子一角让驴吧嗒两粒驴粪，然后又给驴套上嘴护捂了眼罩驾到石磨上，用漏勺从水缸里捞出泡软的玉茭填到磨眼上。韩冲拍了一下驴屁股，驴很自觉地绕着磨道转开了。

韩冲因为家境穷，三十岁了还没有说上媳妇，想出去当女婿，出去几次也没有找到合适的家户，反复几年下来就这么耽搁了。也不是说韩冲长得不好，总体看上去比例还算匀称，主要问题还是山上穷，山下的哪个闺女愿意上来？次要问题是他和发兴老婆的事情，天下没有不漏风的墙，这种事情张扬出去就不是落到了尘土深处，而是落入了人嘴里，人嘴里能飞出什么好鸟吗？

头一道粉顺着磨缝挤下来流到槽下的桶里，韩冲提起来倒进浆缸，从墙上摘下箩，舀了粉，一边箩，一边擦着溅在脸上的粉浆，白糊糊的粉浆像梨花开满了衣裳。韩冲想：都说我身上有股老浆气，女人不喜欢挨，我就闻着这个味道好，琴花也闻着这味道好。一想到琴花，想到黑里的欢快，他就鸟儿一样吹了两声口哨。他箩下来的粉叫第二道粉，也是细粉，要装到一个四方白布上，四角用吊带拎起来吊到半空往外沥水，等水沥干了，一块一块掰下来，用专用的荆条筐子架到火炉上烤。烤干了打碎就成了粉面，和白面豆面搭配着吃，比老吃白面好，也比老吃玉茭面细，可以调换一下口味。

甲寨和沟口附近的村子，都拿玉茭来换粉面。韩冲用剩下来的粉渣喂猪，一窝七八头猪，单纯用粮食喂猪是喂不起的，韩冲磨粉就是为了赚个喂猪的粉渣。做完这些活儿，韩冲打了个哈欠，给驴卸了眼罩和护嘴，牵了出来拴到院子里的苹果树上，眯了眼睛望了望对面，想找一个人。没想到他想找的人现在也在崖边上往这边看，他赶紧三步并两步，用手抠着衣服上的白粉浆往崖头上走，远远地他就看见了他现在最想要找的人——发兴的老婆琴花。

"韩冲，傍黑里记着给我舀过一盆粉浆来。"

琴花让韩冲舀粉浆过去，韩冲就最明白是咋回事了，心里欢快地跳了一下，他知道这是叫他晚上过去的暗号。还没等得韩冲回话，就听得后山圪梁的深沟里下的套子轰地响了一下，韩冲一下子就高兴了起来，对着对面崖头上的琴花喊："日他娘，前晌等不得后晌，崩了，吃什么粉浆，你就等着吃獾肉吧！"

韩冲扭头往后山跑，后山的山脊越发地瘦，也越发地险，就听得自己家的驴应着那一声爆炸，惊得"哥哦哥，哥哦哥"地叫。

韩冲抓着荆条往下溜，溜一下屁股还要往下坐一下。韩冲当时下套的时候，就是冲着山沟里人一般不进去，獾喜欢走一条道，从哪里来到哪里去，一点弯道都不绕。獾拱土豆，拱过去的你找不到一个土豆，拱得干干净净，獾和人一样就喜欢认死理。韩冲溜下沟走到了下套的地方，发现下套的地方有些不对劲，两边有两捆散开了的柴，有一个人在那里躺着哼哼。韩冲的头霎时就大了，满目金星出溜出溜地往出冒。

炸獾炸了人了！炸了谁了？

韩冲腿软了下来问:"是谁?"

"韩冲,你个龟儿子,你害死我了。"

听出来了,是腊宏。

韩冲奔过去,看到套子的铁夹子夹着腊宏的脚丢在一边,腊宏的双腿没有了。人歪在那里,两只眼睛瞪着比血还红。韩冲说:"你来这里干啥来了?"腊宏抬起手指了指前面,前面灌木丛生,有一棵野毛桃树,树上挂了十来个野毛桃果,有一个小松鼠鬼鬼祟祟朝这边瞅。韩冲回过头,看到腊宏歪了头不说话了,他忙把腊宏背起来往山上走,腊宏的手里捏了把斧头,死死地捏着,在韩冲的胸前晃,有几次灌木丛挂住了也没有把它拽落。

韩冲背了腊宏回到村里,山上的男女老少都迎过来,看背上的腊宏黄锈的脸上没有一丝儿血色。把他背进了家放到炕上,他的哑巴老婆看了一眼,紧紧地抱了怀中的孩子扭过头去,弯下腰呕吐了一地。听得腊宏轻轻地咳嗽了一声,哑巴抬起身迎了过来,韩冲要哑巴倒一碗水,哑巴端过来水,突然腊宏的斧头照着哑巴砍了过去。腊宏用了很大的劲,嘴里还叫着:"龟儿子你敢!"韩冲看到哑巴一点也没有想躲,腊宏的劲儿看见猛,实际上斧头的重量比他的劲儿要冲,斧头"咣当"垂直落地了。哑巴手里的一碗水也落地了。腊宏的劲儿也确实是用猛了,背过一口气,半天那气丝儿没有拽直,张着个嘴歪过了脑袋。韩冲没敢多想跑出去紧着招呼人绑担架要抬着腊宏下山去镇医院,岸山坪的人围了一院子伸着脖子看,对面甲寨崖边上也站了人看。琴花喊过话来问："炸了谁了？"

这边上有人喊："炸了讨吃了！"

他们管腊宏叫讨吃。

琴花喊："炸没人了，还是有口气？"

这边上的说："怕已经走到奈何桥上了。"

韩冲他爹扒开众人走进屋子里看，看到满地满炕的血，捏了捏腊宏的手还有几分柔软，拿手背儿探到鼻子下量了量，半天说了声："怕是没人了。"

"没人了。"话从屋子里传出来。

外面张罗着的韩冲听了里面传出来的话，一下坐在了地上，驴一样"哥哦哥，哥哦哥——"地号起来。

二

炸獾会炸死了腊宏，韩冲成了岸山坪第二个惹出命案的人。

这两三年来，岸山坪这么一块小地方已经出过一桩人命案了。两年前，岸山坪的韩老五出外打工回来，买了本村未出五服的一个汉们的驴，结果驴牵回来没几天，那驴就病死了。两人为这事麻缠了几天，一天韩老五跟这汉们终于打了起来。那韩老五性子烈，三句话不对，手里的镰刀就朝那汉子的身子去了，只几下，就要了人家的命。山里人出了这样的事，都是私下找中间人解决，不报案。山里人知道报案太麻缠，把人抓进去，就是毙了脑瓜，就是两家有了仇恨，最终顶个屁用？山里的人最讲个实际，人都死了，还是以赔为重。村里出了任何事，过去是找长辈们出面，说和说和，找个都能接受的方案，从此息事宁人。现在有了事，是干部们出面，即使是出了命案，也是如此，如法炮制。韩老五不是最终赔了两万块钱就拉倒了事？

如今腊宏死了，他老婆是哑巴，孩子又小，这事咋弄？岸山坪的人说，人死如灯灭，活着的大小人儿以后日子长着呢，出俩钱买条阳关道，他一个讨吃又是外来户，价码能高到哪儿去？

这天韩冲把山下住的村干部一一都请上来，干部们随韩冲上了岸山坪，一路上听事情的来龙去脉，等走上岸山坪时，已了解得八九不离十了。

看了现场，出门找了一个僻静的地方站下来，商量了一阵子，认为最好的办法是按这里的规矩来办。他们责成会计王胖孩来当这件事情处理的主唱：一来他腿脚勤；二来这种事情不是什么好事，一把二把手不便出面；三来这王胖孩的嘴比脑子翻转得快。

返进屋里坐下，王胖孩用手托着下巴颏对哑巴说："你们住的这房是韩冲原来的吧？韩冲对你家腊宏应该是不错吧？他俩没仇没恨吧？腊宏因为砍柴误踩了韩冲的套子，这种事谁也没有料到吧？"咳嗽了一声，旁边的一个突然想起了什么，有些摸不着深浅地问："你是哑巴？都说哑巴是十哑九聋，不知道你是听得见还是听不见？要是听见了就点一下头，要是听不见说也白说。"村干部和韩冲的眼光集体投向哑巴，就看到那哑巴居然慌怵怵地点了一下头。

干部们惊讶地抬直身体嗷了一声，王胖孩舔了舔发干的嘴片子，尽量摆正态度把话说普通了："这么说吧，你男人的确是死了……不容置疑。"

说到这里就看到腊宏老婆打了个激灵。王胖孩长叹一声继续说："真是生死由命，富贵在天啊。你说骂韩冲炸獾炸了人了吧，他已经炸了，你说骂腊宏福薄命贱吧，他都没命了。这事情的不好办就是活的人活着，死的人他到底死了，活的人咱要活，死的人咱要埋，是吧？这事情的好办是，你不是一个不讲道理的妇女，你心明眼亮可惜就是不会说话。我们上山来的目的，就是要活的人更好地活着，死的人还得体面地埋掉。你一个哑巴妇女，带了两个孩子，不容易啊。现在男人走了，难！咱首先解决这个难中之难的问题，你相信我这个村干部，就让韩冲埋人，不相信我这个村干部，你就找人写状纸，告。但是，你要是告下来，韩冲不一定会给腊宏抵命，我们这些村干部因为你不是岸山坪的，想管，到时候怕也不好插手，说来你娘母们还是个黑户嘛！"

腊宏的哑巴老婆惊讶地抬起头瞪了眼睛看。王胖孩故意不看哑巴扭头和韩冲说："看见这孤儿寡母了吗？你好好的炸球什么獾？炸死人啦！好歹我们干部是遵纪守法爱护百姓一家人的，看你凿头凿脑咋回事儿似的，还敢炸獾？赶快把卖猪的钱从信用社提出来，先埋了人咱再商量后一步的赔偿问题！"

哑巴像是丢了魂儿似的听着，回头望望炕上的人，再看看屋外屋内的人，哑巴有一个间歇似的默想，少顷，抽回眼睛看着王胖孩笑了一下。

这一笑，让有一种强烈的表现欲望的王胖孩沉默了。哑巴的神情很不合常理，让干部们面面相觑不知道她到底笑个啥。

干部们做主让韩冲把他爹的棺材抬出来装了腊宏，事关重大，他爹也没有说啥。韩冲又和他爹商量用他爹的送老衣装殓腊宏。韩冲爹这下子说话了：

"你要是下套子炸死我了倒好了，现成的东西都有，你炸了人家，你用你爹的东西埋人家，都说是你爹的东西，但埋的不是你爹，这比埋你爹的代价还要大，我操！"

韩冲的脸儿埋在胸前不敢答话，他爹说："找人挖了坟地埋腊宏吧，村干部给你一个台阶还不赶快就着下，等什么？你和甲寨上的娘们混吧，混得出了人命了吧？还搭进了黄土淹没脖子的你爹。你咋不把脑袋埋进裤裆里！"说完，韩冲爹从木板箱里拽出大闺女给她做好的送老衣，摔在了炕上。

把腊宏装殓好，棺材准备起了，四个后生喊："一二，起！"抬棺材的铁链子突然断了，抬棺材的人说："日怪，半大个人能把铁链子拉断，是不是家里不见个哭声？"

哑巴是因为哭不出声，女儿儿子是因为太小，还不知道哭。王胖孩说："锣鼓点儿一敲，大幕儿一拉，弄啥就得像啥！死了人，不见哭声叫死了人吗？这还是咱们的工作没有做好。这样吧，去甲寨上找几个女人来，村里花钱。"

马上就差遣人去甲寨上找人。哭妇不是想找就能找得到,往常有人不在了,论辈分往下排,哭的人不能比死的人辈分大。现在是哭一个外来的讨吃,算啥?

女人们就不想来,韩冲一看只好一溜儿小跑到了甲寨上找琴花。进了琴花家的门,琴花正在做饭。听了韩冲的来意后,琴花坐在炕上说:"我哭是替你韩冲哭,看你韩冲的面,不要把事情颠倒了,我领的是你韩冲的情,不是冲村干部的面子。"

韩冲说:"还是你琴花好。"

看到门外有人影儿晃,琴花说:"这种事给一头猪不见得有人哭。这不是喜丧,是凶丧。也就是你韩冲,要是旁人我的泪布袋还真不想解口绳呢。"

门外站着的人就听清了——琴花要韩冲出一头猪,这可是天大的价码。

琴花见韩冲哭丧个脸,一笑,从箱子里拽了一块枕巾往头上一蒙,就出了门。

走到岸山坪的坡顶上看了一眼黑压压的人群,就扯开了喉咙:"你死得冤来死得苦,讨吃送死在了后梁沟——"

村干部一听她这么样地哭,就要人过去叫她停下来——这叫哭吗?硬邦邦的没有一点儿情感。

琴花马上就变了一个腔:"水流千里归大海,人走万里归土埋,活归活啊死归死,阳世咋就拽不住个你?呀喂——呵呵呵。"

琴花这么一哭把岸山坪的空气都抽拽得麻怵起来,有人试着想拽了琴花头上的枕巾看她是假哭还是真哭,琴花手里拄着一根干柴棍轮过去敲在那人的屁股蛋上,就有人捂了嘴笑。琴花干哭着走近哑巴,看到哑巴不仅没有泪蛋子在眼睛里滚,眼睛还望着两边的青山。琴花哭了两声不哭了,你的汉们你都不哭,我替你哭你好歹也应该装出一副丧夫的样子吧。

埋了腊宏,王胖孩叫来几个年长的坐下商量后事,一干人围着石磨开始议事。比如,这哑巴和孩子谁来照顾,怎么个照顾法,都得立个字据。韩冲说:"最好一次说断了,该出多少钱我一次性出够,要连带着这么个事,我以后还怎么样讨媳妇?"大伙研究下来觉得是个事情,明摆着青皮后生的紧急需要,事儿是不能拖泥带水,得抽刀斩水。

一个说:"事情既出由不得人,也是大事,人命关天,红嘴白牙说出来的就得有个道理!"

一个说:"哑巴虽然哑巴,但哑巴也是人。韩冲炸了人家的男人了,毕竟不是他有意想炸,既然炸了,要咱来当这个家,咱就不能理偏了哑巴,但也不能亏了韩冲。"

一个说:"毕竟和韩老五打架的事情不是一个年头了,怕不怕老公家怪罪下来?"

一个说:"现在的大事小事不就是俩钱吗?从光绪年到现在哪一件不是私了?有直道儿不走,偏走弯道儿。老公家也是人来主持嘛,要说活人的经验不一定比咱懂多少,舌头没脊梁来回打波浪,他们主持得了这个公道么?"

王胖孩说:"话不能这么说,咱还是老公家管辖下的良民嘛!"

王胖孩要韩冲把哑巴找来,因为哑巴不说话,和她说话就比较困难。想来想去想了个写字,却也不知道她是否认字。王胖孩找了一本小学生的写字本和一根铅笔,在纸上工工整整写了一行字,递过来给哑巴看。

哑巴看了看,取过笔来,也写了一行字递过去。韩冲因为心里着急伸过去脖子看,年长的因为稀罕也伸过脖子,发现上面的第一行是村干部写的:"我是农村干部,王胖孩,你叫啥?"后一行的字歪歪扭扭写了:"知道,我叫红霞。"

所有的人对视了一下,稀罕这个哑巴不简单,居然识得俩字。

"红霞,死的人死了,你计划怎么办?要多少钱?"

"不要。"

"红霞,不能不要钱。社会是出钱的社会,眼下农村里的狗都不吃屎了,为什么?就因为日子过好了啊!钱是啥?是个胆儿,胆气不壮,怕米团子过几天你娘母们也吃不上了。"

"不要。"

"红霞妇女,这钱说啥也得要,只说是要多少钱?你说个数,要高了韩冲压,要少了我们给你抬,叫人来就是为了两头儿取中间主持这个公道。"

"不要。"

小学生写字本上三行字歪歪扭扭看上去很醒目，大伙儿觉得这个红霞是气糊涂了，哪有男人被人搞死了不要钱的道理？要知道这样的结果还叫人来干啥？写好的纸条递给韩冲，要他看了拿主意，使了一下眼儿，两个人站起来走了出去。收住脚步，王胖孩说："她不是个简单的妇女，不敢小看了，她想把你弄进去。"韩冲吓了一跳，脚尖踢着地面张开嘴看王胖孩。王胖孩歪了一下头很慎重地思忖了一下说："哪有给钱不要的道理，你说。她不是想把你弄进去是什么？"韩冲越发不知道该说什么了。王胖孩指着韩冲的脸说："要暖化她的心，打消她送你进去的念头，不然你一辈子都得背着个污点，有这么个污点你就甭想说上媳妇。"韩冲闭上嘴，咽下了一口唾沫，唾沫有些划伤了喉咙，火辣辣地疼。

　　"这几天，你只管给哑巴送米送面。你知道，我也是为你好，让老公家知道了，弄个警车来把你带走了，你前途毁了，以后出来怎么做人？趁着对方是个哑巴，咱把这事情就哑巴着办了，省了官办，民办了有民办的好处。明白不？"韩冲点了头说："我相信领导干部！"

　　两个人商量了一个暂时的结果，由韩冲来照顾她们娘母仨。返进屋子里，王胖孩撕下一张纸来，边念边写：

　　"合同。甲方韩冲，乙方红霞。韩冲下套炸獾炸了腊宏，鉴于目前腊宏媳妇神志不清的情况，不能够决定赔偿问题，暂时由韩冲来负责养活她们母子仨，一日三餐，吃喝拉撒，不得有半点不耐烦，直到红霞决定了最后的赔偿，由村干部主持，岸山坪年长的有身份的人最后得出结果才能终止合同。合同一方韩冲首先不能毁约，如红霞对韩冲的照顾有不满意之处，红霞有权告状，并加倍罚款。"

合同一式两份，韩冲一份，哑巴一份。立据人互相签了字，本来想着要有一番争吵的事情，就这么说断了，岸山坪人的心里有一点盼太阳出来阴了天的感觉，心里结了个疙瘩，莫名地觉得哑巴真的是傻，互相看着都不再想说话了。

送走王胖孩，韩冲折好条子装进上衣口袋，哑巴前脚走，韩冲后脚卸了驴上的粉走进了哑巴家。

进了哑巴家，韩冲看到哑巴的房梁上吊下来两个箩筐，箩筐下有细小的丝线拉拽着一条一条的小虫，韩冲知道那箩筐里放的是讨来的晒干了的米团子和白馍。哑巴没有停下手里的活，她手里正拿了一捧米团子放在锅台边，一块一块往下磕上面生的小虫，磕一块往锅里煮一块，锅台上的小虫伸展了身子四下跑，哑巴端下锅，拿了笤帚，两下子就把小虫子扫进了火里，坐上锅，听得噗噗地响。

韩冲眯缝着眼睛歪着脖子说："这哪是人吃的东西。"提下了箩筐走出去倒进了自己的猪圈里，猪好久没有换口味了，哑巴着干梆硬的米团子，吐出来吞进去，嘴片子错得吧唧吧唧响。韩冲给哑巴提过来面和米，哑巴拉了闺女和孩子笑着站在墙角看他一头汗水地进进出出。韩冲想，你这个哑巴笑什么，我把你汉们炸了你还和我笑,但他不敢多说话,只顾埋头干他的活。

这时候就有人陆续走上岸山坪来看哑巴的孩子,有的想收留哑巴的孩子,有的干脆就想收留哑巴。韩冲装作没看见,他想要是真有人把哑巴收留了才好,她一走我就啥也不用赔了。但哑巴这时候面对来人却很决绝地把门关上了。

王胖孩又来到了岸山坪,要韩冲叫了年长的和有些身份的人走进了哑巴的家。王胖孩坐下来看着哑巴说:"今天我来是给你做主,有啥你就说。"韩冲坐到门墩上琢磨着这个事情该怎么开头,说什么好。就听得王胖孩说:"咱打开天窗说亮话,不绕弯子了,这理说到桌面儿上是欠了人家一条命,等于盖屋你把人家的大梁抽了,屋塌了。现在,你一个孤寡妇女,又是哑巴,带着俩孩子,容易吗?要我说就一个字——难。红霞,老话重提,你说出个数字来,要多少?"

哑巴抬起头拿过一根点火的麻秆来在石板地上写了两黑字——不要。村干部接过麻秆来,大大地在地上写了两个字——两万。韩冲低下头看,请来的也低下头看,抬起头互相点了点头,大意是有了韩老五的事情在前面做样板,这样的处理结果也是说得过去的。韩冲说话了:"胖孩哥,两万块暂时拿不出,能不能分期付?如果不行,就得给我政策,让我贷。"

王胖孩想了半天说:"上头的政策主要是鼓励农民贷款致富,哪有让你贷款用来买命的?这事要说也没有个啥,摆到桌面上就是个事。你是不是到对面的甲寨上找一找发兴,他儿在矿上,煤炭现如今效益不错,他家里想来是有货的,借一借嘛。琴花虽然是出了名的铁公鸡,毕竟是喝过你的粉浆,吃过你的獾肉,还是你的相好,你炸死的这个人用的雷管还是她提供的,咱嘴上不说,她是脱不了干系的。"

韩冲不好意思地低下了头。

事情说到这里,王胖孩和哑巴红霞说:"按我的意思来,你不要,不等于我们不懂,我们不懂就是欺负你了,这不符合山里人的作风。等韩冲凑够了钱,我再到这山上来亲手递给你。咱这事情就算结束,你也好准备你的退路。一个妇道人家没有汉们帮衬,哪能行啊!韩冲,话说回来大家是为了你办事,光跑腿我就跑了几趟,你小子懂个眼色不懂?"

韩冲大眼儿套小眼儿看着王胖孩,王胖孩举起手里的麻秆说:"这,缩小了像个啥?"韩冲想,像个啥?哑巴从王胖孩手里拿过麻秆来掰下前面点黑了的一小截,叼在嘴上咂巴了两口,韩冲明白了,他是想要烟哩。稀罕得岸山坪的长辈们放下手中的旱烟锅子看哑巴,哑巴被看得不好意思了低下了头。

韩冲赶紧出去到代销点上买了两条烟递给了王胖孩。王胖孩说:"这是啥意思?乡里乡亲的弄这?"说罢,掰开一条烟给坐着的长辈一人发了一包,自己把剩下的夹在腋窝下起身走了。

长辈们看着手里的烟,咧开嘴笑着,心里却不是个滋味,啥也没表态走了两步路就赚了一包烟,很是有点不好意思。韩冲说："算个啥嘛，都是德高望重的人，就是没事我韩冲也应该孝敬你们！"

三

借钱的事情很简单，也很复杂，简单得就像天上的一颗太阳，无际蓝天，没有鸟儿飞翔，看上去空旷；复杂得突然就乱云飞渡，飞渡的云不是瓦片和挠钩状儿，是黑云压山，兜头浇得韩冲凉唰唰的。

韩冲去对面的甲寨上，要下了沟，绕出山，再转回来上对面，大约要一个半钟点。

这地方的人叫吃亏不叫吃亏，叫吃家死，韩冲这一回借钱就吃了大家死。

走上甲寨人们就说："韩冲，还敢不敢下套子了？胆子大啊，那讨吃下那深沟做啥去了，活该要他的命。"韩冲挠了挠头发，"呵呵"笑了一下，很不舒展。不断有人问，韩冲就不断很不舒展地"呵呵"。

走进发兴的院子里，看到发兴坐在小马扎上抽旱烟，烟锅子在地上磕了一下子，说："你来了，稀客。有啥事不喊要过沟来说？我可是头一回见你大白天来。也是的，炸獾咋就炸了人了？"

韩冲说："话不能这样儿说，大白天不来搭黑来干啥？老哥你就不要瞎猜了，人倒霉了放个屁都砸脚后跟。我也思谋着他下那沟做甚了，两捆柴好好地摔在一边，手里握着一把斧头不丢，看见我眼睛瞪得快要出血，恨不能把我吃掉，我操。不过话说回来，咱是断了人家哑巴的疼了。"

琴花撩开碎布头拼成好看的门帘出来，说："韩冲，以后不要下套子了，那獾又不是光吃你的玉茭，你把人炸了，亏得他是外来的，要是本地的，不让你抵命才怪。"

韩冲低下头看着自己的脚尖，鞋是一双解放球鞋，因为旧了，剪了前边和后边，当凉鞋穿。韩冲看着看着就想把过来的意思挑明。韩冲说："我过来是有个事情想求你们两口帮忙。"

琴花返进去从屋子里端出一罐头瓶水来递给他说："帮啥忙？跑腿找人的事，发兴能帮得上就一定帮。这两天驾驴磨粉了？你不要因为这事把猪饿了，该做啥还做啥，腊月里我大儿要订婚，还想借你一头猪下酒席呢。你要赶不上喂，赶过来我喂，秋口上卖了咱二一添作五分。"

韩冲抬起头看琴花，琴花脸上挂着笑，嘴角角上的一颗黑土眼（痣）翘起来顶在鼻子边。韩冲想，琴花脸上的这个黑土眼坏了她好几分人才。

发兴说："事情最后怎么处理了，说了个甚解决办法？听说有人上来说哑巴，女人要是没有了男人，小腰就断了，就拖不动腿了，也怪可怜的。"

琴花说："傻哑巴不知道哭，看来是真有病，山下有人要她，收拾走算了，省了你来照顾。"

韩冲鼓了鼓勇气说："不瞒你们两口说，我今儿过来这甲寨上就是想和你们打凑俩钱，给哑巴。救个急，误不了你娶媳妇，我韩冲是说话算话的。"

一听说是借钱，琴花就示意发兴闭嘴。琴花走到韩冲的面前看着他说："说起来是应该帮忙，出了这么大的事情，啊呀，我当时就不敢过去看那死鬼，听人说，下半截整个都没了？吓死了。事情是出了，有事说事，按道理是得赔人家，是不是？按道理谁能帮上忙就帮忙，乡里乡亲的，抬头不见低头见，谁家不出个事？古话说了，有啥别有事，没啥别没钱，两件事都让摊上了。可有些事情摊上了，还真是帮不上你这个忙。我给你说吧，腊月里要给大儿订婚，正月里不娶，明年秋口上也得娶，如今说个媳妇容易吗？屁股后捧着人家还要脱落，敢松口气？我要是真有钱我还真舍得借你，不怕你不还，可就是没有钱，活了个人带了个穷命，难啊！"

韩冲看着琴花的嘴一张一合的，想自己还亲过这张嘴，嘴里的舌头滑溜溜，有时候也咬一下韩冲的下嘴片子，到韩冲的忘情处会说，人家都穿七分裤了，你也给我买一条穿穿，我是二尺四的腰，要小方格子的面料。韩冲会说，穿那干啥，不好看，憋得屁股和两瓣瓣蒜一样。琴花说，你不买，你就给我下来，我看你哪头难受！韩冲在她身上正忙着，只好忙说，买买。

韩冲你给我买一盒舒肤佳香胰子；韩冲你给我看看我的肚皮是不是松得厉害了，我也想买条裹腹裤；韩冲，我除了不和你住一个屋子，住一个屋子里干的事，咱都干了，也就等于是一家人了，你赚了钱就给我花，我从心里疼你……

韩冲看着琴花心想，你身上穿的从里到外哪一样不是我买的？你琴花疼我了？疼我什么了？关键的时候，说到钱的时候，你就不和我二心了。

发兴说："这事情不是帮忙不帮忙的事情，是帮不了这忙，是人命关天。小老弟，都怪你炸球什么獾嘛！"

韩冲想，也就是啊，炸球什么獾嘛！

琴花的短腿直着一条，斜着一条，直着的硬邦邦地站着，斜着的抖抖地闪，闪得人心中想生气。韩冲说："看在以往的面子上，你们就帮我一回吧，我炸死人，要不是你给我雷管，我拿什么炸他？"

琴花一下把斜着的那条腿收了回来指着韩冲说："以往怎么啦，以往就吃了你几次粉浆，当是什么好东西啊，给猪吃的东西，从崖下吊给我吃，讨你什么便宜了？韩冲，不是说不借给你钱，是没有东西借给你，你当是清明上坟拓鬼洋，八月十五打月饼，找个模子就现成？我是给你雷管了，我叫你韩冲炸人了？你炸死人怨我的雷管，笑话！既然说到这个份上了，我哭讨吃的那头猪不要了，落得送你给人情。"

韩冲说:"我多会儿说要送你一头猪了?"

发兴说:"装傻,谁都知道你要给一头猪!要说讨便宜,你是讨了大便宜了,别说是一头猪,十头猪你也不吃家死。别人不知道,我是心知肚明。"

琴花打断了发兴的话:"你心知个啥?肚明个啥?不会说不要抢着说。"

韩冲端起罐头瓶一口喝了瓶里的水说:"我也就是到了困难的时候了吧,才找你们来张嘴,张·回嘴容易吗?张开了难合住,给个面子,没多总有个少吧?这沟里就你们还有俩钱,我也是屎憋到屁股门上了,我要有二指头奈何也不会张嘴求人,琴花求你了!"

琴花说:"韩冲,我是真想帮你这个忙,可就是心有余而力不足,十块八块的又不顶个事情办,三千两千的我还真没有见过,要有就借你了,丑话说到头了,你走吧,甲寨上的人在大门外看咱的笑话哩。"

韩冲站了起来要走,琴花又说话了:"你欠我多少,不是一头猪能还得了的,走归你走,但你得记清楚了。"这一句话说得不是时候,琴花的本意是想说,要是还想着我,你就来,来就得带零花儿来。可说这话儿不是个地方,韩冲都快急得火烧眉毛了他哪里能绕过这个弯。

韩冲一下站住了说:"两清了。这钱我不借了,你有本事继续耍你的本事,隔着崖,你是甲寨上的,我是岸山坪的,井水不犯河水。发兴,你老婆本事大啊。"

琴花的脸霎时就青了,这叫人话吗?得了便宜卖乖,不借你钱,舌头就长刺了,这就让琴花难咽这口气。

琴花说:"站住,韩冲!"一下就扑过去跳起来照着韩冲的脸掴了一个巴掌,韩冲没有防备,一下就怔住了。

韩冲说:"不借钱就算了,你还打我,我打你吧,我不君子;不打你吧,你太张狂了,跳起来打,不够三尺高的人就是毒。我拿雷管炸了人,那雷管我有吗?还不是你给的!"

发兴站起来拖住了琴花,琴花兜头给了发兴一巴掌,跳着脚跑出院外,甲寨上看热闹的人自动让了个场地看琴花表演:"你给缺德鬼,你害了死人害活人,你炸獾咋就不炸了你,讨吃哪天说不定就来勾你命了,你等着吧,不在崖下在崖上,不在明天在后天,你死了也要狼拖狗拽了你,五黄六月蛆轰了你!"

韩冲听着身后的叫骂声,踢着地上的石头蛋走,脑子里轰轰响,石头蛋掀了脚指甲盖,也不觉得疼,自己说得好好的,这个傻逼就翻了脸,真是人小鬼大难招架。我操!

四

这是哑巴第一次出门,她把孩子放到院子里,要大看着,她走上了山坡。熏风温软地吹着,她走到埋着腊宏的地垄头上,坟堆有半人多高，她一屁股坐到坟堆堆上，坟堆堆下埋着腊宏，她从心里想知道腊宏到底是不是真的去了。一直以来她觉得腊宏还活着，腊宏不要她出门，她就不敢出门。今儿，她是大着胆子出门了，出了门，她就听到了鸟雀清脆的叫声从山上的树林子里传过来。

哑巴绕着坟堆走了好几圈，用脚踢着坟上的土，嘴里喃喃着一串儿话，是谁也听不见的话。然后坐到地垄上哭。岸山坪的人都以为哑巴在哭腊宏，只有哑巴自己知道她到底是在哭啥。哑巴哭够了对着坟堆喊，一开始是细腔儿，像唱戏的练声，从喉管里挤出一声"啊"，慢慢就放开了，唢呐的冲天调，把坟堆都能撕烂，撕得四下里走动的小生灵像无头的苍蝇一样乱往草丛里钻。哑巴边喊边大把抓了土和石块砸坟头，她要砸出坟头下的人问问他，是谁让她这么无声无息地活着？

远远地看到哑巴喊够了像风吹着的不倒翁回到了自己的院子里，人们的心才放到了肚子里。哑巴取出从不舍得用的香胰子，好好洗了洗头，洗了脸，找了一件干净的衣服换上出了屋门。哑巴走到粉房的门口，没有急着要进去，而是把头探进去看。看到韩冲用棍搅着缸里的粉浆，搅完了，把袖子挽到臂上，拿起一张大箩开始箩浆。手在箩里来回搅拌着，落到缸里的水声哗啦啦，哗啦啦地响，哑巴就觉得很温暖。哑巴大着胆子走了进去，地上的驴转着磨道，磨眼上的玉茭塌下去了，哑巴用手把周围的玉茭填到磨眼里，她跟着驴转着磨道填，转了一圈才填好了磨顶上的玉芡。哑巴停下来抬起手闻了闻手上的粉浆味儿，是很好闻的味儿，又伸出舌头来舔了舔，是很甜的味道，哑巴咧开嘴笑了。

这时候韩冲才发现身后不对劲，扭回头看，看到了哑巴的笑，水光亮的头发，白净的脸蛋，她还是个很年轻的女人嘛，大大的眼睛，鼓鼓的腮帮，翘翘的嘴巴。韩冲把地里看见的哑巴和现在的哑巴做了比较，觉得自己是在梦里，用围裙擦着手上的粉浆说："你到底是不是个傻哑巴。"哑巴吃惊地抬起头看，驴转着磨道过来用嘴顶了她一下，她的腰身抢了一下驴的鼻子，驴打了个喷嚏，她闪了一下腰。哑巴突然就又笑了一下，韩冲不明白这个哑巴的笑到底是羊羔子疯病的前兆，还是她就是一个爱笑的女人。

大搂着弟弟在门上看粉房里的事情，看着看着也笑了。

哑巴走过去一下抱起来儿子，用布在身后一绕，把儿子裹到了背上走出了粉房。

岸山坪的人来看哑巴，觉得这哑巴倒比腊宏活着时更鲜亮了。韩冲罗粉，哑巴看磨，孩子在背上看着驴转磨咯咯咯笑。来看她的人发现她并没有发病的迹象，慢慢走近了互相说话，说话的声音由小到大。谁也不知道哑巴心里想着的事，其实她心里想的事很简单，就是想走近他们，听听他们说话。

哑巴的小儿子哼叽叽地要撩她的上衣，哑巴不好意思抱着孩子走了。边走孩子边撩，哑巴打了一下孩子的手，这一下有些重了，孩子哇的一声哭了起来。孩子的哭声挡住了外面的吵闹声音，就有一个人跟了她进了她的屋子，哑巴没有看见，也没有听见。孩子抓着她的头发一拽一拽地要吃奶，哑巴让他拽，你的小手才有多重，你能拽妈妈多疼。哑巴把头抬起来时看到了韩冲，韩冲端着摊好的粉浆饼子走过来放到了哑巴面前的桌子上。说："吃吧，断不得营养，断了营养，孩子长得黄寡。"

哑巴指了一下碗，又指了一下嘴，要韩冲吃。韩冲拿着铁勺子梆梆磕了两下子鏊盖，指着哑巴说："你过来看看怎么样摊，日子不能像腊宏过去那样儿，要来啥吃啥，要学着会做饭，面有好几种做法，也不能说学会了摊饼子就老摊饼子，你将来嫁给谁，谁也不会要你坐吃，妇女们有妇女们的事情，汉们种地，妇女做饭，天经地义。"

哑巴站起来咬了一口，夹在筷子上吹了吹，又在嘴唇上试了试烫不烫，然后送到了孩子的嘴里。哑巴咬一口喂一口孩子，眼睛里的泪水就不争气地开始往下掉。韩冲把熟了的粉浆饼子铲过来捂到哑巴碗里，就看到了梁上有虫子拽着丝拖下来，落在哑巴的头发上，一粒两粒，虫子在她乌黑的头发上一耸一耸地走。孩子抬起手从她的头上拽下一个虫子来，噗地一下捏死了它，一股黄浓的汁液涂满了孩子的指头肚，孩子"呵呵"笑了一下抹在了她的脸上。哑巴抹了一下自己的脸，搂紧孩子捏着嗓子哭起来。

哑巴一哭，韩冲就没骨头了，眼睛里的泪水打着转说："我把粮食给你划过一些来，你不要怕，如今这山里头缺啥也不缺粮食。我就是炸獾炸死了腊宏，我也不是故意的，我给你种地，收秋，在咱的事情没有了结之前，我还管你们。你就是想要老公家弄走我，我思谋着，我也不怪你，人得学会反正想，长短是欠了你一条命啊！你怕什么，我们是通过村干部签了条子的。"哑巴摇着头像拨浪鼓，嘴居然还一张一合的，很像两个字："不要！"

岸山坪的人哑巴不认识几个，自打来到这里，她就很少出门。她来到山上第一眼看到的是韩冲，韩冲给他们房子住，给他们地种，给大粉浆饼子吃，腊宏打她韩冲进屋子里来劝，韩冲说："冲着女人抬手算什么男人！"女人活在世上就怕找不到一个好男人，韩冲这样的好男人，哑巴还没有见过。哑巴不要韩冲钱的另一层意思就是想要他管他们母子仁。

韩冲背转身出去了，哑巴站起来在门口望，门口望不到影子了，就抱了儿子出来。她这时看到了韩冲的粉房门前站了好多人，手里拿着布袋，看到韩冲走过去就一下围住了他。韩冲粉房前乱哄哄的，先进去的人扛了粉面急匆匆地出来，后边的人嚷嚷着也要挤进去。一个女人穿着小格子裤也拿着一个布袋从崖下走上来，女人走起路来一摆一摆的，布袋在手里晃着像舞台上的水袖。哑巴看清楚是甲寨上的琴花，琴花替她哭过腊宏，她应该感谢这个女人。

琴花上来了，韩冲他爹在家门口也看见了。昨天韩冲去借钱受了她的羞辱，今日里她倒舞了个布袋还好意思过来，这个不要脸的娘们。一个韩冲怎么能对付得了她？好好的三门亲事都黄了，为了啥，还不是为了她。人家一听说韩冲跟甲寨上的琴花明里暗里地好着，这女人对他还不贴心，只是哄着想花俩钱儿，谁还愿意跟韩冲？名声都搭进去了，韩冲还不明就里，我就这么一个儿，难道要我韩家绝了户！韩冲爹一想到这，火就起来了，他从粉房里把韩冲叫出来，问他："你欠不欠你小娘的粉面？"韩冲说："不欠。"韩冲爹说："那你就别管了，我来对付这娘们。"

琴花过来一看有这么多人等着取粉面，她才不管这些，侧着身子挤了进去。琴花看着韩冲爹说："老叔，韩冲还欠我一百五十斤玉茭的粉面，时间长了，想着不紧着吃，就没有来取。现在他出事了，来取粉面的人多了，总有个前后吧，他是去年就拿了我的玉茭的，一年了，是不是该还了？"

韩冲爹抬头看了一眼琴花就不想再抬头看第二眼了，这个女人嘴上的土眼跳跃得欢，欢得让韩冲爹讨厌。韩冲爹头也不抬地说："人家来拿粉面是韩冲打了条子的，有收条有欠条，你拿出来，不要说是去年的，前年的大前年的欠了你了照样还。"

琴花一听愣了，韩冲确实是拿了她一百五十斤玉茭，拿玉茭，琴花说不要粉面了，要钱。韩冲给了琴花钱。琴花说："给了钱不算，还得给粉面。"韩冲说："发兴在矿上，你一个人在家能吃多少，有我韩冲开粉房的一天，就有你吃的一天。"琴花隔三岔五取粉面，取走的粉面在琴花心里从来不是那一百五十斤里的数，一百五十斤是永远的一百五十斤。孩子马上要订婚了，不存上些粉面到时候吃啥，说不定哪天他要真进去了，我和谁去要！

琴花说："韩冲和我的事情说不清楚，我大他小，往常我总担待着他，一百五十斤玉茭还想到要打条子？不就是百把斤玉茭，还能说不给就不给了？老叔，你也是奔六十的人了，韩冲他现在在哪儿，叫他来，他心里清楚。他要是真有个三长两短，你说这粉面还真想要昧了我的呢。"

韩冲爹说："我是奔六十的人了，奔六十的人，不等于没有七十八十了，我活呢，还要活呢，粉房开呢，还要开呢！"

看着他们俩的话赶得紧了，等着拿粉面的人就说："不紧着用，老叔，缓缓再说，下好的粉面给紧着用的人拿。"说话的人从粉房里退出来，觉得自己在这个时候来拿也没有个啥，要这女人一点透似乎真有些不大合适，不就是几斗玉茭的粉面嘛。

琴花觉得自己有些丢了面子了，她在东西两道梁上，甚时候有人敢欺负她，给她个难看？没有！她来要这粉面，是因为她觉得韩冲欠她的，不给粉面罢了，还折丑人哩？

琴花说："没听说还有活千年的蛤蟆万年鳖的，要是真那样儿，咱这圪梁上真要出妖精了。"

韩冲爹说："现在就出妖精了还用得等！哭一回腊宏要一头猪，旁人想都不敢想，你却说得出口，你是他啥人呢？"

琴花说："我不和你说，古话说，好人怕遇上个难缠的，你叫韩冲来。我倒要看他这粉面是给啊不给？"

韩冲爹说："叫韩冲没用，没有条子，不给。"

琴花想和他爹说不清楚，还不如出去找一找韩冲。

琴花用手兜了一下磨顶上放着粉面的筛子，筛子哗啦一下就掉了下来。琴花没有想那筛子会掉下来，她原本只是想吓唬一下老汉，给他个重音儿听听，谁知道那筛子就掉了下来。满地上的粉面白雪雪地淌了一地，琴花就台阶下坡说："我吃不上，你也休想吃！"

韩冲爹从缸里提起搅粉浆的棍子叫了一声："反了你了！"

琴花此时已经走到院子里，回头一看韩冲爹要打她，马上就坐在地上喊了起来："打人啦，打人啦，儿子炸死讨吃了，老子要打妇女啦！打人啦，打人啦！岸山坪的人快来看啦，量了人家的玉茭不给粉面还要打人啦！"

韩冲爹一边往出扑一边说："今儿我就打定你了！"

哑巴不明白发生了什么事，刚才她回家为琴花做了张粉浆饼子，端了碗站在院边上看，碗里的粉浆饼子散发出葱香味儿，有几丝儿热气缭绕得哑巴的脸蛋水灵灵的，哑巴看着他们俩吵架，哑巴兴奋了。她爱看吵架，也想吵架，管他谁是谁非，如果两个人吵架能互相对骂，互相对打才好。平日里牙齿碰嘴唇的事肯定不少，怎么说也碰不出响儿呀？日子跑掉了多少，又有多少次想和腊宏痛痛快快吵一架，吵过吗？没有，长着嘴却连吵架都不能。哑巴笑了笑，回头看每个人的脸，每个人看他们吵架的表情都不同，有看笑话的，有看稀罕的，有什么也不看就是想听热闹的，只有哑巴知道自己的表情是快乐的。

琴花还在韩冲的粉房门前号，看的人就是没有人上前去拉她。琴花不可能一个人站起来走，她想总有一个人要来拉她，谁来拉她，她就让谁来给她说理，给她证明韩冲该她粉面，该粉面还粉面，天经地义。可是现在没有一个人来拉，她瞅着眼睛哭，瞅着周围的人，看谁来伸出一只手。她终于看到了一个人过来了，这一下她就很踏实地闭上了眼睛——过来的人是哑巴。哑巴端了碗，碗里的粉浆饼子不冒热气了。哑巴走到琴花的面前坐下来，两手捧着碗递到埋着头的琴花脸前，哑巴说："吃。"

这一个字谁也没有听见，有点跑风漏气，但是，琴花听见了。

琴花吓了一跳，止住了哭。琴花抬起头来看周围的人，看谁还发现了哑巴会说话了。周围的人看着琴花，不知道这个女人为什么突然噤了声！

琴花木然地接过哑巴手里的碗，碗里的粉浆饼子在阳光下透着亮儿，葱花儿绿绿的，粉饼子白白的，琴花的眼睛逐渐瞪大了,像是什么烫了她的手一下,她叫了一声"妈呀",端碗的手很决绝地撒开了。地上有几只闲散的走动的觅食的鸡,吓得扑棱了几下翅膀跑开了,扭头看了看发现了地上的粉浆饼子,又很小心地走过来,快速叨到了嘴里,展开翅膀跑了。琴花站起身,看着哑巴,哑巴咧开嘴笑,用手比画着要琴花到她的屋里去。琴花又抬起头看周围的人群,人们发现这琴花就是不怎么样,连哑巴都懂得情分,可她琴花却不领情,连哑巴的碗都摔了。

琴花弯下腰捡起自己的面口袋想,是不是自己听错了?却觉得自己是没有听错,她突然有点害怕了,一溜儿小跑下了山。岸山坪的人想,这个女人从来不见怕过什么,今儿个怕了,怕的还是一个哑巴。真的没明白。看着琴花那屁股上的土灰,随着琴花摆动的屁股蛋子,一荡一荡地在阳光下泛着土黄色的亮光,弯弯绕绕地去了。

五

炕上的孩子翻了一下身子蹬开了盖着的被子,哑巴伸手给孩子盖好。就听得大从外面蹦蹦跳跳地进来了。大说:"我有名了,韩冲叔起的,叫小书。他还说要我念书,人要是不念书,就没有出息,就一辈子被人打,和娘一样。"哑巴抬起头望了望窗外,幽黑的天光吊挂下来,她看到大手里拿着一包蜡烛,她知道是韩冲给的。

用麻秆点燃了蜡烛找来一个空酒瓶子把蜡烛套进去，有些松。她想找一块纸，大给她拿过来一张纸，她准备卷蜡烛往里塞时，她发现了那张纸是王胖孩给她打的条子，上面有她的签字。她抬起手打了大一下，大扯开嗓子哭，把炕上的孩子也吓醒了。哑巴不管，把卷在蜡烛上的纸小心缠下来，又找了一张纸卷好蜡烛塞进酒瓶里，放到炕头上。拿起那张条子看了半天抚展了，走到破旧的木板箱前，打开找出一个几年前的红色塑料笔记本，很慎重地压进去。哑巴就指望这条子要韩冲养活她娘母仨呢，哑巴什么也不要！哑巴反过来摸了大的头一下，抱起了炕上的孩子。这时候就听得院子里走进来一个人，是韩冲。韩冲用篮子提着秋天的玉米棒子放到屋子里的地上，说："地里的嫩玉米煮熟了好吃，给孩子们解个心焦。"

韩冲说完从怀里又掏出半张纸的蚕种放到哑巴的炕上，说："这是蚕种，等出了蚕，你就到埋腊宏的地垄上把桑叶摘下来，用剪刀剪成细丝儿喂。"

蚕种是韩冲给琴花订下的。琴花说："韩冲，给我订半张秋蚕，听说蚕茧贵了，我心里痒，发兴不在家，你给我订了吧。"韩冲因为和琴花有那码子事情，韩冲就不敢说不订。琴花就是想讨韩冲的便宜，人说讨小便宜吃大亏，琴花不管，讨一个算一个，哪一天韩冲讨了媳妇了，一个子儿也讨不上了，韩冲你还能想到我琴花？现在秋蚕下来了，韩冲想，给你琴花订的秋蚕，你琴花是怎么样对我的，还不如哑巴，我炸了腊宏，哑巴都不要赔偿，你琴花心眼小到想要我猪啦，粉面啦，我见了猪，猪都知道哼两哼，你琴花见了我咋就说翻脸就翻脸了呢？

韩冲说："一半天蚕就出来了，你没有见过，半张蚕能养一屋子，到时候还得搭架子，蚕见不得一点儿脏东西。哑巴，你爱干净，蚕更爱干净，好生伺候着这小东西。"

哑巴想，我哪里还知道什么叫干净呀，我这日子叫爱干净吗？

夜暗下来了，把两个孩子打发睡下，哑巴开始洗刷自己。木盆里的水气冒上来，哑巴脱干净了坐进去，坐进木盆里的哑巴像个仙女。标标致致的哑巴躬身往自己的身上撩水，蜡烛的光晕在哑巴身体上放出柔辉。哑巴透过窗玻璃看屋外的星星，风踩着星星的肩膀吹下来，天空中白色的月亮照射在玻璃上，和蜡烛融在一起，哑巴就想起了童年的歌谣：

> 天上落雨又打雷，
> 一日望郎多少回，
> 山山岭岭望成路，
> 路边石头望成灰。

蜡烛的灯捻哗剥爆响，哑巴洗净穿好衣服，找出来一把剪刀剪掉了蜡烛捻上的岔头，灯捻不响了。摇曳的灯光黄黄地满铺了屋子，倒出去木盆里的脏水，看到户外夜色深浓，月亮像一弯眉毛挂在中天上，半明半暗的光影加上阒寂的氛围，让哑巴有点嗒然伤心，潜沉于被时间流走的世界里，哑巴就打了个颤抖，觉得腊宏是死了，又觉得腊宏还活着，惊惊地四下里看了一遍，她的思维在清明和混沌中半醒半梦着。走回来脱了衣裳，重新看自己的皮肤，发现乌青的黑淡了，有的地方白起来，在灯光下还泛着亮，就觉得过去的日子是真的过去了。哑巴心头亮了一下，有一种新鲜的震惊，像一枚石头蛋子落入了一潭久沤的水池子，泛了一点水纹儿，水纹儿不大，却也总算击破了一点平静。

现在的季节是秋天，刚入秋，天到晚上有点凉，白天还是闷热的。摸索着从窗台上找到一块手掌大的镜子来，举起来看，看不清楚，镜子上全部是灰。下地找了块湿布子抹了两下，越发看不清楚了。一着急就用自己的衣裳抹，抹到举起来看能看到眉眼了，走过去举到灯影下仰了看。慢慢地举了镜子往上提，看到了自己的脸，好久了不知道自己长了个啥样，好久了自己长了个啥样并不重要，重要的是挨了上顿打，想着下顿打，眼睛盯着个地方就不敢到处看，哪还敢看镜子呀。

突然听得对面的甲寨上有人筛了铜锣喊山，边敲边喊："呜叱叱叱——呜叱叱叱——"

山脊上的人家因为山中有兽，秋天的时候要下山来糟蹋粮食兼或糟蹋牲畜，古时传下来一个喊山。喊山，一来吓唬山中野兽，二来给静夜里给游门的人壮胆气。当然了，现在的山上兽已经很少了，他们喊山是在吓唬獾，防备獾趁了夜色的掩护偷吃玉茭。

哑巴听着就也想喊了。拿了一双筷子敲着锅沿儿，迎着对面的锣声敲，像唱戏的依着架子敲鼓板，有板有眼的，却敲得心情慢慢就真的骚动起来了，有些不大过瘾。起身穿好衣服，觉得自己真该狂喊了，冲着那重重叠叠的大山喊！找了半天找不到能敲响的家什，找出一个新洋瓷脸盆。这个脸盆儿是从四川挑过来的，一直不舍得用。脸盆的底儿上画着红鲤鱼嬉水，两条鱼儿在脸盆底儿上快活地等待着水。哑巴就给它们倒进了水，灯晕下水里的红鲤鱼扭着腰身开始晃，哑巴弯下腰身伸进去手搅啊搅，搅够了掬起一捧来抹了一把脸，把水泼到了门外。哑巴找来一根棍，想了想觉得棍儿敲出来的声音闷，提了火台边上的铁疙瘩火柱出了门。

山间的小路上走着想喊山的哑巴，滚在路面上的石头蛋子偶尔磕她的脚一下；偶尔，会有一个地老鼠从草丛中穿过去；偶尔，恓惶中的疲惫与挣扎，让哑巴想惬意一下，哑巴仰着脸笑了。天上的星星眨巴了一下眼睛，天上的一钩弯月穿过了一片儿云彩，天上的风落下来撩了她的头发一下，这么着哑巴就站在了山圪梁上了。对面的铜锣还在敲，哑巴举起了脸盆，举起了火柱，张开了嘴，她敲响了：

"当!"

新脸盆儿上的瓷裂了,哑巴的嘴张着却没有喊出来。"当!"裂了的碎瓷被火柱敲得溅起来,溅到了哑巴的脸上,哑巴嘴里发出了一个字"啊!"接着是一连串的"当当当——""啊啊啊——"从山圪梁上送出去。哑巴在喊叫中竭力记忆着她的失语,没有一个人清楚她的伤感是抵达心脏的。她的喊叫撕裂了浓黑的夜空,月亮失措地走着、颠着,跌落到云团里,她的喊叫爬上太行大峡谷的山脊,使山上的植被毛骨悚然起来。直到脸盆被敲出了一个洞,敲出洞的脸盆儿喑哑下来,一切才喑哑下来。

哑巴往回走,一段一段地走,回到屋子里把门关上,哑巴才安静了下来,哑巴知道了什么叫轻松,轻松是幸福,幸福来自内心的快乐的芽头儿正顶着哑巴的心尖尖。

六

韩冲赶了驴帮哑巴收秋地里的粮食。驴脊上搭了麻绳和布袋,韩冲穿了一件红色球衣牵了驴往岸山坪的后山走。这一块地是韩冲不种了送给腊宏的,地在庄后的孔雀尾上,腊宏在地里种了谷。齐腰深的黄绿中韩冲一纵一隐地挥舞着镰刀,远远看去风骚得很。看韩冲的人也没有别的人,一个是哑巴,一个是对面甲寨上的琴花。琴花自打那天听了哑巴说话,琴花回来几天都没有张嘴。琴花想,哑巴到底是不是哑巴,不是哑巴她为啥不说话?琴花和发兴说。

发兴说:"你不说没有人说你是哑巴,哑巴要是会说话,她就不叫哑巴了,人最怕说自己的短处,有短处由着人喊,要么她就是个傻子,要么就像我一样由了人睡我自己的老婆,我还不敢吭个声。"

琴花从床上坐起来一下搂了发兴的被子,琴花说:"说得好听,谁睡我了?我还不是为了这个家,你少啥了?倒有你张嘴的份了!你下,你下!"琴花的小短腿小胖脚三脚两脚就把发兴蹬下了床。发兴光着身子坐在地上说:"我在这家里连个带软刺儿的话都不敢说,旁人还知道我是你琴花的汉们,你倒不知道心疼,我多会儿管你了?啥时候不是你说啥就是啥,我就是放个屁,屁眼儿都只敢裂开个小缝,眼睛看着还怕吓了你,你要是心里还认我是你男人你就拽我起来,现在没有别人,就咱俩,我给你胳臂你拽我?"

琴花伸出脚踢了发兴的胳臂一下,发兴赶紧站了起来往床上爬,琴花反倒赌气搂了被子下了床到地上的沙发上睡去。琴花憋屈得慌就想见韩冲,想和韩冲说哑巴的事情。

琴花有琴花的性格,不记仇。琴花找韩冲说话,一来是想告诉他哑巴会说话,她装着不说话,说不定心里怄着事情呢,要韩冲防着点;二来是秋蚕下来了,该领的都领了,怎么就不见你给我订的那半张？站在崖头上看韩冲粉房一趟，哑巴家一趟，就是不见韩冲下山。现在好不容易看到韩冲牵了驴往后山走了，就盯了看他，看他走进了谷地，想他一时半会也割不完，进了院子里挎了个篮子，从甲寨上绕着山脊往对面的凤凰尾上走。

韩冲割了五个谷捆子了，坐下来点了根烟看着五个谷捆子抽了一口。韩冲看谷捆子的时候眼睛里其实根本就看不见谷捆子，看见的是腊宏。腊宏手里的斧子，黄寡样，哑巴，大和他们的小儿子。这些很明确的影像转化成了一沓两沓子钱。韩冲想不清楚自己该到哪里去借。村干部王胖孩说："收了秋，铁板上钉钉。"韩冲盘算着爹的送老衣和棺材也搭里了。给不了人家两万，还不给一万？哑巴夜里的喊山和狼一样，一声声叫坐在韩冲心间，韩冲心里就想着两个字"亏欠"。哑巴不哭还笑，她不是不想哭，是憋得没有缝儿，昨天夜里她就喊了，就哭了。她真是不会说话，要是会，她就不喊"啊啊啊"，喊啥？喊琴花那句话："炸獾咋不炸了你韩冲！"咱欠人家的，这个"欠"字不是简单的一个欠，是一条命，一辈子还不清，还一辈子也造不出一个腊宏来。韩冲狠狠掐灭烟头站起来开始准备割谷子。站起来的韩冲听到身后有沙沙声传过来，这山上的动物都绝种了，还有人会来给我韩冲帮忙？韩冲挽了挽袖管，不管那些个，往手心里吐了一口唾沫弯下腰开始割谷子。

韩冲割得正欢，琴花坐下来看，风送过来韩冲身上的汗臭味儿。琴花说:"韩冲,真是个好劳力啊。"韩冲吓了一跳抬起身看地垄上坐着的琴花。琴花说:"隔了天就认不得我了?"韩冲弯下腰继续割谷子,倒伏在两边的谷子上有蚂蚱蹿起蹿落。琴花揪了几把身边长着的猪草不看韩冲,看着身边五个谷捆子说:"哑巴她不是哑巴,会说话。"韩冲又吓了一跳,一镰没有割透,用了劲拽,拽得猛了一屁股闪在了地上。韩冲问:"谁说的?"琴花说:"我说的。"韩冲抬起屁股来不割谷子了,开始往驴脊上放谷捆。韩冲说:"你怎么知道的?"琴花说:"你给我订的半张蚕种呢?你给了我,我就告诉你。"韩冲说:"胡球日鬼我,你不要再扯淡!咱俩现在是两不欠了。"

韩冲捆好谷子,牵了驴往岸山坪走。琴花坐下来等韩冲,五个谷捆子在驴脊上耸得和小山一样,琴花看不见韩冲,看见的是谷捆子和驴屁股。看到地里掉下的谷穗子,捡起来丢进了篮子里。想了什么站起来走到韩冲割下的谷穗前用手折下一些谷穗来放进篮子里,篮子满了,看上去不好看,四下里拔了些猪草盖上。琴花想,谷穗够自己的六只母鸡吃几天,现在的土鸡蛋比洋鸡蛋值钱,自己两个儿,比不得一儿一女的,两个儿子说一说媳妇,不是给小数目,得一分一厘省。

韩冲牵了驴到哑巴的院子里,哑巴看着韩冲进来了,赶快从屋子里端出了一碗水,递上来一块湿手巾。韩冲抹了一把脸接过来碗放到窗台上,往下卸驴脊上的谷捆。这么着韩冲就想起了琴花说的话:哑巴会说话。韩冲想试一试哑巴到底会不会说话。韩冲说:"我还得去割谷穗,你到院子里用剪刀把谷穗剪下来,你会不会剪?"半天身后没有动静。韩冲扭回头看,看哑巴拿着剪刀比画着要韩冲看是不是这样儿剪。韩冲说:"你穿的这件鱼白方格秋衣真好看,是从哪里买来的?"哑巴不好意思地低下头,抬起来时看到韩冲还看着她,脸蛋上就挂上了红晕,低着头进了屋子里半天不见出来。韩冲喝了窗台上的水,牵了驴往凤凰尾上走。韩冲胡乱想着,满脑子就想着一个人,嘴里小声叫着:"哑巴——红霞。"就听得对面有人问:"看上哑巴啦?"

一下子坏了韩冲的心情。韩冲说:"你咋没走?"琴花说:"等你给我蚕种。"韩冲说:"你要不害怕丢人败兴,我在这凤凰尾上压你一回,对着驴压你。你敢让我压你,我就敢把猪都给你琴花赶到甲寨上去,管她哑巴不哑巴,半张蚕种又算个啥!"

琴花一下子脸就红了,弯腰提起放猪草的篮子狠狠看了韩冲一眼扭身走了。

韩冲一走,哑巴盘腿裸脚坐在地上剪谷穗,谷穗一嘟噜一嘟噜脱落在她的腿上、脚上,哑巴笑着,孩子坐在谷穗上也笑着。哑巴不时用手刮孩子的鼻子一下,哑巴想让孩子叫她妈,首先哑巴得喊"妈",哑巴张了嘴喊时,怎么也喊不出来这个"妈"。

哑巴小的时候，因为家里孩子多，上到五年级，她就辍学了。她记得故乡是在山腰上，村头上有家糕团店，她背着弟弟常常到糕团店的门口看。糕团子刚出蒸笼时的热气罩着掀笼盖的女人，蒸笼里的糕团子因刚出笼，正冒着泡泡，小小的，圆圆的，尖尖的，泡泡从糕团子中间噗地放出来，慢吞吞地鼓圆，正欲朝上满溢时，掀笼盖的女人用竹铲子拍了两下，糕团子一个一个就收紧了，等了人来买。弟弟伸出小手说要吃，她往下咽了一口唾沫，店铺里的女人就用竹铲子铲过一块来给她，糕团子放在她的手掌心，金黄色透亮的糕团子被弟弟一把抓进了嘴里烫得哇哇喊叫，她舔着手掌心甜甜的香味儿看着买糕团子的女人笑。女人说："想不想吃糕团子？"她点了一下头。女人说："想吃糕团子，就送回弟弟去，自己过来，我管保你吃个够。"她真的就送回了弟弟，背着娘跑到了桥头上。

桥头上停着一辆红色的小面包车，女人笑着说："想不想上去看一看？"她点了一下头。女人拿了糕团子递给她，领她上了面包车。面包车上已经坐了三个男人。女人说："想不想让车开起来，你坐坐？"她点了一下头。车开起来了，疯一样开，她高兴得笑了。当发现车开下山，开出沟，还继续往前开时，她脸上的笑凝住了，害怕了，她哭，她喊叫。

她被卖到了一个她到现在也不清楚的大山里。月亮升起来时一个男人领着她走进了一座房子里，门上挂着布门帘，门槛很高，一只脚迈进去就像陷进了坑里。一进门，眼前黑乎乎的，拉亮了灯，红霞望着电灯泡，想尽快叫那少有的光线将她带进透亮和舒畅之中，但是，不能。她看到幽暗的墙壁上有她和那个男人拉长又折断的影子。她寻找窗户，她想逃跑，她被那个男人推着倒退，退到一个低洼处，才看到了几件家具从幽暗处突显出来，这时，火炉上的水壶响了，她吓了一跳，同时看到了那个男人把幽暗都推到两边去的微笑，那个男人的眼睛抽在一起看着她笑。她哆嗦地抱着双肘缩在墙角上，那个男人拽过了她，她不从，那个男人就开始动手打她——红霞后来才知道腊宏的老婆死了，留下来一个女孩——大。大生下来半年了，小脑袋不及男人的拳头大，红霞看着大想起了自己的弟弟。在这个被禁锢了的屋子里她百般呵护着大，大是她最温暖的落脚地，大唤醒了她的母性。红霞知道了人是不能按自己的想象来活的，命运把你拽成个啥就只能是个啥。她一脚踏进去这座老房子，就出不来了，成了比自己大二十岁的腊宏的老婆。

一个秋天的晚上，她晃悠悠地出来上厕所，看到北屋的窗户亮着，北屋里住着腊宏妈和腊宏的两个弟弟。北屋里传出来哭声，是腊宏妈的哭声，她看不见里面，听得有说话声音传出来。

腊宏妈说："你不要打她了，一个媳妇已经被你打死了，也就是咱这地方女娃儿不值钱，她给咱看着大，再养下来一个儿子，日子不能说坏了，下边还有两个弟弟，你要还打她，就把她让给你大弟弟算了,娘求你,娘跪下来磕头求你。"果真就听见跪下来的声音。

红霞害怕了,哆嗦着往屋子里返,慌乱中碰翻了什么,北屋的房门就开了,腊宏走出来一下揪住了她的头发拖进了屋子里。

腊宏说:"龟儿子,你听见什么了?"

红霞说:"听见你娘说你打死人了,打死了大的娘。"

腊宏说:"你再说一遍!"

红霞说:"你打死人了,你打死人了!"

腊宏反转身想找一件手里要拿的家伙,却什么也没有找到,看到柜子上放着一把老虎钳,顺手够了过来扳倒红霞,用手捏开她的嘴揪下了两颗牙。红霞杀猪似的叫着,腊宏说:"你还敢叫?我问你听见什么了?"红霞满嘴里吐着血沫子说不出话来。

还没有等牙床的肿消下去,腊宏又犯事了。日子穷,他合伙和人用洛阳铲盗墓,因为抢一件瓷瓶子,他用洛阳铲铲了人家。怕人逮他,他连夜收拾家当带着红霞跑了。卖了瓷瓶子得了钱,他开始领着她们打一枪换一个地方。腊宏说:"你要敢说一个字儿,我要你满口不见白牙。"

从此,她就寡言少语,日子一长,索性便再也不说话了。

哑巴听到院子外面有驴鼻子的响声,知道是韩冲割谷穗回来了。站起身抱着睡熟了的孩子放回炕上,返出来帮韩冲往下卸谷捆。韩冲说:"我裤口袋里有一把桑树叶子,你掏出来剪细了喂蚕。"哑巴才想起那半张蚕种怕孩子乱动放进了筛子里没顾上看。掏出叶子返进屋子里端了筛子出来,把剪碎的桑叶撒到上面,看到密密的蚕蛹心里就又产生了一种难以割舍的心痒。游走在外,什么时候哑巴才觉得自己是活在地上的一个人儿呢?现在才觉得自己是活在地上的一个人!心里深处汩汩奔着一股热流,与天地相倾、相诉、相容,她想起小时候娘说过的话:天不知道哪块云彩下雨,人不知道走到哪里才能落脚,地不知道哪一季会甜活人呀,人不知道遇了什么事情才能懂得热爱。

哑巴看着韩冲心里有了热爱他的感觉。

七

蚕脱了黑,变成棕黄,变成青白,蚕吃桑叶的声音——沙沙,沙沙,像下雨一样,席子上是一层排泄物,像是黑的雪。

日子因蚕的变化而变化。眼看着一概肉乎乎蠕动的蚕真的发展起来,就不是筛子能放得下了。韩冲拿来了苇席,搭了架子,韩冲有时候会拿起一只身子翻转过来的蚕吓唬哑巴,哑巴看着无数条乱动的腿,心里就麻抓而慌乱,绕着苇席轻巧快乐地跑,笑出来的那个豁着牙的咯咯声一点都不像一个哑巴。韩冲就想琴花说过的话:"哑巴她不是哑巴。"哑巴要真不是哑巴多好,可是她现在却不会说话,不是哑巴她是啥!

韩冲端了一锅粉浆给哑巴送。送到哑巴屋子里，哑巴正好露了个奶要孩子吃。孩子吃着一个，用手拽着一个，看到韩冲进来了，斜着眼睛看，不肯丢掉奶头，那奶头就拽了多长。哑巴看着韩冲看自己的奶头不好意思地背了一下身子。韩冲想：我小时候吃奶也是这个样子。韩冲告诉哑巴："大不能叫大，一个女娃家要有个好听的名字，不能像我们这一代的名字一样土气，我琢磨着要起个好听的名字，就和庄上的小学老师商量一下，想了个名字叫'小书'，你看这个名字咋样儿？那天我也和大说了，要她到小学来念书，小孩子家不能不念书。我爹也说了，饿了能当讨吃，没文化了，算是你哭爹叫娘讨不来知识。呵呵，我就是小时候不想念书，看见字稠的书就想起了夏天一团一蛋的蚊子。"

韩冲说："给你的钱，我尽快给你凑够，凑不够也给你凑个半数。不要怕，我说话算数。你以后也要出去和人说说话，哦，我忘了你是不会说话的。琴花说你会说话，其实你是不会说话。"

哑巴就想告诉韩冲她会说话，她不要赔偿，她就想保存着那个条子，就想要你韩冲。韩冲已经走出了门，看到凌乱的谷草堆了满院，找了一把锄来回搂了几下说："谷草要收拾好了，等几天蚕上架织茧时还要用。"

说完出了大门，韩冲看到大趴在村中央的碾盘上和一个叫涛的孩子下"鸡毛算批"。这种游戏是在石头上画一个十字，像红十字协会的会标,一个人四个子儿,各摆在自己的长方形横竖线交叉点上。先走的人拿起子儿,嘴里叫着鸡毛算批,那个"批"字正好压在对方的子上,对方的子就批掉了。鸡毛算批完一局,大说:"给?"涛说:"再来,不来不给。"大说:"给?"涛说:"没有,你不下了,不下了就不给。"大说:"给?"涛学着大把眼睛珠子抽在一起说:"给?"说完一溜烟跑了。韩冲走过去问大:"他欠你什么了?我去给你要。"大翻了一眼韩冲说:"野毛桃。"韩冲说:"不要了,想要我去给你摘。"大一下哭了起来说:"你去摘!"韩冲想,我管着你娘母仨的吃喝拉撒,你没有爹了我就是你的临时爹,难道我不应该去摘?韩冲返回粉房揪了个提兜溜达着走进了庄后的一片野桃树林。野桃树上啥也没有,树枝被害得躺了满地。韩冲往回走的路上,脑里突然就有一棵野毛桃树闪了一下,韩冲不走了,仄了身往后山走。拽了荆条溜下去,溜到下套子的地方,用脚来回量了一下发现正前方正好是那棵野毛桃树。韩冲坐下来抽了一颗烟,明白了腊宏来这深沟里干啥来了。

来给他闺女摘野毛桃来了。韩冲想:是咱把人家对闺女的疼断送了,咱还想着要山下的人上来收拾走她们娘母仨。韩冲照脸给了自己一巴掌,两万块钱赔得起吗?搭上自己一生都不多!韩冲抽了有半包烟,最后想出了一个结果:拼我一生的努力来养你母子仨!就有些兴奋,就想现在就见到哑巴和她说,他不仅要赔偿她两万，甚至十万，二十万，他要她活得比任何女人都快活。

天快黑的时候，从山下上来了几个警察，他们直奔韩冲的粉房。韩冲正忙着，抬头看了一眼，从对方眼睛里觉出不对。韩冲下意识地就抬起了腿，两个警察像鹰一样地扑过来掀倒了他，他听到自己的胳臂的关节咔叭叭响，然后就倒栽葱一样被提了起来。一个警察很利索地抽了他的裤带，韩冲一只手抓了要掉的裤子，一只手就已经戴上了手铐。完了完了，一切都他妈的完蛋了。

审问在韩冲的院子里，韩冲的两只手铐在苹果树上，裤子一下子就要掉下来，警察提起来要他肚皮和树挨紧了。韩冲就挨紧了，不挨紧也不行，裤子要往下掉。一个男人要是掉了裤子，这一辈子很可能和媳妇无缘了。苹果树旁还拴了磨粉的驴，驴扭头看着韩冲，驴想不知道因为什么主人会和自己拴在一起。驴嘴里嚼着地上的草，嘴片儿不时还打着很有些意味的响声。

警察问了："你叫腊宏？"

韩冲说："我叫韩冲，不叫腊宏。我炸獾炸死了腊宏。"

警察说："这么说真有个叫腊宏的？他是从四川过来的？"

韩冲说："是四川过来的。"

警察说："你只要说是，或者不是。你炸獾炸死了人？"

韩冲说："是。"

警察说："为什么不报案？"

韩冲看着警察说:"是或者不是,我该怎么说?"

警察说:"如实说。"

韩冲说:"獾害粮食,我才下套子炸獾。炸獾和网兔不一样,獾有些分量不下炸药不行,我下了深沟里。那天我听到沟里有响声泛上来,以为炸了獾,下去才知道炸了人。把他背上来就死了。人死了就想着埋,埋了人就想着活人,没想那么多。况且说了,山里的事情大事小事没有一件见官的,都是私了。"

警察说:"这是刑事案件,懂不懂?要是当初报了案,现在也许已经结了案,就因为你没有报案,我们得把你带走。你这愚蠢的家伙!"

韩冲傻瞪了眼睛看,看到岸山坪的几位长辈和警察在理论。

韩冲斜眼看到岸山坪的人围了一圈,看到他爹拄了拐棍走过来,韩冲爹看到韩冲,脸上霎时就挂下了泪水,韩冲一看到他爹哭,他也哭了,泪水掉在溅满粉浆的衣裳上。韩冲说:"爹,我对不住你,用你的棺材埋了人,用你的送老衣送了葬,临了,还要让老公家带走,我对你尽不了孝了。爹呀,你就当没有我这个儿子算了。"

韩冲爹用拐杖敲着地说:"我养了你三十年,看着你长了三十年,你娘死了十年,我眼看着养着个儿,说没有养就没有养,说没有长就没有长了?你个畜生东西!"

韩冲看到王胖孩大步走小步跑地迎过来,边走边大声问:

"哪个是刑警队长同志,哪个是?"

看到韩冲旁边站着的警察赶快走过来一人递了一根烟,点了点腰说:"屋里说,屋里说。"一干人就进了韩冲的粉房。

韩冲搂着苹果树,看身边的驴,耳朵却听着屋子里。屋门口围了好多大人小孩,屋外的警察走过来把他们驱散开,韩冲不敢扭头看,怕一下子扭不对了裤子会掉下来。就听得屋子里的人说:"我们是来抓腊宏的,你把腊宏的具体情况说一下。"村干部说:"这个腊宏我不大清楚,毕竟他不是我的村民,我给你们找一个人进来说。"村干部王胖孩走出来,踮着脚尖瞅了一圈岸山坪的人,指着韩冲爹很是神秘地说:"你,过来。"韩冲爹就走了过来。王胖孩小声说:"不是抓韩冲,误会了,是抓腊宏。逃亡在外的大杀人犯,炸死了,韩冲说不定还要立功。你进去反映一下腊宏的情况,如实的基础上不妨带点儿色。"重重拍了拍韩冲爹的脊背。

两人走了进去,接下来的话就有些听不大清楚。隔了一会儿又听得有话传出来:"真要是说上边查下来,你这个代表一级政府的村干部也得玩完。""是是是!"外面的人吵得乱哄哄的,有说腊宏是在逃犯,有说韩冲炸他炸对了,就把屋里的说话压了下去。听不见说话声,韩冲就看驴,驴也看他,互看两不厌。

韩冲想,驴就是安分,人就不如驴安分,驴每天就想着转磨道,太阳落了太阳升,太阳拖着时间从窗户上扔进来,驴傻傻地转着磨道想太阳闪过磨眼了，落下磨盘了，驴蹄踩着太阳了，摘了捂眼就能到苹果树下吃料了，青草儿青，青草儿嫩啊。驴也想韩冲，别看他平日里嘘呼我，现在和我一样儿拴在树上了，我的四条蹄子还可以动一动，他连动都不敢动，他一动旁边的那个人就用他的裤带抽他。哈哈，人和驴就是不一样，驴不整治驴，人却整治人，以前你韩冲嘘呼我，可算是有人要嘘呼你了，替我出了恶气。驴这么着想着就想叫，就想喊了。

"哥哦哥，哥哦哥，哥哦哥——"

驴不管不顾不看眼色地喊叫，带动着万山回应，此起彼伏，把人的说话声压了下去，良久方歇。

不大一会儿，粉房里的人都出来了。警察递给村干部韩冲的裤带，村干部王胖孩走过去给韩冲塞到裤襻里，紧了裤，韩冲才离开了紧靠着的苹果树。一个警察过来打开了韩冲的手铐，并没有放韩冲，而是让他从树上脱下手来，又铐上了，要韩冲走。韩冲知道自己是非走不行了。走到爹面前停下来，腿不由自主地跪了下来，安顿了几句粉房的事情，最后说："哑巴的蚕眼看要上架了，上不去的要人帮助往上捡，她一个妇女家，平常清理蚕屎都害怕，爹，就代替我帮她一把，咱不管他腊宏是个啥东西，咱炸了人家了，咱就有过。"

韩冲爹说："和爹一样，嘴硬骨头软，一辈子脖子根上就缺个东西，啥东西？软硬骨头。"

韩冲抬了脚要下岸山坪的第一个石板圪台的时候,身后传来一声喊:"不要!"

岸山坪的人齐刷刷把小脑袋瓜扭了过来,看到了哑巴抱着孩子,牵着小书往人跟前跑。

警察不管那个女人是谁,只管带了人走。韩冲任由推着,脑海里就想着一句琴花的话:哑巴她会说话!哑巴她真会说话!

八

哑巴手里拿着那张条子,走过去拽住村干部王胖孩。

哑巴比画着的意思是:你打了条子的,怎么说把人带走就带走了,要你这村干部做啥?

王胖孩说:"说,说!你明明会说话,要我拐着弯子办事,你要是早说话,咱还用打条子?"

哑巴半天憋得脸儿通红了才憋出一个字:"不。"

王胖孩说:"那你现在是哪里在发声儿?"

哑巴哭了,低着头看着自己的脚尖尖,十年了,失语十年了,很难面对一张嘴巴迎出一句话来,她的话被切断了,十年来过的日子可以用两个词来概括:疼痛和绝望。韩冲爹走过去拉了小书的手和王胖孩说:"要她跟着个杀人犯逃命,还要说话,绝了话好!"

外面传得哑巴会说话,但哑巴还是不说话。

韩冲爹找来村上的一个人要他来看一天粉房,他想进城里去看看韩冲。

韩冲爹说:"你只用把火看好,不要让火灭了,火好粉才好干透,下来的粉面才不怕老浆臭,老浆臭的粉面不出货,还不够精到,谁也不想要。午后喂一次猪,七八头猪要吃三桶粉渣,你做好这两项就好了,我搭黑就会回来。"

韩冲爹第二天就进了城里。在看守所里见到了韩冲,知道还在调查中。韩冲的雷管从哪里来的,琴花给的。琴花的雷管从哪里来的,发兴从矿上取回来的。发兴从矿上哪里拿的,从他的保管儿子的仓库里找的。这样下来一件事情就拉长了战线。现如今才调查到了矿上,发兴的儿也被看守起来了。

韩冲问他爹粉房的事情,他爹说:"好好,都好。那哑巴是真会说话。"

韩冲说:"会说话就好。"

韩冲爹瞅了韩冲一眼没吭声。

韩冲觉得有一句话憋在嘴里想说,却又不知道该怎么说,就说了:"回去安顿哑巴,就说我要她说话!"

韩冲爹啥话也没有说,点了一下头扭身走了。

回到岸山坪,看到家户都黑了灯了,唯有粉房亮着灯,村人正把火上烤的粉往下卸,一块一块地打碎。村人的身影映在墙上像个小山包。一伸一缩的,在黑黢黢的山梁上看着这么点儿光亮，这么点儿晃动的影子，心里酸酸的，那个人就是我啊，我在替我儿子还债哩。

韩冲爹掏出两盒烟走进门放到磨顶上，说："小老弟，舀一锅浆拿两包烟，我搭黑了，你也辛苦了。"村人说："谁家里不遇个难事，说啥客气话嘛。"

韩冲爹觉得门外有个东西晃，反身走出去，看到是哑巴。韩冲爹看着哑巴半天说了一句："韩冲要你说话。"

月光下，哑巴的嘴唇嚅动着，她感到了一种前所为有的东西撞击着她的喉管，她做了一个噩梦，突然被一个人叫醒了，那种生死两茫茫的无情的隔离随即就相通了。

秋天的尾声是悄无声息的。蚕全部上了架，蚕在谷草上织茧，哑巴看蚕吐丝看累了想到外面走走。因为长年闭门在家，很少到山间野地晃荡，深秋是个什么样子她还真是不怎么样知道。山头上的阳光由赤红褪成了淡黄，抱了孩子站在崖头上望，看到所有在地里劳作的农民脸上挂了喜悦色彩。哑巴想，在地里劳动真好啊。四处看去，但见天穹明净高远，少许白云似有若无，望过去显得开阔而清爽。之后山风涌动凉意渐生。她在粉房里看着驴磨着泡软的玉茭从磨眼里碎成浆磨下来，就是看不到韩冲。看到岸山坪的人们一挑一挑地往家挑粮食，就是没有韩冲。哑巴的心里颤颤地有说不出来的东西哽在喉头。哑巴回头教孩子说话。

哑巴说:"爷爷。"

孩子说:"爷爷。"

秋雨开始下了,绵绵密密地下个不停,泥脚、墙根、屋子里淤满霉味和潮气。天晴的时候,屋外有阳光照进来,哑巴不叫哑巴了叫红霞,红霞看到屋子外的阳光是金色的。

闪亮的铁轨

/// 杨遥

少年沿着铁轨进入弧的时候，是黄昏时分。

弧是一个安静的小村，二三百人，王姓为主。村人以种地为生，养着一批三轮车，农闲时出门收购小杂粮，增加收入。村周围是庄稼地，村南庄稼地南边是一片柳林，柳林南边是滹沱河，滹沱河再往南走十几里是连绵起伏的五台山山脉。

几十年前，京原铁路经过的时候，人们以为村子会热闹起来，但只是一小段铁路经过村子，像个半括号，把村子分成两部分。每天经过两列客车和几列货车，从来没有在弧停过。车窗里扔出的花花绿绿的饮料瓶和一些登满小道消息或色情文字的印刷品，让村子里的人们能感觉到些遥远的神秘的气息。偶尔村里的鸡或小猪被火车撞死，有人会跑去看看是谁家的。

北方二月还是寒冷的时候，地里光秃秃一片。黄昏最后一缕阳光打在土坯墙上,像展开一幅黄色的画卷。屋顶上炊烟已经飘起,与滹沱河的水汽一起笼罩在村子上空,干燥的烟味变得湿漉漉的,春天像捉迷藏的小姑娘一样,已经站在人们背后了。锅碗瓢盆的声音越来越稠,绣鞋垫的姑娘和簸米的大妈开始放下手中的活计,修理农具的、垫院的男人们也正收工。

少年一只裤腿卷到半膝,上面粘了一道沥青闪着黑光,两只鞋鞋帮已经磨烂,人造革鞋面上的漆皮剥落,像从垃圾堆里捡来的。头发乱糟糟,上面还有树叶和草屑。

门口喊鸡的王玉香老人最先看到少年,以为是个小乞丐。她念了句"阿弥陀佛",把少年领进屋里。老人说,冷吧,快烤烤炉子,一会儿吃碗面条。老人把少年留在炉子边,去厨房擀面条。屋子里热乎乎的,只是光线有点暗。少年忽然做出一个出人意料的举动。他拿起炉子上的炉盖,往自己手上烫去。老人的儿子正好进门看到了。他夺下少年手中的炉盖,把他赶出屋子。王玉香老人不明白自己的好意为什么会引起少年这样的举动,她跟出来。少年愤怒地哇哇说着一些话,谁也听不懂。王玉香老人家门前的人越聚越多,人们怀着好奇心打量这个少年,不知道他想干什么。在弧小学教书的李老师放学后听到消息也赶来了,人们让开一条道。这个师专刚毕业的年轻老师用普通话对少年说,你来这儿干什么?少年不吭声。他接着又说,你能听懂我的话吗?少年点了点头,额前的乱发下闪出一双警惕而又充满野性的眼睛。他把两只胳膊上的袖子捋上去,露出用蓝墨水刺的文身,左胳膊上有一个歪歪扭扭的"恨"字,右胳膊上是"找我妈"三个大字。围观的人们猜测他母亲跟人跑了,他出来寻找,可是不明白他为什么要烫自己的手。少年又开始哇哇大叫。李老师拉着少年的手说,跟我去学校吧,或许我能帮你点忙,外面这样冷。少年狠狠一甩胳膊,李老师打了个趔趄。围观的人们的眼神由好奇和同情变得有些不满。李老师又耐着性子说,天这么冷,你在外面晚上会冻坏的,先跟我去学校住一晚,明天再找你妈妈。少年嘴里不知道嘟囔了一句什么话,往后退了一步,眼神里满是恶意。人们说,疯子,别管他。

人们失去好奇心,慢慢散开。

王玉香老人拿出一个馒头放少年手里,他一扬手扔了。老人嘴角扁了扁,摇摇头,也回去了。

夜幕很快降临,乡村的夜晚月亮又大又清冷,偶尔有一声清亮的鸟叫声传来,孤寂地消失在风中。

第二天,弧的人们开始忙碌的时候,少年出现了。他还是昨天那副脏兮兮的样子,一种谁也不相信的神态,在村里的街巷晃荡。

谁也不知道昨天晚上他是在哪里过的夜,吃没吃东西。七眼伯说,家里有外地媳妇的这几天让她们少出门,避免不必要的麻烦。这个小孩大概是从川、云、贵一带来的,可能一直沿着铁路找他妈妈,或许听到些什么消息,他过些天一定会走的。

人们心里多了些谨慎。

少年发现,无论走到哪里,都有些奇怪的眼神盯着他,还伴随些小声的议论。但他毫不理会。他像一只觅食的公鸡，在村里东张西望。到中午的时候，人们陆陆续续回家做饭、吃饭，少年也神秘地不见了。

下午，少年又出现在街上，还是谁都不搭理的样子。王玉香老人看见他摇摇头，少年像一只飞进屋子的麻雀，到处乱闯，能去的地方就去。人们盼望他什么也找不到，早点离开。

傍晚放学后，纷纷涌出校门的学生在门口看到少年，他们指点着少年向老师说，看，看。李老师露出温和的笑容，再次邀请少年住在学校，他还比画了个洗澡的动作。少年愤怒地拒绝，然后飞快地跑走了。李老师苦笑了一下，嘱咐几个学生留意一下这个奇怪的人。

这天晚上，李老师躺在床上翻看一本流浪汉小说，但心不在焉，在想这个少年的事情。他期待门突然响起。

第三天，还没有到上课的时候，几个学生早早过来，喊报告。结巴鬼满意抢先说，老，老师，我，我们，昨天看，看见那个人藏在祠堂里。大个子磊磊也说，老师，满意说的没错，我们都看到了，不信你问忠义。忠义又要接着说，老师举手打断他的话，说，你们不要和别人说，还得继续注意他，看他在哪里吃饭，吃什么。

祠堂在弧南边一个院子里，院子中间有一棵大树，弧的人都叫它"炮树"，夏天它会开一种粉红的花，样子铃铛一样，人们说闻了它的香味会头痛。李老师没有闻过它的香味，但见过它开花的样子，确实在别的地方没有见过。祠堂的几间房子已多年废弃不用，平时里面放些棺材，谁家死了人用棺材时，才进去一下，阴森森的，从不上锁。

上课铃响了，李老师刚拿起课本，七眼伯在校门口出现了。李老师的眼皮抖了抖。七眼伯这个习惯让他很不自在，他不明白七眼伯为什么每天这个时候来学校里转转，好像监视他一样。他接下来讲课的声音有些发飘。他希望七眼伯马上离开。可是七眼伯在学校里踱了一圈后，径自朝教室这边走来。李老师继续讲课，但注意力转移到门外。七眼伯来到教室门口，没有敲门，就推开进来，走到墙边，伸手把灯拉灭，然后转身出去。教室里似乎暗了点，也似乎没暗。李老师看外边，天已经亮了。他心里很不舒服。

少年走在弧的街巷中，觉得人们的眼睛闪闪烁烁，藏着很多机密。这不大的村子，他昨天至少转了二十遍，没有找到丝毫迹象。他感觉自己没有揭破这个村子的秘密。从那天一进村子，一种神秘的气氛就让他觉得妈妈就藏在这个村里，他有耐心一直找下去。

少年还是像昨天那样在村子里乱转，看到人们注视，他心里有些得意。一上午他一无所获，到中午时，他向村子南面走去，他没有注意到后面跟着几个尾巴。

李老师吃饭时，磊磊来报告，老师，那个人在村南的地里面刨山药蛋。李老师快要吃完饭的时候，忠义又来报告，老师，那个人去了滹沱河，捉鱼。李老师问，你们还没有吃饭吧？他们吐吐舌头说，家里饭还没有熟。李老师说，你们快回去吃饭，我去河边看看。磊磊说，老师，满意还在。李老师说，你们吃了饭再来。

李老师沿着村南的路一直往南走，去年秋天已经犁过的地还没有解冻，土块上面都是光滑的犁铧印。他经过柳树林，灰褐色的柳树像弯着腰的老妪，上面的枝条上突兀地有几截用干枯的树枝搭的喜鹊窝，天上的云在快速流动。现在是用水淡季，滹沱河的水涨了不少，没到跟前，一股冷气已扑面而来。一个小小的身影跑过来，是满意。他说，老，老师，那，那个人在那边捉鱼，捉了这么大的一条。满意用两只手比画了一下。李老师说，你快回家吃饭吧。满意答应了一声跑走了。

李老师顺着河堤慢慢往前走，浑浊的河水翻着跟头往前跑，白色的水沫冲击着河堤，泥土的腥味一阵阵传来。在河水的一个拐弯处，李老师看到了少年。他挽着裤腿，站在水中，埋头用手中的东西朝岸边抄，一次次什么也没有。李老师又往前走，看到岸上枯黄的草丛中垒着一个石头灶，一些小树枝在燃烧。灶旁边是一双黑色的鞋，鞋里边塞着一双黑乎乎的袜子，还有一件同样发黑的上衣。水中的少年感觉到什么，猛抬起头来。看见李老师，少年马上拿起网，蹚着水，哗哗往岸上走。李老师看见水花打湿了少年的裤子，少年的腿惨白。少年上了岸，站在火堆旁，放下裤子，抱起上衣。被锹铲烂的半个山药掉下去，像皮球一样弹了一下往前滚去，抱在胸前的上衣里露出条鱼尾巴，拼命拍打少年的胸脯。少年一动不动盯着李老师。李老师低下头,看到少年的裤腿在嗤嗤冒着热气。他转过身子,觉得不该来这里。直到走出好远,还觉得背后有双眼睛盯着他。

少年那双惨白的腿在李老师眼前一直晃动。李老师觉得少年一定不会轻易离开弧。下午上课时,他问学生,你们村有没有外地女人?满意用少有的不结巴说,刘芳芳妈就是。刘芳芳说,你妈才是。学生们大笑起来,教室里一下乱了。李老师拍了桌子,教室里才静下来。

快放学时,学校里突然跑进一个疯子。嘴里"嗬嗬"怪叫着,拾上地上的小石子朝教室扔。满意说,老,老师,七眼伯家的疯子。李老师生气地说,什么人也来学校,给我把他赶出去。满意说,老,老师,这个疯子打人。话刚说完,一块玻璃碎了,窗户边的女同学抱着头尖叫。李老师说,这还叫学校?他跑出教室,几个男生跟在他后边。李老师大声冲疯子喊,滚出去。男生们跟着他喊,滚。七眼伯气喘吁吁地跑进学校,一把抱住疯子。疯子反手"咣"一个耳光。李老师看见七眼伯的脸红了。他跑过去帮忙,七眼伯后面跟着的人也跑过来,七手八脚把疯子按住。李老师问七眼伯,这是你儿子?七眼伯哼了一声,和众人把疯子弄走了。

七眼伯来学校赔玻璃钱时,说,昨天给他送饭时,一没留神,忘记锁门,他就跑出来了。李老师看到七眼伯还是那种很威严正经的样子,心里好笑。他想七眼伯以后不会来学校了。但接下来的一天他就知道自己想错了。

少年在村里待了七八几天还不走。弧的人们感觉很不自在。他们走到哪里总觉得有一双眼睛盯着自己。好端端平静的生活让这个少年打乱了。人们在七眼伯家，商量怎样把这个少年赶走。

报告公安局把他抓走是一个比较好的办法，可是他们觉得公安局不大可能派人来，因为少年在弧没有干过什么坏事，他只是在村里晃来晃去。他们自己可以赶。但人们又觉得公安局不管的人他们更没有权力去管。商量了半天也没有个好结果。只好等他自己离去。他们散去的时候在七眼伯门口碰上少年，少年一副自在的样子让他们心里更难受。

更让人不可忍受的是接下来的几天。少年发现自己每天在街上找没有效果，决定蹲在人们家门口等。他采取的办法非常简单，在人家门口几米远的地方，随便揪个什么东西往屁股底下一垫，坐在那儿就不动了，一坐就是一整天，除中午有会儿不在，其余时间像钓鱼一样一直等，直到他认为这家的人他都见到了，才到下一家。这样做，谁也受不了。农村虽说家里没有金贵的东西，可谁愿意这样被别人盯着呀。人们终于忍不住了，有人就打110，接通后，向警察汇报情况。警察问，他伤人了吗？进你院了吗？偷东西了吗？一听都是否定的回答，啪一下把电话挂了。人们当然不甘心，打听到民政部门管这类人，他们便去民政局，要求把村里的疯子抓走。民政局的人问，你们怎么能证明他是疯子？弧的人便把少年的举动说一次，民政局的人说，证明疯子一定要异常行为，这些举动说明不了什么。

　　李老师听到少年这样做，他还去看了一次。少年背靠着一根电线杆，像老僧入定一样。对周围经过的人毫不注意，只是盯着对面的院子，里面一有动静和人影，他的精神就来了。李老师觉得少年这样做肯定很快乐，他不知道这样下去会发生什么事。但他潜意识里甚至希望自己就是那个少年。

　　一天晚上在睡意蒙眬中，李老师忽然听到学校的大门响了一下，他以为是风。接着，又是几声响。李老师披上衣服坐起来，拉亮灯，没有声音了。他又等了半天，还是没有声音。李老师以为做了个梦，又睡着了。第二天，磊磊说，昨天七眼伯让人把祠堂的门锁了，还让人看着。李老师一下打了个激灵。他说，那个少年现在在哪里？快领我去。他们找到少年的时候，发现少年还是像昨天那样，坐在一户人家门前。眼皮耷拉着，根本不理他们。磊磊说，他快睡着了。李老师说，昨天晚上是他，肯定是他。

　　弧的人们改变了多年敞门的生活习惯，不管人在不在家，都把大门紧闭上。少年像带着瘟疫，在哪里人们都躲着他。弧平静有序的生活有些紊乱，人们干活常常心不在焉，拿着东西出了门不知道要去干什么。一向安稳的村子出现丢东西的现象，一些针头线脑的小东西、锹镢镂笆、馒头咸菜、麦子玉米、鸡鸭猪羊等等常常不翼而飞，人们觉得这都是因为这个奇怪少年的出现。

　　少年徘徊在街巷，面对的都是紧闭的黑漆漆的大门。

　　李老师希望少年能到学校来，对他说些什么。可是，七眼伯对他说，把学校的门关好，这几天村里不大安稳。李老师的心里长出了一口气，他想一定要把这个门关好，七眼伯以后不会随随便便到学校里了。

没过几天，晚上，铁路下面的隧道里着火了，烧了一堆玉米秆。少年从大火中跑出来。那晚的月亮很亮，不是十五也是十六，火光把隧道照得通明，少年像一只蝙蝠从火里奔出来，外面是惨白色的月亮。弧没有一个人出来。火烧完玉米秆慢慢就灭了。月亮一直很亮，后半夜人们还好像听到有人在奔跑。

着火后的第二天再见到少年的时候，他像一只烤红薯，浑身上下都是黑的。李老师想起少年那双惨白的腿。少年看到人们，是一副仇恨的表情。他连脸也没有洗，黑黑的，好像还散发着一股烟熏味儿。人们看到少年一遍一遍从地里、道旁、树林边，把柴草、树枝、玉米秆拾来，放到村前供龙王的神龛前，然后他把树枝搭起来，玉米秆堆在旁边，柴草放在顶上，一个像人们夏天看瓜用的瓜庵弄好了。少年对过来看热闹的人毫不在意，饿了就随手拿上神龛上的供品吃起来。

弧的人们议论纷纷，他们觉得少年和他们记仇了，而且他们相信少年这下不会离开了。人们又聚在七眼伯家，商量怎么对付这个少年。这时，听到疯子在隔壁屋里烦躁地走动。七眼伯说，让疯子赶他去吧。

七眼伯家锁着的疯儿子被放出去。这个疯子头发像毡子一样连成一片，眼睛仁又大又白，身子轻快得像撒欢的驴驹，在村里狂奔。女人和孩子见了他远远躲起来。疯子跑了几圈之后，动作慢下来，嘴里嘀嘀怪叫，对着太阳不停地吐唾沫。少年就是这时候来到疯子旁边的，他改变了往日的那种神态，好奇而又痛苦地盯着疯子。没有丝毫前兆，疯子抓住少年的头发，狠命朝墙上撞去。少年大叫着护住头皮，用劲脱挣，疯子的力气大得惊人，少年的头撞在墙上，发出像鸡蛋磕破的声音，血流了出来。少年两脚乱蹬，蹬在疯子命根子上。疯子大叫一声护住下身。少年睁大眼睛，惊恐地看着疯子，疯子嘀嘀叫着，又朝少年扑过来，少年撒腿就跑，疯子在后面猛追。少年在街巷跑了几个来回，越过铁轨从村南跑到村北，又从村北跑到村南，疯子在后面紧追不舍。少年跑出村子，跑进村南的庄稼地，地已经解冻，那些犁铧翻过的土地变得松软，少年一踩一个脚印。少年摔倒又站起来，疯子在后面紧紧追着。少年跑进柳树林，柳树褐色的树干开始返青，落下的树叶经过一个冬天变得又脆又干，踏上去发出清脆的声音。疯子在后面越来越近。少年跑出树林，滹沱河出现在面前，河边的土地更加松软，发出青草一样的气息，一踩一坨泥。少年什么也不顾，一步跑进河里，河水还是冷，但已经不刺骨。水拽着少年的衣服，少年拽着水，鞋陷进泥里也顾不上捡，少年跑到对岸，听见声音远了些，回头，疯子站在对岸用大白眼睛看着他，舌头像狗一样伸出来呼呼喘气。少年一屁股跌坐在地上，听到自己的心快要跳出来。忽然，一个黑乎乎的东西飞过来，少年一躲，是疯子的一只鞋。疯子扔出一只鞋高兴得手舞足蹈，然后赤着一只脚往弧返去。还没走多远，七眼伯领着一大群人追来，他们把疯子按住，把他的手拴住，拉着他往回走。他们谁都没有朝少年看一眼，少年感觉自己好像被遗弃了。

疯子被捉回去又关起来。人们都长出了一口气，他们觉得少年不可能再回来了。

弧的人们开始擦洗、检修自己的三轮车，往年这个时候，他们已经开始成群结队出门收购红芸豆、玉米、瓜子，今年因为这个少年，推迟了好多天。不能再等了，要误行情。

人们感觉这下出气也响亮了，他们打开大门，大声说话，晾出被子，街上的女人多了，猪狗鸡羊也在街上随意走动，整个村子一下活泼了许多。

傍晚，太阳已经藏到山背后了，但南墙根下还有余热，人们端上热气腾腾的饭，大声说笑着。明天，他们就要开始在路上奔波了。这时，有人说了句，疯子又来了。

气氛一下凝固了。

少年缓缓地走了过来，在暮色中，他的影子像一张移动的纸片。他没有往常那样漫不经心，好像还带着份惊吓。他走到人群前，稍微停了一下，他看到人们移动的喉结，肚子咕噜响了一下。他心里说，我想吃饭。但他什么也没有说，继续往前走，他走后，人们也纷纷回家，把门关上。

少年来到王玉香老人家门口。王玉香老人家的门关上了，少年只能看到屋里发出的灯光和移动的人影。他想起自己刚来弧时，这个慈祥的老人，少年的眼睛湿了。他往学校走，他想这个老师真是个好老师。少年远远就听到音乐，很温暖的音乐，他肚子里暖暖的，加快了步子。可是学校的门也锁了。少年推了一下门，里面的音乐好像停了一下，接着又响了。少年缓缓地后退，听着这暖暖的音乐后退，他去村前的神龛，看看里面有没有吃的。少年走得很谨慎，他害怕再碰到疯子。弧的街巷静静的，少年记得自己刚来的时候不是这个样子。他踏着月光往前走。

七眼伯家里一群人，人们商量明天动不动身。七眼伯说，走，再不走就赶不上好行情了。有人问，那孩子还在村里，怎么办？七眼伯说，把他也带上。

把他也带上？

少年什么也没有吃到，他躺在神龛前自己搭的小窝里，肚子呱呱乱叫。他看到村子里有明亮的灯光，隐隐约约还能听到欢乐的笑声，闻到一阵一阵的饭香。他把身子紧紧缩成一团，嘴里嚼着根稻草。慢慢地他枕着稻草睡着了，从稻草堆中，他闻到大米的香味。

半夜时候，几个壮年男子在七眼伯的带领下直接来到小窝前，他们没费什么劲就把少年捆个结结实实。少年在睡梦中惊醒，哇哇乱叫着挣扎。一块破布塞进他嘴里，然后他被装进一个麻袋里。

第二天，弧的三轮车队披着月光早早出发了。少年被放在七眼伯的车上，他身上放了一层又一层的麻袋、口袋、编织袋，少年简直透不过气来。随着三轮车突突的声音,少年离弧越来越远。少年不知道这些人要把自己怎样,他觉得有些恐惧。

车子一直往南,慢慢驶上了山路。少年被裹在袋子里不住地抛起来摔下去,少年一声不吭。半上午时候,车停下来人们吃饭。少年也被放出来,人们把他嘴里的东西拿出来,松开他一只手,给他前面放下吃的。少年这次没有拒绝,很快把东西吃完。吃东西的时候,人们都不看他。吃完,人们又把他裤子解开,让他方便,少年觉得有些害羞。然后,他又被塞住嘴,装进麻袋。

车继续往前,少年觉得山在慢慢升高。又走了好长时间,人们停下来给车加水。少年又被弄出来透气,少年看到周围都是山。有人说,就把他搁这儿吧。七眼伯说,不行,这儿太偏僻,有危险,咱们把他带到有人处。

车又前行。这次是往下走,速度快了些。慢慢路平坦了,少年觉得自己就要被抛了,心里有些发紧。但又走了好长时间,车才停下来。中间少年感觉车拐了好些弯。少年被从车上弄下来,提出麻袋,少年看到前面是个十字路口。人们把少年的手脚放开,给麻袋里放了些吃的。七眼伯说,孩子,你走吧,这人多。他们又把少年放进麻袋,不顾少年的挣扎,把麻袋口扎好,小心地放路边,还在旁边放了些标志性的东西。七眼伯说,孩子,别乱滚,小心车碾着,等一会儿就会有人发现你。

少年听到车又开始发动,他心里喊,别丢下我,可是什么声音也没有发出来,少年听从七眼伯的话,不敢乱动。他想起他沿着闪亮的铁轨走进弧,他哭了。

  一列客车驶过弧,路基周围的房子被震得微微颤动,很快火车过去了,弧又恢复了安静。

清水里的刀子

/// 石舒清

和自己在同一面炕上滚了几十年的女人终于赶在主麻前头埋掉了。坟院里只不过添了一个新的坟包而已。这样一种朴素的结局,细想起来,真是惊心动魄。

马子善老人是最后一个走出坟院的,在走出坟院门的那一刹那,老人突然觉得自己的鼻腔陡然地一酸,似乎听到一个苍老而又稳妥的声音附在自己的耳畔轻轻说,好啊,老东西,你命大,让你又逃脱了,那么就再转悠上几天,再转悠上几天就回来,这里才是你的家。细想想,你在外面转的时间也不短了,长得很了啊。

马子善老人诚恳地点着头,是啊是啊,实在是在外面混得太久了,把那样一个鲜活的婴儿,把那样一个强壮的青年混成了目前这副样子,这使他觉得尴尬而辛酸。马子善老人记得,他是孩子的时候，村子小得像一个羊圈，坟院远没有现在大，但那时候的坟院也显得空空的。到如今村子已经很大了，坟院已经突破成了眼下几乎和村子一样大的规模，而且里面密密麻麻地排列着坟堆，似乎几个村子的人都死光了都埋在这里，但实际上随着死人越来越多，活人也越来越多。马子善老人就在死人和活人都增多的过程里一天天一天天活到了七十多岁，衰老成了如今这副样子。

马子善老人有时在水面上看一看自己苍老的影子觉得不可理解，他真讲不清是什么将自己变化得如此苍老。坟头一多，连坟院里也似乎热闹了，这使马子善老人有些淡淡地失意，他喜欢空旷寂寥的坟院，喜欢坟头很少，大家相互珍惜着经历永恒的时间；坟头一多，使人觉得到这里以后会像外面那样钩心斗角，争争吵吵。但毕竟坟院比尘世要宁静得多，毕竟人们都在黄土下埋得很深，连串个邻近的门都是不可能的了。送葬的人都走尽了，院门外的浮土上印着很多的脚印，大家来时的脚印和去时的脚印重叠了，这样就使得许多脚印都失去了方向。人们走得多么快，只留下了一些模模糊糊的脚印，但终有一天人们要把自己留在这里的。谁都不免把自己留在这里的。日光倾泻在坟院里，使坟院像一个庞大的废墟。看这天空多么像一个大大的钟面啊，日头不过一根针，在这巨大的钟面上无休止地划来划去。

马子善老人突然感激自己鼻腔的那一酸楚了，不然自己会很忽略地走出坟院的，正是那一酸楚使自己留在了这样一个重要的位置上——坟院门上,这就是生死之门,人应该在这里多站站的。马子善老人觉得自己是那样渴望在这里多站一会儿,躲在坟院深处是不好的,毕竟自己还活着嘛,可是盲目地到尘世上去就更不好。去干什么呢?似乎就没有什么可干的。现在最好就是在这样的位置上多站一会儿,多想一会儿。想法很多的,想法会使人有一种觉悟的幸福。这么大的天空只有日头独自走长路实在是太孤单了,马子善老人看看日头觉得日头很孤单。孤单着也好,有时候奇怪地觉得孤单着也是一种福分。马子善老人回头看了看坟院,只这么一会儿,老婆坟头的土已没有刚才那样新鲜了,他想起自己将老婆用一匹小青驴从南山里驮来给自己当媳妇的事,老婆头上戴着红纱,两只鞋面上绣满花的脚在铜镫里摆着,随着铜镫一荡一荡,让人的心生出化雪的感觉。那时候想不到那样年轻好看的媳妇最终会归宿于这样一个坟包。马子善老人轻轻叹一口气,应该在这里多走走的,应该在这里多看看才是,这里才是家。那个用血肉温暖了一辈子几辈子的家如今不是自己的了,那是儿子孙子他们的家了。但儿子孙子们不久也会到这里来的,那么那个家究竟是谁的家呢?马子善老人想,该找李乡长讲讲了,该跟他给自己要一块地皮了,得好好找一块长眠之地,不然,草率地一死,让人埋到一个窄狭处,可就坏了。马子善老人突然非常地渴盼能知道自己什么时候死,他站在坟院门口喃喃自问,主啊,我究竟在几时呢?你能悄悄地告知我吗?四周一片寂静,坟院里的风微凉地掠过他的脸面,有些竟吹入他耳朵的深处。他想自己若是知道自己归真的一刻，那么提前一天，他就会将自己洗得干干净净，穿一身洁洁爽爽的衣裳，然后去跟一些有必要告别的人告别，然后自己步入坟院里来，找到自己的长眠之地，含着清泪，诵着《古兰经》，听任自己的生命像和风那样一丝丝吹尽。想到必死无疑的自己连自己什么时候死都不知道，想到自己会在毫无准备的情况下死掉，他突然觉得一种异常的伤感与恐惧。他想起一句人们常说的话来，尤其那些善说大话的人也这样说，那些人，在他们说了一世界大话之后，突然会说，我除了不知道我几时死，再啥我不知道呢？听听，再善于讲大话的人，他也不知道他几时死。

回到家里，耶尔古拜还拿着他母亲的照片抽抽噎噎地哭着。他想劝劝儿子，又没劝，劝也是白劝。他想，儿子若到了自己这个年龄，就不会因亡人而哭了。自己若在儿子那个年龄，大概也还是要哭的。这都是很自然的事。儿子见他回来了，就眼泪巴嚓地过来问他，如何搭救亡人。这里都是这样信仰的，亡人一入土，冥冥处就开始拷问他（她）的罪过了，亡人都有一个罪人的身份。因而活着的亲属就得施行一些搭救亡人的仪式。有钱人家，搭救的排场是很大的，但人还是贫寒之家居多。那么宰一只鸡，烙两个油馕，也还是不比有钱人家差的。阿訇们说，有时候举念一枚枣，比举念一峰骆驼都贵重。但实际上人们还是看重骆驼，觉得骆驼贵重。人们也毕竟都是很世俗的，毕竟觉得宰一峰骆驼的搭救效力也远远强过宰一只鸡。儿子眼泪巴嚓地来问他如何搭救时他说,量力而行吧,七七的日子上点一根香,烙两个油馍就成了。儿子说,别的都可以将就,四十不能将就啊,四十日那天来的人多,不要说宰一只鸡,宰一只羊都不行,人笑话呢。他说,宰羊不行你还要宰啥。这样说时他突然想到家里那头老牛,他的心猛地一紧,什么都说不出来了。儿子又落下眼泪来,说,大,我妈苦了一辈子,活的时节没活上个好,殁了,咱们要把亡人当个事呢。

他什么都没有说,他担心什么一般闭着眼睛,似乎老牛就在他闭着的眼睛里了,悠闲地摇着干燥的尾巴。静了片刻,儿子说,大,我想,咱们那个牛,也老了,再买个嘛咱们也没钱,你看……他就觉得自己的心上被一只漆黑的拳头捣了一下。他凉凉地看了儿子一眼,说,把它宰了,地拿啥犁?儿子声音很低地说,它还能犁几年呢?是啊,老黄牛确乎是老了,经它拉朽的犁都有好几副了,还指望它能犁多少地?而且它活着也不过是个犁地而已。它最终就能免去一刀之劫吗?宰就宰了吧,他听到自己心里凉凉地说。但儿子似乎听到了,他看见儿子点了点头。他心里有什么东西在具有力度地纠缠着,又想像是空空如也。

耶尔古拜牵着老黄牛走到西边的墙角下,清晨的阳光照亮了墙壁和牛的一部分,使牛身有着两样颜色。在光里的那一部分黄着,显得干燥,处在阴影中的部分却是紫色,显得厚重。牛那么温驯,耶尔古拜用一根指头粗的草绳就牵走了它。它不缓不急地走着,像是驮着什么极重的担子,又像了悟了什么一样显得旷达而随意，它和耶尔古拜之间的草绳软软地垂着，其实不是耶尔古拜在牵它，而是它跟着耶尔古拜走着罢了。它走到墙根下，就像一座山那样稳稳地站住了。阳光落在它那阔大的脸上，它微眯着眼，不急不缓，悠闲而舒适地反刍着，显得自在而受用。耶尔古拜端了一大盆清水来，他这些日子每天都要把牛洗一次，这样老牛像是穿了新衣裳，显得稍稍的年轻与精神了一些。耶尔古拜用一把大刷子蘸了清水洗着牛身，洗得很是详尽，他还把洗衣粉洒在牛身上，他把牛脖里的褶皱用手指舒展开来洗着，把它的尾巴搭在自己的肩上，洗着它的臀部，他把牛蹄子都洗到了，他把女儿缺了齿的梳子拿来，将牛尾浸湿，然后像好看的女子梳理自己的长发那样梳着长长的牛尾。牛微闭着眼睛，忘我地享受着对它无微不至的洗浴，似乎这个被洗着的身体不是它的一样。耶尔古拜把牛洗净，用一领干净的毛巾擦干它，然后站在远处欣赏它。他很满意地点着自己的头。洗完牛，他就抱来新铲的鲜草给它吃，看着肥嫩的苦苦菜叶被牛大口大口香甜地吃着，看着牛瘪瘪的肚子有些夸张地鼓起来，耶尔古拜真是有着一种难以言述的喜悦。他对母亲的强烈的情感与念想都寄托在这牛上了。他觉得自己不是在侍候一头牛，而是虔敬地侍奉着自己敬重的一位老人。自从举意在母亲的四十祀日要用这头牛时，他就觉得这头牛已超越了其他一切牛，这头被举念了的牛已有了一种独特的品质与意义。它将携带使命去拯救苦海中因自己的罪行而受难的亡灵。耶尔古拜有时用心地洗着这牛，莫名其妙地有着一种感动，有几次更是匪夷所思,他突然想对着这牛,泪雨婆娑地喊一声娘,这愿望竟是那样强烈,使他几乎不能抑制。他觉得自己这么多年竟是把牛看轻了,牛有着博大而宽容的心灵,他觉得牛实在是一种了不起的生命。宰一只鸡怎么能跟宰一头牛相提并论?他真心地觉得,宰一头品质卓越的牛实在是能免却一份很大的灾难。他一点也不怀疑这头牛对他母亲的巨大作用。他觉得在举念之后,它就不是在人间的生命了,它一定会归宿到一个令人向往的地方。一只鸡可以生活在群星后面的天庭里吗?不能的,但一头牛却能。牛可以凭着它不改的忠厚和善良堂而皇之地走进一切巨大的宫殿之门。因此耶尔古拜像干着一件神圣的事业那样侍候着老牛,使它一天一天地健壮起来,一天一天地年轻起来。耶尔古拜看着,心里有着难以言述的感动与狂喜。当牛大口大口地吃着鲜嫩的草时,马子善老人偶尔也会走过来,蹲在一旁看牛吃草,他脸上的表情没有耶尔古拜那样鲜明。他对耶尔古拜说,瞅它这吃,就像它还能活一千年。然后不待儿子说什么,拿起一大朵肥嫩的苦苦菜,将一片菜叶脆脆地折裂,立即溢出稠稠的奶汁来,马子善老人皱皱眉,说,唔,这么多的奶。

就这样,四十的日子一天一天像一大团阴影那样悄然地逼近了。

四十日的前三天,晨光给高高的树梢上淡淡地涂了一抹金色。无数的麻雀在巨大的树冠里异常激越地吵着,让人的心里荡开着一粼一粼很温馨的银波。马子善老人正在离树冠较近的高房子里精心地粘《古兰经》，经典历时久了，纸质已经泛黄，而且轻若鸿毛，但上面的字迹却似愈加清晰。突然耶尔古拜跑上来有些焦灼地说，老牛吃也不吃了，喝也不喝了，昨夜里放在槽里的清水与鲜草原模原样地放着。马子善的心强烈地一动，他把没有粘好的经典摊开在桌面上有阳光的地方晒着，自己匆匆随儿子来到了牛棚。牛棚盖在大门的外面，平时看不出，这一刻才发现这牛棚有着一些缝隙，一些金叶子似的阳光从那些缝隙里照进来，很短，往往在瞬间就莫名地消失了。牛棚里很干净，有着一种促人感动的牛粪气息。牛宁静端庄地站在那里，像一个穿越了时空明澈了一切的老人。它依然在不缓不急，津津有味地反刍着，它平静淡泊的目光像是看见了什么，又像是什么也无意看。它的肚子明显有些瘪。槽里有一盆清水，清得像能生出莲花来，显然，这水没有动过，盆旁边是草，显然也没有动过，一夜之间，那么鲜嫩的草有些蔫了。大，你看，这水，它一口都没喝，还有草，都没吃。儿子有些焦灼地说。牛像是没有看到他们父子俩，它投入而又忘我地反刍着自己的东西。儿子突然问他说，大，是不是……他知道儿子要说什么，他的鼻腔深处强烈地一酸，喉头处像硬硬地哽了一个什么硬物，他觉得自己的泪水带着一股温热迅疾地流下来了，他连忙转过头，有些踉跄地疾疾地走了出去。日头升高了一些，光星像凌乱的雪花那样扑面而来，他低下头像在风里面似的走着，上了高房子，麻雀吵得愈加热烈。他坐在炕边上，两手蒙住脸，感觉泪水在指缝里流出来了。他说不清自己为什么要流泪，更说不清自己为什么竟有那么多的泪，似乎还有要哭出声来的欲望。终于呜呜咽咽地哭出声来了，心像一个大海那样激情难抑，心里满满地都是感动。耶尔古拜诧异地出现在门口，阳光使他的正面显得很暗。见父亲那样，他显得有些无措，很快又走下去了，麻雀们不知受到了怎样的打击，轰一声响，骂咧咧地飞了，余下几只在树里，有些胆怯和猜测地鸣着。马子善老人不能自抑地哭了一会儿，感到自己像激流那样平缓了下来，心境渐渐宽阔，但那种感动还是满满地在心里。他有着大病初愈那样伤感而美好的心境。他觉得有些罪过，把这么了不起的一个生命竟忽略了，竟像畜牲那样役使了它几十年。想起那时候他打在它背上的鞭子，他觉得愧疚而难过，如果谁用鞭子打他相同的数量以示惩罚，他一定会很乐意很感激的。还想起一件事来，那就是牛一边拉着犁走一边扬起尾巴拉粪，当时觉得没什么，渐渐就觉得这真是过于残忍了，我们人连一个拉粪的机会都不给它，在它拉粪的时候我们还不放过它，还在役使它——哪里知道它竟是这样一个高贵的生命！马子善老人又想起槽里的那盆净无纤尘的清水，那水在他眼前晃悠着，似乎要把他的眼睛和心灵淘洗个清清净净。那是一盆怎样的水啊，在那样清澈的水里，果真有一把银光幽幽的刀子吗？记得老人们都讲过的，说牛这样的生命是大牲，如果举念端正，把牛能用到好路上，那么，这头牛在献出自己的生命之前，会在饮它的清水里看到与自己有关的那把刀子，自此就不吃不喝了。显然，这头不吃不喝的老牛是看到自己的那把刀子了，就在它面前的那盆清水里看见了。马子善老人真切地觉到一种难言的强烈的震动，他那么不能自禁地要为此流一些眼泪。

过了一天，过了两天，牛还是不吃，盆里的水有些浑了，草也蔫得像野风吹过一样，牛肚子触目惊心地瘪下去了。两个后胯那里有着两个深坑，里面可以卧两只母鸡了。但牛依旧静静地立着，双眼微闭，依旧在轻轻地反刍着。没有什么可以质疑的了。这了不起的生命，它竟然这样韬光养晦，竟为人役使地度过了自己艰辛的一生。马子善老人心里有了一种驱之不散的肃穆。只要他一闭眼，在他内部的视野里，就有一盆清得让人像涟漪那样微微颤栗的水，在这水里，慢慢就会生出一把世所罕见的刀子，在清水的深处像一种暗藏的秘密那样不断地向你闪悠着银光。马子善老人感恩地点着自己的头，泪水在他的脸上流着，他喃喃说，你比我强，你知道你的死，可是我不知道。他记得老人们讲过，像牛这样的大牲，看到清水里的刀子后，就不再吃喝，为的是让自己有一个清洁的内里，然后清清洁洁地归去。原来是这样的一种生命！这两天里，飞散的麻雀又聚在树梢上了，马子善老人把翻阅破了的经典精心粘好，放在桌面上，大大的玻璃窗上，阳光照进来，像金子那样的阳光落在大大的桌面上，落在摊开的古老的经典上。

马子善老人坐在高房子外面，纷乱的麻雀声像阳光下的雨泡儿那样明明灭灭个无休无止。他浴在阳光里，想起他年轻的时候,老牛也还不老,也还年轻,和他一般有着暴烈的脾气,不时就将自己那样一个健壮而沉重的身子腾起在半空,在半空里有力而又极度紧张地扭曲一下,它后面还是拖着犁的啊,就将地犁得乱七八糟,马子善老人欣慰地想着这些,喃喃说,原谅我吧,咱们都有过年轻的时候嘛。然而最令他伤痛不已的是,牛知道它的死,他贵而为人,却不能知道。

明天就是四十祀日了。这些日子阳光总是出奇地好。人总觉得自己是被置身在一个阳光的世界里。耶尔古拜拿了一把刀子来给他磨。刀子足有一尺多长,长久地不用,上面已生了红锈。但刀子是可以磨得锋利的。他借了村里最好的磨石来,灌了一铜汤瓶清水,把清水倒在磨石上,磨石上就像显出了一篇碑文。他想他一定要把刀子磨好,红锈在清水里像血丝那样迟疑地流动着,他想他一定要把刀子磨出银子那样的光来。他突然想牛在清水里看到的刀子,是自己磨的这一把么?一定是的,还能是哪一把呢?因此一定要把手里这把刀子磨得和清水里那把一模一样,不然就对不起那不凡的生命啊。他一边用力地磨着刀子,一边看见自己的眼里有亮亮的东西掉下来,溅到青青的磨石上和耀眼的刀刃上,儿子走过来对他讲什么,他不抬头,儿子就走了。

那天夜里星星密缀了天空,使整个天空显得沉甸甸的。没有风,偶或撞到极细微的一丝,倒给人一种担心与警觉。夜深的时候,马子善老人顶着满天星光悄然钻到牛棚里去,直到寺里喊邦克时才钻出来,他的脸有些苍白。那时候星星已落掉不少,像被摘去果子的枝头那样,天空显得比深夜时轻渺了许多。耶尔古拜已经起来扫院子了。马子善老人对他说,家里的事你看着弄吧,我去县上买些调和之类的东西。耶尔古拜说,大,你今儿不能走啊。老人不答他的话,拿出一根很白很厚的毛巾来,说,宰的时候用这个把眼睛蒙上。耶尔古拜说,大,今儿你不能走啊。但马子善老人走了。一直到了日落,他才回来,他的脸总之是有些苍白,他先到牛棚里去转了一圈,然后他像是下了一个决心,他走进门里去了,但是他很快站住了,他看见一个硕大的牛头在院子里放着,牛头正向着他,他不知道牛的后半个身子哪里去了。他觉得这牛是在一个难以言说的地方藏着,而只是将头探了出来,一脸的平静与宽容,眼睛像波澜不兴的湖水那样睁着,嘴唇若不是夺在地上,一定还是要静静地反刍的。他有些惊愕,他从来没有见过这么一张颜面如生的死者的脸。

大年

/// 郭文斌

父亲挑水回来，明明和亮亮已经把炉子生着，把茶罐架上了。父亲笑着在他们每个人的头上抚了一下。明明说，今年早点写，争取到中午写完。亮亮说，中午晚了。明明说，对，中午以前。父亲说，那你们就赶快准备纸墨。明明和亮亮齐声说了一句戏词："高台已筑就，单等东南风。"惹得父亲笑起来。父亲看了一眼后炕，他们果然已经把要准备的都准备好了。炕桌上放着碟子，碟子里倒了墨汁，墨汁里泡着毛笔，大红纸也裁好了。父亲说，明明和亮亮到底是长大了，今年的字就你们写吧。明明搓搓手，笑笑；亮亮挠挠耳朵，笑笑。父亲说，那样的话，爹就单等着过年了。明明说我们明年开写字课。父亲说晚了，我像你们这么大时，都拿毛笔给人写状子了。明明说那时没有钢笔嘛。父亲说也有，可是你爷爷不让用。亮亮说那么现在呢，现在老师咋让用？父亲说现在的人都图个快么。父亲见明明和亮亮站在地上不停地搓手，就让他们先到炕上暖着。可是明明和亮亮都说他们不冻。说着，明明给炉子里添了一块木炭。亮亮歪了头噘着嘴从炉眼里往里吹气，吹得木炭叭叭响。父亲看着，心里涌起一股温暖。就给明明说，就按你们的意思，今年我们过个早年。明明说可是你还没有喝茶呢。父亲说等开了再喝。亮亮就忽地一下跳到炕上，压了纸的天头，等父亲开写。父亲提起毛笔，一时记不起对联。明明说："天增岁月人增寿，春满乾坤福满门。"父亲欣赏地看了明明一眼，明明的脸上是一句话：这算什么，小事一桩。父亲开写。明明和亮亮跟着毛笔念：天，增，岁，月，人，增，寿。

几乎在父亲毛笔离纸的同时，明明已经把对联接过，顺墙放到地上。从明明能记事起，全村的对联都是父亲写，年三十写一整天，直写到天麻麻黑，还写不完。一些活忙不过来，母亲就嚷，父亲一不耐烦，就吵起来。让他们感到扫兴不说，更重要的是，把半个子年都给占去了。别人家都在吃年饭了，他们才忙着贴对联，请三代。今年明明和亮亮决定早早地动手，争取正儿八经地过个年。

明明接过"春满乾坤福满门"往地上放时，亮亮抢先说："向阳门几春藏在，积善之家庆有余。"明明大笑，然后纠正说是"门第"，不是"门几"。亮亮说就是"门几"么。明明说，"门第"。亮亮说，"门几"。这时，父亲已经把"第"写在纸上。明明说你看是哪个字。亮亮说我说的就是这个字。父亲笑笑说,你们二人都对,是亮亮没有把字咬清楚。明明说"常"也念成"藏"了。父亲说亮亮也出息了,去年写的对联,今年还记着,上学肯定是个好学生。明明问亮亮还记下哪一句,亮亮想了想说,还有"三阳开泰从几(第)起"。明明问,下一句呢?亮亮咬了嘴唇想,没有想起来。是个啥呢?刚才还记着呢。明明说算了吧,刚才还记着呢咋这时记不起来了。亮亮说就是么,刚才还记着呢,都怪腊月八吃了糊心饭。明明说那是封建迷信,咱们都吃了,可是我咋能记着呢?亮亮说那你说是啥?"五福临门自天来"。明明拨算盘珠子似的飞快地说。可是亮亮还是从"自天来"跟上了。明明暗暗吃惊亮亮的记性。这时,父亲哎哟了一声,提了笔看着对联。明明就知道父亲把字写错了。看时,父亲果然把"在"写成了"来"。明明念了一遍"向阳门第春常来"。说,可以的。父亲没有肯定,也没有反对,又看了一会儿,说,通是通,可是别扭。明明说只要通了就行。父亲说,不行,别人看了要笑话的,尤其是你舅舅。明明说我舅舅说今年不来,堆堆要来呢。说着,拿了对联去地上放了。父亲说堆堆也识字呢。亮亮说要不重写吧。父亲说那不白白地把一绺纸浪费了。亮亮说要不等一会儿给别人家。父亲说,那不行,怎么能把一个错对联给别人家呢?亮亮你这点不好,说着,写下"积"字。亮亮说那就给瓜(傻)子家,反正他家没人去。不想父亲陡地停了笔,定了神看亮亮。明明知道父亲生气了,忙说,我给我妈说了,今年过年咱们争取不吵嘴。明明的提醒见了效,父亲把刚才端得很硬的架子放下来,一边写"善"字,一边给亮亮说,正因为是瓜子家,就更不能给他们,知道吗?明明和亮亮不知道,却屈从地点了点头。父亲说,只有小人才欺负瓜子,知道吗?明明和亮亮又点了点头。明明说亮亮年一过就长大了。父亲说我说的小人,不是没长大的人,而是那种品德不好的人,有些人即使活到一百岁,也是小人,知道吗?明明看见亮亮的脸色一时转不过来,就接着刚才的话题说,堆堆肯定不看,堆堆只爱耍枪。明明说这话时,父亲的笔落在"家"字上。父亲好像没有听到明明说的话,而在端详那几个字,在里面寻找什么似的。明明和亮亮突然觉得这对联不单单是对联,就不再多说话,只是默默地配合着父亲,父亲写完一个字,亮亮把纸往前拽一下,写完一个字,把纸往前拽一下。写最后一个字时,明明已经右手把天头拿在手里,左手等着地脚了。

　　茶开了。明明迅速提起茶罐,悄悄地倒在茶杯里。他想等再开一罐,倒在一起再叫父亲喝。可是父亲却像长着后眼似的,把手伸到后面来。明明就把一块馍馍塞在父亲手里,可是父亲长时间地不肯接受。明明无奈,只好把茶杯给父亲。父亲接过茶杯,手里的毛笔果然就停下来。父亲放下毛笔,直起腰喝了一口茶。父亲的茶罐很小,一罐茶完全可以一口喝完,可是父亲却把它喝成了马拉松,好像端在手里的不是一杯茶,而是长江黄河。明明和亮亮就急得抓耳挠腮。

姑父，起来了吗？是忙生的声音。他们已经来了！明明急得差点要尿裤子了。忙生一来，地生就会来，地生一来，免生肯定跟着，免生之后还有新院、得院，等等。而他们一来，父亲就会放下自家的给他们写。等给他们写完，天就黑了。父亲果然放下自家的，给忙生写。忙生把裁好的对联往炕桌上一放，让明明和亮亮压着，他自己则坐在茶炉旁边吹火喝茶：把人忙得，连吃口馍馍的时间都没有。说着，一连往炉子里架了三块木炭，噗噗噗几下把火吹旺。父亲让亮亮去厨房里看馍馍熟了没有，给忙生端些。亮亮奇怪，平时忙生来时，父亲从来不让吃让喝的，今天怎么就客气起来了。到厨房里，母亲正把锅盖揭开，一锅的白面馒头热气腾腾地冲他笑。亮亮的口水都要下来了。伸手拿时，被母亲挡住。母亲说灶爷前还没有献呢，大门上还没有泼散呢。说着，向碟子里抓了三个，放在锅后面。亮亮说灶爷还没有贴上呢。母亲说贴不贴心里要有呢。亮亮想，灶爷本来是一张纸么，怎么能在心里有呢？接着，母亲拿起一个馒头掐了几小块，让亮亮去大门上泼散。曾听母亲说过年时有许多无家可归的游魂野鬼会凑到村里来，怪可怜的，就给他们散一些，毕竟在过年嘛。这样想时，亮亮觉得五花八门的游魂野鬼像队伍一样排在大门口。亮亮把手里的馍馍又往小里分了一下，反手向门两边扔去。然后迅速地跑回厨房。母亲正把馒头往簸箕里拾。亮亮向母亲脸上看了一下，母亲就拿了一个小些的给亮亮。亮亮拿在手里看着，一时不忍心下口，直到口水把嘴皮打湿。母亲说你怎么不吃，一年到头了。亮亮说一年到头了,你也吃一个吧。母亲说我的肚子里现在全是馒头气。母亲又问,明明呢?亮亮才记起自己是父亲差来端馒头的,就压低声音给母亲说,忙生来了。母亲问,领改娃了吗?亮亮说没有。说着,母亲拾了几个馒头让亮亮端过去。亮亮想不通母亲为什么和父亲一样大方。就说,等下一锅吧,下一锅黑面的出来再端吧。母亲说要端就端白面的么,过年呢,咋能给人家端黑面的呢?亮亮说那就拾几个小些的吧。母亲说,说不定人家不吃呢,端去吧。亮亮就只好端去。亮亮一面向忙生跟前走,一面向忙生脸上看着。亮亮看见忙生两眼放了一下光,就像是村长家的拖拉机发动着了,嗵嗵嗵地在亮亮心里响。接着亮亮看到忙生的脸上全是嘴,至少有一百张。亮亮还没有把馒头放到炕头上,忙生就伸手抓了一个,左看看,右看看,说姑父你明年怕是要发财了,你看这面起的,向你开口笑呢。父亲说,借你吉言。明明闻声回过头来,见亮亮的目光在忙生手上定着,就说亮亮该你压纸了。

亮亮的心里痛了一下,忙生开口了。亮亮说,爹,你今早也没有吃呢,明明你也没有吃呢。亮亮想,他一共端了三个馒头,如果父亲和明明一人拿一个,碟子里就没有了,忙生再想吃,也没有了。可是父亲却不肯放下笔。忙生就要把那个馒头吃完时,亮亮出去了一下后进来说,我听见你们改娃喊你呢。忙生说,是吗?我咋没有听见。亮亮说家里当然听不见。忙生说,你去给他说,就说我在这里呢。亮亮说我说了,可是今天吹的是南风,他听不见。忙生就出去看。忙生刚一出去,亮亮就给明明说,快吃快吃,娘一共蒸了三十个白面馒头,你再不吃,过一会儿就没有你的了。明明觉得亮亮说得有道理,给父亲说,爹吃些再写吧。父亲说你们先吃吧。这时,亮亮已经把碟子里剩下的那个馒头擎在父亲面前了。可是父亲并没有表现出他想象的那样高兴,反而说,你们这样不好,大过年的,怎么能把碟子腾空呢?亮亮说还没有过呢,明天才过呢。父亲有点生气地说,把纸压好。

忙生又回来了,说亮亮这碎怂咋哄人呢。亮亮说谁哄你了?忙生说改娃还在睡觉呢。亮亮说我明明听见他喊你呢。忙生就盯了亮亮看,直看得眼珠子就要暴出来。父亲又停下笔,狠狠地看亮亮。明明见状,说我也听见谁喊你了,如果不是改娃,就是别人。说着,替亮亮压了纸,同时偷偷地捅了亮亮一下。亮亮会意,从父亲的视野中走开。亮亮很气,真想把碟子端走,可又不敢。无奈,就盯了忙生看。可忙生却像没有那么回事似的,继续吹火喝茶。这让亮亮不可忍受。亮亮把嘴皮松了一下,放出些声音来,希望忙生能够接茬。不想忙生的耳朵像驴毛塞着似的。更气人的是,忙生竟然端起碟子,去了厨房里。亮亮跟着。嘴皮又松开一些,你是寻着吃来么,还写啥对联呢。可是忙生还是没有听见。忙生到了厨房里,给母亲说,姑姑,年做好了么。母亲说好了。忙生揭起衣服下摆,捉虱子似的从腰里掏出五角钱给母亲,我提前来把你看一下,初一我就不来了,我和别人走不到一块儿。母亲推让着,不拿那五角钱。亮亮对忙生的印象一下子改正过来,同时在心里为母亲急着,你就拿上么,怎么不拿呢。母亲硬是不拿。忙生就生气了,你不拿这五角钱,就是看不起侄儿。母亲说,你个碎怂胡说个啥呢。如果你看得起侄儿,就拿上,现在侄儿没有多的,等将来侄儿日子过好了……母亲说好着呢,和过去比起来,现在好着呢,这五角钱你拿回去,就当我给改娃的,让他上学买本子吧。忙生说本子有呢,上次扶贫队送来的还没用完呢。亮亮想,忙生怎么不把那五角钱给他呢,他替母亲拿着不是一样吗?可是忙生坚持着要母亲把那五角钱拿上。最后忙生竟然无礼到自己动手揭起母亲的上衣襟子,把那五角钱装在母亲棉袄口袋里。忙生把手抽出来,手里的钱没有了。可是亮亮总觉得那钱没有到母亲身上,而是被忙生耍了一个魔术给变回去了。亮亮再看母亲时,母亲已经伸手抹眼泪了。不知为何,亮亮的眼睛也潮起来。亮亮过去拉了母亲的手,母亲把亮亮抱起来。忙生说等年过完,我来接姑姑到我那里去浪。母亲说你知道,这家里离不开人,闲了我自己会去的。说着放下亮亮,往碟子里抓了三个白面馒头,三个黑面馒头,让忙生端回去。亮亮想,五角钱就买六个馒头,忙生也太会算账了。可是忙生却无论如何不拿。母亲说这不是我给你的,是给你媳妇和改娃的。最后,忙生从头上摘下破暖帽,拿出帽里子,往里面放了一个白面的,一个黑面的,一拧,提在手里。母亲拿起另外四个,坚持让忙生装上,可是忙生却无论如何不装了。门外有人喊碎爷爷。忙生一下子把那两个馒头塞进棉袄里,估摸着来人进了屋,才从厨房里出去。

　　人越来越多，屋里坐不下了，就蹲在房台子上。父亲让明明把旱烟放到院里，把火炉也端到院里。今天没有工夫招呼你们啊。大家说你把毛笔招呼好就行。一个远房孙子说，爷爷把年写红了。父亲就笑。另一个说，爷爷你也到过手的时候了，不然，你这一百年，谁还能提得起笔啊。父亲说村里的大学生多着呢。人家说现在的大学生，哪个能往红纸上写字。父亲就很得意，写得更加起劲，好像大家的好日子就在他的笔头上，点金是金，点银是银。

　　写成的对联房地上放不下了，房墙上挂不下了，明明就放到院里。不多时，就是一院的红。明明能够感觉得到，满院的春和福像刚开的锅一样热气腾腾，像白面馒头一样在霭霭雾气里时隐时现。大家看着满院红彤彤的对联抽烟，说笑，明明和亮亮幸福得简直要爆炸了。

　　常生等了一会儿，院里的对联迟迟不干，就拿了对联到炉子上烤。大家就笑，你这么急，咋还没有把孙子抱上。常生说我给你们腾地方呢。大家说怕是急着回去给媳妇烧锅呢。常生说，烧锅咋了？烧锅又不犯法。常生烤好一对，折了。烤好一对，折了。一边说趁太阳好，赶快贴上，不然天一冷，糨子还没有抹到墙上呢就冻住了。经他这么一说，有人也跟了烤。院里十分整齐的对联就显出参差来，让明明和亮亮觉得可惜不说，心里更加急起来，明明和亮亮心里的急传到手上，给父亲按着对联天头的亮亮明显用了劲，让父亲不得不加速度，否则那字就要身首两处。而明明往往还等不到父亲把最后一个笔画写完就把对联从父亲手里夺走。

人们陆续把对联拿走，家里渐渐安静下来。父亲放下笔，坐在炕头抽烟，抽得十分狠，就像是一头渴急了的牛一猛子扎进泉里喝水。抽了会儿，父亲问谁家的对联还没有写。明明斜了眼睛算了算，说全写完了。父亲说现在干啥呢？亮亮说别人家的都贴好了。亮亮说这话时，明明跑到院里把火炉抱进屋内，又架了几块炭，埋了头拼命吹火，屁股一撅一撅的，里面像是安了一百个马达。不一会儿就吹开了一罐茶。亮亮往茶罐里添水时，父亲说行了，有一杯行了，叫你娘在小锅里弄些面来，把糨子打上。明明哎了一声，一下子跳到门外，很快端来一个小锅。明明打糨子时，亮亮已经拿了老刃子站在凳子上刮门上的旧对联。亮亮刮得十分卖力，小身子一屈一伸，有种披荆斩棘的豪迈气概。明明见状，加大了吹火的马力，两腮都快要鼓破了。父亲说，小心把你吹炸了。明明没有理父亲，吹得更加狠命，不一会儿就吹得水吧嗒嗒响起来。明明就拿了筷子哗哗哗地搅，把锅里的面水搅成几千个向心圆。

明明把糨子打成，亮亮已经把几个门框刮完，把炕桌放在地上，把对联翻过放在炕桌上，手里执着一个老笤帚，不停地倒着步子，随时出击的样子。明明把锅端到地上，看了一眼亮亮，哈地一声笑起来。亮亮的头上脸上全是灰尘。明明突然止了笑，抱了亮亮的头噗噗地吹，把亮亮吹成一个炸弹。硝烟尚未散尽，亮亮已经把老笤帚伸进锅里，蘸了糨子往对联上抹。明明找了新笤帚，夹在胳膊下，两手提了抹好糨子的对联到大门上。父亲见状，把一摞对联搭在肩上，端了锅提了炕桌跟了出去。据说对联要从大门开始向里贴才吉利。父亲从明明手里接过"天增岁月人增寿"和新笤帚，左手拿了"天"，按在门框上边，右手里的笤帚搭在"增"字上往下一扫，"天增岁月人增寿"就乖乖地趴在门框上。明明一下子觉得右边的这个门框有意思起来。接着，父亲又把"春满乾坤福满门"贴在左边的门框上。整个门洞哗地一下红了起来。明明看了看父亲的脸，父亲的脸红通通的；看亮亮的脸，亮亮的脸也是红通通的。明明想，这也许就是年的颜色吧。

贴好对联，父亲让明明和亮亮帮母亲抬一桶水，他收拾供桌。明明和亮亮把水抬来，父亲又让他们赶快洗脸准备上坟。明明和亮亮就倒了盆水在院里洗。明明和亮亮比任何一天都洗得认真，一副陈年旧账一起算的架势，一副不从脸上揭下一层皮决不罢休的架势。明明甚至连脖子都洗了。平时明明洗脸总是洗个脸面子，脖子那儿、耳根那儿总是黑着。洗完脸，亮亮问，现在可以穿新衣服了吗？明明想了想说，可以把上身穿上，裤子穿上磕头时就跪脏了。亮亮说我不跪不就行了。明明说怎么能不跪呢？我们请爷爷去呢，怎么能不跪呢？亮亮说爷爷是个死的，跪不跪又有啥关系呢？明明说谁说爷爷是个死的？亮亮说不是死的还是活的不成？明明说当然是活的。亮亮说你哄瓜子去，是个活的我咋看不见？明明说你当然看不见。亮亮说难道你就能看见？明明说那当然。亮亮说你再别吹牛了，你还长着个驴眼不成。明明本来要说一句什么话，却被一声炮响炸断了。明明喊父亲快点，别人都到坟上了。说着，一跃到西屋里，帮父亲收拾好纸钱香裱，奠酒奠茶。

明明父子出门时，山上已经布满了人。大大小小的炮在山上开花，庄稼一样。明明说快点走，不然太爷叫三爷爷家请去了。亮亮说请去就请去么，还少吃些咱们的献饭。明明说我说你是个瓜蛋，太爷哪一年把咱们的献饭吃了？还不是都进了你的嘴。亮亮说既然不吃咱们的献饭，那谁请去都一样么。明明把黑眼仁转到上眼皮上，瞪了亮亮一眼，说，这哪里是无产阶级的话，这分明是资产阶级的话么。明明说这话时，亮亮已经掏出一个炮拿在手里端详，明明说的什么，他根本没有听见。明明也很快忘了他们刚才讨论的话题，凑到亮亮面前，用目光抚摸着炮捻，用目光把炮捻点燃，倾听那一声脆响。

太爷的坟院到了。父亲在太爷的脚下跪了，明明和亮亮跟着跪了。太阳懒洋洋地照着。有风，父亲把上衣襟子揭起，在里面点了火，捧在手里。明明把一页黄裱折成条状，接了火，再把纸钱点燃。亮亮急着点燃一根香去放炮，明明喊了一声亮亮，头还没有磕呢。可是亮亮不理他。而父亲也没有让亮亮回来磕头的意思，任由亮亮去放炮。在父亲和明明磕头的时候，亮亮把炮点响了。亮亮高兴得就像一个响了的炮。明明看了看父亲，父亲也很高兴。明明在想亮亮没有向太爷磕头，父亲怎么不苛责，反而如此开心？

到了爷爷的坟上，明明有一种到了家里的感觉，觉得亲切、温暖。明明差不多把盘子里的纸钱全拿出来。父亲看了明明一眼，分出三分之一，把其余的重新放进盘子里。明明觉得父亲拿了一个橡皮擦子在他心里擦了一下，把他本来的一些想法给更正了，他心里的某一处就留下了涂改的痕迹，让他不快。可是这一页很快就被亮亮的炮声翻过去了。

最后是大爷爷。明明就把所有的香裱和纸钱拿出来，可父亲仍让留着点。明明问还留着干啥？父亲没有说话，只是点火。明明就只好留下一份。出了坟院，父亲并没有回家，而是向另一个方向走去。走了一程，明明终于明白，父亲是去乱人坟。父亲每年都要去乱人坟，他怎么就给忘了呢？

回来，母亲已经把西屋打扫干净了。父亲站在供桌前点香行礼。明明和亮亮跟在后面。大红纸三代（家神牌位）坐在桌子后边后的正中央。前面的红木香炉里已经燃了木香，木香挑着米粒那么大的一星暗红，暗红上面浮着一缕青烟，袅袅娜娜的，宛若从天上挂下来的一条小溪。左右两边的红木香筒里插满了木香，像是两个黑喇叭花，又像是两支就要出发的队伍。香炉前面已经摆好了献饭。献饭当然是最好吃的东西做的，是明明和亮亮平时想不到的。但是现在明明和亮亮却一点没有生出馋来。献饭左前是一叠纸钱，右前是一个蜡台，上面已经插了蜂蜡。黄黄的蜂蜡顶着一朵狗尾巴花一样的火苗,让明明觉得爷爷如果不在那支香烟上,就在这烛火苗上。

点完香,明明和亮亮一齐找母亲要新衣服。穿戴一毕,二人竟不知道接下来要干什么。就从东屋到西屋,从西屋到东屋地跑。天色暗了下来,院里像是泊着一层水。新衣服发出的光在院里留下一道道弧线,就像鱼从水里划过,明明能够听到鱼从水里划过时哗哗的响声。亮亮跟在明明身后跑着,有点莫名其妙。但他没有理由不这样做,他想明明之所以要这么跑,肯定有他的道理。明明在西屋停下来。亮亮也在西屋停下来,影子一样。坐在炕头上抽烟的父亲微笑着看了他们一眼,没有说话,只是看了他们一眼,一脸的年。桌子上的蜂蜡轻轻地响着,像是谁在小声地咳嗽;炕头的炉火飙着,映红了父亲的脸膛。

那个美啊。

母亲喊明明端饭。明明噢地叫了一声,飞出屋去;亮亮也噢地叫了一声,飞出屋去。母亲让把筷子伸到锅里往出捞长面。明明和亮亮的目光跟着母亲手里的筷子划出水面,上,上,上,然后落在碗里,前折一下,后折一下,再前折一下,最后停在鸡蛋臊子上面。明明问母亲,现在可以端了吗?母亲说先去泼散吧。明明这才看见母亲早已把散饭臽好了。明明飞到大门口把散饭泼出去。大概泼出去的散饭还没有落地,明明已经站到厨房地下。声音先进去:现在可以端了吧。母亲说先去献了。明明又端了一碗在供桌上献了。这才给父亲端去。父亲说等你娘来了一块吃。

明明就到厨房里去叫母亲。母亲说我正忙呢，你们先吃吧。明明一把拽了母亲的后襟子，把母亲拽到西屋里。母亲说我刚才把些馍馍渣子吃了。父亲说年三十么，一块儿吃吧。父亲说这话时，明明端了一碗饭给母亲，母亲不好意思地接过，看了看，给父亲说，我给你拨一些吧，我吃不完这些。父亲说你就吃吧。明明和亮亮跟上说你就吃吧。说着，一人端起一碗长面，预备赛跑似的等父亲和母亲动筷子。

父亲和母亲刚把筷子插进碗里，明明和亮亮的第一口饭已经下肚。亮亮把第一口吃完，一边往嘴里喂饭，一边看了明明一眼。天哪，明明的第二口已经下肚，正在准备第三口了。明明的嘴真大啊，比牛还大。亮亮再看时，明明的碗里已经只剩些汤了。亮亮急得头上直冒汗。母亲看见明明碗里没了饭，就放下碗到厨房里给明明下饭。明明这才意识到自己吃得太快了，红了脸说，娘你吃，我自己去下。母亲说你不会下，我去。不想第二碗明明却吃得非常非常慢，就像是丈量面的长度。等亮亮把第二碗吃完，明明还在一根一根往嘴里吸。

吃完饭，父亲开始分年。当父亲把墙柜上锁着糖果的抽屉拉开的时候，明明和亮亮的眼睛同时变成探照灯。父亲手里的糖纸被点燃，啪啪地响着。包在其中的水果糖开始溶化。刹那间整个屋子就被糖的味道充满。父亲开始分类，把核桃归到核桃里，把枣归到枣里，把水果糖归到水果糖里。然后凝神计算。明明和亮亮就觉得父亲的眉头上有一个仓库。等明年一定给你们每人一百个。父亲说着,把糖果分成五堆。其中三堆少两堆多。明明和亮亮知道,多的两堆是他们的,少的三堆一堆是爷爷奶奶的,一堆是母亲的,一堆是父亲的。明明先把爷爷奶奶的献了,然后把母亲的拿到厨房里。亮亮跟着。母亲说我就不要了,你和亮亮分了吧。明明说一年到头了,你就吃一个吧。亮亮说,对,一年到头了你就吃一个吧。说着,明明给母亲剥了一个水果糖,硬往嘴里喂。母亲躲着,我又不是没吃过。亮亮抹了一下口水说,娘你就吃一个吧。母亲看了亮亮一眼,就张开嘴接受了明明手里的那枚水果糖。亮亮的心里一喜,口水终于流了下来。母亲看见,弯下腰去给亮亮擦。一边擦着,一边把嘴里的水果糖咬成两半,一半给明明,一半给亮亮。明明和亮亮不接受。母亲说娘吃糖牙疼呢,再说我已经噙了半天了,都已经甜到心上去了。可是明明和亮亮还是不要。这时,父亲喊明明。明明一边答应着,一边揭起母亲的衣服下摆,把糖果装给母亲,然后跑出厨房。母亲看着,眼睛就潮了。

今年父亲给明明和亮亮每人分了三十个糖果,分别是十枚枣,十颗水果糖,十个核桃。明明和亮亮翻来覆去地数着,从未有过地感觉到数数的美好。他们本来已经把糖果装进兜里,可是等上那么一会会儿,又掏出来数。如此反复了差不多一百遍。他们只有在这样不停地数着时才感到心里踏实,才觉得这些糖果是真实的,就像它们随时可能趁他们不注意飞走似的。突然,明明发现父亲看着他。明明的脸一下子红起来。给你留得太少了，明天拜年时不够散。明明不知自己为什么要说这句话。父亲说差不多了。亮亮说地生媳妇又生了一个，明天地生肯定会抱上他来挣核桃的。明明说还有新院媳妇，也生了一个。父亲说这不要紧，生的生着，老的老着。添一个小的，就去一个老的，总数不变。父亲的话让明明的心里开了一个窍，大大减轻了他心里的负担。看来谁家娃娃多谁家就占便宜，亮亮说，让娘给咱们多多地生些。父亲就笑起来，笑得像核桃一样。亮亮接着说我们明天一早就去拜年，不然一迟，有些人家都散完了。明明说那不太丢人了。亮亮说那有啥丢人的。父亲说看来明明已经长出息了，亮亮你要跟着明明学。拜年是要早些，但不要一心想着挣核桃，那样即使挣来的核桃也是坏瓢子。亮亮想，核桃就是个核桃么，怎么是个坏瓢子呢？明明说明年过年时专门买些小核桃，这样就够散了。亮亮说把糖也买成小的，最好买成豆豆糖。豆豆糖怎么能够给人散，明明笑笑说，关键是爹的辈分太大了，一庄的人不是把爹叫太爷，就是叫爷，都要来给爹拜年。亮亮说，那好么，爹就多盛些头（指小辈向长者磕头）。明明说头又不能当饭吃。亮亮说头怎么不能当饭吃，如果我们不要把猪交了，今天晚上就可以吃猪头。明明看见父亲的神情黯了一下，忙把自己的糖掏出一个，剥了纸，给父亲。明明把糖给父亲时有些舍不得。这样自己就只剩下八个了，就比亮亮少一个了。年还没有过呢，就只剩八个糖。这让明明无法接受。不想父亲却说他不爱吃糖。明明的心里就出了一口气。亮亮说那就吃个核桃吧，说着要给父亲砸核桃。父亲说他也不爱吃核桃。明明说那就吃个枣子吧。明明想，是给父亲呢又不是别人，怎么能有舍不得的想法呢？这样想时，明明从自己兜里往外掏枣子时就不那么吝啬了。明明很大方地把枣子给父亲。可是父亲照样说他不爱吃枣子。明明无法把属于自己的糖果散给父亲，就到院里打了几块炭，放在炉子里，给父亲炖茶。到厨房里舀水时，明明问母亲家里还有白糖吗？母亲问要白糖干啥。明明说用一点。母亲犹豫了一下，大概是想正是年三十，终于决定取给明明。可是明明突然改变了主意，复又到西屋里拿了父亲的茶罐，用勺子往茶罐里舀了两勺子糖，然后把糖袋还给母亲。母亲才知道明明是什么意思，心里生出许多感动来。明明想，这次父亲再也推辞不掉了，等他知道，糖已经化在水里。给父亲炖好茶，明明和亮亮每人剥了一个水果糖，含在嘴里，跑在当院站下。明明问亮亮甜吗？亮亮说，甜。明明问在哪里甜？亮亮说在嘴里甜。亮亮问你在哪里甜？明明说我在心尖尖上甜。亮亮问怎么个甜？明明说就像糖一样甜。

　　夜色落下来时，一家人坐在炕上给灯笼贴窗花。明明要贴"喜鹊戏梅""五谷丰登"和"百鸟朝凤"。可是亮亮不喜欢，亮亮挑的全是猫狗兔。明明说把个猫狗兔有个啥看头呢。亮亮说我就觉着猫狗兔心疼（可爱）。父亲说把你们两人挑的各样贴一些。说着，亮亮已经把挑好的猫狗兔贴在父亲裁好的白纸上，然后再把白纸往灯笼上贴，不想给贴反了。父亲说贴窗花的那面应该在里面。亮亮说在里面人怎么能看得见？父亲说灯一打就看见了。亮亮说灯还日能。明明说灯就是光明么。

把油灯放在里面,灯笼一下子变成一个家。坐在里面的油灯像是家里的一个什么人,没有它在里面时,灯笼是死的,它一到里面,灯笼就活了。明明和亮亮把灯笼挂到院里的铁丝上,仰了头定定地看。灯光一打,喜鹊就真在梅上叫起来,把明明的心都叫碎了。而猫狗兔则像是刚刚睡醒,要往亮亮怀里扑。一丝风吹过来,灯花晃了起来。就在明明和亮亮着急时,灯花又稳了下来,像是谁在暗中扶了一把。就有许多感动从明明和亮亮的心里升起。在灯笼蛋黄色的光晕里,明明发现,整个院子也活了起来,有一种淡淡的娘的味道。明明和亮亮在院里东看看,西看看,每个窗格里都贴着窗花,每个门上都贴着门神,门神顶头粘着折成三角形的黄裱,父亲说门画没有贴黄裱之前是一张画,贴上黄裱就是神了。现在,每个门上都贴着门神,让明明觉得满院都是神的眼睛在看着他,随便一伸手就能抓到一大把。

明明叫亮亮去外面。家家门上都是"天增岁月人增寿,春满乾坤福满门",家家门墙上都是"出门见喜","出门见喜"的下边钉着一个用红纸折的香炉儿,里面插着木香。明明和亮亮挨着家门看了一遍,最后在村头的一个麦场里停下来。明明似乎有些累,一屁股坐在场墙上。亮亮说把裤子弄脏了。明明像触了电似的站起来。可是明明的腿有些软,就提了提裤管蹲在场墙上。亮亮见明明蹲了,也蹲了。亮亮不知道明明蹲在这里干啥,却不好意思问,他想明明在这里肯定有他的理由。明明说,多美啊!

亮亮才知道明明蹲在这里是为了看美。亮亮把眼睛睁成铜锣，也没看出什么美来，可是他不得不随着明明说，真美啊。不想一说话，嘴里的水果糖掉了。亮亮腾地一下跳到地上寻起来。明明问亮亮咋了。亮亮打着哭腔说，我的糖掉了。明明说你是七十（岁）了还是八十了，怎么就敲门子着呢？亮亮说，都怪你，我说了这么多话它都没有出来，就一说"美啊"它就出来了。亮亮在地上摸了半天，终于把糖摸到手，可是糖上面已经粘了土。亮亮说，我们回家吧，到坐夜的时候了。明明说回就回吧。到了巷口，明明突然站住。亮亮问明明咋了。明明说你看。亮亮顺着明明指的方向看去，就看到了小巷的腰身处有两排红米，一直红到小巷的尽头，像是两排悄悄睁着的眼睛，像是谁身上的两排纽扣，又像是两列伏在暗处的队伍。明明问亮亮，你说它们像啥？亮亮说像解放军。明明说不对。亮亮问，那么你说像啥？明明说像太爷。亮亮再看时，果然就像太爷。亮亮说那太爷就是解放军？明明说太爷是解放军，那么敌人呢？亮亮说敌人就是太太吧。说得明明哈哈大笑起来，你个傻瓜蛋，敌人怎么就是太太呢？

太爷我给你拜年。环环一进门就跪在地上给父亲磕了一个头。环环平时总和明明、亮亮在一起，天天见父亲，今天一来就给父亲磕头，让人觉得可笑的。可是环环磕得十分庄严。环环给父亲磕了头，又去厨房给母亲磕。父亲把糖果拿在手里，喊环环，可是环环却像没听见似的。环环肯定听见着呢，明明想，环环真是志气。环环家比他们家还穷,平时上学时,明明总是偷偷地给环环拿一个馍馍,可是好多次都给不到环环手里。环环给母亲磕了头。母亲掏出糖果给环环,不想环环却死活不要。母亲就掰开环环的手把一个核桃、一个糖硬塞给环环。自己怎么没有想起来给娘磕头呢,或者去给环环娘磕头?出乎明明和亮亮意料的是环环竟然要给他们磕头。碎爷,我给你拜年。环环都把一个头磕在地上了,明明才回过神来。明明一把把环环抱起,说你个怂咋胡来呢。环环说你是大辈么。明明说咱们哥们,啥大辈不大辈的。

住口!父亲说大辈就是大辈,怎么能是哥们。在学校,你们是同学;回家,就是爷爷孙子。说着,父亲要给环环糖果。环环说我太太给过了。父亲说你太太是你太太的,我是我的。可是环环却再也不肯伸出手。父亲问环环爹干啥着呢,环环说睡觉着呢。父亲说大年三十怎么能够睡觉呢。你去告诉他,叫他起来糊灯笼。说着,让明明和亮亮拿了些窗花过去。明明和亮亮到了环环家,同样趴在地上要给环环爹磕头。环环爹惊得一骨碌从炕上滚下来,一手提起明明,一手提起亮亮。你们咋胡来呢,这不是让我遭罪么,哪有大辈给小辈磕头的呢。明明和亮亮才知道还有这一说。可是他们每年都给小郭老师磕头,如果按辈分,小郭老师是他们的重孙子,比环环爹还小一辈。可是父亲不但没有阻止他,反而每年让他们先去给他拜年。明明掏出兜里的窗花说,我爹让你起来糊灯笼哩。环环爹说,他老人家还有心思糊灯笼?要啥没啥的,还糊个啥灯笼。明明和亮亮回去,父亲问,环环爹真在睡觉？明明说真在睡觉。父亲说把窗花给他了？明明说给了。可是他肯定不会糊的，他说还哪里有心思糊灯笼，要啥没啥的，还糊个啥灯笼哩。父亲说你和亮亮去取他们的灯笼，我们糊，一个年轻人，也太没有精神了。明明和亮亮出门时，又被父亲叫住。父亲说叫你娘给包上几个馒头。因为是给自己最好的伙伴家，亮亮这次表现得倒是很大方的。

　　明明和亮亮到环环家时，环环爹果然又睡下了。明明说我爹叫你把灯笼给他，他给你糊。环环爹就忽地从炕上翻起来，眼睛潮潮地说，这是五爷打我呢。说着，眼里噙了泪，惹得环环娘和环环也抹眼泪。明明把几个馒头放在炕头。环环爹就定定地盯了明明和亮亮看，看得明明和亮亮心里直发怵。他们担心环环爹会突然向他们扑过来。好在环环爹马上收起了目光，十分和气地说，明明你能不能给侄子帮个忙？明明说那还用说。环环爹说，你回去给五爷说，就说我早已把灯笼糊好了，正和环环娘唱《华亭相会》呢。明明不明白环环爹的意思，却分明觉得自己接受了一个无比光荣的任务，决心再加一些令人高兴的事情，说给父亲。

　　交过夜时，有人喊着去庙里。明明和亮亮问父亲去不去，父亲说去就去吧。明明说，我看这神还是不灵，去年给它戏也唱了，愿也还了，谁想今年它却连一点雨都不下。父亲笑了笑，没有说话。亮亮说去吧去吧，去庙里很欢的。父亲说欢就去吧。明明和亮亮就洗了手脸提了灯笼拿了香裱去叫环环。一出大门，明明和亮亮的眼睛猛地一亮，一庄的灯笼在动，就像在梦里一样。环环家的院顶头也亮了,看来环环爹真的把灯笼糊好了。明明在门外喊环环去庙里。环环爹说去去去,替我给土地老人家磕个头。环环问,关圣呢?环环爹说也磕一个吧。明明说九天圣母呢?环环爹说见神就磕。环环说一下子捎带这么多头,怎么捎得动?

庙在几个村子中央的沟台上。远远地就看见,那边的天被灯光映得透亮。一出庄,只见四面山上的灯笼都往沟台上涌,明明和亮亮的眼前是一个灯笼组成的巨大的锅。不知为何,明明的心里涌起了感动。环环问,今年喜神在哪一方?明明向四面天上看了看,说,在西方。亮亮说你还日能,你咋知道在西方?明明说西山里今年考上了两个大学生,那还不是说明喜神在西方。亮亮又向西方看了看,觉得西边的天真比其他几方的天要亮。可是亮亮马上反驳说,爹说喜神到处转着呢,它专往那些善人家的房上落。喜神落在谁家房上,谁家就要出状元,说不定今年就落在咱们房上。明明说那是封建迷信。亮亮让环环说是不是封建迷信。环环笑了笑,说,小心,到沟边上了。

庙墙上已是一片红。还是那老对联。什么"山门不锁白云封,古寺无灯明月照""金炉不断千年火,玉盏常明万载灯""志在春秋功在汉,心同日月意同天"一类。红红的对联让明明他们觉得眼前的庙不是庙,而是一个新郎。

明明和环环还没有把头磕完,亮亮已从香炉里拔出一根香,到外面去放炮:看一下今年是个响炮么还是哑炮。亮亮点着炮,看见明明和环环捂着耳朵,就倏地上前,一把把明明和环环的耳朵掰开，日你姐，就听着个响声，你们还把耳朵捂住，这不等于白放了。明明和环环觉得亮亮说得有道理，就把耳朵放开，同时往远里跳了一下。是个响炮。三人的心里都乐开了花，好像把一年的日子都点响了似的，好像把雨都点下来了似的，好像把白面馒头都从地底下点出来似的，好像……哎呀，这把人美日巴了，是个响炮。明明说。亮亮说小心把你个怂给美晕了。明明说还有么，再放一个。亮亮说还要留着开门呢。明明说再放一个吧，开门又没人听。亮亮说咋没人听，门听呢。说话间，对面山上传来几声炮响。亮亮说他们放了，等于我们放着呢。明明想想也对，炮又不像核桃枣，只要一响就是大家的。

  一觉醒来，院里的灯笼还亮着，明明的心里痛了一下，做了一件对不起人的事似的。明明飞身下炕，扑到灯笼下面。灯里的油已经着下去了一半。我竟然睡了半盏油的时间。我怎么就给睡着了呢？灯笼该是多么伤心啊。明明决定守着灯笼。明明把父亲的红泥小火炉抱到房台子上，在上面架了些炭，一个人坐在房台子上守着灯笼。不觉间，身边坐了一个人，一看，是亮亮。他说你怎么不去睡觉呢？亮亮说，三十晚上睡觉太可惜了。

  鸡叫头次时，明明和亮亮张罗着开门。明明含了一嘴蒜，亮亮拿了一个鞭炮。明明猛地开开大门，把蒜喷出去，嘴里大声念，过新年开新门，过新年开新门。说着，亮亮的炮就响了。奇怪的是，炮刚一响，父亲就从大门里进来，后面跟着花花。亮亮说爹咋这么巧。明明说爹是新年的爹么。父亲笑笑，一边往里走一边问明明还有红纸吗。明明说没有了。父亲怔了怔，向厨房走去。明明和亮亮没有想到父亲会把厨房门上的对联剥下来。明明和亮亮心里痛着，看父亲把剥下来的对联夹到胳膊下，到西屋里拿了糨子和笤帚，向大门外走去。明明和亮亮跟着。父亲到瓜子家的门上停下来。亮亮要说话，父亲做了个手势，明明就捂了亮亮的嘴。原来瓜子家门上没有贴对联。没有贴对联的门看上去不像个门，就像个死人一样。亮亮悄声问明明，瓜子家大门上咋不贴对联呢？明明说大概是他们不想过年。亮亮说胡说着呢，谁还不想过年呢。明明说一定是他们家买不起红纸。明明和亮亮给父亲帮忙把对联贴好。回家时，明明想，父亲是啥时候出去的呢？

天亮了，明明和亮亮出去，看见天也过着年，地也过着年，山也过着年，树也过着年。年像一个大面包一样，把人都香蒙了。二人一口气跑到对面山头。站在山头朝下看，村子静静地躺在村子里，就像一个睡着的年。明明说到咱家的阳坡地里看看吧。亮亮说看就看看吧。二人又一口气跑到阳坡地里。明明问好吗？亮亮说好。明明说你听，地下面好像有人在说话呢。亮亮倾了身子听了半天，什么也没有听出来，可他不愿意表现出没有听出来的样子，说，真的，就像是爹和娘在拉闲呢。亮亮的话把明明震了一下，他觉得地下面有人说话只是一种感觉，而亮亮却把它说得这样具体，这很让他感到意外。这时，亮亮提议"接地线"。明明说接就接吧。说着掏出家伙来。亮亮的尿都出来了，明明说我们写个字吧。亮亮问，写啥呢？明明说就写你心里最想说的话。亮亮想了半天,也没有想出最想说的话。明明想了想,也没有想出最想说的话,就说,那就写个"年"字吧。亮亮说那就写个"年"字吧。二人就写。尿水洒在地里,被黄土吸收,发出嗞嗞的声音,让明明和亮亮体会到了一种贡献的舒畅。收笔,二人同时往后退了一下,端详着他们的杰作。明明问亮亮面前的两个"年"字像啥。亮亮没有看出来,让明明说。明明说,你说它们像不像一对兄弟?

没有等亮亮回答,明明又说咱们去戏台上看看吧。亮亮说看就看看吧。二人又向戏台跑去。戏台当然也过着年。二人蹲在戏台下,仰首静静地看了一会儿戏台。然后又蹲在戏台上,静静地看了一会儿村子。一家两家的烟囱里开始冒出烟来,如同一根根大白菜,又像是刚刚睡醒的村子在打哈欠。亮亮说我们回家吧,明明说回就回吧。

回到家里,母亲在扫院。刷,刷,刷。初一早上的母亲是多么好啊。明明要从母亲手里接过扫帚,母亲说你们去耍吧。亮亮说,娘你也耍吧,惹得母亲笑起来。母亲说娘还耍啥呢。亮亮说我们跳房子吧。娘的脸上掠过一层光彩,说,好,等娘扫完了我们就跳。明明说我还没有见过你跳房子呢。亮亮说我也没有见过。母亲说,娘小时跳房子总是赢。明明和亮亮就想象着母亲小时跳房子的样子。接着,亮亮就要在院里画房子格。明明一把拉住亮亮说,把院弄脏了,要跳我们到大门上去跳吧。亮亮说大门上有啥跳头,别人看见,肯定也要来,大过年的,应该自家人关起门来跳——我们还是打牌吧。明明说，对，就打牌吧。二人就帮母亲快快地收拾了院子，把母亲连推带搡地弄到西屋里。父亲已经把火生着了。炭烟弥漫在屋子里，有一种湿湿的年的味道。明明到厨房里给父亲端了些馒头，然后和亮亮上炕坐定。怎么分家呢？亮亮说我和爹吧。明明说那就我和娘。亮亮说赢啥呢？明明说就赢核桃枣吧。亮亮想了一下，反正是自家人，核桃枣就核桃枣。就打起来。大红被子在他们腿上绵绵地苫着，花花在他们身边静静地卧着，炭在炉子里啪啪地响着，木香在供桌上袅袅地飘着，火炕在屁股下暖暖地烙着，牌在四人手里你一张我一张地揭着，不怕输，赢也无所谓，只是这么一张一张地揭，一张一张地出。那个美啊，真能把人美死。

　　谁想就在这时，常生来拜年。亮亮气得差点骂起来。常生给父亲磕了头，又给母亲磕。亮亮心想，你就磕一个行了，把你的头磕上一百个也不能当馒头吃。常生走了，父亲说快去给你三爷爷磕头，最好抢在常生前面，最迟也要跟上他们。母亲说这常生也拜得太早了。父亲说他辈分最小，早些也应该。明明说再早也不能天不亮就来。父亲说还不快去。明明和亮亮就极不情愿地下炕，去给三爷爷拜年。

　　常生一进三爷爷家的门就说，三太爷你咋还活着呢？不想三爷爷不但没有恼，反而乐呵呵地说，就是，又要费你一个头。常生点完香，趴在地上磕头时，屁股上挨了两脚。挨这两脚时常生正把第二个头往地上磕，就是说整个身体正在往前下方送，往前下方送的身体再加上这两脚，情景就十分美妙。只听砰的一声，常生的头重重地磕在地上。回头，明明和亮亮已经跳到院里。明明骂，常生我日你妈，我三爷爷又没有吃你们家的，不靠你们家养活，不靠你娘暖被窝，你盼着他死干啥？骂得常生哈哈笑起来。三爷爷更是笑得栽跟打斗的。栽跟打斗的三爷爷让常生坐了，给他散烟。明明接着骂，你个没良心的东西，农业社时，今天没米了你来找我三爷爷，明天没盐了你来找我三爷爷，庄里人谁不说，没有我三爷爷，你现在怕还在你爹的腿肚子上转筋着呢，你还以为是你的能耐，就能摸到你妈肚子里。这些话是明明从三婶和常生媳妇骂仗时听来的，觉得很美，可是一直没有机会用，不想今天机会来了。还有更美的，明明正要用，不想后脖上麻了一下。是新院。明明回头，院里又进来一茬人。让明明没有想到的是，他们一进门就异口同声地说，三太爷你咋还活着呢。这让明明犯了难，一个常生他还可以对付，人一多，他不知去踢谁的屁股还是骂谁的娘了。明明急得在大门上哭起来。亮亮说，娘说过年不能哭的。明明说，娘也说过年不能说"死"的，可是他们一个劲地说。亮亮说我们去告诉爹。

爹不在。娘正在后院的牛圈里给牛拌料，一听，笑得拨浪鼓一样。娘说他们是给你三爷爷说吉利话呢。明明说明明在咒呢还说吉利话呢。娘说他们这样说你三爷爷才高兴呢。亮亮你咋还活着呢？明明把嘴搭在亮亮的脸上说。慌得母亲忙捂了明明的嘴。这让明明很纳闷。你不是说这样说人才高兴吗？母亲说，给那些老年人你这样说意思是说他们寿命长，他们才高兴，对娃娃可千万不能这么说，这么说就是咒人家了。亮亮就跳起来踢了明明一脚，又一脚。明明很大方地笑笑，显出愿意接受这两脚的样子。被人咒了就咋了？亮亮问。母亲说也不咋。亮亮说这么说我们是把常生错骂了？娘说新年头上是不能骂人的。亮亮说可是我们已经骂了。娘说不知不为错，以后不要骂就行了。亮亮问，如果骂了呢？娘说骂了有罪呢。亮亮问，有多大的罪呢？娘说这要看你骂了什么话。亮亮说明明要日人家常生的妈，这有多大的罪呢？娘就笑得捂了肚子。亮亮一边给娘拍着背子，一边问，那么过年要说啥话呢？娘说要说吉利话。明明问怎么样的话才是吉利话呢？娘说对联上写的都是吉利话。明明看了一眼对联，对联上写的是"积善之家牛羊满圈，向阳门第骡马成群"，横额是"槽头兴旺"。明明一边说他明白了，一边拉了亮亮往出走。不想和改改碰了个迎面。改改两手捧着一个洋瓷碗。三爷爷让我给你们端些饺子。亮亮呷巴着嘴唇说，三爷爷就是好。明明说，等会儿我们也去给他老人家说吉利话。

吃完饺子往出走时，明明给了改改一个枣子，亮亮给了改改一个核桃。改改说，美吗？明明问啥美。改改说过年啊。明明说当然美。亮亮说要是天天过年就好了。

人家城里人天天过年呢。是地地。地地按了一下他的裤兜说,我都挣满了。明明的心里就咔嚓响了一声,怎么把挣核桃的事给忘了。明明什么话也没有说,一把抓了亮亮就往庄头跑。人们见明明和亮亮像一对燕子一样在巷道里飞,问出了什么事。明明和亮亮也不回答,只是飞。一同在飞的还有他们的思想。康姨夫家的核桃大概已经被地地他们挣完了。亮亮说,明明你慢一点好不好,小心把我肚子里的饺子抖出来。明明想想也是,他们刚刚吃过饺子,千万不能让它抖出来。可是康姨夫家的核桃催着他,让他的步子慢不下来。明明的大脑飞速转着,终于转出一个办法来,如果你觉着饺子要出来了,就用手堵住。亮亮想想也对。一只手下意识地举到口边,让人觉得只有半个亮亮在跑。康姨夫一定把大核桃散给地地一伙了,地地他妈的也不是人,每天早上他和亮亮还没睡醒呢就在大门上嘶哇嘶哇地喊,到挣核桃的时候却独自去。得想个办法,大核桃没有了,小核桃多散些也可以。对了,就按娘说的,见了康姨夫多说吉利话。明明回头,发现亮亮一身的泥。亮亮想骂日你奶奶,心想娘刚说过新年头上骂人不吉利,奶奶是自己的奶奶,当然不能骂的。那么骂谁呢?想来想去,能骂的都不解恨,解恨的都不能骂,就哇地一声哭起来。亮亮别哭,娘不是说过新年不能哭么。亮亮想想也对。可是才穿上的一身新衣服全被泥了,不由他心里不难过。脏了一洗不就净了。经明明这么一说,亮亮不再哭。可是一看泥着的衣服,心里仍然不是个滋味。就用指甲往下抠泥,不想越抠越脏。这时,明明看见回缠几个走来,不由分说拉了亮亮再次飞起来。边飞边说后面来了一大阵,肯定是奔康姨夫家来了。亮亮一听情况有些严重,就把衣服被泥一事暂时放下,一心一意随了明明飞。就在这时,他们担心的事情发生了。

这次亮亮终于没有忍住,明明我日你妈。明明说日去罢,我妈也是你妈么,你爱日了日去罢。亮亮就改口,那我就日你。明明还没有听过"日你",觉得很新鲜。心想就让亮亮日一下吧,他毕竟是把两个饺子吐出来了。明明没有想到,亮亮看着吐出来的饺子,眼泪下来了。明明鼻子一酸,泪也来了。明明俯下身去把那两个饺子拾起放在地埂上。我们回去时拿上,正好让花花也过个年。听明明这么一说,亮亮止了泪。

明明和亮亮只好慢跑前进。亮亮一边跑一边问明明,到底是两个饺子值钱呢,还是一把核桃值钱呢?明明想了想,说,当然是一把核桃值钱。饺子你已吃过一回了,关键是吃的那一阵美,在嘴里的那一阵美,往下咽的那一阵美,对吗?一到肚子里,就啥都不知道了,对吗?在不知道的时候吐出来,和不吐出来没有啥区别,对吗?可是核桃却在兜里装着,被咱们看着,摸着,对吗？亮亮一边跑一边点头，就像是给年打着拍子。

谢天谢地，康姨夫家总算到了。明明和亮亮一进康姨夫的屋就说："积善之家牛羊满圈，向阳门第骡马成群。"之后，等着康姨夫的夸奖。不想康姨夫却吊下脸来。康姨夫说，这是你爹给你们教的？明明想，应该让康姨夫知道是父亲的好意。就说，是的。康姨夫总算笑了一下，接着问明明和亮亮，今天早上给你爹拜年了吗？明明说没有。康姨夫说，你去给你爹拜个年，把这句话也这样说一遍，我把这些核桃全给你。说着，把手里的核桃袋晃了一下。明明和亮亮就往回跑。他们跑得同样飞快，如果迟了，说不定有人也去给康姨夫说这句吉利话，康姨夫说不定就把核桃给别人了。

明明和亮亮回到家里，院里密密麻麻地站满了人。不用说，他们是来给父亲和母亲拜年的。出乎明明意外的是人群中还有不少外村的孩子。明明的心里紧张了一下，飞速穿过人群，贴到父亲身边，两只手插在上衣衣兜里，神情警觉而又机敏，如同一个贴身警卫。明明在等一个时刻的到来。领头的新院祭奠一毕，跪在供桌前大声说，给太爷拜年了。院里的人都跟着跪了下来，齐声说，太爷，把核桃准备好。就在大家伏下身去磕头的时候，明明几下子把自己的糖果转移到父亲裤兜里，整个过程就像是几次闪电。父亲一边哎哎地应酬着大家，说你们今年的头简直像好年成的麦穗子一样,一边低头看了一眼明明,用目光和明明说了好几句话。明明的心里就落起雪来。父亲说的是什么呢?明明没有去细想,明明只是觉得,被父亲看着的那一刻很幸福。明明甚至觉得,那就是年了。

吉祥如意

/// 郭文斌

五月是被香醒来的。娘一把揭过捂在炕角瓦盆上的草锅盖，一股香气就向五月的鼻子里钻去。五月就醒了。五月一醒，六月也就醒了。五月和六月睁开眼睛，面前是一盆热气腾腾的甜醅子。娘的左手里是一个蓝花瓷碗，右手里是一把木锅铲。娘说，你看今年这甜醅发的，就像是好日子一样。六月看看五月，五月看看六月，用目光传递着这一喜讯。五月把舌头伸给娘，说，让我尝一下，看是真发还是假发。娘说，还没供呢，端午吃东西可是要供的。五月和六月就呼地一下子从被筒里翻了出来。

到院里，天还没有大亮。爹正在往上房门框上插柳枝。五月和六月就后悔自己起得迟了。出大门一看，家家的大门上都插上了柳枝，让人觉得整个巷子是活的。五月和六月检阅队伍似的跑到巷道尽头，又飞快地跑回。长长的巷道里，散发着柳枝的清香味，还散发着一种让他们说不清的东西。雾很大，站在巷子的这头，可以勉强看到那头。但正是这种效果，让五月和六月觉得这端午有了神秘的味道。来回跑的时候，六月觉得有无数的秘密和自己擦肩而过，嚓嚓响。等他们停下来，他又分明看到那秘密就在交错的柳枝间大摇大摆。再次跑到巷道的尽头时，六月问，姐你觉到啥了吗？五月说，觉到啥？六月说，说不明白，但我觉到了。五月说，你是说雾？六月失望地摇了摇头，觉得姐姐和他感觉到的东西离得太远了。五月说，那就是柳枝嘛，再能有啥？六月还是摇了摇头。突然，五月说，我知道了，你是说美？这次轮到六月吃惊了，他没有想到姐姐说出了这么一个词，平时常挂在嘴上，但姐把它配在这个用场上时还是让他很意外，又十分地佩服。自己怎么就没有想到它呢？随之，他又觉得自己没有想到这个词是对的。因为它不能完全代表他感觉到的东西。或者说，这美，只是他感觉到的东西中的一小点儿。

等他们从大门上回来，爹和娘已经在院子里摆好了供桌。等他们洗完脸，娘已经把甜醅子和花馍馍端到桌子上了。还有新下来的梨、大枣。在蒙蒙夜色里，有一种神秘的味道。仿佛真有无数的神仙在他们看不见的地方等着享用这眼前的美味呢。

爹向天点了一炷香，往地上奠了米酒，无比庄严地说：

艾叶香

香满堂

桃枝插在大门上

出门一望麦儿黄

这儿端阳

那儿端阳

处处都端阳

艾叶香

香满堂

桃枝插在大门上

出门一望麦儿黄

这儿吉祥

那儿吉祥

处处都吉祥

……

接着说了些什么，五月和六月听不懂，也没有记住。爹念叨完，带领他们磕头。六月不知道这头是磕给谁的。想问爹，但看爹那虔诚的样子，又觉得现在打扰有些不妥。但六月觉得跪在地上磕头的这种感觉特别地美好。下过雨的地皮湿漉漉的，膝盖和额头挨到上面凉津津的，有种让人骨头过电的爽。

供完，娘一边往上房收供品，一边说，先垫点底，赶快上山采艾。说着给他们每人取了一碗底儿。然后拿过来花馍馍，先从中间的绿线上掰开，再从掰开的那半牙中间的红线上掰开，再从掰开的那小半牙上的黄线上掰开，给五月和六月每人一牙儿。他们拿在手上，却舍不得吃。这么好看的花馍馍，让人怎么忍心下口啊。可是娘说这是有讲究的，上山时必须吃一点供品，不能让胃空着。五月问为什么。娘说，讲究嘛，一定要问个子丑寅卯来。六月说，我就是想知道嘛。娘说，这供品是神度过的，已成仙了，能抵挡邪门歪道呢。六月说，真的？娘说，当然是真的。六月说，那我们每天吃饭都供啊。娘说，好啊，你奶奶活着时每天吃饭就是要先供的。

甜醅子是莜麦酵的，不用吃，光闻着就能让人醉。花馍馍当然不同于平常的馍馍了，是娘用干面打成的，里面放了鸡蛋和清油，父亲用面杖压了一百次，娘用手团了一百次，又在盆里醒了一夜，才放到锅里慢火烙的。一年才能吃一次，嚼在口里面津津的、柔筋筋的，有些甜，又有些淡淡的咸。让人不忍心一下子咽到肚里去。

接着，娘给他们绑花绳，说这样蛇就绕着他们走了。六月问为什么。娘说蛇怕花绳。六月就觉得绑了花绳的胳膊腕上像是布下了百万雄兵，任你蛇多么厉害老子都不怕了。绑好花绳后，娘又给他们每人的口袋里插了一根柳枝。有点全面武装的味道，让六月心里生出一种使命感。

五月和六月在雾里走着。在端午的雾里走着。六月不停地把手腕上的花绳亮出来看。六月手腕上是一根三色花绳，在蒙蒙夜色里，若隐若现。让人觉得那手腕不再是一个手腕。是什么呢？

他又一时想不清楚。六月想请教姐姐五月。可当他看见姐姐时，就把要问的问题给忘了。因为姐姐在把弄手里的香包。六月一下子就崩溃了。他把香包给忘在枕头下面了。六月看着姐姐五月手里的香包，眼里直放光。六月的手就出去了。五月发现手里的香包不见了，一看，在六月手上。六月看见姐姐的脸上起了烟，忙把香包举在鼻子上，狠命地闻。五月看见，香包上的香气成群结队地往六月的鼻孔里钻，心疼得要死。伸手去夺，不想就在她的手还没有变成一个"夺"时，六月把香包送到她手上。五月盯着六月的鼻孔，看见香气像蜜蜂一样在六月的鼻孔里嗡嗡嗡地飞。五月把香包举在鼻子前面闻，果然不像刚才那么香。再看六月，六月的鼻孔一张一张，蜂阵只剩下一个尾巴在外面了。五月想骂一句什么话，但看着弟弟可怜的样子，又忍住了。就在这时，香包再次到了六月手里。六月一边往后跳，一边把香包举在鼻子前面使劲地闻，鼻孔一下一下张得更大了，窑洞一样。五月被激怒了，一跃到了六月的面前，不想就在她的手刚刚触到六月的手上时，香包又回到她手里。

嗨嗨。五月被六月惹笑了。这时的六月整个儿变成了一个大大的鼻子，贪在那里，一张一合。五月的心里又生起怜悯来，反正肥水没流外人田，要不就让他再闻闻吧。就把香包伸给弟弟。不想弟弟却摇头。五月说，生姐姐气了？六月说，没有，香气已经到我肚子里了。五月说，真的？六月说，真的。五月说，你怎么知道到了肚子里？六月说，我能看见。五月说，到了肚子里多浪费。六月想想，也是，一个装屎的地方，怎么能够让香委屈在那儿呢。要不呵出来？五月说，呵出来也浪费了。

我可以呵到你鼻子里啊。六月为自己的这一发明兴奋不已。五月也觉得这是一个好主意。就把嘴大张了，蹲在六月的面前。六月就肚皮用力，把香气一下一下往姐姐鼻孔里挤。

但六月却突然停了下来。六月看见，姐姐闭着眼睛往肚里咽气的样子迷人极了。那香气就变成一个舌头，在五月的额头上亲了一下。

妈哟，蛇。姐姐跳起来。六月向四周看了看，说，没有啊。姐姐说，刚才明明有个蛇信子在我头上舔了一下。六月说，大概是蛇仙。五月说，你看见是蛇仙？六月点了点头。五月问，蛇仙长什么样儿？六月说，就像香包。五月看了看手里的香包，说，难怪你这么喜欢它，原来它成仙了。

做香包讲究用香料。五月和六月专门到集上去买香料。五月说她要选最香最香的那种，要把六月的鼻子香炸。六月说，把我的鼻子香炸有啥用，我又不是你女婿。五月说，反正香炸再说。二人乐颠颠地向集上走去。

集上的香料可多了。五月到一个摊上拿起一种闻闻，到一个摊上拿起一种闻闻，从东头闻到西头，又从西头闻到东头。把整个街都闻遍了，还是确定不下来到底哪一个最香，拿不定主意买哪一种。六月说，就随便买上些行了。五月犯愁了。这时，过来了一个比五月大的女子选香料，五月的眼睛就跟在她的手上。五月问六月，你看这个人像不像是新媳妇？六月看了看，屁股圆圆的，辫子长长的，像。五月说，那她买的，肯定是最香的。五月就按刚才那个新媳妇买的买了。

山上有了人声，却看不见人。五月和六月被罩在雾里，就像还没有出生。六月觉得今天的雾是香的。不知为何，六月想起了娘。你说娘现在干啥着呢？六月问。五月想了想说，大概做甜糕呢。六月说，我咋看见娘在睡觉呢。五月说，你还日能，还千里眼不成，怎么就看见娘在睡觉呢。六月说，真的，我就看见娘在睡觉呢。五月说，那你说爹在干啥呢？六月说，爹也在睡觉呢。五月说，我们走时他们明明起来了，怎么又睡觉呢。六月说，爹像是正在给娘呵香气呢。五月说，难道爹也把娘的香包给叼去了？六月说，大概是吧。

突然，六月说，那是我的香包。说着往回跑。五月一跃，像老鹰抓鸡似的把六月抓在手里，说，你走了，我怎么办？六月说，我拿了香包就回来。五月看了看六月，解下脖子上的香包给六月，说，我把我的给你。六月犹豫着，没有动手。五月就亲自给六月戴上。六月看见，胸前没有了香包的五月一下子暗淡下来，就像是一个被人摘掉了花的花秆儿，看上去可怜兮兮的。但他又没有力量把它还给五月。六月想，人怎么就这么喜欢香呢？是鼻子喜欢还是人喜欢呢？

然后他们去挑花绳儿。街上到处都是花绳儿，这儿一绺那儿一绺的，让人觉得这街是谁的一个大手腕。六月和五月每人手里攥着两角钱,蜜蜂一样在这儿嗅嗅,在那儿闻闻,还是舍不得花。直到集快散了,他们才不得不把那两角钱花出去。他们的手里各拿着五根花绳儿。那个美啊,简直能把人美死。

路上,六月给五月说,你说谁的新媳妇最漂亮?五月说,你的啊。六月说,好好说啊。五月说,你说呢?六月说,要说,肯定是街的新媳妇最漂亮啊。五月一惊,看着六月,问,为什么?六月说,他的一个大胳膊上就戴了那么多的花绳儿,腔子上戴了那么多的香包,身上有那么多的香料,你说不是他还能是谁?五月把眼睛睁得像铜锣一样,贴向六月的脸,笑了一下,说,怪死了怪死了,你怎么有这样一个奇怪的想法,街怎么能娶新媳妇,要是街娶了新媳妇,那该是怎样的一个女子才配呢?六月说,你就配啊,我知道你想配呢。五月哈哈哈地大笑起来。那姐就是这个世界上最幸福的人了。六月说,那我就是街的大舅舅了。五月说,那我们就有用不完的花绳和香包了。

雾仍然像影子一样随着他们。六月的目光使劲用力,把雾往开顶。雾的罩子就像气球一样被撑开。在罩子的边儿上,六月看见了星星点点的人。六月给姐说,你看,他们早已经上山了。五月说,这些扫店猴,还扇得早得很。说着,二人加快了脚步,几乎跑起来。

到了一个地埂下,六月说,这不是艾吗?五月上前一看,果然是艾。一株株艾上沾着露水豆儿,如同一个个悄悄睁着的眼睛。五月看了看山头,说,他们怎么就没有看见?六月说,他们是没有往脚下看。五月说,他们为什么就不往脚下看?六月说,他们没有想起往脚下看。五月觉得六月说得对,欣赏地看着六月说,你就怎么想起往脚下看?六月说,我本来也想着山顶呢,我也不知道咋就往脚下看了一下。五月说,山上那些人多冤枉。六月说,但我还是想上山。五月说,为啥,这里不是有艾嘛。六月说,我想看大家采艾,我也想和大家一起采。五月说,那姐采你看不就行了?六月说,你一个人采,有啥看头。五月说,可是你想想,万一路上碰上一条蛇呢?六月说,我们不是绑了花绳儿吗?我们不是吃过供了的花馍馍了吗?五月说,那就到山顶吧。五月想,其实她也想到山顶呢。人怎么就那么喜欢到山顶上去呢?脚下明明是有艾的,却非要上到山顶去。

五月缝香包时,六月就欺负她。噢噢,给她女婿缝香包着呢。噢噢,给她女婿缝香包着呢。五月追着打六月。六月一边跑一边说,养个母鸡能下蛋,找个干部能上县。但五月总是追不上六月。这连自己都奇怪。平时,她可是几步就一把把六月压到地上了。后来,她发现自己心里其实是有私心的。她就是不想追上。她只是喜欢那个追。说穿了,是喜欢六月一边跑一边这么喊。羞死了。羞死了。六月跑一跑,停下来,把屁股撅给五月,用手拍拍。跑一跑,停下来,把屁股撅给五月,用手拍拍。五月就真羞了。就装作生气的样子回到屋里,把门关上。任六月怎么敲也不开。六月就在外面给她一遍又一遍地下话,一遍又一遍地保证不再欺负她。五月就好开心。她喜欢六月这样哄她。之前,每当六月欺负她,她总是像猫扑老鼠一样抓住六月,拧他耳朵,听他告饶。但现在她不喜欢那样了。她觉得这样躲在门后听六月下话,感觉真是美极了。

上到半山腰,六月就跟不上了。六月说,姐慢点行吗,我走不动了。五月回头一看,笑笑。这时,五月发现雾的罩子破了一条口子,从口子里看去,村子像个香包一样躺在那里。五月的舌头上就泛起一种味道,那是娘捂在盆里的甜醅子。五月想回家了。但艾还没有采上呢。这是一年的吉祥如意呢。五月就叫六月快走。不想六月索性蹲下了。

哎哟!蛇。五月突然叫了一声,同时跑起来。六月在后面拼命追,不一会儿就超过姐姐,跑在前面,并且一再回头催,姐快跑啊。跑了一会儿,五月的腿就不听话了。就索性一屁股坐在路上,出着粗气大笑。六月回头,看见姐坐在那里大笑,上气不接下气地问,你真看见蛇了?五月说真看见了。六月说,蛇是啥样的?五月说,就像个你。六月说,才像你呢,你就是一个美女蛇。五月说,你不是说一点都走不动了吗,怎么跑起来还比姐快。六月就看见他的心被姐的话划开了一条缝儿。是啊,当时明明走不动了嘛,怎么姐一声蛇,自己反而就跑到姐前面去了呢?而且并不觉得累,这到底是怎么回事呢?

哎哟!你看蛇。五月却坐在那里不动。六月装作真的样子跑了几步。回头看姐,姐还是坐在那里不动。五月说,娘说了,蛇是灵物,只要你不伤它,它是不会咬人的。娘说,真正的毒蛇在人的心里。六月说，娘胡说呢，人的心里怎么能有毒蛇呢。五月说，娘还说，人的心里有无数的毒蛇呢，他们一个个都懂障眼法，连自己都发现不了呢。六月就信了，就在心里找。找了半天，也没有找到。最后，他发现问题不是有没有蛇，而是他压根就不知道心在哪里。问五月，五月也说不上来。六月的心里就有了一个问题。

　　娘说香包要缝成心形，心肩上吊三色穗子，心尖上吊五色穗子。一般情况下，每年的香包都是没有过门的新媳妇做好了让人送给婆家的。六月家没有没过门的新媳妇，就只能是娘和姐姐自己做了。这让五月、六月心里多少有些遗憾。但五月比六月看得远，五月说，其实没关系，娘年轻的时候不也是咱们家的新媳妇嘛。六月一下子对五月佩服得了不得。六月说是啊，可是她是谁的新媳妇呢？五月都笑死了。五月说，你说是谁的？六月想了想，没有想出个所以然来。五月说，爹啊，你这个笨蛋，明明是爹的新媳妇啊，还能是别人的不成？六月恍然大悟。经五月这么一说，六月突然觉得娘和爹之间一下子有意思起来。还有五月，今年已经试手做了两个香包了。娘说，早学早惹媒，不学没人来。五月就红着脸打娘。娘说，男靠一个好，女靠一个巧，巧是练出来的。五月就练。一些小花布就在五月的手里东拼拼西凑凑。

　　但六月很快就忘了这个问题。因为五月真的看见了蛇。六月从五月的脸色上看到，这次姐不是骗他。五月既迅速又从容地移到六月身边，把六月抱在怀里，使劲抓着六月的手。然后用嘴指给六月看身边的草丛。六月就看见了一个圆。姐弟二人用手商量着如何办。六月说，我们的手腕上不是绑了花绳儿了吗，我们不是吃过供过的花馍馍了吗？五月说，娘不是说只要你不伤它它就不会伤你吗？六月说，娘不是说真正的蛇在人的心里吗？难道草丛就是人的心？或者说人的心就是草丛？五月说，人心里的那是毒蛇，说不定眼前的这条不是毒蛇呢。这样说着时，六月的身子激灵了一下，接着，他的小肚那儿就热起来。五月瞥了一眼六月，六月的脸上全是蛇。

就在这时，那圆开始转了，很慢，又很快。当他们终于断定，它是越转越远时，五月和六月从对方身上，闻到了一种香味，一种要比香包上的那种香味还要香一百倍的香味。直到那圆转到他们认为的安全地带，五月和六月的目光相碰。然后变成了水，在两个地方流淌，一处是手心，一处是六月的裤管。

娘教五月如何用针，如何戴顶针。五月第一次体会到了用顶针往布里顶针的快乐，把针穿过布的快乐，把两片布连成一片的快乐。五月缝时，六月趴在炕上看。真是奇怪，这么细的一个针，屁股上还有一个眼儿，能够穿过去线，那线在针的带领下，能够穿过去布，那布经线那么一绕一绕，就连了起来，最后成娘说的"心"。有意思，手就痒了，就向姐要针线。让我也试试嘛。娘说，男孩子不能拿针的。六月问为什么。娘笑着说，男孩子要拿大针呢。六月问啥叫大针。娘说，等你长大就知道了。六月复又躺在炕上，在心里描绘那个大针。有多大呢？五月戴的是娘的顶针，有些大，晃晃荡荡的，针就不防滑脱，顶到肉里去，血就流出来。五月疼得龇牙咧嘴。六月急着给她找布包。娘却没事一样。娘说，这一开始，就得流些血。六月就觉得娘有些不近人情。再看娘手中的针，简直就像是她干儿子一样听话。它在娘手里就怎么那么服帖呢？

山顶就要到了，五月和六月从未有过地感觉到"大家"的美好。每一个人看上去都是那么可爱。即使是那些平时他们憎恶得瞅都不愿意瞅一眼的人。六月给姐说了自己的这一发现。五月说，你的心上怎么那么多眼眼子啊。六月悄悄说，我怎么现在就看着地生不憎恶呢。五月悄悄地说，我也是。

噢噢，噢噢。你看六月像不像一个新女婿。地生说。大家说，像极了。忙生说，还领着一个新媳妇呢。脖子里还挂着红呢。六月有些羞，又有些气，却没有发火。五月说，我们刚才看见蛇了。地生说真的？六月自豪地说，当然是真的。地生子说，别吹牛了，如果真看见，早尿裤裆了。六月的脸就红了。五月护短说，你才尿裤裆呢。如果是你，说不定都吓死了。地生说，如果是我，我就把它抓了烧着吃。五月说，吹老牛。地生说，不信你找一个来试试啊。白云说，闭上你的臭嘴，我奶奶说，蛇可灵呢，它能听见呢。我奶奶还说，蛇是不咬善门中的人的。地生问啥叫善门中的人。白云说，就是一辈子做好事的人家，还不吃肉，不吃有臭味的东西。白云接着说，我奶奶说，那时村子里发生蛇患，人们晚上想方设法关好门窗，蛇也常常钻到被窝里，有许多人都被蛇咬死。唯独李善人每晚开着门睡大觉，蛇却从来不去找他。六月说，真的？我奶奶说，千真万确，说着，上前拿起六月的香包看。

喜欢就送你吧。六月没有想到自己会说出这么大方的一句话。白云惊讶地看着六月，就像是发现太阳从西边出来了。六月接着说，喜欢就送给你。白云说，真的？五月咳嗽了几声。不想六月还是说，真的。说着拿下来给白云。白云迟疑着接过，有点担当不起的样子，又有点不相信这是真的样子。

噢噢，白云是六月媳妇。噢噢，白云是六月媳妇。

地生和忙生拍着手喊。太阳就从六月和白云的脸上升起来了。

爹让六月舂香料。六月拿起石杵一舂，香料就捣蛋地跳出来。五月说让她试试吧。爹说女孩子不能干这个活的。五月问为啥。爹说不为啥。五月的嘴就噘起来了。不为啥又为啥不让人舂。爹拿过杵给六月示范。那香料一点儿也不捣蛋了。六月再试，它们还是跳出来。五月说，就那么点香料，都让六月糟蹋完了。爹一边往石窝子里捡跳到地上的香料，一边说，爹刚学时，也是这样，得摸索，说不清的。六月听爹刚学时也是这样，就大了胆子舂，直舂得香料在石窝子里乱开花。舂着舂着，那香料就服帖了。六月奇怪，当你小心翼翼地舂时，它反倒要跳，可当你不管它三七二十一，不怕它跳时，它反倒不跳了。这一发现让六月激动得头皮一阵阵过电，像是谁伸手一下子把他心里好多窗子都打开了。六月看五月，五月一脸的羡慕。六月就又心疼姐姐。有些事你是永远不能干的。突然，六月发现这家里是分着两派的。爹和他是一派，娘和姐是一派。你看，这娘教姐学针，却不让他学。这爹教他拿杵，却不让姐拿。莫非这杵，就是娘说的大针？

姐无望地看着他舂香料，终于觉得这事和自己无缘，就拿了花布开始缝香包。随着六月杵子的一上一下，屋子里渐渐地充满了香味儿。

雾渐渐散去。山上的人们一点点清晰起来，就像是一个个鱼浮出水面。六月东瞅瞅，西瞅瞅，心里美得有些不知所措。六月向山下看去，村子像个猫一样卧在那里。一根根炊烟猫胡子一样伸向天空。娘和爹还在睡觉吗？娘和爹多可惜啊，不能看到这些快要把人心撑破了的美。

不觉间，太阳从东山顶探出头来，就像一个香包儿。山也过端午呢，山也戴香包呢。六月想。再看大家时，大家就像听到太阳的号令似的一齐伏在地上割艾了。六月问姐姐为什么不等到太阳晒会儿把艾上的露水晒干了再采。姐姐说，这艾就要趁太阳刚出来的一会儿采，这样采到的艾既有太阳蛋蛋，又有露水蛋蛋。这太阳蛋蛋是天的儿子，露水蛋蛋是地的女儿，他们两人全时，才叫吉祥如意。六月奇怪姐姐怎么把太阳和露水说成蛋蛋。蛋蛋是娘平时用来叫他们的。姐姐这样一说，六月就蹲下来，拿出篮子里的刀子准备采艾。但是六月却下不了手。一颗颗玛瑙一样的露珠蛋儿被阳光一照，让人觉得它不再是露珠，而是一个个太阳崽子。六月一下子明白了姐姐为什么要用蛋蛋来称呼太阳和露珠儿。这样，一刀子下去，就会有好几个太阳蛋蛋死掉。五月说你发什么愣，还不趁着露珠蛋蛋刚醒来赶快采。六月说，我下不了手。五月问为什么。六月说，我觉得这露珠儿太可怜了。五月就扑哧一声笑了，我还以为是你觉得艾可怜呢，真是个二愣。这露珠儿有什么可怜的。你不采，太阳一出来，它们也得死。它们就是这么个命。但是它们又没有死，明天早上，它们又会活过来。六月想想也是，接着心里升起对姐姐的崇拜来。他没有想到姐会说出这么大的道理来。

　　但六月还是下不了手。姐姐又笑了。说，如果你觉得他们可怜，你可以先把它们摇掉啊，让它躺到地里慢慢睡去，你再动手啊。六月觉得这个主意好，就动手摇。不想又把六月的心摇凉了。这一摇，让六月看见了一个个美的死去原来是这样简单的一件事。他第一次感到了这美的不牢靠。而让这些美死去的，却是他的一只手。六月看了看他的手，突然觉得他不单单是一只手，它的里面还藏着一些深不可测的东西，是什么呢？他又一时想不明白。但他又不甘心，这分明是我自己的手，怎么连自己都看不明白呢？六月第一次对自己开始怀疑起来。

　　六月开始采艾。采着采着，就把露珠儿的问题给忘了，把手的问题也忘了。六月很快沉浸到另外一种美好中去。那就是采。刀子贴地割过去，艾乖爽地扑倒在他的手里，像是早就等着他似的。六月想起爹说，采艾就是采吉祥如意，就觉得有无数的吉祥如意扑到他怀里,潮水一样。

　　一山的人都在采集吉祥如意。

　　多美啊。

　　娘教五月如何往香包里放香料:把香料均匀地撒在新棉花上,然后把棉花装进香包里,然后封口。娘说,这样香包就既是鼓的,又是香的。六月问娘,为啥要鼓。娘笑笑说,就你问题多。你说为啥要鼓?六月说,叫我姐说。五月说,又不是我问的问题。六月说,鼓了我姐夫喜欢。五月就打六月。娘笑得嘴都合不上了。六月说,我看地生对我姐有意思呢。娘说,是吗,让地生做你姐夫你愿意吗?六月说,不愿意,他又不是干部。娘说,那你长大了好好读书,给咱们考个干部。六月说,那当然。等我考上干部后,就让我姐嫁给我。五月一下子用被子蒙了头。娘哈哈哈地大笑。六月说,就是嘛,我爹常说,肥水不流外人田,我姐姐为啥要嫁给别人家?娘说,这世上的事啊,你还不懂。有些东西啊,恰恰自家人占不着,也不能占。给了别人家,就吉祥,就如意。所以你奶奶常说,舍得舍得,只有舍才能得。越是舍不得的东西越要舍。这老天爷啊,就树了这么一个理儿。六月说,这老天爷是不是老糊涂了。娘说,他才不糊涂呢。

　　等地娘娘把她的女儿全部从艾上收去时,大家开始收刃。六月站起来,看见姐姐的花袄子被露水打得像个水帘。姐姐把他采的艾拿过去,用草绳束了,给他。然后用草擦刃子上的泥。太阳照在擦净的刃面上,扑闪扑闪的。姐姐翻了一下刃面,那扑闪就到了姐姐的脸上。不知为何,六月觉得这时的姐姐就像一株艾。那么,姐姐该是谁的女儿呢?姐姐分明是娘的女儿啊。但他就是觉得此时的姐姐不像是娘的女儿。如果她真是一株艾,那么她该由谁来采呢。六月被自己的这一想法吓了一跳。这一采,不就等于死了吗?可是,大家分明认为死是一件吉祥的事呢,要不怎么会有一山头的人采艾呢?六月又不懂了。

路上,六月看到别人采的艾要比他们姐弟采的多得多,就觉得他们家小孩太少了。六月突然想到,爹和娘怎么不上山采艾呢?问姐姐。姐姐说,因为爹和娘不是童男童女。六月问什么叫童男童女。姐姐想了想说,大概就是铜做的吧。六月觉得不对,分明是肉,怎么说是铜做的。那爹和娘不是铜做的?六月问,不是铜做的为啥就不能采艾?五月说,不知道,爹这样说的,你看,这上山采艾的,都是童男童女。六月的脑瓜转了一下。不对,这童男童女,是没有当过新娘和新郎的人。五月被六月的话惊了一下,回头看路后边的人,发现真是这么回事。看弟弟,弟弟的神情是一个等待。五月用一个揽的动作表达了她的夸奖。六月就感到了一种童男童女的自豪和美好,也感到了一种不是童男童女的遗憾和多余。

现在,六月和五月的怀里每人抱着一抱艾,抱着整整一年的吉祥,走在回家的路上,走在端午里。他们的脚步把我的怀念踩疼,也把我心中的吉祥如意踩疼。

活佛的故事

/// 玛拉沁夫

我的故乡,叫白音浩特村,那是我们旗王爷府所在地。我在那里度过了"金色的童年"——它被罩在几分朦胧、遥远的神秘色彩里,使人眷恋、神往。

我家的邻居,是特古斯喇嘛。按说喇嘛是不能结婚的,可是特古斯喇嘛不但成家,而且还生儿育女,我至今也弄不明白其中的缘由。

特古斯喇嘛有三个儿子,老大叫哈森加卜,老二叫嘎尔赫,老三叫玛拉哈。玛拉哈跟我同岁。我们从牙牙学语时就在门前沙土堆上光着屁股一起玩耍,到了我们都穿上开裆裤的岁数时,我们俩已经是形影不离的小伙伴了。

小玛拉哈,眉清目秀,唇红齿白,圆脸蛋,高鼻梁,一脑袋乌黑、卷曲的头发,挺俊气的。只是耳朵长得老大,真难看,可老人们说，那是"佛相"，有福气。啥叫福气？我说不明白。反正那时他比我聪明、能干，胆又大，我很佩服他。

我家很穷困，他家稍微宽裕一些。大约六岁那年春天，我们那里闹饥荒，除了王府和几户"巴彦"（财主）之外，家家没吃的。一天晚上，小玛拉哈跑来叫我："拿上筐，咱们爬树撸榆钱儿去！"

"黑灯半夜的，上哪儿？"

"去王府前面大草甸子上，爬那几棵大榆树！"

我一听，吓了一跳，忙说："那是几棵神树，你没看见人们年年给它磕头吗？谁敢爬上去？王爷知道了，会砍断咱们的腿哩！"

他一摆手，说："嗐！什么神树？谁见过神？你见过？"

我摇了摇小光头。

"那就走吧，趁着月亮还没出来，咱们爬树，快撸！"他说。

榆树钱儿拌上糠面蒸熟，可好吃呢。特别是在饥荒年月，那是穷人难得的美餐。我一想到明儿个家里还没有下锅米，就壮起胆子，拿上筐子，跟着他一路小跑，来到了王府前面的大草甸子上。

小玛拉哈真鬼！看见离我们不远的地方，有一头老花牛抻着脖子在吃草，他叫我跟他一样俯卧在草地上，像蛤蟆似的向老牛慢慢爬过去。起初我不明白他的用意。后来当他用一根树枝赶着老花牛，让它挡住我们的身影，向那几棵神树走去时，我才恍然醒悟，他这是为了不叫王府炮台上的岗哨发现我们。老花牛真听话，用它那巨大的身躯掩护着我们，把我们送到一棵大神树下，尔后摇摆着长长的尾巴，悠然地走到一旁吃草去了。

那棵大神树，在深夜里越发黑森森、晃悠悠，挺瘆人的！我正站在那儿发呆时，小玛拉哈早已像马猴儿般灵巧地爬上了树干。我也赶紧上树。那可真是一棵神树，在这样干旱年月，它依然枝繁叶茂。不大一会儿，我们俩撸下满满两大筐榆钱儿。这时，又红又大的月亮从东天边升了起来，显得那样温柔、神秘、含情脉脉。我和玛拉哈都被月亮初升的迷人壮观景象吸引住了。我们小心地把装满榆钱儿的筐子挂在树杈上，从高高的神树上，开心地不住向满面笑容的月亮招手……

月亮升高了，大草滩上洒满了它的银辉。我忽然想起回家的事来，焦急地问玛拉哈："喂！月亮这么亮，咱们怎么逃出草滩去呀？"

"还得求老花牛帮忙呗！"

一逃出大草滩，我们把两筐榆钱儿往地上一撂，高兴地咯咯笑着满地打起滚儿来……一番紧张的逃离，又一番欢腾的嬉戏，我们都感到乏了。索性摊开四肢，仰卧在沾有露水的草地上，静静地眺望那湛蓝色的深邃夜空。儿童有限的想象力，此刻得到了最充分的发挥：天空是什么？为什么是湛蓝色的？在那一片湛蓝色的后面，果真像信佛的老人们所说的那样，是另外一个世界，那里居住着修善积德的人们吗？在那个世界里，肯定不会有凶恶的王爷、困苦的穷人,更不会有以榆钱儿充饥的事吧……

第二天,我们两家都吃了一顿香喷喷的榆钱儿拌糠面的蒸饭。

那一年春旱,夏涝。入夏后接连下雨,附近的小河都涨水了,有人从附近的小河里抓到了不少小鱼儿。有一天,小玛拉哈前额上挂着珍珠般的汗粒,跑来找我。

"咱们到小河里摸鱼去,又凉快又好耍。"

我正在家里闷得难受,二话没说,跟他去了。

洪水已经过去,小河清澈见底。乍看去,河里各种颜色的鹅卵石,都像一条条跳动的小鱼。我们俩脱去衣裤,一个猛子扎进河水里。一股凉爽的快感不但迅即传遍全身,也渗进心里。我们赤条条地站在河水里,只顾互相泼水、耍闹,早已把抓鱼的事忘到脑后去了。

第二天中午,村里忽然传说着一件对我来说简直是不可思议的事情:昨天还跟我一起光着屁股抓鱼的小玛拉哈,被格根庙选中成为活佛了!说选中活佛是不确切的。按照佛教的观点,活佛是"前生转世"的。也就是说,前世活佛生前就已经把自己来世将要投生到何处何家,用金汁写在红缎子上,密封在一个雕花银罐里,藏在某一秘密的地方。在他死后,由活佛的经师主持,召集大喇嘛议事会议,当众启封开罐,宣读前世活佛的遗言,并遵照他那谜语般难解的遗言所提供的线索,去寻找活佛的转世人。

据说格根庙前世活佛在他生前遗言中说,他将再次转世的那个人的家庭特征是这样的:按照蒙古文字母母音:阿、纳、巴、哈、嘎、玛……的顺序，他大哥名字的第一个音是"哈"，二哥名字的第一个音是"嘎"，而他自己名字的第一个音是"玛"。找到以哈、嘎、玛为名字首音的哥儿仨还不行，他的家还需有以下特征：在他家东南方向九九八百一十步的地方，有一棵五个人搂不拢的大树；在他家西北方向九九八百一十步的地方，在地下三尺处，有一块牛头大小的花岗石。具备以上三条者，就是他的转世人。

格根庙派出人员，按照上述三条，暗查私访，花了几年时间，终于确认我的小伙伴玛拉哈就是他们正在寻找的新活佛。就这样，昨天还跟我一起在河里抓鱼的小玛拉哈，一夜之间，从人变成了神——格根庙第八世活佛。

这可不是一件小事，全村信佛教的人们，好像都分享了几分荣光，个个喜形于色，全村沸腾得像一锅冒花的开水。中午时分，格根庙主事大喇嘛宣布：从当天未时起，玛拉哈活佛接受全村居民的朝拜。

我妈妈是虔诚的佛教徒，她让我洗手擦脸，准备未时领我前去朝拜玛拉哈活佛。我一听妈妈说"玛拉哈活佛"，不禁失声哈哈大笑起来。因为我这种"大逆不道"的行为，妈妈狠狠地揪了一下我的耳朵，声色俱厉地申斥道："不许笑！"我不敢再笑了。

未时已到，妈妈领上我去给玛拉哈磕头。儿童的好奇心促使我想去看一看我那个已经成了活佛的小伙伴，如今是何模样。

我跟随妈妈来到玛拉哈家门口，这里已经聚集了男女老幼很多人。因为玛拉哈已成活佛，人世间的排辈，对他失去了约束力，昨天他还称呼大爷大娘或者爷爷奶奶的长老们，今天也得前来向他膜拜，接受他的祝福。好不容易轮到妈妈和我进屋去磕头了，这时我反倒心跳起来，害怕看见我那个成了佛的小伙伴。我被推进门去，只见玛拉哈端端正正坐在炕当中，在他前面有一张从别的人家借来的红木炕桌，上面摆着一卷藏经，一个盛有"圣水"的银壶，银壶里插着一根孔雀翎，是用来往朝圣者身上掸"圣水"的。我一进屋，小玛拉哈就朝我笑了。我当时笑了没有，自己不知道。小玛拉哈的左右两边坐着他妈妈和他的经师。那个老经师，眼皮、嘴皮都松塌塌地往下耷拉着，唇角两边有两道深沟，脸色阴沉，挺吓人的！我不敢多瞧他一眼。这时我妈妈早已跪在地上，虔诚地双手合十，连磕了三个头。我赶忙效仿妈妈向玛拉哈磕头。当我磕完第一个头，抬起眼睛时，我们俩目光相遇。他还跟从前一样天真地微笑着，向我招了招手，还做了一副逗人的鬼脸。我不敢笑，他却自鸣得意地发出咯咯的笑声，那个经师显然对玛拉哈的举止感到愤怒，威胁地用鼻子"嗯嗯"了两声。玛拉哈的妈妈慌了手脚，赶忙以和蔼但又强硬的语调发出警告："活佛，好好坐着，别乱动！"我们磕完头，玛拉哈拿起他一个字也不识的经卷，在我和妈妈的前额上点了一下，又用孔雀翎往我们头上洒了几滴"圣水"。叩拜结束，当妈妈领着我退出门外时，我大胆地回过头去又看了一眼小玛拉哈，向他告别；我的小伙伴扬起眉毛，会意地向我使了一个眼色，仿佛在说：你等着,咱们以后再爬树撸榆钱儿,去小河抓鱼。

我心里不由得想,玛拉哈没有变成佛,他还是我的小伙伴。

玛拉哈活佛第二天寅时起驾,到他的寺院去就位。我们全村人大清早都来到村外洒过水的土路两旁,等候着给他送行。那天清晨,我一睁开眼睛,想到马上要跟自己的小伙伴离别,心里就闷得慌。站到村外人群中时,我真想哭出声来。但是,四周的气氛是那样庄严、肃穆,我没敢哭,两眼直呆呆地望着玛拉哈将要出现的村口。

不多时,喇嘛乐队的金号、银号、羊角号和一丈多长由两个小喇嘛抬着的低音长号,以及八面鼓、十面镲等乐声大作,说不出是个什么音调,听来又刺耳又惊神!在这一片喧嚣中,一大片金黄色正在向我们这里移动过来,越来越近。那一大片金黄色所到之处,早已跪在大路两旁迎候的人们都不停地磕头。原来是玛拉哈活佛驾到了。我只顾想最后看一眼小伙伴,傻呆呆跪在那儿,忘记了磕头,妈妈在催促:"磕,磕!"我稀里糊涂躬了一下身,又抬起头来看玛拉哈。嘀!一溜儿走着九匹高头大马,马背上都披着几乎拖地的大块黄缎子,除牵马的喇嘛以外,所有僧侣和玛拉哈的亲属,都远远地跟在那九匹大马的后头,只有玛拉哈一个人身穿黄袍子,孤零零、可怜地骑在九匹大马当中第五匹马上。虽然左右有四个喇嘛在护驾,但他好像还是怕被摔下马来似的战战兢兢地紧勒着马缰。他来到了我的面前,目光在我们头顶上扫来扫去,像是看见了我又像是没看见,浓眉紧锁,脸上挂着离别故乡、亲人和伙伴的痛苦与忧伤的神情,眼角上好似挂着泪花……

那一片金黄色渐渐远去了,消失在黄尘中。村民们先后不一地爬了起来,每个人的额上都沾了尘土,磕头越多的沾的尘土越多。人们沉浸在宗教虔诚的肃穆之中,都忘记拿袖口抹一抹自己的前额。

当我跟随人群返回村里时,好像有人从我手里抢走了什么东西,又好像心里有两头小犊儿在顶架,烦恼极了!那一天,我没吃没喝,一个人跑到大草滩的树荫下,两眼发呆地闷坐了一天,很晚妈妈才把我找回去……

三年过去了,我已经上了洋学堂。

有一天放学回来,我忽然发现妈妈那张被穷困刻满皱纹的脸上,泛出喜悦的光亮,告诉我说:"明天玛拉哈活佛要回家乡来,接受乡亲们的朝拜。"在我那已经装满"阿、额、衣、澳、乌、沃、吾"等蒙文字母的脑海里,重又出现了小伙伴玛拉哈可爱的身影。

玛拉哈活佛将要在村东一座古老的喇嘛庙大殿前高高的汉白玉台阶上设经坛,接受乡亲们的叩拜。据说给活佛朝拜,可以逢凶化吉、消灾灭祸。有些老年人为了赎却一生的"罪过",希冀来世的"安乐",一出自己的家门,就一步磕一个长头(整个身体伏地磕头),一直要磕到玛拉哈活佛脚下。为此,有的人半夜就起身动作了。我当了几年洋学生,脑海里宗教意识已经很淡薄，无心观看寺院建筑之宏伟、朝拜仪式之隆重，一心急于挤到近处去仔细看一看我的小伙伴，而今到底变成了什么样子。在香烟缭绕之中，我终于被人流推到了小玛拉哈，不，是玛拉哈活佛的面前。他坐在高台阶上厚厚的黄缎子坐垫上面，我跪在高台阶下硬硬的青石板上头。我抬起头，睁大了眼睛瞅了他一眼，忽然发现我的小伙伴玛拉哈完全变样了：他两颊消瘦，眼窝深陷，脸上白里透青，毫无表情，特别是他的眼神，显得那样疲惫而麻木。他仿佛也认出了我，只见他两颗眼珠转动了一下，还没等我做出反应，他很快就恢复了"佛态"，眼珠不再转动了。唉，只三年时间，我的小伙伴玛拉哈，从一个天真活泼的儿童，竟变成如此淡薄、麻木的"神"，我真伤心透了……

玛拉哈当活佛五年的那一个夏天，格根庙举行盛大集会，要由玛拉哈活佛讲经。我又跟上乡亲们去观看活佛讲经的盛况。集会的最后一天，寺院主事大喇嘛宣布：玛拉哈活佛将于今晚接受平民百姓的叩拜。

那天晚上，寺院里挤满了人群。我站在人头攒动的洪流后头，从大约一百米以外的地方眺望活佛的宝座，看见在高高的殿宇下面点着几盏长明灯。虽说长明灯的每个青铜灯盏能装五十斤黄油，但是灯光依然显得微弱。我看不见玛拉哈活佛的面孔，只见一个人身披黄斗篷，头戴黄缎帽，双手合十，坐在那里，纹丝不动，活像一尊大庙里的泥胎塑像。

我从大殿后面绕到了活佛跟前，见周围虔诚的佛教徒们对玛拉哈活佛都表现出难以抑制的狂热情绪，有的在大声祈祷，有的在哭喊着祈求祝福，他们深躬腰身，随时准备跪下去顶礼膜拜。然而玛拉哈活佛却合闭双眼，对自己崇拜者们的虔诚与狂热不屑一顾，连眼睫毛都不想动一下。我为了引起他的注意，故意挺直腰身，走到他的眼皮底下，想叫他再向我转动一下眼珠，但是我失望了。霎时，我不知从哪儿来了一股勇气，我向那个披着黄缎子斗篷的活泥塑，轻轻喊了几声："玛拉哈，是我！喂，是我呀，玛拉哈！"我的喊声虽然不大，可他肯定能听得见的。但他没有丝毫反应。我的心猛然紧缩：莫非他果真成了佛？四周被一股强烈、神秘的宗教气氛所笼罩，我不由自主地双膝一弯，"嘭"地跪倒在玛拉哈活佛的脚下，连连叩起头来。当我从玛拉哈活佛的脚下爬起来，拖着沉重的脚步走出寺院时，想到从此我将永远失去亲亲爱爱的儿时小伙伴，竟伤心地大哭起来……

几十年过去了。

人民用慈母的乳汁，将我这个穷苦孩子培养成了作家。我经常回忆起自己金色的童年生活、青年时代的战斗岁月，也曾回忆起许许多多童年时期的伙伴、青年时代的战友，他们都成为人物"模特儿"出现在我的作品中。但不知为什么我唯独不曾想起那个小玛拉哈，或许是因为在我的记忆中，他已经不是人，而是神了。在描写现实生活的作品中，我需要的是有血有肉有感情的人，而不是连眼珠都不转动，连别人呼唤自己的名字都失去反应力的泥塑。

"嘭嘭嘭!"

静谧的冬夜,我正坐在书房里写作,听得有人敲我家的门。我那八十六岁、依然十分健康的老妈妈,说着"来了,来了",前去开门。开门后,突然传来我小女儿的喊声:"爸爸,您快来,奶奶晕倒了!"我急忙搁下笔,走出书房,老奶奶哪里是晕倒啊,她是在不停地磕头。因为我小女儿从来没有看见过磕头的动作,误以为奶奶晕倒了。我还没有来得及弄明白发生了什么事情,那位来客急步走过去全力搀扶我的母亲,嘴里说着:"大娘,现在可不能再这样了,我是人,普通的人哪,不是神!"

我转身向那位来客望去,他衣着整洁,双鬓花白,嘴角下垂,正在发展的秃顶上梳着整齐的背头。他把我母亲扶起之后,整个身体转向了我,这时我从他那含有笑意的眼神里,认出他来了:玛拉哈,我童年的小伙伴。

"这些年你在哪儿了?"我把他让进书房,一阵寒暄之后,问他。

"到处行医,四海为家,不过你不要以为我是走江湖卖狗皮膏药的。"他呷了一口我递过去的香茶,泰然地说着,自己笑了,"咱们家乡一解放,我就把庙里的事交给主事大喇嘛管,我住在自己的寺院里开始钻研蒙、藏医学。蒙古族和藏族的医学传统很丰富啊!"他说着从提包里取出一本装帧十分考究的书来,"这是我四十年的研究成果,最近出版的。"

我接过那本书,见封面上印着蒙、藏、汉三种文字的烫金大字"蒙藏药典",下侧还印有"玛拉哈著"的字样。

"咱们家乡十九世纪曾经出现过著名作家兼史学家尹湛纳希,二十世纪又出现了名医玛拉哈大夫,这是我们民族的光荣!"我欣喜地说。

玛拉哈脸部每一块肌肉都活动起来,组成了"无比荣幸"的字样,而那两只深邃的慧眼里闪烁着火一般热烈的神情。

"我刚刚出席了在上海召开的全国医学学术讨论会,特地顺路来看看你。"

他在我家住了三天。临别那天晚上,我略备酒菜给他送行。他不会喝酒,但这天破例连干三杯,酒热挂到脸上,童年伙伴的情谊,又在我们心中交流。我们都很畅快!或许是借助于酒兴吧,我向他提出了三天来一直想提而又不便提及的一个问题:

"你现在是玛拉哈大夫,还是玛拉哈活佛?大夫是人,如果是活佛,那该是神了。"

他坐在躺椅里,手里拿着茶杯,惨然一笑,不紧不慢地说了下面一段话:

"嘻!人世间,原本是没有神的。人们为了寻求寄托,便创造出一个神来。而被人们创造成为神的那个人,在人们虔诚的膜拜下,起初朦朦胧胧觉得自己好像是个神,久而久之,便认定自己就是神,摆出神的架势,于是人们就膜拜得越发虔诚,信仰得越发狂热,岂不知是被戏弄了。人们创造神,是对被创造成为神的那个人的戏弄;而被创造成为神的那个人,也摆出一副神的架势,戏弄那些把他创造为神的人们。千百年来,我们就是在这种互相戏弄中度过的。那些年代对于我们,对于历史,都属荒诞无稽。好在历史终归是由人民来写的,那些荒诞无稽的年代,已经过去了。"

黑骏马

/// 张承志

也许应当归咎于那些流传太广的牧歌吧，我常发现人们有着一种误解。他们总认为，草原只是一个罗曼蒂克的摇篮。每当他们听说我来自那样一个世界时，就会流露出一种好奇的神色。我能从那种神色中立即读到诸如白云、鲜花、姑娘和醇酒等诱人的字眼儿。看来，这些朋友很难体味那些歌子传达的一种心绪，一种作为牧人心理基本素质的心绪。

辽阔的大草原上，茫茫草海中有一骑在踽踽独行。炎炎的烈日烘烤着他，他一连几天在静默中颠簸。大自然蒸腾着浓烈呛人的草味儿，但他已习以为常。他双眉紧锁，肤色黧黑，他在细细地回忆往事，思念亲人，咀嚼艰难的生活。他淡漠地忍受着缺憾、歉疚和内心的创痛，迎着舒缓起伏的草原，一言不发地、默默地走着。一丝难以捕捉的心绪从他胸中飘浮出来，轻盈地、低低地在他的马儿前后盘旋。这是一种莫名的、连他自己也未曾发现的心绪。

这心绪不会被理睬或抚慰。天地之间，古来只有这片被严寒酷暑轮番改造了无数个世纪的一派青草。于是，人们变得粗犷强悍。心底的一切都被那冷冷的、男性的面容挡住，如果没有烈性酒或是什么特殊的东西来摧毁这道防线，并释放出人们柔软的那部分天性的话——你永远休想突破彼此的隔膜而去深入一个歪骑着马的男人的心。

不过，灵性是真实存在的。在骑手们心底积压太久的那丝心绪，已经悄然上升。它徘徊着，化成一种旋律，一种抒发不尽、描写不完，而又简朴不过的滋味，一种独特的灵性。这灵性没有声音，却带着似乎命定的音乐感——包括低缓的节奏、生活般周而复始的旋律，以及或绿或蓝的色彩。那些沉默了太久的骑马人，不觉之间在这灵性的催动和包围中哼起来了：他们开始诉说自己的心事，卸下心灵的重荷。

相信我：这就是蒙古族民歌的起源。

高亢悲怆的长调响起来了，它叩击着大地的胸膛，冲撞着低巡的流云。在强烈扭曲的、疾飞向上和低哑呻吟的节拍上，新的一句在追赶着前一句的回声。草原如同注入了血液，万物都有了新的内容。那歌儿激越起来了，它尽情尽意地向遥远的天际传去。

歌手骑着的马走着，听着。只有它在点着头，默然地向主人表示同情。有时人的泪珠会噗地溅在马儿的秀鬃上：歌手找到了知音。就这样，几乎所有年深日久的古歌就都有了一个骏马的名字：《修长的青马》《紫红快马》《铁青马》等。

古歌《钢嘎·哈拉》——《黑骏马》就是这无数之中的一首。我第一次听到它的旋律还是在孩提时代。记得当时我呆住了，双手垂下，在草地里静静地站着，一直等到那歌声在风中消逝。我觉得心里充满了一种亲切感。后来，随着我的长大成人，不觉之间我对它有了偏爱，虽然我远未将它心领神会。即便现在，我也不敢说自己已经理解了它那几行平淡至极的歌词。这是一首什么歌呢？也许，它可以算一首描写爱情的歌？

后来，当我遇到一位据说是思想深刻的作家时，便把这个问题向他请教。他解释说："很简单。那不过是未开的童心被强大的人性的一次冲击。其实，这首歌尽管堪称质朴无华，但并没有很强的感染力。"我怀疑地问："那么，它为什么能自古流传呢？而且，为什么我总觉得它在我心头徘徊呢？"他笑了，宽厚地捏捏我的粗胳臂："因为你已经成熟。明白吗？白音宝力格，那是因为爱情本身的优美。她，在吸引着你。"

我哪里想到：很久以后，我居然不是唱，而是亲身把这首古歌重复了一遍！

当我把深埋在草丛里的头抬起来，凝望着蓝空，聆听着云层间和草梢上掠过的那低哑歌句，在静谧中寻找那看不见的灵性时，我渐渐感到，那些过于激昂和辽远的尾音，那此世难逢的感伤，那古朴的悲剧故事，还有那深沉而挚切的爱情，都不过是一些依托或框架。或者说,都只是那灵性赖以音乐化的色彩和调子。而那古歌内在的真正灵魂却要隐蔽得多,复杂得多。就是它,世世代代地给我们的祖先和我们以铭心的感受,却又永远不让我们有彻底体味它的可能。我出神地凝望着那歌声逝入的长天,一个鸣叫着的雁阵掠过,打断了我的求索。我想起那位为我崇拜许久的作家,第一次感到名人的肤浅……

哦,现在,该重新把这个问题提出来了。我想问问自己,也问问人们,问问那些从未见过面,却又和我心心相印的朋友们:《黑骏马》究竟是一首歌唱什么的歌子呢?这首古歌为什么能这样从远古唱到今天呢?

一

> 漂亮善跑的——我的黑骏马哟
> 拴在那门外——那榆木的车上

在远离神圣的古时会盟敖包和母亲湖、锡林河的荒僻草地深处,你能看到一条名叫伯勒根的明净小河。牧人们笑谑地解释说,也许是哪位大嫂子在这里出了名,所以河水就得到这样有理的名字。然而我曾经听白发的奶奶亲口说过:伯勒根,远在我们蒙古族人的祖先还没有游牧到这儿时,已经是出嫁姑娘"给了"那异姓的婆家,和送行的父母分手的一道小河。

我骑着马哗哗地蹚着流水，马儿自顾自地停下来，在清澈的中流埋头长饮。我抬起头来，顾盼着四周熟悉又陌生的景色。二十来年啦，伯勒根小河依旧如故。记得我第一次来到这里时，父亲曾按着我的脑袋，吆喝说："喂，趴下去！小牛犊子。喝几口，这是草原家乡的水呵！"

前不久，我陪同畜牧厅规划处的几位专家来这一带调查仔畜价值问题，当我专程赶到邻旗人民委员会探望父亲时，他不知为什么又对我发了火："哼！陪专家？当翻译？哼！牛犊子，你别以为现在就可以不挨我的鞭子……你应当滚到伯勒根河的芦苇丛里去，在河水里泡上三天三夜，洗掉你这股大翻译、大干部的臭味儿再来看我！"

父亲，难道你认为，只有你们才对草原怀着诚挚的爱么？别忘了：经历不能替代，人人都在生活……

河湾里和湿润的草地上密密地丛生着绒花雪白的芦荻，大雁在高空鸣叫着，排着变幻不定的队列。穿行在苇墙里的骑手有时简直无法前进；刚刚降落的雁群吵嚷着、欢叫着，用翅膀扑棱棱地拍溅着浪花，芦苇被挤得哗哗乱响。大雁们在忙着安顿一个温暖的窠，它们是不会理睬自然界中那些思虑重重的人的。

我催马踏上了陡峭的河岸，熟悉的景物映入眼帘。这就是我曾生活过的摇篮，我阔别日久的草原。父亲——他一听到我准备来这里看望就息了怒火，可他根本不理解我重返故乡的心境……哦，故乡，你像梦境里一样青绿迷蒙。你可知道，你给那些弃你远去的人带来过怎样的痛苦吗？

左侧山岗上有一群散开的羊在吃草，我远远看见，那牧羊人正歪在草地上晒太阳。我朝他驰去。

"呃，不认识的好朋友，你好。呃……好漂亮的黑马哟！"他乜斜着眼睛，瞟着我的黑马。

"您好。这马么，跑得还不坏——是公社借给我的。"我随口应酬着。

"呃，当然是公社借你的——我认识它。嗯，这是钢嘎·哈拉。错不了，去年它在赛马会上跑第一的时候，我曾经远远地看过它一眼。所以，错不了。公社把最有名的钢嘎·哈拉借给你啦。"

钢嘎·哈拉？！像是一个炸雷在我眼前轰响，我双眼晕眩，骑坐不稳，险些栽下马来。但我还是沉住了气："您的羊群已经上膘啦，大哥。"我说着下了马，坐在他旁边，递给他一支烟。

哦，钢嘎·哈拉……我注视着这匹骨架高大、脚踝细直、宽宽的前胸凸隆着块块肌腱的黑马。阳光下，它的毛皮像黑缎子一样闪闪发光。我的小黑马驹，我的黑骏马！我默默地呼唤着它。我怎么认不出你了呢？这个牧羊人仅仅望过你一眼，就如同刀刻一样把你留在他的记忆里。而我呢，你是知道的，当你作为一个生命刚刚来到这个世界上时，也许只有我曾对你怀有过那么热烈的希望。是我给你取了这个骄傲的名字：钢嘎·哈拉。你看，十四年过去了。时光像草原上的风，消失在比淡蓝的远山和伯勒根河源更远的大地尽头。它拂面而过,逝而不返,只在人心上留下一丝令人神伤的感触。我一去九年,从牧人变成了畜牧厅的科学工作者;你呢,成了名扬远近的骏马之星。你好吗?我的小伙伴?你在嗅着我,你在舔着我的衣襟。你像这个牧羊人一样眼光敏锐,你认出了我。那么——你能告诉我,她在哪里吗?我同她别后就两无音讯,你就是这时光的证明。你该明白我是多么惦念着她。因为我深知她前途的泥泞。你在摇头?你在点头?她——索米娅在哪儿呢?

"呃,抽烟。"牧羊人递给我一支他的烟。

"好好,哦……晒晒太阳真舒服!大哥,你是伯勒根生产队的人么?"我问。

"不是。不过,我们住得很近。"

……那时,父亲在这个公社当社长。他把我驮在马鞍后面,来到了奶奶家。

"额吉!"他嚷着,"这不,我把白音宝力格交给你啦。他住在公社镇子里已经越学越坏了。最近,居然偷武装部的枪玩,把天花板打了一个大洞!我哪有时间管他呢?整天在牧业队跑。"

白头发的奶奶高兴得笑眯了眼。她扔给父亲一个牛皮酒壶,然后亲热地把我揽进怀里,嘴的一声在我额上亲了一下。亲得头皮那儿水滑滑的。我使劲挣出她油腻的怀抱,但又不敢坐在父亲身边,于是慢慢蹭到在一旁文静地喝茶的、一个黑眼睛的小姑娘旁边。她望望我,我望望她;她笑了,我也笑了。

"你叫什么名字?"我打听道。

"索米娅。你是叫白音宝力格吗?"她的嗓音甜甜的,挺好听。

父亲喝足了奶酒,微醉地扶着我的肩头,走到外面去抓马。盛夏的草地湿乎乎的,露水珠儿在草尖上沾挂着,闪着一层迷蒙晶莹的微光。我快活地跑着,捉住父亲的铁青走马,使劲解着皮马绊。

"白音宝力格!"父亲一把扳过我的肩头。我看见他满腮的黑胡子在抖着。"孩子,从你母亲死掉那天,我就一直想找这样一个人家……你该知道我有多忙。在这儿长大吧,就像你的爷爷和父亲一样。好好干,小牛犊。额吉家没有男子汉,得靠你啦。要像那些骑马的男人一样!懂吗?"

"骑马?"我向往地问,"我会有自己的马吗?"

父亲不以为然地答道:"当然。可是要紧的是,你不能在公社镇上变成个小流氓。"

这样,我成了一个帐篷里的孩子。我学会了拾粪,捉牛犊,哄赶春季里的带羔羊;学会了套上犍牛去苡苡草丛里的井台上拖水;学会了用自己粗制滥造的小马杆套用羊和当年的马驹子。我和索米娅同岁,都是羊年生的,也都是白发奶奶的宝贝。我们俩一块儿干活儿,也一块儿在小学里念过三年蒙文和算术:夏天在正式的学校里,冬天则在民办教师的毡包里。她喊我作"巴帕";我呢,有时喊她"沙娜",有时喊她"吉伽"——至今我也不明白草原小孩怎么会制造出那么多奇怪的称呼来,这些称呼可能会使研究亲属称谓的民族学家大费脑筋吧。

草原那么大，那么美和那么使人玩得痛快。它拥抱着我，融化着我，使我习惯了它，并且离不开它。父亲骑着铁青走马下乡时，常常来看我，但我已经不愿缠他，只要包门外响起牛犊偷吃粮食或是狗撞翻水桶的声音，我就立即丢开父亲，撞开门出去教训它们。有时父亲正在朝我大发指示，我听见索米娅在门外吆牛套车，也立即就冲了出去。

当我神气活现地骑在牛背上，驾着木轮车朝远处的水井进发的时候，回头一望，一个骑铁青马的人正孤零零地从我们家离开。不知怎么，我心里升起一种战胜父亲尊严的自豪感。我已经用不着他来对我发号施令了。在这片青青的、可爱的原野上，我已经是个独当一面的男子汉。我望望索米娅，她正小心翼翼地坐在大木缸上，信赖而折服地注视着我，我威风凛凛地挺直身子，顺手给了犍牛一鞭。蓝翅膀的燕子在牛头前面纷纷闪开，粗直的芨芨草在车轮下叭叭地折断。我心满意足地驱车前进，时时扯开嗓子，吼上一两句歌子。

十四年前是羊年：我和索米娅都十三岁了。

十三岁是蒙古族儿童第一次得到众人礼遇的年头，过年的时候，奶奶给我和索米娅都穿上用牛粪烟熏得鲜黄的、花边鲜艳的新皮袍。我们套上牛车到处去串门，因为是我们的本命年，所以牧人们照规矩送给我们各式各样的礼物。索米娅高兴地数着自己的礼物，一个个地翻看着那些月饼、花手巾、瓷茶碗。而我，却不免开始有了一丝感慨：在这样重要的节日，我居然和女人家一样，赶着牛车去串门；而其他有畜群人家的孩子，却神气地跨着剪齐鬃毛的高头大马，随着大人的马队，在飞扬的雪雾中吆喊着，从一个蒙古包驰向另一个蒙古包，唉！我什么时候才能有匹马呢？

索米娅安慰我说："别急，会有的。奶奶说，过两年，我们向队里要一群牛放。那时你就有整整五匹乘马啦。"

"哼！两年！"我愤愤地朝她喊道，"可是这两年里怎么办？"

没想到，事情变化得那么快。

春天，热清明前几天的一个夜里，刮了一场天昏地暗的风雪。整夜我们都缩在皮被里，挤在奶奶身边，倾听着嗷嗷的风吼声、包顶咔咔的摇晃声和分辨不清的马群的驰骋。奶奶不安地拖长了声说："嗯，马群被风雪抓跑啦……嗯，怀驹的骒马要死啦……"

第二天清晨，奇迹出现了！

我和索米娅使劲推开被雪封住的木门后，突然看见，在我们包门外站着一匹漆黑漆黑的马驹子。远处依然在刮着白毛风的雪坡上，隐隐可以望见一匹黑骒马的僵尸。

我们惊叫着，又牵又抱地把马驹拉进了包内。它害怕地睁着泪汪汪的眼睛，四肢弯曲着，靠着毡墙打战。炉火烤化了它身上冻硬的毛片，愈发显得漆黑闪亮。

奶奶连腰带都顾不上系了，她颤巍巍地搂住马驹，用自己的被子揩干它的身体，然后把袍子解开，紧紧地把小马驹搂在怀里。她一下下亲着露在她袍襟外面的马驹的脑门儿，絮叨叨地说着一套又一套的迷信话。她说，这黑马驹很可能是神打发来的。因为白音宝力格已经到了骑马的年龄。白音宝力格是好孩子，是神给她的男孩，所以神应该记着给白音宝力格一匹好马。如果不是这样，有谁见过骒马在风雪中产驹冻死，而一口奶没吃的马驹子反而能从山坡上走下来，躲到蒙古包门口呢？她还说，她一辈子见过多少马驹子，可是没见过这么漂亮的。看来，把这马驹子养活喂大，是神打发她这把老骨头这辈子干的最后一件事啦……

我和索米娅听得入了迷。我们完全被奶奶的思想征服了。后来，当我们看到她在用红布块给黑马驹缝护身符时，我们都忘了老师教过我们的要反对迷信的教导。

晚雪尚未化净，山野还是一片斑驳。每天，黑马驹喝了一小桶牛奶以后，常在柔软的草地上挺直脖颈，轻轻跃起，又缓缓卧下，久久地凝望着山峦和流云。我和索米娅在山坡上拾粪回来时，总喜欢鼓起腮，尖尖地打个呼哨；或者拖长声音喊一声"呵——依——"，黑马驹会像灵巧的兔子一样，蹦蹦跳跳地，躲闪着它害怕的马莲草丛和牛粪堆，用那让人心疼又美丽无比的步法飞一般朝我们奔来。我们则扔下筐，帮它把弄脏的黑皮毛擦净，把歪了的红布护身符挂正，把我们省下来的月饼块、红糖、油果子，一块块地喂给它吃。远处，奶奶飘着一头银发，勤奋地忙碌着，挤奶、拴牛犊，像是为着一项神圣的使命。我们当然不让它在外面过夜，晚上总是用软羊毛绳把它拴在包里的炉火旁。小马驹加入了我们的家，我们四个愉快地生活着，享受着它给我们带来的无限乐趣。

一天，我们正在逗黑马驹玩呢，蹲在乳牛脚旁的奶奶突然来了兴致。她一面挤着奶，一面哼起了一支歌子，那就是《钢嘎·哈拉》——《黑骏马》。

奶奶旁若无人地干着活儿，唱着。她挤完奶，又把豆饼掰成小块，放进木食槽里，挨个地牵过乳牛和牛犊。她唱着、教训着贪嘴的牛："漂亮善跑的——黑骏马，呵哟……滚开！白鼻子！还吃不够么！——拴在……那榆木的车上，嗬哟……"

奶奶在情在意地唱着，没料到，她还是一个歌手呢！在她拖出婉转的长长的尾音时，她的嗓音嘶哑而高亢，似乎她能随便唱出很难唱的花音，也许是我以前听惯了学校教的那些节奏欢快的儿童歌曲吧，这朴直古老的《黑骏马》，使我觉得那么新奇。索米娅和我对望着，连气也不敢出，呆呆地听着奶奶自我陶醉地吟唱。奶奶唱的是一个哥哥骑着一匹美丽绝伦的黑骏马跋涉着迢迢的路程，穿越了茫茫的草原，去寻找他的妹妹的故事。她总是在一个曲折无穷的尾腔上咏叹不已，直到把我们折磨够了才简单地用一两个词告诉我们这一步寻找的结果。那骑手哥哥一次次地总是找不到久别的妹妹，连我们在一旁听着都为他心急如焚。哦，这是多么新鲜，多么动人的歌啊，它像一道清清的雪水溪，像一阵吹得人身心透明的风,浸漫过我的肌肤,轻抚着我的心……我失神地默立在草地上,握紧拳头听着。神妙的曲调在我心灵中唤起的阵阵感动,渐渐地化成一匹浑身宛如黑缎的、昂首长嘶的骏马;这匹黑马的一举足一甩鬃都在我脑海里印下了那么深、那么逼真的印象。

歌子唱完了。我醒过来。索米娅正搂着黑马驹的脖子,不出声地流着泪。我大喊道:"喂,沙娜!我要给这匹马取一个响亮的名字!你知道吗,它就是奶奶唱的那黑马的儿子。我要叫它'钢嘎·哈拉'!它一定会成为一匹真正的快马。嘿,多棒的名字:黑骏马……我要骑着它去追那些讨厌的老牛。我,我要骑着它走遍乌珠穆沁,走遍锡林郭勒,走遍整个草原!"

索米娅惊讶地看着我。她说:"当然啦,它会是一匹黑骏马。你看,它刚生下来就有本事穿过风雪跑到咱们家门口……可是,巴帕,"她闪着黑黑的眼睛盯着我,"嗯,等你真的走遍了锡林郭勒和全部草原以后,你会像奶奶唱的那样,骑着你的钢嘎·哈拉回到这里,来看看我吗?"

"当然!"我毫不迟疑地回答。

"喂!喂!"牧羊人推了我一把,"你怎么,生病了吗?朋友,你的气色很不好!"

我猛然一惊。"噢,没什么,"我回答说,"天气真暖和。"随即,我站起来,拉过钢嘎·哈拉。

二

　　善良心好的——我的妹妹哟

　　嫁到了山外——那遥远的地方

　　十四年光阴如流水。钢嘎·哈拉已经显得骨骼粗大，不再像以前那样修长苗条。它的胸脯虽然显得更加宽厚结实，可是作为一匹在赛会上与精选的好马争一步之短长的骏马来说，它的黄金时光已近结束。就像我们已经成人立业，步入坚实的中年，结束了那充满激动和幻想的青春年华一样。

　　牧羊人和我并马走着。他显然觉得独自陪伴羊群很无聊，乐意陪我走几步，消磨时间。

　　伯勒根小河在这里缓缓地绕了一个巨大的半圆，当马儿登上吾伽·古塔尔的阪道，走上山坡时，我看见蓝玻璃般的河水静静地嵌入浓暗的绿草，在远远的大地上划出我的故乡和邻队的界限，望着河湾里影绰可辨的星点毡包，我不觉戴住了钢嘎·哈拉的嚼子。故乡——默念着这个词，故乡，我的摇篮。我的爱情，我的母亲！河滩右侧的山岗下。那黄石头垒成的牛圈依然如故。在青格尔敖包和曼卡泰·海勒罕之间的狭长山谷里，还是蓝幽幽地开满着马莲花。哦，在这块对我来说是那么熟识、那么亲切的草原上，掩埋着我童年的幸福和青春的欢乐，也掩埋着我和索米娅的美好的爱情……

我离开她整整九年。我曾经那样愤慨和暴躁地离她而去，因为我认为自己要循着一条纯洁的理想之路走向明天。像许多年轻的朋友一样，我们总是在举手之间便轻易地割舍了历史，选择了新途。我们总是在现实的痛击下身心交瘁之际，才顾上抱恨前科。我们总是在永远失去之后，才想起去珍惜往日曾挥霍和厌倦的一切，包括故乡，包括友谊，也包括自己的过去。九年了，那匹刚进五岁的、宽胸细腰的黑马，真的成了夺标常胜的钢嘎·哈拉；而你呢？白音宝力格，你得到了什么呢？是事业的建树，还是人生的真谛？在喧嚣的气浪中拥挤，刻板枯燥的公文，无止无休的会议，数不清的人与人的摩擦，一步步逼人就范的关系门路。或者，在伯勒根草原的语言无法翻译的沙龙里，看看真正文明的生活？观察那些痛恨特权的人也在心安理得地享受特权？听那些准备移居加拿大或美国的朋友大谈民族的振兴？

而索米娅如今又怎么样呢？远处那星星点点的毡帐，哪一座才是她的家呢？

"呃，羊群远啦，老弟，再见吧。"牧羊人打了个哈欠，扯开了马头。

"等等！大哥，"我拦住他，"请指给我，哪个是索米娅和她奶奶的蒙古包？要知道……"

他眯着眼睛想了一阵："嘿——你说的是伯勒根的白发额吉呀！她家已经不在啦。"

"怎么？不在了？"我急了。

"呃，老人早死了，那姑娘嫁了人，"想了想，他又说，"嫁到白音乌拉——很远的地方去啦。"

说罢，牧羊人纵马朝背后的羊群驰去。

暮色已经降临。西方半个天空斜斜地布着暗蓝色的条云。正将沉没的残阳把那厚重的云层底部烧得蓝里透红，暮霭轻轻飘荡，和远方盆地里的晚炊融成一片，我骑着钢嘎·哈拉，向罩着蓝红色晚霞的西方走着。水一样清凉的风扑入心里，我周身发冷，我心情沉重而坚决，朝西走着，像古代骑手走向自己的末日一样。

在分开伯勒根河流域和外部草原的那条峥嵘的山谷里，我追上了快要逝尽的落霞。这儿是一条人迹罕至的山沟。自古以来，畜群从不来这儿吃草，人家也不靠近这儿居住。如果细细察看的话，可以看见，那高得齐腰的幽深野草中有一簇簇白得晃眼的东西。那就是一代代长辞我们而去的牧人的白骨。他们降生在这草中，辛劳在这草中，从这草中寻求到了幸福和快乐，最后又把自己失去灵魂的躯体还给这片青草。我亲爱的银发额吉，同时给了我以母爱和老人之爱的奶奶，一定也天葬在这里。

她把我从小抚养成人。而我却在羽毛丰满时，就弃她远去，一去不返。我不知道在她死去的时候，她是否想到过我；我只明白，这件送葬老人的事情，本来应当是由我，由她唯一的男孩子来承当的……额吉，饶恕我。你不肖的孙子在为你祈祝安息。

夜幕四合。傍晚时已高悬半空的那弯镰月，此刻显得银光照人。我勒紧马肚带，整理了一下鞍鞯。在上马之前，我默默地单膝跪下，双手拔起一束野草，向这哺育过我的伯勒根草原告别，奶奶已溘然长逝，索米娅又远嫁异乡，我和这片青青草原之间维系的血脉断了。

我跨上马。突然，钢嘎·哈拉猛地竖起前蹄，在空中转了半周，然后用立着的两条后腿一蹬，嗖地冲了出去。正前方，是白音乌拉大山的依稀远影。

哦，白音乌拉，索米娅远嫁的地方！钢嘎·哈拉已经决定我们立刻去看她。我不能再做迟到的悔恨者。也许，我的沙娜正在生活的漩流中呼喊着我，等着我向她伸出救援的手……

索米娅，我来了。黑骏马像箭一样笔直地朝着朦胧的白音乌拉大山飞驰。宁静的夜激动了……

尽管我一本正经地给黑马驹命名为"钢嘎·哈拉"，而且弄得全牧业队的男女老幼都习惯了这样称呼它，但我倒并没有像索米娅那样常常哼着《黑骏马》，对我来说，那支歌子毕竟还是古怪了一些。那时被我喜爱的歌子是《阿洛淖尔》，一支简单明快的骏马赞歌。因为在《阿洛淖尔》里，叙述了一匹神马从一岁开始，到两岁，到长成熟的种种奇迹和本事；一直到"在达赖喇嘛的赛会上，它七十三次跑第一"那样的总结。从黑马驹降临的那个可庆幸的春天开始，我差不多整整一年反复哼着"还是一岁驹哟，你就备上鞍"。等到第二年，它的大脑袋刚刚显得小了点，小沙狐般的短尾巴刚刚能甩上几甩，我就眼巴巴地盼它长大，盼它超过全公社的千万马群。那时，早晨在迷糊中被奶奶或索米娅推醒，我揉着发黏的眼皮，打着哈欠。直到端起奶茶碗，还没有清醒过来，只是觉得该说点儿什么。一张口，"二岁马哟……像飞箭！"

奶奶笑了。索米娅也咯咯地笑了。

第三个春天——奶奶从棚车深处找出一盘破碎的鞍子，央求附近的牧民修理。她说，这是索米娅的父亲留下的。自他死后，这个只有女人的家里就没有人用它，而现在该收拾齐整啦；钢嘎·哈拉已经成为三岁马，很快就要调教出来；白音宝力格也过了十五岁，是男子汉啦。

十五岁是儿童和青年的分界。对早熟的草原少年更是如此。那时，我正一心钻研畜牧业机械和兽医技术，索米娅则在给邻居家的羊群守夜。我早已不再傻乎乎地把半句《阿洛淖尔》哼个没完了，那时我寡言少语，喜欢思索。父亲来看我时已很少耍威风，因为我常常正在安静地读一本图文并茂的《怎样经营牧业》，或者是赤着上身在用镐头刨着圈里的羊粪砖——我的汗水淋淋的两臂肌肉发达，他看看就会明白：白音宝力格已经成人了。

那天天气晴朗，是春季里的一个好天。我束紧腰带，走到草地上，解下钢嘎·哈拉的马绊。昨天晚上我们商量过：如果天气好，就正式给马备上鞍，把它调教出来。

索米娅朝我跑来。可能因为天热的缘故吧，也可能是为了帮我调马，她脱去了臃肿的皮袍子，穿着一件奶奶穿旧的、显得很小很窄的旱獭皮薄袍。她气喘吁吁地跑来，阳光直射着她的脸。她抬起手臂擦着汗珠，紧束着的腰带立即勒出了她躯体的曲线。刹那间，我的心动了一下：呵……我说不出心里的滋味儿，只觉得跑来的好像不是那个和我耳鬓厮磨地一块儿生活了六七年的沙娜了。沙娜——那个为我熟悉的小索米娅是多么小、多么胖乎乎，眼睛眯得是多么可笑呵，而差几步就要跑到我面前的，却分明是一个颀长、健壮、曲线分明、在阳光下向我射出异彩的姑娘。

"巴帕，真的今天就骑么？嘿，真高兴！"她的大眼睛闪着喜悦的光，以前她也常为些小事兴高采烈的，但那时从来没有这样一种奇怪的味道。我的心绪乱了，不知为什么生起气来。我暴躁地把皮马绊摔到地上，粗声吆喝她："喂，收好马绊子！"接着我揪紧马鬃，跃上了马背。

钢嘎·哈拉挣咬着旋转起来。索米娅高喊着："骑稳，巴帕！"她的声音也完全不像从前那样甜甜的；而是那么圆润，扰得人心神不安，我朝她吼道："别乱嚷！"随即松松马缰，黑马立即发疯般又踢又跳起来。

晚春的三岁马没有多大劲儿。傍晚时，钢嘎·哈拉已经学会在马鞭子的拨弄下，忽左忽右地顺路小跑了，我下了马，把马绊好放开，让它去啃刚冒芽的绿草尖。

已经融得一片斑驳的残雪，在渐渐黯淡的天色里显得白亮亮的，露出去年枯草的土地，在薄暮中颜色很黑。凉风阵阵拂过，使山坳里的积雪、袅袅的炊烟和整个春牧场都涂上了一分纯净的青色。我和索米娅抱着鞍鞯鞭绊，吱吱地踩着含水很多的雪地朝家走去。索米娅快活得很，她总是一面说话，一面朝我转过身子，或者干脆侧着走，说着，哼着什么歌子。

"巴帕，你骑得真不错！我原来以为，恐怕钢嘎·哈拉会把你摔下来，喂，喂！你听着吗？"她像以前一样，扳着我的肩头，摇着我。

"嗯，喂——"我觉得自己在费劲地寻找话题。这是多么奇怪的、异样的感觉呐，"我说，今天晚上，吃什么好呢？"

"吃肉饼！"索米娅欢叫起来，"哈哈，我们吃肉饼！我去取肉！"她一阵风似的向前跑了。我注视着她的背影，惊奇她怎么会用这样婀娜的姿态在草地上奔跑……

哦，成年的日子！当油然而生、连自己也无法理解的那异样的兴奋和萌动，突然间从心田里破土而出的时候，惶惑中的我们究竟能理解它的几分含义呢？我们根本没有理解，甚至不知道这就是青春的来临。我们只记得心中涌起的，那神圣的激动……我真切地感到，自己正在体验着一个纯净透明的世界和一个可怕的、令人羞耻和心跳的世界的啮咬和更替。我在初次爱上了生活的同时，也意识到自己失去的东西。我们再不会在冬夜里一块儿钻进老奶奶的皮被，你捅我一下、我打你一下地瞎闹；再不会在开着蓝花的青草地上滚成一团，争抢一个染红的羊拐骨；再不会一块儿骑在犍牛的背上，后一个扶着前一个的肩，沿着一条被成行的牛群踏出的蜿蜒小道，去水井拉水啦……索米娅穿的那旧袍子太窄了，腰带也束得太紧了。她在明媚的阳光里朝我跑来的时候，突然蜕去了过去的躯壳。她以完全陌生的东西敲击了一下我的心扉，并在一瞬间完成了一次惊人的启蒙。哦，男子汉！我从那么小就盼着长成个男子汉。可是男子汉原来完全不仅仅是拥有一匹骏马。我根本没有料到，也没有理解这一切，我太年轻了。

在我独自咀嚼着这模糊的感受的时候，索米娅似乎也同时悟到什么。第二天，我看见她一个人套上牛车去拉水。她没有骑牛，而是像女人们那样，斜斜地坐在车辕一侧。她没有喊我，我也明白：不该再去插手女人们的家务活儿了，我望着她的影子消失在低洼不平的盐碱地里，然后提着十字镐和斧头走出去。那天，我把家里的木轮车一一修好，并且刨了整整半圈羊粪砖。

新的生活开始了。尽管没有人宣布过它的开始。不觉间，奶奶不太去张罗门口和停列成一排的勒勒车那儿的活计了，她更多地是撑起身子，在昏暗的包内发表着她对里里外外各种事情的看法。在阳光强烈的夏天，她喜欢蹒跚地迈出包门，舒服地晒着太阳，捉捉虱子。过路的牧人向她致意："好舒服呀！额吉！"她乐呵呵地说："当然。两个孩子都大了嘛！没有我干的活儿啰。"我已经成了见习兽医，每天跟着老兽医四处转悠，去对付一些难产的骒马和不要犊的乳牛。没事的时候，我喜欢读书，尤其爱读那本《怎样经营牧业》。那本书是有模范牧民参与讨论、由专家分门别类写成的。我不仅从那里面读到了知识，也从那里窥见了为我不知的、新鲜而博大的世界。当我吃力地读完一段时,就伸手去摸茶碗。"等一下,巴帕。"一个低柔的、姑娘的声音传来,索米娅在给我斟着茶。我看见她低垂着的、微微闪动的黑睫毛和红润的一侧脸颊。我念不下去了。于是推门出来,牵过钢嘎·哈拉。它已经是新四岁的马了。我喊着:"喂!拿剪刀来!"索米娅跑出来,递给我剪刀。我给黑马修整着打齐的鬃,时而瞟索米娅一眼,那时,她会对我微微地一笑。

这样,到了我们十七岁的那个秋天。

一天,我们把一秋天拾来晒干的白蘑菇运到公社供销社去卖。索米娅和奶奶赶着装满蘑菇的棚车,我骑着钢嘎·哈拉相随。

在公社耽搁了好久——父亲要招待奶奶和我们吃饭。等我们返回伯勒根河湾的时候,天色已晚。索米娅拾来一些早枯的芦叶和干马粪;我在河畔的硝土岸上架起一口小锅。我们打算架起篝火,用河水煮一锅茶,吃些东西再赶路。

硝土岸旁长着细嫩多盐的碱草。芨芨草丛粗硬的根茎旁,也还有一些没有变白的绿叶。犍牛和钢嘎·哈拉贪婪地嚼着。几乎一步不移,任阵阵浮动的炊烟漫过它们黝黑的身体。我们祖孙三人围坐在篝火旁,随意闲谈着。河湾青蒙蒙的,通红的火焰里溅着橘橙色的火星,烤着我们的胸怀。流水跳跃着磷光,平坦无声地滑过,我们注视着恬静的家乡,心里充满了美好的感觉。

"就是这儿。孩子们,"奶奶啜着茶,用浑浊的眼光注视着河湾,"这儿就是出嫁姑娘告别亲人的地方。唉,这一辈子,我看见多少姑娘,唉,就像你一样的年轻姑娘,索米娅。跨过这条小河,就再也没有见过面呀。我也一样,自从跨过这条河,来到这儿,已经整整五十多年啰……老人们唱过这样的歌:'伯勒根,伯勒根,姑娘涉过河水,不见故乡亲人'……"

我们收拾了锅碗,熄灭了篝火,准备继续赶路时,奶奶突然扯住我们俩。她急急地、紧张地说:"索米娅!唉,如果你也跨过这条河,给了那遥远的地方,我,我会愁死的!我看,我看,你们俩就在咱们自己的家里成亲吧!你们结成夫妻!这样,我一个宝贝也不会丢掉……"

我们俩同时从奶奶怀里挣脱出来。我跳上马,连抽几鞭。在呼啸的风声中,黑马一蹦子冲上了山岗。等我勒住马时,身后响起了歌声。我扯转马头,远远看见那银发的老奶奶正精神抖擞地边走边唱,她一手牵着牛车,一手牵着姑娘。她步履坚定,银发在夜风中一飘一飘。她准是看见了一种最实在、最鼓舞她的美景,才滋生了如此蓬勃的精神。

当天夜里,奶奶执拗地躲到蒙古包西侧去睡;炉灶正北的、属于男女主人的那块白垫毡空出来了……

三

走过了一口——叫作"哈莱"的井呵
那井台上没有——水桶和水槽

钢嘎·哈拉顺着黑黝黝的峡谷奔驰着。我紧闭着双眼，伏在马鬃上。河湾、芦苇，整个伯勒根草原，包括那肃穆的天葬沟，对我都已不堪回首。我知道，此刻也许奶奶正在哪丛茅草旁，责备地、目不转睛地注视着我。奶奶，忘掉我吧……我催马更快地跑着，奶奶，忘掉昔日的白音宝力格吧！是他粉碎了你人生留年的最后一个梦想，因为索米娅最终还是跨过了那道河水，给了陌生的异乡，我纵马跑着。夜，延伸着它黑色的温暖怀抱，默默地、同情地跟随着我，仿佛它洞悉我无法倾诉的委屈，当然，只有它，只有这孕育光辉黎明的夜草原才知晓一切。它知道在自己深邃怀抱里往事的细节，知道我——愚蠢而粗野的白音宝力格也曾有过真正温柔和善良的一瞬……

我和索米娅并没有占用炉灶北侧那块最大的白垫毡。奶奶好心的饶舌，反而使我们真的疏远了。我在一心迷入书本和兽医知识以后，已经开始不善言笑和有点儿不像草地上长大的年轻人。索米娅在给羊群下夜时，常常在门口的棚车里过夜，我们彼此间已经短少话语，但我们又都在相互猜测。好像，我们都愿意长久地、这样日复一日地过下去，并悄悄地保护住一株珍奇的、无形的嫩芽。只有在我们一块商议一些生活琐事时，比如准备给谁缝一件袍子啦，把在公社忙昏了头的父亲接来吃顿羊肉啦——我才发现，索米娅总是非常兴奋。她热心于每一件日常的小小的高兴事，甚至吃一次从公社买来的"酱"，她也那么兴致十足。我清楚地感到：她的身上已经燃起了一般的人的希望之火。一个像明媚春光一样的幸福未来，已经迫不及待地要闯进我们的破毡包来了。

就在那时，父亲奉命调动工作。在他出发赴邻旗的一个边远公社前，曾来和我们告别。我蹲在外面宰羊时，听到奶奶在和他叽叽咕咕地说些什么。后来听见父亲的声音："他们还太年轻，刚十七岁多一点……不过，额吉，一切就按你的主意吧。白音宝力格首先是你的孩子啊……咦，有酒吗？应该喝点……我真是个有福气的人哪！"

他临走时，猛地把我搂住了。他浑身的骨节嘎巴嘎巴地响。我很不好意思，可是又推不开他。他喉音浓重地嘟囔着说："白音宝力格！我真高兴，你母亲若是活着，唉——算了！我说，你真是个好小子！"

过了些日子，公社兽医站发给我一个通知：旗里准备开办一个牧技训练班，为牧业生产队培养畜牧兽医骨干，为期半年。

几年来，我一直对真正的专业学习向往不已。因为我觉得，如果继续跟着老兽医学下去，很可能会堕入旁门左道。想想看，把拖拉机排气管插进乳牛肛门吹气，医治那些不要犊的乳牛啦；用狗奶灌骡马，打下马肚子里的死胎啦；等等。这套办法虽然经常确是卓有成效，可是难道能用理论来阐明吗？也许，这个训练班将带我走进真正的牧业科学，我决定不放过这对一个牧民孩子来说是得之不易的机会。

我当然想到了索米娅。或者说正是因为她的缘故，我才有了这个抉择。等我半年后回来时，钢嘎·哈拉将是五岁马，真正的大马，我呢，也将满了十八岁。十八岁，成人的、使草原刮目相待的年龄，独立的男人和成家立业的年龄，十八岁的我将带着魁梧的身量和铁块一样的肌肉，还有一身本领回到草原。当然，十八岁的索米娅也会更勤劳、更能干、更善良和更美丽。那时我将以坚毅的神情和成熟的大人气，向她建议我们的生活。我和她将有一个使整个草原羡慕不已的家，在幸福中照顾好我们亲爱的奶奶，让她享受一个充满安慰的晚年。呵，我深深地被自己的计划迷醉了。我渴望走向这样的未来，渴望着那跨着黑缎子般漂亮的黑骏马重归草原的日子。生活已经朝我敞开了大门，那全部的劳动、温暖、充实和休憩正强烈地召唤着我的心。

我喊来索米娅，递给她那张通知书："喂，我准备去旗里参加学习，帮我收拾一下东西。"

她赶快去找马褡子，我也再没有多说什么——一切都留到将来再说吧。第二天，有一辆卡车来我们生产队拉秋毛，我同司机说好，搭他的车去旗里报到。那司机是个直爽的汉族小伙子，他说，驾驶室里已经有两个人先我一步占了座位，不过，他可以在装羊毛时，用羊毛捆在车顶给我搭一个没有顶的房子。"保险像坐飞机一样舒服。"他说。

我们伯勒根草原离旗所在地很远。为了当天赶到，司机嘱咐我：夜里——也就是凌晨三点钟就要开车。

家里商量，决定由索米娅送我到旗里，帮助我安顿下来，顺便买点儿东西，再乘这辆车返回。

夜里，我俩攀着粗硬的绳索，爬上了装得比一座蒙古包还高的羊毛垛上。顶上，有一个用长方形的毛捆拦成的凹字形，这就是司机讲的房子啦。

汽车轮碾着草地上光滑的海勒格纳草，发出了均匀的密密切切的哔剥声。黑黑的天穹上星光稀疏；上半夜悬在中天的弦月潜进了辨不出形状的一抹暗云。夜，深远而浩莽。卡车偶尔驶上一道山梁时，苍茫的视野中一下子闪出一些橘黄色的光点，那是些帐篷里未熄抑或是早燃的灯火。而车子冲下黑暗的山谷时，神秘跳跃的火光熄灭了，只有座座朦胧的山影四下围合，并迎面向我们送来阵阵袭人的秋寒。

"喏，冷么？"我裹紧身上的薄皮袍，问她。

"冷。嗯，风太大……"她牙齿在打战。

我想了想，解开腰带，把宽大的袍子平摊开来，盖住我们两人的膝盖和前胸。靠着高高的羊毛捆，后背并不冷。只是冰冷的寒风马上从没盖严的肩头钻进来，我扯住袍角。

"不行，还是穿上吧。你会冻病的。"索米娅转过身来对我说。

"不。"

"你冻病了，奶奶会骂我。她会——"

"住嘴。"我顺嘴训她一句。

"喂！白音宝力格，挤过来些，你太冷啦！"

"我才不怕！"我故意坐得更高些，眺望着黯淡星光下起伏不定的原野。我们的卡车隆隆地吼着前进，路旁惊醒的黄羊从梦里跳了起来，痴呆地盯着我们这庞然大物。当车厢掠过它们伫立不动的侧影时，我觉得这些黄羊简直就像草坡上嶙峋的黑色岩石。伯勒根河上游的很多溪水在这儿汩汩地、昼夜不息地汇集着，流淌着，好像在引导着我们的车子奔向天明，我遐想着，心里突然涌起一阵激情。不是吗？像这些不辞劳苦的溪流一样，我也正在穿过荒僻空旷的漠野，把过去了的幼稚生活长留身后。就在这个宁静的草原之夜，故乡的姑娘正送我走上旅程。我当然不会感到什么冷的，傻丫头。脱下皮袍子又算什么？你知道我将来会怎样保护你和关怀你么……索米娅正在我身旁可怜巴巴地缩成一团，像只小羊一样躲在我搭在她身上的皮袍下面。在星光下，我看见她的大眼睛在一眨一眨地注视着黑暗，注视着这博大的夜草原。我的心里一下子涨起了一股强烈的、怜爱的潮水，一股要保卫这纯洁姑娘不受欺负和痛苦的决心。我猛然翻身掀起皮袍，把整个袍子都裹到她的身上，我不理睬她吃惊的叫唤和阻挠，起劲地把袍子塞紧在她的肩下、腰下和腿下。虽然寒风立即吹透了我里面穿的绒衣，呛得我喘不过气来，但我却感到那么痛快，不，是满足或者自豪。我从未有过这样的英勇的自豪感。

"不——"索米娅挣扎着跳了起来。"巴帕——白音宝力格……你疯啦？你会冻死的！"她吃惊地喊着，双手举着皮袍扑向我。

这时，汽车忽地一斜，冲进了一条浅浅的小溪，满载的羊毛捆沉重地晃了一下。我坐不稳，一下子倒在"房子"的侧墙上。索米娅叫了一声，重重地栽在我的怀里，她冰凉的脸颊一下碰到了我的脖颈。我胸中轰然掀起了雄壮的波涛，心儿像一面骤然响起的战鼓，我不顾一切地、疯狂地把她搂在自己的怀里，胡乱地抚摸着、亲吻着她，我把她搂得那么紧，以致她低低地呻吟起来。我激动得语无伦次，只顾一个劲儿地嘟囔着："索米娅，沙娜，沙娜……"

索米娅使劲贴紧我，把头死死地扎在我的怀里，不肯抬起来。等到我贴身的衣服热乎乎地湿了一小片时，我才发现，她哭了。

这时汽车正在一条开阔的、流水纵横的戈壁里行驶。马达轰鸣着，高高的羊毛捆一摇一晃，我摇晃着索米娅的身子，伸手捧起她的腮，我着急地朝她喊着："索米娅！你这傻瓜别哭！听我说，我早想好啦，等我明年回来，就——结婚！听见吗？半年，结婚！"

索米娅啜泣着，用力地点了点头。

就这样，我们紧紧抱着，用青春的热和更暖人心怀的美好憧憬，驱走了拂晓前秋夜的寒冷。卡车愈开愈快，宛如一匹高大的、黝黑的巨马。茫茫的草地，条条的山梁，都呼啸着从两侧疾疾退去。哦，世界多辽阔！未来多美好！我禁不住小声地哼起歌来，但是索米娅止住了我。她伸出手捂住我的嘴，然后轻柔地摸着我的脸。最后，她把手指插进我的头发，把它弄乱，又抚平。

她久久地、一言不发地亲吻着我，吻得那么潮湿、温暖，又使人心酸。黑暗中，她那双大眼睛一眨一眨地凝望着我。眸子深处那么晶莹。我胸中的涛声和鼓点又激越起来，带着幸福的晕眩，莫名的烦乱，和守护神般的、男人式的责任感，我又把皮袍子给索米娅裹紧，然后紧握住她的小手。车轮溅起溪流的水花，飞扬的水珠高高四散，像是碰上了我们灼热的脸。头顶上方可能浮盖着一层厚厚的云，我们看不见它，但可以相信：是它遮住了天上的乔里玛星和那片残月。我们拥抱着，默默地把手握在一起，让手心热得冒汗，东方的天空已经褪去那种夜的清冷。它虽然仍是一片墨蓝，轻缀其中的几簇残星虽然也依旧熠熠闪亮，但是那缀着星星的黑幕后面，已经苏醒般地升起并悄然朝这儿飘来了一支壮美音乐的最初和声。它听不见，也许根本没有音响，但它确实已经出现并愈来愈近。它使莽莽的长夜失去了均匀的平静。也许它就是爱情吧，它汹涌而来，把不安宁的、富有活力的情绪注入这已经黑暗了太久的夜草原。

索米娅用鬓发触着我的面颊。她用几乎听不见的声音轻轻说道："你真好！巴帕……"

就在这一瞬间，我们的大卡车轰鸣着冲上了青格尔敖包一线最高的山口。朝向我的索米娅的脸庞在那一瞬突然变成通红通红的、妩媚的颜色。我吃惊地转向东方一看——

啊，日出……极远极远的、大概在几万里以外的、草原以东的大海那儿吧，耀眼的地平线上，有半轮鲜红欲滴的、不安地颤动的太阳露了出来。从我们头顶上方一直伸延东去的那块遮满长空的蓝黑色云层，在那儿被火红的朝阳烧熔了边缘。熊熊燃烧的、那红艳醉人的一道霞火，正在坦荡无垠的大地尽头蔓延和跳跃，势不可挡地在那遥远的东方截断了草原漫长的夜。

呵，话语已不能形容。这是我一生中见到的最美好、最壮丽的一次黎明。

我们已经不觉站立起来，在那强劲而热情地喷薄而来的束束霞光中望着东方。索米娅惊讶万分地睁大眼睛，注视着那天际烧沸的红云，她的脸上久久凝着感动的神情，金红的朝霞辉映着她黑亮的眸子，在那儿变成了一星喜悦的火花。我忍着心跳，屏住了呼吸，牢牢地抓着她的手。那半轮红日转动着，轻跳着，终于整个挣出了大地，跃进了人间。索米娅忽然抱住了我，我也把她紧贴在胸前。我们目不转睛地望着这千载难逢的美景，心里由衷地感激着太阳和大地，感激着我们的草原母亲，感激着她们对我们的祝福。

……哦，黎明，朝霞染红的黎明！你带给我们多么醉人的开始啊！

直至如今，我仍然认为，即使我失去了这美好的一切；即使我只能在忐忑不安中跋涉草原，去找寻往昔的姑娘，而且明知她已不复属我；即使我知道自己无非是在倔强地决心找到她，而找到她也只能重温那可怕的痛苦——我仍然认为，我是个幸福的人。因为我毕竟那样地生活过。因为生活毕竟给过我一个那样难忘的开始。我将永远回忆那绚美难再的朝霞和那颤动着从大地尽头一跃而出的太阳。我觉得那天的太阳也曾显示过最纯洁、最优美的人间的感情。哪怕我现在正踏在古歌《黑骏马》周而复始、低回无尽的悲怆节拍上，细细咀嚼并吞咽着我该受的和强加于我的罪过与痛苦，我还是觉得：能做个内心丰富的人，明晓爱憎因由的人，毕竟还是人生之幸。

四

路过了两家——当作"艾勒"的帐篷
那人家里没有——我思念的妹妹

钢嘎·哈拉确实是匹好马。尽管它年纪稍显老了些，可是跑起来又快又稳。我骑着它，上坡走，下坡跑，一夜一天赶了二百多里路。道路左侧，已经看见白音乌拉大山巍峨的侧影在渐渐移近。

傍晚时分，在这片白音乌拉的草滩上，我信马走着，打量着每一个远远的女人的身影，直到天黑透了，我才下了决心，在一个破烂灰黑的小毡包前下了马。

我推开门，朝昏暗的包内问着好。好久才辨清毡子上端坐着两个默默吸烟的老头。简单的交谈中，我打量着这个包，没有女人。从简陋而条条有理的家什用具来看，我明白，这一定是两个过去的喇嘛。这种人家正是我最满意的宿处。

一个老头取出一块案板,从案板背的横木里抽出菜刀,慢腾腾地切了些肉,然后在那块尺来方的案板上做着面条,等他终于把面条下了锅,把案板翻过盖在锅上之后,我谨慎地向他们询问索米娅的消息。煮面条的老头说:

"知道啦,你问的是大车老板达瓦仓的老婆。不过,唔……他们不在草地上住,好像住在公社那边?是么?"他问另一个老汉。

那老汉又装上一袋烟,点燃。他久久地咂着假玉石的烟嘴,好久才懒懒地说:

"嗯。达瓦仓住在诺盖淖尔。前两天,我还见到过他老婆。"说罢,他伸出腿,仔细地在靴底上磕着烟袋锅里的灰,我没有再问下去。他打了个哈欠,开始收拾枕头皮被,然后躺下了。

油灯熄了。我裹紧毯子,枕着手臂,望着天窗外面的夜空。

这已经是白音乌拉草原的夜。

索米娅真的在这片夜空之下么?

那次的牧业技术训练班延长了两个月。等我回到伯勒根草原时,已经是五月初,草皮泛青的季节了。

我学得很好,在小畜改良和兽医这两门课程上,我都得到教师的赞扬。结业式上,我得到了一张奖状和一套奖品——一个装满兽医用的器械的皮药箱。

旗畜牧局李局长说，内蒙古农牧学院畜牧系和兽医系今年都在我们这里招收新生，根据我的学习成绩，如果我愿意的话，旗畜牧局愿意推荐我去其中任何一个系去上学深造。我看了那份表格，又还给了李局长。我说，这实在太诱人啦，但是我不愿离开草原。李局长劝我再考虑考虑。他说："你应当懂得什么叫机会。并不是每一个草原青年都能遇上它的。"而我却在第二天一早，就跨上一匹借来的马，朝伯勒根河湾飞驰而去。

走近家门口时，远远看见奶奶和索米娅都站在门口。风儿正掀得她们的袍角上下翻飞。

呵，这才是千金难买的机会！和心爱的姑娘一起，劳动、生活，迎接一个个红霞燃烧的早晨，做一个真正的男子汉。这样的前景是怎样地吸引着我啊！

奶奶依然饶舌地问这问那，索米娅给我搬出了那么多好吃的东西。我整理着带回来的一大包书籍，心里很快活。我把这些书齐齐地码在箱盖上，觉得我们的家已经焕然一新。一切都要开始啦，我们郑重地、仔细地商量了我和索米娅结婚的事。我们想等到秋天，等到忙完了接羔、剪毛和畜群检疫以后，而且那时父亲也许能有空闲。奶奶准备在夏天给他烧一大桶奶子酒，让他来这儿尽情地喝个痛快。

有了书，我当然更喜欢读书了。我还是习惯地在读完一页以后，就伸手去端茶碗。索米娅还是在那时立刻把热腾腾、香喷喷的奶茶斟进我手中的碗里。

那时，我照旧望她一眼，有时会遇见她出神的、直直地望着我的目光。但是，她的目光和神情非常古怪，甚至可以说是黯然神伤。她小心地、迟疑地盯着我，那眼光不仅使我感到陌生，而且似乎含着敌意的警惕。那是一种女人的眼神。

我奇怪了。难道新娘对她的未婚夫是这么疑心重重么？我说："索米娅。你怎么啦？喏，过来。"而她却慌忙连连摇头，急匆匆地推门出去。没系腰带的宽大袍子绊着她的脚。

回家几天后的一个傍晚，我出诊去一户牧人家医治几头跛腿的山羊。等我干完后，主人搬出一个塑料桶来，请我喝酒。这时又来了一群闲逛的牧民，于是，大家便围着炉火喝起来。

喝一阵，唱一会儿，大家都醉了，我的兴致很好，歌子唱得也特别响亮。这时，黄头发的希拉醉醺醺地扳过我的肩，问道：

"白音宝力格，你……可真高兴呀，把，把高兴事说给我们……听听嘛！"

"是这样，希拉兄弟。"我兴奋地对他倾吐心曲，"我不久就要……就要和索米娅结婚啦！我不去农牧学院！不去！我要永远和……和索米娅……和额吉，嗯……永远！"我的舌头僵硬，可是心里却满是甜蜜。

"索米娅么？嘎、嘎、嘎。"希拉怪声怪气地哑笑起来。他端起半碗烈酒，咕咚咚地灌下肚，又凑向我，"那可真是……真是头漂亮的小乳牛哇……嘿嘿，那奶——那奶，甜哟——"他开心得前仰后合，最后竟哼唱起来。

昏暗中，有人厉声呵斥他："住嘴！希拉！""你胡说些什么！""住嘴，你喝醉了！"

"我胡说？"希拉突然蹦起来，呼呼地喷着浓烈的酒气，血红的眼珠匕斜着，恶狠狠地扫视着屋里的人。最后，他盯住了我，盯了好久。接着，他无耻地笑起来："反正白音宝力格最明白！对吧？你那漂亮的……小乳牛快下犊了吧？对！黄牛犊……嘎嘎嘎……对吧，兄弟？"

我气疯了。我暴跳起来，甩开揪扯着我的牧人，狠狠地抬起靴子，一脚把这个黄毛踢翻在毡子上，随即冲出了包门。

当我气急败坏地扯过钢嘎·哈拉的缰绳，踏住马镫时，包里传出那卑劣的黄毛恶毒的、发狂般的怪吼声："滚回去吧！摸摸你那头小乳牛……我希拉把她连牛犊子都送给你啦！"

我狠狠地鞭打着马，黑马的四蹄在石头上重重地击出一串串火星。这黄毛鬼的恶毒诅咒气昏了我。自从我生长在这片草原，还从没有听到过这样肮脏的话！我后悔没有揍那张污秽的嘴，或者用头号粗针头给他扎上一针冬眠灵——他居然如此放肆地侮辱和中伤我的爱情，还有我亲爱的索米娅！

黑马在门口猛地停住，我翻身下马，一下子撞开了家门。同时，我听见一声尖厉的惊叫。

索米娅正在换衣服。她还来不及扣上袍子的前襟。我的眼睛被牢牢地吸住了——在她敞开的长袍里面，我看见一个高高凸起的肚子。

我呆住了，手扶着门框一动不动，只顾直直地盯住她那怀孕至少五六个月的、隆起的肚子。刹那间，我似乎突然明白了黄毛希拉那些毒言恶语的含义，也明白了几天来索米娅古怪的神情和敌意的目光。

奶奶在一旁呼呼熟睡着。索米娅惶惑地、害怕地望着我，慢慢朝角落退去。她扣着袍子上的纽扣，可是总扣不上。我看见她睁圆的眼睛里溢满了泪水。酒精和狂怒已经攫住了我，但一种莫名的难过又一下涌来，使我痛苦而悲伤。我一步步地朝她走去，她一步步地退着。我绝望地问：

"真的吗……是黄毛鬼希拉吗？"我听着自己的声音，觉得它简直像是哭。

索米娅紧紧靠着毡墙，颤抖着。她一言不发地死盯着我，脸上已是泪水纵横。

我的眼前黑了……哦，黄头发希拉是一个真正的恶棍，他耍弄过的牧民妇女究竟有多少，没有谁数得清。草原上已经有不少孩子长着一头丑陋的黄发，用呆滞阴沉的眼睛看人，我不止一次地听到人们指着那些孩子说："哼，都是黄毛希拉的种子！"

我勃然大怒了，可怕的痉挛阵阵袭来，我觉得眼前直冒金星。我猛地扑过去，抓住索米娅的衣领，拼命地摇撼着她，要她开口。可她却倔强得愈发沉默。我发狂地吼叫起来，更用力地摇着她："你说！你说呀！为什么……说……你说！那个黄毛恶鬼！"。

"松开——"索米娅忽然锐声地尖叫起来,"孩子!我的孩子!你——松开!松开——"她哭叫着,在我死命钳住她的手里挣扎着。突然,她一低头,狠狠地在我僵硬的手上咬了一口!

我痛得倒抽了一口凉气,手瘫软地松开了。索米娅愣怔了一下,一下子捂住脸号啕大哭起来,她撞开我,披头散发地奔到外面去了。

我揩去手上的血,伤口处立即又渗出新的一层血珠。我颓然坐下,猛地看见白发蓬松的奶奶正在一旁神色冷峻地注视着我。原来她早就坐在一旁,我想喊她一声"奶奶",但是喊不出来。她那样隔膜地看着我,使我感到很不是滋味,一种真正可怕的念头破天荒地出现了:我突然想到自己原来并不是这老人的亲生骨肉。

奶奶慢条斯理地开口了。她讲了很多,但我没有听进去,也不愿听进去。那无非是古老草原上比比皆是的一些过程,是我们久已耳闻并决心在我们这一代结束它的丑恶。这些丑恶的东西就像黑夜追逐着太阳一样,到处追逐着、玷污着甚至扼杀着过于脆弱的美好的东西。所以,索米娅也无法逃避在打水路上遇见黄毛希拉时的那种厄运。"唉,自从你去学习以后,那个希拉闹腾得叫我们一秋天都不得安宁,"奶奶感慨地说,"这狗东西。"听她的口气,显然也没有觉得事情有多严重。

我沉默了。包里一片寂静。奶奶低下头数着她的那串念珠。门外,在远处传来的声声狗吠中,隐约能听见索米娅在棚车里的啜泣。

我打开箱子，摸出一柄父亲送我的蒙古刀。我悲愤地用力拔出刀子，雪亮的刀光在灯下一闪。奶奶抬起头来，不解地望着我。

"白音宝力格，怎么，"她用充满了奇怪的口吻说，"怎么，孩子，难道为了这件事也值得去杀人么？"

我生气了。我怨恨地、愤愤地朝她问道：

"怎么？难道那样的坏蛋还配活到明天？"

她不以为然地摇头，然后开始搔着那一头白发，她嘟囔地说："不，孩子。佛爷和牧人们都会反对你。希拉那狗东西……也没有什么太大的罪过。"她朝我伸过一只瘦骨嶙峋的手来，"给我，好孩子。让我收起你那吓人的玩意儿来吧……有什么呢？女人——世世代代还不就是这样吗？嗯，知道索米娅能生养，也是件让人放心的事呀。"

我气得浑身哆嗦。但我更感到无法忍受的孤独。手里的匕首沉重地落在地上。我一句话也说不出，只是痛苦地、感慨地凝视着这一头银发的老人。我推门走到包外，皎好的银月正静挂中天。我倚门站着，久久注视着这一望迷茫的广袤草原。

钢嘎·哈拉嘶鸣起来。我看见它正披鞍挂镫，精神抖擞地跺着脚，像是等待着我。不，已经用不着我们去复仇啦，我的朋友。我走近它，开始松开它的肚带，那肚带勒得很紧，我解着它，流血的手背一阵疼痛。我感到身心交瘁，就把脸埋在骏马的鬃毛里，马儿不安地打着响鼻，用前蹄刨着草地。

……也许是因为几年来读书的习惯渐渐陶冶了我的另一种素质吧，也许就因为我从根子上讲毕竟不是土生土长的牧人，我发现了自己和这里的差异。我不能容忍奶奶习惯了的那草原的习性和它的自然法律，尽管我爱它爱得是那样一往情深。我在黑暗中搂着钢嘎·哈拉的脖颈，忍受着内心的可怕的煎熬。不管我怎样拼命地阻止自己，不管我怎样用滚滚的往事之河淹灭那一点诱惑的火星，但一种新鲜的渴望已经在痛苦中诞生了。这种渴望在召唤我、驱使我去追求更纯洁、更文明、更尊重人的美好，也更富有事业魅力的人生。

但我决不能没有索米娅！我回忆着远自童年就开始了的那漫长的十几年生活。昔日的生活是那样亲切，就像春季化雪时节在山谷里浸过草根，汩汩淌着的溪流。那溪水清澄又甘甜，浸泡着我心田的一寸一分。我仿佛又看见了那些两小无猜、无忧无虑的日子；又看到索米娅美丽眸子里的明亮火花，和那熊熊燃烧的、使一切自然界和人间的美都相形见绌的绚丽红霞。我走到棚车前面，轻声地呼唤着索米娅。我盼望她能再用湿润的嘴唇吻着我，把手指插进我的头。我等着她把满腹的委屈和痛苦向我诉说。我最终是会原谅她的，而且我坚信会有办法让恶魔希拉一直到死都不得安生。

索米娅已经不再哭了，但她不回答我的呼唤。我又在棚车旁站了许久，才回到包里。那一夜，我彻夜未眠。

两天过去了。索米娅已经恢复了平静。我一直在等着她来向我倾诉。每当我饮马回来，出诊回来，或者在夜里走到棚车附近时，我总以为，她会立即出现在我眼前并扑向我。

但是没有，两天就这样过去了。

第三天早晨，我去伯勒根河湾里赶牛，在一块被芦苇隔开的浅滩草地上，遇上了我的仇人：黄毛希拉。

他骑着一匹棕白相间的小花马，歪戴着一顶软软的鸭舌帽。他见了我，有些手足无措，似乎想搭讪着和我讲些话。可是他的嘴角刚一动，我就看见了那个恶毒下流的笑容。

我的怒火燃烧起来了。痉挛的手几乎握不住缰绳。突然间，钢嘎·哈拉嘶叫着跳了起来，朝着他冲上去。我也用力挥起马鞭，狠狠地朝他那丑恶的嘴脸抽过去。鸭舌帽打飞了，我看见那个焦黄的头倒栽向河滩的盐碱地，我下了马，朝他走去。希拉凶狠地瞪着我，突然一跃而起，朝我扑来。

我和他扭打了好久，踏倒了一大片芦苇。我的小腹被他踢得疼痛难忍，但他最终还是被我一拳打翻在蓝色的河水里，浪花溅得很高很远。

我浑身打着战，忍着小腹的剧疼，跨上黑马，慢慢走回家来。

在门外，我听见包里索米娅正在和奶奶说话，我捂着腹部，艰难地一步步挨到门口。我听见索米娅的声音："奶奶，这布多好看啊。"我的脚步太轻了，她们都没有听见。我口渴得要命，恶心得想呕吐。我想喊索米娅来扶我一下，可是喊不出声来。我费劲地拉开门，索米娅的声音停住了。我看见她正慌忙藏起一双红花绒布缝的婴儿鞋子。她警惕地望着我,把那双为腹中婴儿准备的小鞋子藏在背后,一声不响。

　　一阵从未体验过的绝望和伤心笼罩了我,我觉得一股酸酸的东西堵住了喉头。我转过脸,把一口黏稠的血吐在外面的草地上——像她们一样,我也没有让她们看见。我无力地倚着门框,缓缓地滑坐在门槛上,目不转睛地望着索米娅。而索米娅却像是想起来什么一样,突然不顾一切地朝门口冲来。我抬起一只手臂,轻轻地说:"别到棚车那儿去了……索米娅,这里是你的家啊。"

　　一句话不知怎样滑了出来。后来,我曾经长久地感到奇怪:自己从哪儿找到了这样的一句话。我说:

　　"你不要走——是该我走了……索米娅,奶奶,我要走了。"

五

　　向一个放羊的人打听音讯
　　他说,听说她运羊粪去了

　　诺盖淖尔是个深幽幽的小湖,由于白音乌拉山侧面的陡壁斜斜插入湖水,所以从南面看去,这小湖很像融雪蓄成的那种山中湖,而和一般锡林郭勒草原上常见的那种洼地和泉眼生成的浅湖大有不同。由于深,所以湖水并不浑浊。清晨,在牧畜前来饮水之前，它平静地、蓝晶晶地在山谷里闪着光，大概就是为着这难得的水源吧，白音乌拉公社的许多单位都移建于此：乳粉厂、皮革作坊、食品公司收购站，还有小学，当我驱马走近这里时，甚至有一种觉得是离开了牧区的陌生感。这儿甚至还有啄食的母鸡和鸭子。索米娅难道会生活在这么一个地方吗？

我找到了赶马车人达瓦仓的小泥屋。

这是一座傍着湖岸修成的、只有三面墙的那种低矮的地窝子式土坯屋。木门旁有一个烧得焦黑的泥炉灶，旁边停放着一辆双辕高高翘起的马车。车上已满载着货物，马轭马套散乱一地。绳子上晾晒着五颜六色的衣服，我还发现尘土里埋着一个廉价的橡皮动物玩具。

我犹豫着，迟迟没有下马。索米娅就在这土屋里面，我是敲门呢，还是喊一声？哦，所谓人生的重逢就要在我眼前出现啦……我的心跳了起来。不远的湖面上，灰蒙蒙的水均匀地一摇一荡，让人如刻如镂地感受着这难熬的时间。

我咬咬牙，把钢嘎·哈拉拴在马车跨杠上，然后踩着门前的羊骨头、牛粪块朝门走去。我俯身拾起一件踩在土里的格子布小衣服，然后用力推开了门。

屋里，充斥视野的是一条大炕。炕沿上的镶木少了一半，露出磨得圆滑的草泥坯。在炕上的皮被、大氅、山羊皮、蒙古式袍子和汉式棉袄中间，我数出三个酣睡着的小孩。他们七横八竖地挤作一团，污垢厚厚的光脚丫乱蹬着那些衣被——没有大人。西墙上还有一个小门，我推开那小门，一眼看见一个蛛网尘封的黝黑的蒙古包木格天窗。旁边堆着折叠的哈那墙，俄尼棍，还有一扇紫红色的小木门。我的眼睛湿润了：这是我们的家，这是我们祖孙三人，不，还有黑马驹曾一块儿生活其中的那个家……

我凝视着这个被拆散了的蒙古包。是的，索米娅真的在这儿。她真的嫁到了这个离我们伯勒根河湾那样遥远的地方。她已经像藏起这架毡包般地藏起了过去，在外面那间临湖的肮脏泥屋里，迎送着沉重的而又是大家都在过着的生活。

"哟！你找谁？"一个女人的清脆声音在我脑后响起。我吓得浑身哆嗦了一下。

我转过身来。一个穿着西式女上衣，梳着齐耳短发的女人正温和地打量着我——不是她。我吁了口气，用汉语回答说：

"我找索米娅……噢，就是达瓦仓的……老婆，她是我的妹妹，我从伯勒根草原来。"

"啊，白音宝力格同志！"她惊喜地大叫起来，"我知道你！你不是念大学去了吗？"

"唔，是的。大学——已经毕业了。"我说，心里忐忑不安。她知道我？知道我多少呢？

"上的哪个学校？内大？师院？什么专业？唉，索米娅姐姐总说不清！"她兴致勃勃地问。

"农牧学院，"我回答说，"您是……"

她笑了，扶扶眼镜："哈，我姓林，是这儿的学校老师。内蒙师院毕业的——真难得啊，我第一次在这儿碰上个大学生，而且是我的小其其格的亲戚！"

"其其格？"我赶快追问了一句。

"怎么，你忘啦？索米娅姐姐的大女儿嘛！已经上二年级啦！一直是我的学生！"

我当然不会忘记。我永远不会忘记那一切的，连同那个万恶的淫棍。哦，在向奶奶天葬的山沟告别的时候，我没有想起来该去见见那个黄毛希拉。我们的账还没有结清……其其格，其其格，我默默念着这个名字。不幸的孩子，可怜的小花啊，你不至于真的长着那种污脏的黄头发吧？女孩总该比男孩纯洁些，就像索米娅比我要纯洁一样。我实心实意地愿这孩子能学好，能爱她的母亲。因为她毕竟是降生于索米娅的怀腹之中。不论我是否愿意，此时此刻我已经决不能否认她的存在了……

"林老师，其其格这孩子……听话吗？我想，嗯，她长得一定很高了？"

"长得很高？哈哈！哪里……看来，你上了大学以后，什么也不知道呀！"女教师叫嚷着，突然想起来什么，"咦，你看，我是来帮忙的！索米娅姐姐今天不回来，要我帮助提水呢！"

她麻利地拎起铁桶，歪着头望着我问："你呢，是坐在这儿等，还是也帮我去提一桶？"

我提起一对铁桶，在她带领下朝湖畔走去，苍茫天色和薄暮中的湖面融成一片，使我心绪淡凉。我等着她继续讲下去，因为

这都是我所不知道的故事。而林老师并没有觉察到我的情绪,兴致勃勃地闲扯了好多才转回原题:

"你猜,其其格刚生下来有多大?哈哈——你猜不着!一支勺子!真的,我是在这孩子已经三岁那年才到这里的,如果现在我不是确实了解我的学生年龄,我怎么也不会相信那时她有三岁……天哪,比别人六个月的婴儿还要小呐!咦,你信吗?白音宝力格同志?"

"唔。"我含糊地答应着。

"索米娅姐姐告诉我,这孩子生下来时,还不满一尺长!一只小脚比不上你的大拇指!脑袋只——唉!她像一只小猫崽那么小!"这年轻女教师激动了,她耸动着眉毛,用力挥着手,急匆匆地讲着。我拎着两只铁桶,小心不让它们晃响,紧张地听着。

"太小了!可能是不足月……你们伯勒根草原的人都跑去看新鲜,男人们用大拇指比比她的脚,孩子们用拳头比比她的脑袋,她小得出奇,用一张旱獭皮就能包起来,人们都说,不行呀,扔了吧,这样的孩子养不活呀。听说也有人恶言恶语,说索米娅生的不是人,是怪物!可是,索米娅姐姐的老奶奶——喂,白音宝力格同志,你总不会连你奶奶也忘了吧?哈哈!"她开玩笑地问我。

"唔,没有。"我嘟囔了一声,心里很难受。

"……你们的老奶奶坐在门槛上,对那些牧人说:'住嘴!愚蠢的东西!这是一条命呀!命!我活了七十多岁,从来没有把一条活着的命扔到野草滩上。不管是牛羊还是猫狗……把有命的扔掉。亏你们说得出嘴！我用自己的奶喂活的羊羔子今天已经能拴成一排！我养活的马驹子成了有名的好马——钢嘎·哈拉，你们这些瞎子难道还没有看见钢嘎·哈拉吗？只怕你们还没有福气骑那样的好马！哼，扔了吧——把这孩子扔给乳牛，乳牛也会舔她。走吧！你们走开吧！别用你们的脏手碰我的小宝贝儿！你们几年别来才好！等我把她养成个人，变成一朵鲜花，再让你们来看看！'"

林老师兴奋地说着，激动得满脸通红。这时我们已经来到湖边。她蹲下来，用手撩着湖水，突然又睁大眼睛朝向我：

"啊，你们的奶奶真好啊。你知道吗？自从听说了这个故事，每当我和小其其格在一块儿，给她讲课的时候，我总觉得自己错过了机会，没能亲眼见见这位老人，这位伟大的女性！"

……我再也听不见什么了。尽管这位热情的汉族姑娘还在抑制不住地谈着她对我奶奶的无限崇拜。暮色中的湖水宁静幽暗，西斜的太阳在这暗色的水面上洒着一些耀眼的、粉末般的光点。我把铁桶浸进水里，荡起的涟漪更使那浮动的波光闪烁无尽。我望着湖水，觉得那闪闪的银光正摇动着，现出奶奶飘拂的银发。我提出盛满水的桶，那银发又化成奶奶昏花而又灼人的眼睛。我闭上了眼睛。我真想把这位有点学生腔的女教师立即支开，然后纵身跳进湖水，跳进奶奶那微微颤动着的、一闪一闪的呼唤中去，把我满心的痛苦，难言的委屈和悔恨，都埋进她那亲切温暖的银发和浑浊而深邃的目光中去。

我没有让林老师帮忙,一个人提着两桶水向小泥屋走去。女教师默默地跟着我,像是在回味刚才那故事的感受,也许,是我的沉默使她感到不解。我抱歉地说:

"林老师,再讲点什么吧。你知道,我离开得太久了,什么都不知道……"

"讲就讲……哼,你呀,真不像话,你还不知道索米娅姐姐有多好。唉,我总觉得,就算我这一辈子扔在这荒草地上,碌碌无为吧,但是认识了她,也可以说是有点收获啦……知道么?我总是摆脱不了这样一种幻觉:我总觉得索米娅姐姐是个刚刚生了孩子的女人。我总觉得,她一连多少年总是抱着一个哇哇哭的婴儿在这条路上慢慢走着。就这种幻觉。后来,有一天她来找我,说:'林老师,收下我的其其格做学生吧!'我非常奇怪,就问她:'姐姐,你的其其格能上学么?她顶多才三岁吧!'她急了,说:'哪里!我女儿已经七岁啦!求求你,收下她吧!我可以每天给你提水、烧茶、做饭!我可以给你挤乳牛,可以到草地上去给你拾牛粪烧!'唉,她说着说着就哭起来了,后来简直是号啕大哭,哇哇地,撕扯着我的衣服。啊,那样子真惨……她为什么那样伤心呢?我想,一定是为了把孩子养大,她熬得太艰难啦……"

女教师低下头,擦了擦眼角,又说下去:

"当时,我把其其格揽到怀里——噢,这哪里像个学龄儿童呀，又瘦又矮，看上去像是刚刚学会走路。可是，索米娅姐姐哭得那么凶，她穿的一件蓝布袍子湿了一大片。头发乱蓬蓬的，脸上又是泪水又是鼻涕。我——唉，也陪着她哭了一顿……就这样，开学了，我把其其格安排在我讲课前面的位子上。我想，这样孩子离我很近，我可以随时发现她的一切。我不敢大意——要知道，索米娅姐姐常常躲在教室窗子外面听着，有时候，外面下着雨，她就那样淋着，呆呆地站在窗子外面呀……"

直到我们回到那熏黑的小泥屋的门口，女教师还在不停地讲着。此时已经不是我要听，而是她自己要讲了。我觉得，她一定是受了太深的感染，才如此对人倾吐。当然，我看得出她是个直肠快语的人，这样的人喜欢用强烈的方式来表达内心。而不像我，只是默默地吞咽一切。从她瞟着我的眼神看，她似乎在怀疑我能否理解她的索米娅姐姐。或许，她的怀疑是对的。因为我实实在在地觉得，她描述的那个女人的作为不像是我的索米娅。我不能想象那一切。我也没有她那种幻觉。我的脑海里只深刻着一个脸颊妩媚的姑娘，她正动情地凝视着一派幸福醉人的红霞……索米娅，你哪里会像她讲述的那样呢？你是个多么温柔、多么单纯的小姑娘呵。

推开门，我看见一个小姑娘正在忙碌着。

"其其格！"林老师高兴地喊着，"其其格，快喊舅舅！这是白音宝力格舅舅。知道吗？他是你妈妈的哥哥！"

小姑娘停下了手中的活儿，转过身来，目不转睛地盯着我。

看上去，这女孩子只有六七岁。她穿着一件打着补丁的汉族女孩儿那种对襟花布衫和一条蓝布裤子，光脚穿着一双显然尺寸和样式都不合适的黄球鞋。我发现乱七八糟的屋子已经被她收拾干净了。炕上靠里面叠放着一层层码齐的被褥和衣袍。地扫过了，连着土坯炕的灶里，干透的羊粪烧得轰轰响。炕上，三个一律剃成锅盖头的小孩正围着一块案板，跃跃欲试地想把小黑手伸向案板上的面团。

小姑娘拘谨地、慢慢地搓着手上粘着的面屑，忧郁地望着我。这眼光里混杂着惊讶、隔阂和思索。我还无法分辨出它究竟是友善的还是猜忌的。我有些手足无措，半晌，才喃喃地开口说：

"其其格，你好。我是……"

小姑娘的嘴唇轻轻地嚅动了一下——

"巴帕。"她小声叫道。

一股酸酸的滋味猛地涌向我的喉头和鼻尖。

"巴帕，我看见了门口拴的黑马。"小女孩怯生生地说，"妈妈以前说过，我的巴帕会骑着一匹黑骏马来看我们。"

六

朝一个牧牛的人询问消息

他说，听说她拾牛粪去了

门外响起一阵纷沓的马蹄声，伴着一个粗嗓门的吆喝。女教师笑道："瞧，是达瓦仓回来了。喂——"她朝门外喊着，"车老板！来客人啦！索米娅的哥哥来啦！"

门外那个粗嘎的嗓门大声赞叹着："哈，好威风的一匹大黑马！"随即，一个四十来岁的魁梧大汉推开门跨进来。

女教师给我们介绍了一番，然后起身告辞。

"我回家啦，白音宝力格同志。你妹妹要明天才能回来——她给学校运煤去了。如果没事，明天到学校来玩吧，还没有听你讲讲城里的事情呢。"说罢，她走了。

大汉拍着我的肩头："坐，坐。上炕。嘿——"他朝炕上那几个小家伙吼着，"滚下来！让纳合齐上炕坐！狗崽子们，把炕弄成狗窝啦！"一面吼着，他顺手把已经爬到炕沿的两个小孩一拨拉，两个孩子咕地摔在地上。我慌忙伸手去扶，但那两个小机灵鬼却是司空见惯，打个滚儿爬起来，"赶马去哟！赶马去啰！"闹嚷着，撞开门朝外面奔去。最小的那个在炕上哇哇哭了，连滚带爬地要追随哥哥们去。大汉一把揪住他的开裆裤，把孩子提溜起来，搂在怀里。

"宝贝——别跑，别跟他们乱跑，给阿爸当宝贝——啧！"他粗鲁地用大嘴在那小孩的屁股上亲了一口，一巴掌抹掉孩子脸上的两道黄鼻涕，又顺手抹在炕褥上。"上炕坐嘛，白音宝力格兄弟……嘿！其其格，愣着干什么？快做饭呀！哼！"

我搭讪地说："一共这四个孩子么？"

"就这四个啦。没听说么,公社卫生院正到处抓女人,连割带阉。哼,妈的!索米娅——你妹妹,去年就给他们——咦,其其格!看我不揍肿你的脸!怎么还愣在那里?等死么?"他突然又暴怒起来,凶恶地朝小姑娘吼着。

"面条已经擀好了。"女孩子低声说。她靠着炕沿坐着,显得那么矮小。

"那么就去给纳合齐饮马!到房子后面找条绳子,把纳合齐的黑马和我的黄辕马连在一起放去吃草!怎么,你准备让马饿死么?"他挺着胸,唾沫星子乱溅在怀里的小男孩和我身上。我连忙跳下炕说:"还是我自己去饮马吧,这马不太老实呢。"

"那么就去给纳合齐带路!提上我的帆布水斗,黑马如果不喝湖水就去井台!"他继续盘着腿大吼大叫,神气十足,"喂,白音宝力格兄弟,快去快回!我等你——今天咱们好好喝它一瓶子!"

天还没有黑透。我和其其格默默地走在通向湖畔的路上。这女孩子走路脚步很轻,而且一句话也不说。但是,每当我转脸看她一眼时,她都迅速地和我对视一下,并瞟瞟我牵着的钢嘎·哈拉。

"其其格,你妈妈给你讲过这匹马么?"我小心翼翼地开口问道。

"嗯。讲过的。"她简单地回答。

静静地走了一会儿。这回是她主动开口了:

"巴帕——这马真的名叫钢嘎·哈拉吗?"

"当然。"

她转过身来,轻轻地朝黑马喊道:"钢嘎·哈拉!钢嘎·哈拉!"。

黑马猛地扬起头来,呼噜噜地打了一个响鼻。小女孩欣喜地笑了。"多好啊!"她说。

我感动地蹲了下来,轻轻抱起了她,她很轻,像一片羽毛。我把她举起来放到黑马的背上。这样她才差不多和我一样高了。我扶着她的小小的肩头,仔细地端详着她。

我没有在她脸上找到我记忆中的那个少女的痕迹。她不像她的母亲。索米娅没有这样瘦削,也没有这样忧郁的眼神。而她呢,也没有索米娅那红扑扑的脸颊和温柔的表情。不过我还是得承认,这小女孩生得挺好看。昏暗中,她默默地跨在马上,双手抚弄着黑马肩上的长鬃,小小的躯干显得那么单薄和弱小。我想把目光移向她的头发,突然又感到这样很可耻。于是,我提起帆布桶,牵着马,继续朝湖边走去。

钢嘎·哈拉埋头长饮。从它埋入嘴唇的地方,湖水漾起一圈圈次第扩展的波纹,在黯淡的湖面上画出条条闪光的弧线,一直密集地排向对岸轮廓朦胧的陡峭山崖。

其其格蹲在黑马旁边,洗着手上面粉结成的硬垢。"才九岁,已经在给家里做饭了。"我想着,望着她。黑马喝足了,侧过头来,好奇地打量着这个女孩,其其格高兴地伸出小手,触着马儿毛茸茸的嘴唇。

我凑过去问:"你在学校里高兴么?学习好么?其其格?"

"昨天算术考坏了。林老师给了我二分。"

"题很难?"

"不,"她抬起脸望着我,"因为妈妈昨天一早就去海拉金山里运煤了。去年她是暑假里去的。所以我也一块儿去了。那地方很远,我知道。"

"你不该想妈妈,其其格。应当只想着怎样把题算对。"我开导说。

"嗯,是的,"女孩子说,"去年在回来的路上,有一辆勒勒车的轮子散了。妈妈抱着我。在黑地里坐了一夜……今年,牛车会不会又在那里坏了呢?我想着,就把题算错啦。今年她赶了四辆牛车。"

小女孩又沉默了,我也再说不出什么。我们牵着马,朝家走去。走了一会儿,我忍不住又问这孩子:

"其其格,阿爸对你妈妈——我是说,为什么你阿爸不去运煤呢?那么远。"

"不,那是妈妈的事,她在给学校干活儿呢。不光运煤,还挤奶,拉水。学校呢,就每个月都给我们钱。"

天全黑了。其其格把马笼头交给我,自己跑进黑暗中。一会儿,"嗨!嗨!"传来了她的吆喝声。一匹辨不出颜色的高头大马被她赶来,她把一条绳子拴在那马的双腿绊上,然后递给我绳子的另一头。"喏,让钢嘎·哈拉去吃草吧。我也该去煮面茶啦。"她说。

我接过那绳头,触着了她凉冰冰的小手。

孩子默默地任我攥着她的手。半晌,她说:

"巴帕,要我明天带你去看妈妈的奶牛么?可好看啦。"然后,她小心地捏了捏我的手背。

达瓦仓已经脱了上衣,露着肌肉隆起的、黑毛丛丛的胸脯。那个小儿子在他怀里闹腾着,咬着他胸上那个硬硬的乳头,另外两个,则在旁边扭作一团,撕抢着什么东西。"白音宝力格兄弟!"他喜气洋洋地招呼着我,"快上炕!先喝一碗再吃饭!其其格,下面条!"

我们对饮起来。见到大人喝酒,那两个小鬼头更来了劲。他们拼命抢着酒瓶子和我们手里的杯盏。一边给我们添酒一边尖声喊叫,下午我曾觉得那么冷清凄凉的小泥屋沸腾起来:弥漫着面汤的蒸气、呛鼻的酒味儿和孩子们的喊叫。

我想起了一首什么时候读过的小诗。那诗令人感受真切地描写了一个充满橘黄色火苗的温暖的家庭晚餐。和这位虎背熊腰的赶车人一块儿喝着烈酒,我似乎又感受到了那小诗的意境。达瓦仓开心地饮着,说着。时时用粗野难听的骂人话吆喝着三个小狗崽般在炕上闹的小孩。干透的泥草墙吸着熊熊炉火的热,又把这热散向歪斜小屋里的生活。孩子们的吵嚷震着我的耳鼓,我有些微微发醉。车老板舒服地仰面躺着,和我议论着天气、风俗和草场的优劣,我发现,这魁梧大汉尽管粗野,但却也不失为豪爽有力。他无疑是这个家庭的坚强支柱和当然的主人。哦,可以想象,索米娅在这间小屋里度过的日子尽管可能艰难,但绝非是无法容忍和水深火热。如果此刻她也在这间小屋里面,无论是蹲在灶火旁,坐在炕沿上,或躺在被垛上,都只会使这温暖起来的小泥屋增添更多的温暖和亲切。看来人的热力是能够点燃世界任何冰冷角落的生命的。真正被生活抛弃的,只是像我这样不能随遇而安的人。也许,这就是我的悲剧……

不过,其其格和这热烘烘的天伦之乐也不尽协调。整整一个晚上,她一直坐在屋角的一堆鞍具上,手里揉弄着一本皱巴巴的课本。只要我看她一眼,总是碰上她逃避般慌忙移开的眼睛,整个晚上,尽管我在和达瓦仓谈天论地,但我总觉得那小姑娘在用火辣辣的目光盯着我,那目光好像穿透了我的衣服和肌肤,灼得我的心隐隐作痛。

夜深了。透过窗户框子里嵌着的玻璃,我看见墨蓝的夜空和泛着灰白色的湖浪。不觉之间,那三个淘气鬼已经睡熟了,一个枕着另一个,达瓦仓打了个酒嗝,开始扯住小孩的腿和胳膊,把他们拉成一排。最后他把一条大皮被用力摔在小其其格身上,嘴中泄出一句低沉的咒骂:"哼!这鬼老婆今天还不知道死在哪里!呃,连个铺炕的人都没有……"他狠狠地咬得牙响,眼角一瞥,我们的目光相遇了。他马上闭上了嘴。但我在那一瞬却感觉到了些什么。

难堪的寂静只持续了几秒钟。也许是借着酒力吧,我扳住了

他粗壮的肩头:

"你大概讨厌我吧?"我问。

赶车人喘着粗气,想了一会儿,又斟上半碗酒。他沉吟了一下,低低地开口了:

"兄弟,我的话可能不好听——说真的,我们早把你忘了。我根本没想到你还会来看看。我以为,城里人就是那么没心肝,亲娘老子死了也不理睬……"

我难堪地低下了头。

达瓦仓和解地递过酒碗,宽容地说:"唉,今天我才知道,是我想错了。看看,你这不是骑着马,爬山过河地找到我们白音乌拉来了?来,喝酒,喝酒。"

我看了看这碗苦酒,然后咕咚咚一饮而尽。我能说什么呢?

我俩挨着斜靠着一垛衣被躺着,默默地啜着酒。大车老板自言自语地说起来:"唉,兄弟!说真的,那个时候你不该不在哟……那些事,实在不能甩给一个女人家呀!噢,快十年啰……"

我坐起来,缓缓地给他斟上酒。

"那天夜里,我吆着空车在月亮地里赶路。嗨,太困,睡着啦。后来,又不知怎么醒了。我好像听见一个女人的哭号声。说真的,我吓得浑身打战。可是,准是鬼催的——我吆着马,朝那个哭音寻去啦。走近一看,哈!是个女人守着一辆碎了木轮子的牛车,哭得哇哇响。我下了车问她。嘿——她是给她奶奶送葬呢!黑夜里,路不好,车坏了,又伤心,就哭开啦。喏,还抱着孩子——那孩子像条剥了皮的猫，小得吓人。见她哭，我也心软啦。我说，姑娘，别哭啦！就算你家额吉有我这个儿子吧！这会儿他刚赶来给老人家送葬……就这样，我把包着老太婆的毡子抱上大车，又把她那辆倒霉的破车拆开，装上大车，把老人家运到了那个山沟里……等我把她们母子送回蒙古包以后，我问她，以后，你们打算怎样过呢？她说，不知道。后来，我就吆上车离开啦。回去以后，我总想起她。越想越觉得她可怜，这样，我就又赶上车，开了张结婚证，第二次去了伯勒根河湾……"

他端起酒，呷了一口。下炕给蜷在炉灶旁睡熟的其其格盖严了皮被，又在我身边躺下来。

"后来，我问过你妹妹。我问她，索米娅，你们家就没有个男人亲戚？送葬——那种事也非要你一个姑娘干？她说，有个哥哥，他上大学进城啦。兄弟，我这才知道还有个你。我又问她，那就一定要抱着个猫崽子自己去送老人？草原上有那么多人家！她说，我不愿意求别人，该我去。唉——真傻呀！"

第二天，天气晴朗。达瓦仓早早起来，把四匹马套上了大车。他在屋子里翻腾了好一阵，大概是没有找到什么像样的干粮吧，最后，他骂骂咧咧地把一壶酒揣进怀里，走出门来。

他拔下那杆大鞭，然后拍拍我的肩头："兄弟，天不坏，我要出车送货去啦。你饿了就催其其格那小猫崽子烧茶。我半路上能碰上你妹妹，她用不了天黑就能回来。我会催她狠狠地揍着学校那几头懒猪似的老牛跑的。哼，瞧她这个临时工……喂，"他又想起来什么,"你就多住几天吧。等我三五天回来,咱们再一块儿喝两瓶。你酒量不坏。"

他吆着车走了,顺着一条直直攀上湖畔高高山梁的车道,他赶车很凶,鞭梢尖锐地炸响着,车轮扬起弥漫的黄尘。他挺胸坐在跨杠上,粗声叫骂着,神气十足。"是条好汉子。"我独自想。一阵怅惘又漾上了心头。

学校课间休息的时候,其其格领着我去看了学校的奶牛。原来是我在大学里研究过的荷兰种改良牛。那些长着大块大块黑白相间的毛皮的乳牛优雅地踱着步子,在一个小小院子里晒着太阳。我走进了那稀泥塘一样的院子,污泥在我脚下咕叽咕叽响着。我在那烂泥地里站了好久。是的,索米娅每天都蹲在这片泥地里挤奶……其其格又把我领去看了学校的厨房后院,那儿堆着小山般的冬季燃料:黄褐的牛粪,黑亮的煤,当这女孩子领着我走近湖边的时候,上课铃响起来了,其其格远远地指给我湖畔的一块青石板,就慌忙跑去上课了。

我走到湖旁,在那块青石板上慢慢坐下。在冰封千里的冬天,索米娅就是在这块石头上蹲着,用力凿开诺盖淖尔的坚冰,把一桶桶水汲进水缸,运到学校。

我找到了她留在这片土地上的步步足迹。我看见了她的生活和劳动。一天一夜的耳闻目睹,使我视野里充斥着纷乱眩目的,简直应接不暇的印象。但是我仍然不能相信和接受它们,尽管它们是如此真实,我仍然只是看见她的那个形象:那是一个面对着朝霞的、眸子中闪跳着金红色的憧憬的美好姑娘。我伏在岸边的草丛里，难过地闭上眼睛，竭力不去再想这一切往事。后来，我睡熟了。

很久。我抬起头来，太阳已经偏西。我看见钢嘎·哈拉在我旁边的湖水里站着，它浑身的毛皮在湖水里洗过之后，像纯净的炭一样漆黑，向阳的一面闪着漂亮的漆光。

它笔直地站在清波摇荡的湖水浅滩里，一动不动。它高高地昂着头，箭一般的双耳耸立着——它在注意地眺望着什么。

我忙起身朝那边望去——在那条宛如浮在湖面蒸腾的烟气之上的青灰色的高高山梁上，在那青青山梁上的那条宛如扶摇直上的轻烟般的车道上，有一连串四个小黑点，是四辆首尾相连的牛车，正在朝着这儿蜿蜒而下。

七

我举目眺望那茫茫的四野呵
那长满艾可的山梁上有她的影子

哦，如果我们能早些懂得人生的真谛；如果我们能读一本书，可以从中知晓一切哲理而避开那些必须步步实践的泥泞的逆旅和必须口口亲尝的酸涩苦果，也许我们会及时地抓住幸福，而不至和它失之交臂。可是，哪怕是为着最平凡、微小的追求吧，想完美如愿也竟是那样艰难莫测,也许,正因此人们才交口感叹生活。我们成长着,强壮和充实起来,而感情的重负和缺憾也在增加着,使我们渐渐学会了认真地感慨。而当我们突然觉得在思想上长大了一岁,并实在地看清了前方时,往事却不能追赶,遗恨已无法挽回。我们望着比我们年轻些的后来者,望着他们的无畏、幻想和激情,会有一点儿深沉些的目光。在清风中,在人群里,我们神情平静地走着,暗暗地加快了一点儿步伐……

当见到了索米娅以后,我体会到了上述的这一切。

我们见面时,并没有出现什么戏剧性的情景。索米娅用力拽着牛鼻绳,大步迎面走来。她笑着向我问好:"呵,白音宝力格!我听达瓦仓说你来啦。怎么样,路上累么?工作好么?你还是老样子!嚆——嘿!"她使劲拉着缰绳。

她牵着首车的一头红花牛,和我并排走着。她并没有哇地哭出来,更没有一下子扑进我的怀里,甚至也没有喊我"巴帕",她丝毫没有流露对往事的伤感和这劳苦生涯的委屈。甚至在我挡开她,用力挥着三齿耙和平底锹,替她把那四车煤炭卸在学校伙房后面时,也是一样。她随口说着什么,若无其事。

她变了,若是没有那熟悉的脸庞,那斜削的肩膀和那黑黑的眼睛。或许我会真的认不出她来,毕竟我们已阔别九年。她身上消逝了一种我永远记得的气味;一种从小时、从她骑在牛背上扶着我的肩头时就留在我记忆里的温馨。她比以前粗壮多了,棱角分明,声音喑哑,说话带着一点大嫂子和老太婆那样的、急匆匆的口气和随和的尾音。她穿着一件磨烂了肘部的破蓝布袍子,袍襟上沾满黑污的煤迹和油腻。她毫不在意地抱起沉重的大煤块,贴着胸口把它们搬开,我注意到她的手指又红又粗糙。当我推开她,用三齿耙去对付那些煤块时,她似乎并没有觉察到我的心情,马上又从牛车另一侧再抱下一块。她絮叨叨地和我以及前来帮忙的炊事员聊着天气和一路见闻,又自然又平静。但是,我相信这只是她的一层薄薄的外壳。因为,此刻的我在她眼里也一定同样是既平静又有分寸。生活教给了我们同样的本领,使我们能在那层外壳后面隐藏内心的真实。我们一块儿干着活儿,轰轰地卸着煤块;我们也一定正想着同样的往事,让它在心中激起轰轰的震响。

下午的诺盖淖尔湖边小镇阳光明丽。已经放了学的孩子们像小鸟一样在索米娅周围又吵又嚷,休息的教师们,乳品厂的临时工,还有蹒跚着串门的老汉,都围着这堆刚卸下的煤评头品足地议论。我发觉索米娅在这里人缘很好,她总是被那些人们喊住,谈笑上几句什么。

直到活儿干完了,她领着我回家时,我们还是用这样的方式随意闲谈着。当我们转过学校前面的低缓土坡,顺着湖畔的小路朝那间半地穴式的小泥坯屋走去的时候,突然传来一阵急促的马嘶。钢嘎·哈拉拖着脚绊一蹦一跳地奔来。直到马儿蹦跳着来到我们眼前,不管不顾地径自把脖颈伸向索米娅、把颤动着的嘴唇伸到她的怀里时,我才明白了这黑马所具备的一切。

我惊奇万分地望着钢嘎·哈拉。它一声不吭地用黑黑的大脑袋在索米娅怀里揉搓着,双耳一耸一耸,不安地睁大着那对琥珀色的眼睛,好像在无言地诉说着什么。

索米娅用沾满煤末的手轻轻搂着黑骏马的头,久久地抚摸着它,我看见,她的眼睛里盈满着泪水,肩膀在微微地发抖。但是她始终背朝着我,一句话也没有说。

她飞快地收拾着屋子。打开窗子,点燃炉火,刷洗所有的锅碗什物,挨个地给三个男孩洗掉脸蛋上的脏污,把其其格支使得团团转。

泥屋里又充满了温暖,但不是昨夜那种热烘烘、乱糟糟。她烧了一大锅浓浓的酽茶,把大茶壶煨在炉灶旁的红灰上。她找出一罐黄油和一包黑砂糖,煎了很多黄澄澄的小面饼。她把炸饼摆在我面前,那散着诱人甜香的饼上,油花在吱吱地响着。

山那边白音乌拉公社没有送过柴油机发的电来,天黑了,屋里一片昏暗。索米娅点燃了煤油灯。又一个傍晚,我一直盼望着又一直害怕的傍晚降临了。炉灶里的牛粪火闪着橘黄色的火焰。这活泼的暖色点缀了浓暮灰蓝的阴暗色彩,一闪一跳地,把那被严严压实的不安和激动引了出来,像一阵气浪。像一支无声的旋律,在这低矮的小泥屋里愈来愈浓郁地回旋着。

小面饼又甜又香,我吃了好多。这时我才想起:中午我在湖畔睡着了,忘了喝午茶。

孩子们在炕上闹着,争抢着被褥和枕头。

索米娅吩咐其其格给我铺一条新毡子。小姑娘跑进旁边的小屋，很快抱来一块白条毡。她把条毡铺在靠墙的炕头，又麻利地扫净上面的草末。最后，她把一个新皮袍子摊开在条毡上。然后下了炕，站在一旁，默默地望望母亲，又望望我。不知为了什么，我忍不住一把拉过她来，抚摸了一下她的头发。接着，我躺下了。

索米娅一口吹熄了灯。

黑暗中，我睁着眼睛，仔细地倾听着隔着四个孩子的土炕那一头传来的每一点轻微的声响。好久，我都判断不出索米娅是否已经躺下。我茫然望着屋顶，而那里也是混沌一片，数不清究竟有几条椽檩。最小的那个男孩，也就是马车夫的宝贝心肝突然哼了起来。于是我听见索米娅开始小声哄着他。我屏住呼吸，倾听着她低柔的嗓音。她在用那种只有母亲和孩子才懂的、只有在沉睡的蒙古包里才能听到的甜美的、气声很重的絮语在说着什么。这种声音使人近如咫尺地感觉到女人独有的浓郁气息……就这样，我和我昔日的姑娘，和我的沙娜躺在一个低矮的屋顶之下，躺在一条土炕上。我们都竭力使自己弄出的声响小些。我们是那么疏远，那么直似路人。哦，别了，我的草原上的百灵鸟儿，我的披着红霞的、眸子黑黑的姑娘，我已经永远地失去了你……

没有月光。夜空上大概布满了乌云，连窗棂那儿也是昏黑一片。只有炉膛里残存的牛粪火亮着微弱的红光，时而响起一星半点清晰的爆裂声。屋子里响起了均匀的鼾声：孩子们都睡熟了。

这时，我听见索米娅发出一声压低的、长长的叹息，像是一声颤抖的呻吟般的、缓缓舒出的叹息。

像是听见了召唤的号角，我猛地坐了起来，我宁愿去死也不能继续在这沉寂中煎熬。我哧哧喘着，对着黑暗大声说：

"索米娅！不，沙娜！你……你说点什么吧！"

说罢我就使劲闭上眼睛，死命咬着嘴唇。

过了好久，索米娅开口了。她低声说道：

"奶奶死了。"

又是沉默。我明白，该我对那湮没的质问回答了。

我开始艰难地讲起来。自从我跨着黑骏马踏上旅途，这个问题已经不止一次地撕扯着我的心。九年多了，在学院里和机关里，在研究室同事当中和在一切朋友之间，我从来没有想到荒僻草原上有这样一个严厉的法庭，在准备着对我的灵魂的审判。现在由索米娅进行的，也许是最后一次，我费劲地讲着，讲到了那条山石峥嵘的山谷，讲到了天葬的牧人遗骨，讲到了我怎样在那里向亲爱的奶奶告别并请求她的饶恕，我也讲到了赶车人达瓦仓对我的责备。我讲着，泪水止不住哗哗流下。

这是我第一次哭。以前我从来没有流过眼泪。甚至，我曾怀疑这是自己的一种生理缺陷。我总是咬着牙关，皱紧眉头，把一切痛楚强咽而下；人们则常常因此认定我是个冷酷和无情无义的家伙……

我拼命咬着袖子，生怕吵醒沉睡的孩子们。但是这次我忍不住了,我已经说不下去,只管没出息地发出一声声难听的哭声。

"别这样,白音宝力格……"索米娅低声唤着我。她哑声说,"难道有永远活着的老人么?"

而我已经悲恸难禁。我已经分不清究竟是在为奶奶,还是在为自己而哭泣。我想到自己把匕首扔在地上时对那老人的蔑视,也想到自己捂着被踢伤的小腹挣扎回家的情形。我想到荒凉的天葬沟旁那清冷孤单的感觉,也想到自己把皮袍披在索米娅身上时的柔情。我想到那红霞,那黑马驹,那卑污的希拉,那可怕的分离。又想到了像一柄勺子和一只小猫般大小的婴儿,想到女教师、马车夫和诺盖淖尔湖的清波。我想到自己那已无法分辨的委屈,更想起了那些简直已经无法全部记忆的、使我从一个儿童长成一个青年的许许多多的岁月,想起父亲怎样把幼年丧母的我托付给那个慈祥的老人……"奶——奶!"我伤心极了,只顾把头埋在手里呜呜地哭着。"奶——奶!"我只想拼命拉回那不归的老人,然后对着她痛快地大哭一场。

索米娅轻轻地下了地,往炉膛里添了些牛粪,然后给我端来一碗茶。

她坐在炕沿上,看着我咽着茶水。喝完了茶,我渐渐平静了下来。

炉火在轻轻地闪跳,暗红的火焰摇动着索米娅映在土墙上的影子,无声地和我们一起默送着流逝的时间。

"索米娅。"我谨慎地用这个称呼叫着她。

"嗯？"她刚才仿佛沉入了遐思。

"你给学校干临时工，累吧？"我问。

"不，没什么，反正我也要干活儿的。一个月能挣四十五块钱呢。"

"昨天，一个姓林的女老师给我讲了好多你的事，她可喜欢你啦。"

索米娅淡然笑了，"她心肠好。"她说。

我又说："达瓦仓昨晚和我喝了好多酒，他也是个好人。"

索米娅没有回答。一会儿，她轻轻地说：

"白音宝力格，你还记得吗？那条伯勒根小河……"

"什么？我们家乡的伯勒根小河么？"

"嗯。"她的声音低得几乎听不见，"还记得么，奶奶讲过那样的歌谣：'伯勒根，伯勒根，姑娘涉过河水，不见故乡亲人……'奶奶还说过，希望我永远不要跨过伯勒根小河嫁到异乡去。可是，看来，我还是没能叫她称心。知道吗，那天，我坐着丈夫的马车，离开了咱们住过那么多年的营盘。那营盘光秃秃的，只留着一层青灰的羊粪。蒙古包拆掉啦，装到了车上。钢嘎·哈拉……因为你走了，我把它卖给了公社。那天风刮得很凶，马车走进伯勒根河的芦苇里，风刮得苇叶哗啦啦地响，后来，我们路过了那个地方，那个咱们曾经和奶奶一块儿烧茶休息的硝土岸上的地方。那时候，我突然想起了奶奶说过的话，想起了她讲过的那个歌谣……我哭了，呵，我想，我到底还是没能逃开蒙古族女人的命运；到底还是跨过了伯勒根的河水，成了这白音乌拉地方的伯勒根……"

索米娅终于讲完了，我听着，什么也没有说。从窗棂子往外望去，好像浮云已经褪尽，微微发亮的夜空上，闪着几颗晶亮的星，我转过身望见索米娅黑暗里的面影，觉得那儿也闪着晶莹的光亮。我想伸出手去替她擦掉那些泪珠，可是我没敢。

这时，索米娅又讲了："白音宝力格，那时我猜不出你在哪里，我只记得马车一摇一晃地走在河水里，车轮子溅起冰凉的浪头，溅了我一脸一身，我使劲搂紧女儿，把脸藏在她身子后面，哦，那时我多么感激其其格呀，我觉得只有这块小小的血肉在暖和着我……当然，白音宝力格，这样的话你是不愿意听的。我知道，你非常讨厌我有这么一个女儿……"

"不！"我绝望地喊起来。我打断了她的话，激动地分辩说："沙娜！你错了，我喜欢她，其其格是个好孩子……而且，好像她也，也喜欢我，她喊我'巴帕'。她还知道钢嘎·哈拉。我发现，和我在一块儿的时候，这孩子就爱说话……"

索米娅叹了口气，我似乎感到她在暗影里惨然一笑。

"你不知道真情，白音宝力格。"她迟疑着，犹豫了一阵，才继续说道，"是这样的：我丈夫不喜欢这个女儿，去年他喝醉啦，打其其格，还骂她是……野狗养的。后来，啊，女儿就一直盯着我。天哪，一连几天盯着我，那眼神很吓人。我慌了，就悄悄对她说：其其格，你有一个巴帕，现在正骑着一匹举世无双的漂亮黑马在闯荡世界。我们给这匹马取名叫钢嘎·哈拉——黑骏马。这巴帕就是你父亲，他的名字叫白音宝力格。会有一天，他突然骑着黑骏马来到这里，来看我们……"

我望望炕上，其其格正拥着一角毯子睡着，小手枕在脸颊下面。索米娅疲惫地垂下了头，吁了长长一口气。

"别记恨我吧，白音宝力格！"她用微弱的声音喃喃着，"我实在没有别的办法。我想，反正这一生再也不会见到你啦……"

我鼓足勇气，向她伸出手去，抚摸着她蓬乱的长发。索米娅佝偻着身子，用双手紧紧掩着脸庞。随着我的抚摸，她浑身剧烈地颤抖着。

过了许久，她猛然昂起头来，用一种异样的、嘶哑的声调大声问我：

"为什么你不是其其格的父亲呢？为什么？如果是你该多好啊……哪怕你远走高飞，哪怕你今天也不来看我！"

我木然地、僵硬地坐着，好久答不上话来。后来，我不知是背诵了一句谁的话：

"我不能够……索米娅，你是多么美好啊。"

炉膛里的牛粪火完全熄灭了。灶口那儿早已没有了那种橘黄的或是暗红的火光。可是，这间小泥屋里已经不再那么黑暗，木窗框里乌蒙蒙的玻璃上泛出了一层白亮。不觉之间，我们的周围已经流进了晨曦。

天亮了。

这又是一个难忘的、我们俩的黎明。

八

> 黑骏马昂首飞奔哟，跑上那山梁
> 那熟识的绰约身影哟，却不是她

我在索米娅家的小泥屋里一共住了五夜。从那天黎明以后，我们再也没有去回顾那些不堪回首的往事。我想等达瓦仓回来以后再告辞，从各方面来讲，那样都更好些。

在诺盖淖尔湖畔的这个清净的小镇上，我们度过了平和的三天。每天除开照料黑马之外，我就到学校的乳牛圈和伙房后面去，尽力帮助索米娅干点活儿。此外，我把心思都花在其其格身上。我骑马从白音乌拉供销社给她买来新的书包和钢笔，还有一条天蓝色的纱巾。我想暗中帮助索米娅巩固那个谎言。为什么不呢？为什么要让这不满十岁的女孩子心里那一星幻想的火花熄灭呢？就让她继续把我想象成她的父亲吧，我愿一生致力于扮演这个角色。也许，这对于我要比对于她更为重要和迫切。

但是，我已经发现事情将不会那么简单。因为她在更固执地，用那种尖锐的眼睛盯着我。她并没有变得更快乐一些或者更孩子气些。

我想起在城里，我曾在一个朋友那儿看到过一帧他女儿的照片。那是一张寄自美国的、大幅柯达相纸印的彩色照片，照片上那女孩也和其其格差不多大小，她被已经同父亲离了婚的母亲带到了那个"极乐世界"。在那张彩色照片上，我看到那女孩穿着一件胸前印着"HAPPY"的套头衫，正在起劲地和一群黄发碧眼的小朋友们嬉戏。她笑得真是那么快乐和幸福。我曾感慨，她就那么无忧无虑地忘掉了父亲和自己的祖国。而其其格却完全不同。她衣衫褴褛，乱蓬蓬的头发结成毡片。她吃力地迈着小腿和挥着小手，从湖边提来满桶的水。她令人发笑也使人心疼地抱着比自己小不了多少的弟弟。她默默地接过我买的书包、钢笔和头巾，然后默默地走到一边翻弄课本，她时时用那清澈而严肃的眼神望着我，仿佛在和我的心灵进行着无止无休的辩论。

我懂了，这种留在孩子心灵深处的创伤是不会愈合的，这伤疤将随着他们的渐通世事而流血发疼，我恨透了制造这创伤的丑恶力量，难道还有比这更严重的残害么？

索米娅从那天天亮以后，也忘却了悲伤。当她来到学校的时候，我看见她脸上满是兴奋的，甚至是喜气洋洋的光彩。她走近那头高贵的黑白花荷兰乳牛，亲切地拍拍它的额头。那奶牛转动着闪着缎光的脖颈，聪慧地睁大温柔的眼睛等着她。她蹲下，把木桶放稳在袍襟上。唰，唰，雪白的奶浆一股股射向桶底。其余几头奶牛也慢腾腾地踱过来，围着她站成一圈，等着轮到自己。她挥动着双臂，上身一动一动地摇着，用力地挤着，脸上浮着平和的微笑。我站在圈墙外面看着她，看得出神。下课铃响了，一大群孩子喧闹着冲来，小脑袋在圈墙上露出齐齐的一排。他们七嘴八舌地议论着，争执着，用清脆的童声向索米娅问好。索米娅挤满一小桶，孩子们就震耳欲聋地喊成一片，拼命地朝她伸出手臂。她把奶桶递给孩子们，微笑地嘱咐着他们，目送着他们把奶桶送到伙房。铃声又响了，孩子们吵嚷着奔回教室，围墙外面像是飞走了一群乱叫的小鸟。

索米娅闩紧圈门，又走到住宿的牧区孩子的宿舍。在那儿，她已经用我提来的湖水泡上了一大堆要洗的窗帘和被单。早晨的太阳已经高高升上了白音乌拉大山。诺盖淖尔湖畔的这几排简陋的土房子渐渐显出了平稳的秩序和劳动的活力。索米娅洗着衣服，用湿漉漉的手撩着脸上的散发，随口和路过的人们说着话。阳光照着她黧色的面颊和黑黑的眼睛，她显得安详、自信而平静。不久，白杨树干上扯起了一条条绳子，洗好的床单在绳索上迎风飞舞，像是成排的旗子。索米娅吃力地站了起来，轻轻捶着后腰，拖着沉重的步子朝湖畔的泥屋蹒跚走去，随手在地上拾起一段铁丝，几块牛粪和木头，她从邻居的汉族老太婆家里把儿子们叫回来，顺便给那户人家养的一只山羊羔喂了奶。她点燃炉灶，用斧头砸碎茶砖。一家人围坐在炕上，奶茶正在铁锅里沸腾。

我长久地观察着她的一举一动。我觉得自己似乎看见了她过去的日子，也看清了她未来还要继续度过的生活。

我临行的前一天，达瓦仓赶着马车回来了。那天中午，学校的林老师跑来,把我们全家请到她的宿舍去吃午饭。

我们三个大人率领着四个孩子,一一围着她的炕桌坐好。这时,女教师乐不可支地咯咯笑着,满面红光地告诉我们一个消息:

"啊呀,你们听着!学校刚刚开完了会。会上决定,把索米娅姐姐转为正式职工啦!嗯,听说是让你专门管理学生内务。索米娅姐姐,知道吗?以后,孩子们就要喊你'老师'啦!"她快活地嚷着,一面飞快地把冒热气的白馒头摆在桌上。"嘿,真高兴呀!哈哈!喂——车老板!你瞪什么眼?"

她朝达瓦仓喊着。马车夫不以为然地晃晃脑袋,端起酒杯,对我说道:"喝,白音宝力格兄弟。你瞧,她也能当老师!很可能,明天会派我去当自治区党委书记。唉!"

女教师摆着菜,骂着达瓦仓说:"不害羞!你算什么?除了赶大车就会喝酒。可索米娅姐姐呢,开会时,有的老师说,只要索米娅在,住宿生就不会想家啦。"

索米娅惶恐地、害羞地坐着,不安地揉弄着筷子,忘记了吃饭。她呆呆地看着几个狼吞虎咽的儿女,好久没有说一句话。后来,她仿佛刚刚醒悟过来般失声叫了起来:"哎哟!弄错啦……我怎么能,怎么能喊我'老师'呢!"

她丢掉筷子,双手捂住了脸。可是,我已经在她的脸上看到了一种复活的美丽神采,那是羞怯和紧张都遮掩不住的、一种难得出现的神采。林老师说笑着,给孩子们添着菜,给我们男人添着酒。其其格一面吃着,一面翻看着一本连环画。达瓦仓喝干一杯酒,就忙着教训一下伺机捣乱的儿子,只有索米娅坐在角落里,独自静静地出神。她在想什么呢?孩子们在吵闹,女教师在谈笑,丈夫在饮酒。她只是茫然向他们投去一瞥,随即又陷入自己的遐思。也许此时她第一次感到了疲乏和劳累,第一次有机会歇息一会儿。她一定正在安详地回想着那难熬的岁月,回想着那些快要淡漠了的酸辛。她的神情松弛了,痴痴的目光像是在注视着什么,那目光里充满了使我感到新奇的怜爱和慈祥。你变了。我的沙娜,我的朝霞般的姑娘。像草原上所有的姑娘一样,你也走完了那条蜿蜒在草丛里的小路,经历了她们都经历过的快乐、艰难、忍受和侮辱。你已一去不返,草原上又成熟了一个新的女人。

在古歌《黑骏马》的终句里,那骑手最后发现,他在长满了青灰色艾可草的青青山梁上找到的那个女人,原来并不是他寻找的妹妹。小时候,当我听着这两句叠唱的长调时,曾经百思不得其解。后来,成年以后,当我为思念索米娅哼起这首歌的时候,我一直认为这支古歌在这儿完成了优美的升华。它用"不是"这个平淡无奇的单词,以千钧之力结束了循回不已的悬念,铸成了无穷的感伤意境和古朴的、悲剧的美。

但是,这一回,当我真的踏着这古歌的节奏,亲身体味了歌中概括的生活以后,我不能不再次沉入了深深的思索。

第二天清晨,我牵着钢嘎·哈拉,告别了达瓦仓、其其格和孩子们。索米娅陪着我,牵马绕过了清澄的、早晨的诺盖淖尔湖水,慢慢地走上直插旗所在地的那条小路。

我尽量开朗地和她闲谈着,讲述着我在自治区畜牧厅的工作和生活。当然也商量了许多事情,包括怎样抚养和教育正在长大的其其格。

那天早晨,湖面上低低地流动着淡白色的浓雾,天上湿润的云彩拉成长长的薄丝,在峡谷的避风处和湖雾连成一片。只有天幕后面那轮巨大的淡红朝日正在无声升起,把一束束微红的光线穿过流雾,斜斜地投向蓝幽幽的水面。

索米娅低着头走在我身旁,露水打湿了她的袍襟,在小路开始向山坡上伸延而去的一片马莲草地上,我转过身来。我决心不再制造那种感伤的离别场面,于是,我说了一声"再见吧,索米娅",就奋力跃上了马背。

"巴帕!"索米娅突然撼人肺腑地喊了一声。

我浑身一震,猛地收住马缰。这是我第一次,也是最后一次听见她这样亲昵地称呼我。

索米娅急急跑上几步,双手抓住马勒,气喘吁吁地说:

"我有一件心事,不,有一个请求,我不知道是不是该说——"她满怀希望地凝视着我的眼睛,犹豫了一下,突然又用热烈的、兴奋的声调对我说:"如果,如果你将来有了孩子,而且……她又不嫌弃的话,就把那孩子送来吧……把孩子送到我这里来!懂么?我养大了再还给你们!"她的眼睛里一下涌满了泪水,"你知道,我已经不能再生孩子啦。可是,我受不了!我得有个婴儿抱着!我总觉得,要是没有那种吃奶的孩子,我就没法活下去……我一直打算着抱养一个。啊,你以后结了婚,工作多,答应我,生了孩子送来吧!我养成人再还给你……"

我震惊地听着她的表白。

我想起了我的奶奶。想起了奶奶总是一本正经地讲述而被我挤着鬼脸嘲笑过的那许许多多的哲理。奶奶已经长眠不醒,但我此刻相信她一定得到了真正的安宁。我几乎要对索米娅冲动地说:"沙娜,我的好姑娘!你将来一定会像奶奶一样慈祥!"可是我没敢说。而且,这样说也许并不正确。我只是僵坐在马鞍上,目瞪口呆地听着她的倾吐。我觉得,像我这样的人是很难彻底理解她们的一切的。我目不转睛地望着索米娅。那个梳着羊犄角小辫和我同骑一牛的小女孩,那个紧束着腰带朝我奔来的少女,那个红霞中的姑娘,还有那个赶车人泥屋里的主妇,都闪电般地从我眼前掠过,我似乎已经从中辨出了一道轨迹,看到了一个震撼人心的人生和人性的故事。——快点成熟吧!我暗暗呼唤着自己。

我放开勒紧的马嚼,钢嘎·哈拉抖动着满颈黑鬃,飞一样地冲向前方,把激动的风儿甩在身后,久久带着一阵远去的呼哨。我驰上了地平线,在高高的山岗上扯转马头。在茫茫的草海里,索米娅微小的背影正在向彼岸踽踽前行。再见吧,我的沙娜,继续走向你的人生。让我带着对你的思念,带着我们永远不会玷污的爱情,带着你给我的力量和思索,也去开辟我的前途……如果我将来能有一个儿子，我一定再骑着黑骏马不辞千里把他送来，把他托付给你，让他和其其格一块儿生活，就像我的父亲当年把我托付给我们亲爱的白发奶奶一样。但是，我决不会像父亲那样简单和不负责任；我要和你一块儿，拿出我们的全部力量，让我们的后代得到更多的幸福，而不被丑恶的黑暗湮灭。

钢嘎·哈拉沿着开阔的山坡飞驰。畜牧厅规划处的同事们一定已经完成了在旗里的调查。我要快马加鞭去和他们会合，然后去开始新的工作。

此刻，宇宙深处轻轻地飘来一丝音响。它愈来愈近，但难以捕捉，像是在草原上空的浓郁空气中传递着一个不安的消息。等我刚刚辨出它的时候，它突然排山倒海地飞扬而至，掀起一阵壮美的风暴。我被它牢牢地吸引住了，黑骏马追赶着它的步伐。接着，从那狂风般的雄浑前奏中，流出了一个优美悲怆的旋律，它激烈而又委婉地起伏着，好像在诉说着草原古老的生活。

那一浪浪涌来的、苍凉古朴的调子叩击着我的心，又伴和着钢嘎·哈拉急骤的蹄音，把我们的心绪向莽莽的大草原传递。在这天宇和大地奏起的浑厚音乐中，我低低地唱起了《黑骏马》，从那古歌的第一节开始，一直唱到终止的"不是"那个词。

当我的长调和全部音乐那久久不散的余音终于悄然逝尽的一刹间，我滚鞍下马，猛地把身体扑进青青的茂密草丛之中。我悄悄地亲吻着这苦涩的草地，亲吻着这片留下了我和索米娅的斑斑足迹和炽热爱情，这出现过我永志不忘的美丽红霞和伸展着我的亲人们生路的大草原。我悄悄地哭了，青绿的草茎和嫩叶上，沾挂着我饱含丰富的、告别昔日的泪珠。我想把已成过去的一切都倾洒于此，然后怀着一颗更丰富、更湿润的心去迎接明天，就像古歌中那个骑着黑骏马的牧人一样。

北方的河

/// 张承志

我相信，会有一个公正而深刻的认识来为我们总结的：那时，我们这一代独有的奋斗、思索、烙印和选择才会显露其意义。但那时我们也将为自己曾有的幼稚、错误和局限而后悔，更会感慨自己无法重新生活。这是一种深刻的悲观的基础。但是，对于一个幅员辽阔又历史悠久的国度来说，前途最终是光明的。因为这个母体里会有一种血统，一种水土，一种创造的力量，使活泼健壮的新生婴儿降生于世，病态软弱的呻吟将在他们的欢声叫喊中被淹没。从这种观点看来，一切又应当是乐观的。

一

他一直望着那条在下面闪闪发光的河。那河近在眼底。河谷和两侧的千沟万壑像个一览无余的庞大沙盘，汽车在呜呜吼着爬坡，紧靠着倾斜的车厢板，就像面临着深渊。他翻着地图，望着河谷和高原，觉得自己同时在看两份比例悬殊的地图。这峡谷好深哪，他想，真不能想象这样的峡谷是被雨水切割出来的。峡谷两侧都是一样均匀地起伏的黄土帽。不，地理书上的概念提醒着他，不叫"黄土帽"，叫"墚"和"峁"。要用概念描述。他又注意地巡视着那些墚和峁，还有沟和壑。这深沟险壑真是雨水冲刷出来的？他望着黄土公路上的小水沟想。早晨下了一场透雨，直到现在水还顺着那些小沟，哗哗地朝着下头深不可测的无定河谷流着。汽车猛地颠了一下，他紧紧握住车厢板，继续打量着底下深谷里蜿蜒的无定河。那浑黄的河水在高原阳光的暴晒下，反射着强烈的光。天空又蓝又远，清澄如洗。黄土帽——墚和峁像大海一样托着那蓝天。淡黄的、微微泛白的墚峁的浪涛和天空融成了一片。他觉得神清气爽，觉得这大自然既单纯又和谐。"蓝格莹莹的天"，他哼了声民歌，心里觉得很舒服。解放牌大卡车载着他好像在沟壑墚峁的波峰浪谷里疾飞前游。

　　他对着高原，竭力想把视野里的景观记住。他皱着眉头，回忆着《中国自然地理》中那些专门概念的内容。"曲流宽谷"，突然一个概念跳了出来，他不禁微微笑了。书上把他正在卡车上穿过的这条无定河大河沟叫作"曲流宽谷"。有意思，难道"曲流宽谷"和"拐弯大沟"有什么严格的区别么？不过，在试卷上要是写上"拐弯大沟"或是"老黄土帽中的拐弯河大深沟"，考研究生的事就保险告吹。似乎那本书上还有些更严格的条条框框,但他想不起来了。不过他总算记住了一个"曲流宽谷",而且是对着地图和大地记住了它。"曲流宽谷",他又嘟囔了一声,然后转过身来,随即用手牢牢地握住车厢板。

满满一车老农民。他瞧着车里不禁又微笑了,今天他的心情特别好,就像跳高运动员在春季运动会的早晨看见了一个晴朗无风的好天气。一车老农民在解放牌车厢里颠着晃着哪。打盹的打盹,说话的说话。说话的用粗嘎的陕西腔吼着,满不在乎马达的轰鸣和呼呼的风吼。他估计这些农民全都是从自由市场得胜回乡的。早晨在绥德车站买票时,他亲眼看见那个扎蓝边白毛巾的老头口气蛮大地呐喊:"加车,加个大轿子么!咋——加个'解放'!"可这会儿那老头正稳稳地靠着驾驶室后窗坐着,一面扯着嗓子说着什么,一面警觉又故意不露声色地环顾着车上的动静。那个红脸青年可嫩多啦,两手紧紧捏住一个小黄挎包,一声不吭地背着众人独坐。后挡板外面翻滚的黄尘一阵阵吞没了他。"枣子!河畔枣子!"他记得这青年昨天在绥德城关这样瓮声瓮气地叫卖。全是农民,朴实的、小康的、可爱的、自有主意的农民。他们从绥德老城卖了货,挣了钱,现在回来了。那两个白胡子和花白胡子老汉不会是卖货的,应当是串门走亲戚的。他们全回来了。从陕北名城绥德回到他们的无定河两岸上下的窑洞里和庄户院。婆姨和娃娃正轧好了、扫净了炕席等着他们。层层波涛般的沟壑梁峁和蓝盈盈的天、浊黄的水都在等着他们。他心里觉得踏实。从学校里一出来他就觉得踏实,不管黄土从后挡板上面卷过来时,他怎样呸呸地吐着嘴里的沙子,他还是觉得踏实。这条浑浊的河,这片无边无际的黄土山帽和这蓝得质朴的天,都使他踏实。

他看见车厢左前角站着一个女的。他打量了几秒钟以后就断定,这是个北京人。她背对着他默默站着,他感到这女的有意避着他。两个插队出身的北京学生一眼就能彼此认出来,他猜她准是早就发现了自己。卡车歪歪地闯过一道塄坎,满车农民被颠得东倒西歪,但是那女的还是僵直地站着,坚持着一动不动。这是个和我差不多的、老插队出身的北京姑娘,她在避着我哪。他觉得挺有意思,他不由得又望了望她的背影,他觉得这背影很够味儿。

他愉快地吹了声口哨,把手翻转过来握紧车厢板,重新面对着荒莽的黄土高原。当卡车颠得蹦起来的时候,他开心地回头瞟着车里。在那些农民当中他最佩服那个红脸青年。那个棒小伙严肃庄重地坐在车尾,根本不理睬倒卷来的黄土。好后生,他用陕北式的口气自语着,满怀兴趣地端详着那小伙儿安静老实的模样。真是个安分的朴实后生,浑身肌肉鼓鼓的。他不由得展开手掌,然后又轻易地把车厢板握牢。他觉得他的手很有劲,老破卡车蹦一米高也不会使这双手松开,他心里很愉快。等停车吃饭的时候,他盘算着,我要用陕北话和那后生攀谈一番。"清涧的石板瓦堡的炭,米脂的婆姨绥德的汉",所以这后生的婆姨应当是米脂人,她这会儿也许正给这小伙儿纳鞋底呢。这一路的高原河水、风气人物都和黄色的塄崩一样让他感受清新。对，他心里说，挑选这个专业是对的，地理科学。单是在这样的大自然和人群里，就使他觉得心旷神怡。汉语专业无论怎么好，也不能和这个比，这才是个值得干的事业。我就选中这些河流作为研究方向，他暗暗地下着决心。

上星期毕业典礼时，教语音学的秦老师最后地对他苦口婆心了一番。而他说，不，秦老师，我还是说实话吧，这一行不对我的心思。论文得个五分，并不能说明我就是搞汉语语音学的材料。我想挑个更对我口味的专业干它一辈子。我很感谢您，真的，老师。我觉得这四年汉语学得很值。将来谁能离得开语言呢？

幸亏颜林他爹是搞自然地理的。没想到当年我和颜林拥着一床皮被在阿勒泰南坡露宿，居然成了今天为一生从事的专业作出选择的机缘。他回想着以前回北京去颜林家串门玩时的情景，那时老头经常坐在一个破沙发上对他畅谈地理知识。那干瘦老头居然能从青藏高原扯到海南岛，从太行山扯到黄果树瀑布。他挖空心思想打败老头，于是亮宝似的把自己"串联"去过的地方一个个说出来。而老头随着他不安分的思路，如数家珍地大讲那些地方的地质成因、地貌特点，以及有什么河，河拐什么弯，夏天有多大洪水，冬天结多厚的冰。这还不算，连山上有什么岩洞，树上长什么叶子，老百姓种什么庄稼，老头全一清二楚。每次他离开颜林家时都暗暗称奇。哦，没想到，他想，原来那时听的故事已经在我心里扎根发芽啦。

他极端尊重秦老师的语音学,特别是方言调查理论。他在写毕业论文的那段时间里,不仅真真切切地触到了科学的冰凉而坚实的质地,而且有些天他几乎被这种不苟一音的、规律强大的领域迷住了。可是,当他熬到半夜,最后把三千字的一节删得只剩下二百来字的干货,终于扔掉笔,卷了一根烟点燃,靠在下铺同学的被子上以后,他又觉得不对劲。他惊奇地感到自己胸腔里的那颗心正慢慢苏醒过来,一层层重新滋润,一下下不安地敲打着他的胸肌。那颗心就好像小时候的二宝,热情地爬上他家窗台,邀他上哪儿去疯玩胡逛。这可不行!他害怕了,语音学要用三倍的安静、十倍的细致,循着铁轨一般的规律默默地干。这行当不太照顾他这颗小兔子般的心脏。那天晚上他失眠了,辗转地考虑了大半夜。后来他曾经拐弯抹角地找过起码一打教授和副教授,打探各种专业的底细。后来有一次颜林的老爹出差来新疆,到他们学校看他,他问道:"一个有四年制汉语专业本科生基础、一门半外语、六年插队新疆历史,具有一定热情和干劲,身体条件良好的三十多岁老青年——究竟选择什么职业最好?"瘦老头斩钉截铁地回答:"地理。毫无疑问,只有地理。"

他不禁苦笑了,眼睛还出神地盯着那个红脸后生。没想到这些话当了真:还有三个月,也许是两个月,他就要走上人文地理学研究生考试的考场。如果能参加人文地理学的考试,他就不用害怕自己的文科出身和高等数学的威胁。而据颜林他爹说,北京有位姓柳的老教授,几十年一直研究人文地理,目前正要大开山门，物色门徒。一切信号都是绿色，一切迹象都像这陕北高原的气息一样，显示着生机和美好。他在毕业前那阵乱哄哄的日子里啃完了一大堆地理系的讲义、小册子和一本《地表水》，并且刚刚把德国地理学家李希霍芬（Richthofen）的名著《中国》日文版第一卷借到了手。现在，天空晴朗湛蓝，风儿正吹满篷帆，他朝着亲自选定的那个目标启碇开航了。

促使他最后斩断了种种迟疑的是毕业分配。"计划生育办公室"！他气得火冒三丈。秦老师惋惜地说，这是照顾你家在北京，只有这么一个名额啦。他铁青着脸什么也没有说，他知道秦老师也很不舒服，因为这个结果对她谆谆开导他的那些方言调查理论也是一个大嘲笑。等秦老师端着饭盒走开以后，他突然狂怒地把两个饭碗砸在水泥地上。他踩着粉碎的白瓷片，撞开拥塞的人群，一直冲出了食堂。他当天就去图书馆借来了地理系的讲义。

那个红脸膛的陕北小伙儿突然站了起来，朝他憨憨地一笑。满车赚足了钱的农民都拍打着身上的黄土——卡车正慢慢地停住。他吃惊地朝车外一望：

青羊坪——三个白粉大字一下映入了他的眼睛。

他一下车就觉得眼花缭乱。炫目的阳光直射着这个河岸台地上的小镇。一点儿也回忆不起来啦，他惊奇地想。他完全回忆不起当年这里有些什么建筑和什么景物。那时我急得心火上蹿，因为我连自己被大卡车拉到了哪里全都不知道。他感慨地走在一条土巷子里，默默地想着。那天，为了避免暴露扒车者身份，他只是查对着一本薄薄的《革命串联地图》，猜测着卡车前进的方向。他只猜对了一点：这车从绥德东关一钻出来，就根本没有去什么军渡或宋家川，而是一头向东南扎下去，顺着无定河的大深沟，顺着"曲流宽谷"。

他追了两步，赶上那个红脸小伙子，在他肩头上拍了一下："后生！"那小伙儿朝他转过晒得红红的脸来，清澈单纯的大眼望着他。"吃饭嗑么，后生？"他问。那次来陕北，他一共学会了三句陕北话：嗑、解下、相跟上。前两句一个是"去"，一个是"懂"，第三个和普通话意思一样，因为这说法又淳朴又文雅，所以他也一并记住了。这时他兴致勃勃地试验了第一句。

那后生又憨憨地笑了，赤裸的粗脖颈闪着健康的黑红色。"嗯。"他不好意思地答道。

"相跟上——咱们一块儿去吧！"他只说了半句陕北话，库存就空了。"我的话，你解下解不下？"他干脆把最后一句也抛了出来。幸好那后生宽容地说："解下了。"于是他俩相跟上顺着土巷子往前走。

街巷上小饭棚、小客店鳞次栉比。他和那后生买了些白荞麦面皮的、包着粉条、菜和一点清油的馅饼。那饼炸得又黄又脆，他香甜地边走边吃，和那后生攀谈着，不断地使用"嗑、解下、相跟上"三个陕北词。当他们会钞时，他瞥见了黄帆布书包里露出来一捆鲜艳金红的毛线。给婆姨的么？他逗那后生说。后生红着脸又憨憨地笑了，清澈的大眼躲着他。他想象着那个将要用这金红的毛线织成毛衣的陕北女人的模样。那女人的样子他知道。他猜得出，那一定是个像蓝花花或者李香香一样的，黑红又健美的女人，见了人羞得抬不起头，束着条蓝花布缝成的围裙。

"混纺的么？"后生红着脸把那金红毛线推了过来，请他鉴定。

"嗯。不——这种比混纺的还好。"他夸奖地说。毫无疑问，蓝花花和李香香穿上尼龙混纺的毛衣也会爱她们卖河畔枣、拦老绵羊的哥哥的。他在新疆插过六年队，他懂得，他解得下这个。快开车了，他们俩收拾好毛线，朝那辆风尘仆仆的卡车走去。他俩相帮着爬上车。我们已经成了朋友啦，他心里感到非常清爽。

接着这卡车将要开到黄河边去，顺着无定河最后的一段河谷一直开到黄河西岸。这辆解放牌卡车马上就要登上那段路程。那段路他曾经饿着肚子走了整整一个下午。他觉得有些心跳，有种苍老的、他觉得不是自己该有的慨叹般的情绪在堵着胸腔。卡车发动了，呜呜地哼着转过一个黄土山嘴，当卡车在山嘴上头换了挡，发出一种均匀的吼声时，他的眼睛亮了：他认出了这个地方。

真是这里，他默念着，真是这条路。我全认出来啦，我想起来啦。十几年前，他就是从这个山嘴转过来，一步步踏上被暴雨冲得沟渠纵横的道路的。他把最后一块白荞麦粉条馅饼塞进嘴里，用两只手握牢车厢板，开始专注地望着渐渐向前方倾斜下去的高原。瞧，这些山沟和老黄土帽，朝着黄河倾斜下去啦，朝着黄河，整个陕北高原都在倾斜。他出神地想，这陕北高原对黄河的倾斜是默默的，不露痕迹的，就像红脸后生对他的蓝花花婆姨一样。这不像你，他嘲笑自己说，你现在是强忍着激动。你从新疆大学校门到火车站，曾经给同学吹了一路，吹你对这条河的向往。

"喂，喂！"他听见一个女人的声音在唤着他。他转过身来。原来是她，她一直背着车厢站着，"喂，你是去河底村么？"那女的轻轻问他。他觉得她满口典型的北京知识青年腔。他和她互相谈了一会儿。她告诉他自己是某小报的摄影记者；他也介绍说，他是新疆大学的应届毕业生。

他觉得和这姑娘谈话很不自在。她身上有股什么味儿使他有点手足无措。他有点烦，就劈头插上一句："你原来是哪个学校的？"

"女附中，"她微微一笑，"你呢，原来是插队的吧？"

"嗯，在新疆。听说过阿勒泰这个地方么？"

"我原来在北大荒。"她主动说，"我记得，北京学生那会儿不去新疆，都是去山西、陕西、内蒙古……"

"我自己跑去的。"他说，他发觉自己在和这个姑娘聊天了。她准有事儿要去河底村，他想，她是发愁那地方人生地不熟。不然她不会走到车尾来，她一直避着我。这回是因为实在想找人帮忙，才找我来了。他诚恳地说："你别担心，河底村是个好地方。老百姓特好，不会欺负人的。"

她的脸红了，"我怕那儿没有招待所。"她小声说。

"放心！"瞧她脸都红了，她准还没有结婚呢。"没有招待所有店，没店有生产队，有老乡窑洞。"到底是个女的，他想，尽管也去过北大荒。他不禁看了一看眼前这个姑娘，女附中的，只有她们这种北京学生才会穿这种又不起眼又不入俗的女上衣，烫这种好像没烫过的发式。

"我想拍几张新鲜点的黄河照片，"她解释说，"就上了这趟车。河底村那儿的黄河和无定河相汇，我想可能比壶口啦、风陵渡啦、三门峡啦新鲜点。"

"放心。用得着的时候，我会帮你忙。"他结束了谈话。跟女的少那么饶舌，他训了自己一句。就那么回事呗，到时候把她领着和红脸后生相跟上，找蓝花花或李香香去就是了。

他又转身抓住车厢板，就是这条路，可是现在看着却这么陌生。岁月真能销蚀一切哪，饿着肚子走了半天的路，居然也会被忘掉。那时你才二十岁，衬衣口袋里只有不足十块钱。你从青羊坪小镇子下了车就走上这条土路，不但没吃白荞麦面的素馅饼，而且从清晨就滴水未下肚。你走了那么久，翻过一架又一架黄土老帽，见一个人就问一句"嗑黄河还有多么远？"陕北的里程和阿勒泰草原的里程一样，越走越大，一会儿一个数。从三十里到四十里，从二十里又到四十里。现在看来可能是一共四十里，因为你走了半天整。你的球鞋里灌进了细细的黄土末，你一路喝清亮些的渠水。后来你在一个山梁上看见一个老汉在毛棚下卖西瓜，你咬咬牙掏出五毛钱买了一个。你和那老汉聊天，说你从延安来，还到过延川和延长的油矿。老汉说："米脂的婆姨绥德的汉，三延的女子没人看。"你觉得蔫了半截。不过那瓜真甜。后来你一路摘没熟的枣子吃，因为这种枣沿着黄河西岸长，所以叫河畔枣。那红脸后生在城关集上卖河畔枣，所以你马上就猜他是河底村的。那时节的河畔枣又青又涩，吃得你肚子发胀，可是你一点儿不饿。你快活地唱着"横山里下来些游击队"。那时你像一只鸟儿一样轻捷，敢从高高的山崖上跳下去抄近路。你还追赶过一只青灰色的野兔子，那青灰色的兔子在这黄土世界里显得鲜明而刺眼。可是你没追着，累得满头大汗地躺在又干又烫的黄土上喘气。等到你爬一座大山时你累了，那段公路又酥又软，上面结着开裂的硬皮儿，下头是软陷的松土。你咬紧牙往上爬，白花花的毒日头晒得你嗓子冒烟。你后悔没有省下半个瓜带着。可是那时你的生命像刚点燃的一簇火，你的四肢都弹性十足。你知道你的心脏特别健康，脉搏又沉又稳。所以你赌了一股狠劲儿要和那座黄土山比一比，你决定不停步一口气爬上山顶。你信心十足地踏住龟裂的黄土硬皮，然后有力地蹬直膝盖的关节，一步步地攀登着。后来，后来——在爬上山顶的那个时刻，你看见了黄河。

他突然听见那姑娘尖叫起来：

"快看！黄——河！"

他浑身一震，忙转过头来。解放车正登上山顶。这一定就是那座黄土高山，你全忘啦。他轻轻地责备着自己，屏住了呼吸。陕北高原被截断了，整个高原正把自己勇敢地投入前方雄伟的巨谷，他眼睁睁地看着高原边缘上一道道沟壑都伸直了，笔直地跌向那迷蒙的巨大峡谷，千千万万黄土的山峁还从背后像浪头般滚滚而来。他激动地喃喃着："嘿，黄河，黄河。"他看见在那巨大的峡谷之底，一条微微闪着白亮的浩浩荡荡的大河正从天尽头蜿蜒而来。蓝青色的山西省的崇山如一道迷蒙的石壁，正在彼岸静静肃峙，仿佛注视着这里不顾一切地倾泻而下的黄土墚峁的波涛。大河深在谷底，但又朦胧辽阔，威风凛凛地巡视着为它折腰膜拜的大自然。潮湿凉爽的河风拂上了车厢，他已经冲到了卡车最前面，痉挛的手指扳紧拦板。

这个记忆他可没有遗忘。这个记忆他珍存了十几年。他一直牢牢记着，一个乳臭未干的毛头小伙子目瞪口呆、惊慌失措地站在山顶，面对着那伟大的、劈开了大陆、分开了黄土世界和岩石世界的浩莽大河的时刻。他现在明白了：就是这个记忆鬼使神差地使他又来到这里，使他一步步走向地理学的王国。"我一定要考上！"他低声地发誓说。

"什么？喂，你说什么？"他发现自己原来和那姑娘并肩站在一起，抓着车厢前挡板。

我说，我一定要考上！河面上吹来的长风呛得他说不出话来，他觉得那条大河像在低低地吼。"晋陕峡谷"，他激动地又想起了一个新名词。这个名词是多么难以咀嚼和消化呵，我将在将来要写的一切论文里，把"晋陕峡谷"四个字都改成"伟大的晋陕峡谷"，这么干才值得。滚他的宣传科小干事吧，我要干这一行。他发觉自己在这一刹间为自己的一生做了坚决的选择。

"喂！你是要考研究生吗？"他听见那姑娘对着他的耳朵喊，她的几丝纷飞的鬓发似乎触着了他的脸颊。"我一定能考得上！"他吼叫着，他有些发怒，但又满心痛快。他感到这个姑娘的身上散发着一道光彩，这光彩鼓舞着他想倾诉一番。我当然会考上的，我已经做了准备，读完了地理系的自然地理讲义。大学四年我一直选修历史系的考古学讲座。我有一门半外语，我还有语音学、方言调查和全部汉语专业的训练。按我们汉语专业的标准，连大块头的社论也常是病句连篇。我插过六年队，我也见过这些年的各种热闹事儿。我懂得考研究生的关键：我首先要让自己的外语不出毛病，也要把其他大路货的课考好，连试卷也写得整整齐齐。我已经读完了地理系那本讲义，我会把那些"曲流宽谷"背得滚瓜烂熟，我一共有一百来块钱，加上毕业时发的派遣报到费一共将近二百块。我要利用这个暑假和这笔钱跑几条河流，增添感性知识。我要从新疆一直跑到黑龙江，调查北方的所有大河。临上考场前，我要狠踢一顿足球，让脑子清清醒醒。我将用我记熟的准确概念和亲自调查来的知识轰炸那张考卷。我将调动我的看家本事，用严格的语法和讲究的修辞使这场轰炸尽善尽美。所以我一定能考上。等我考上了人文地理学的研究生，我就可以用研究生津贴过日子，我用不着去那家计划生育宣传科领工资。我一定会在这个世界上找到我最喜欢的那个位置。

他忍不住地把这些想法一股脑儿告诉了她。她眨着眼睛听着,觉得又新鲜又有趣。这男的真神,她想,和他做伴去河底村挺有意思。她不由得打量着他的侧面,打量着他粗硬的头发和眼睛。她觉得那双眼睛灼灼逼人。她听着他滔滔不绝地说着。小心点,她轻轻警告着自己,男人要比你想象得成熟。你毕竟第一次见到他啊。

这时,解放牌卡车驶进了巨谷底部。汽车猛地往右一拐,把无定河的浅滩浊水甩开,朝着一片浓绿的树林驶去。黄河平稳地向南迅速滑行着,仿佛凸起的水面白茫茫的。对岸山西的岩山仍是一片青蓝。红脸后生胸有成竹地站了起来,拍拍身上的尘土,握紧了黄帆布包。他从那后生憨憨的表情中知道:河底村到了。

他们来到了河边上。他一出了红脸后生的窑洞就大步流星地在前面疾走。等他走到了浊浪拍溅的河漫滩上,才回头看了看那姑娘摇晃的身影。真像一棵杨柳,他想,给她的照相机压得一弯一闪。他沿着黄河踱着,大步踏着咯咯响的卵石。河水隆隆响着,又浓又稠,闪烁而颤动,像是流动着沉重的金属。这么宽阔的大峡都被震得摇动啦,他惊奇地想着,也许有一天两岸的大山都会震得坍塌下来。真是北方第一大河啊。远处有一株带有枝叶的树干被河水卷着一沉一浮,他盯准那落叶奔跑起来,想追上河水的速度。他痛快地大声叫嚷着,他感到自己已经完全融化在这喧腾声里,融化在河面上生起的、掠过大河长峡的凉风中了。

她刚刚给照相机换上一个长镜头，戴好遮光罩，调整了光圈和速度。她擦着汗喘着，使劲地追赶着前面的他。她看见他这时正站在上游的一个尖岬上，一动不动。

"你怎么啦，喂！"她快活地招呼着。她轻轻扣好相机快门上的保险，她已经拍了第一张。她相信河水层次复杂的黄色，对岸朦胧的青山，以及远处无定河汇入黄河的银白的光影会使这张柯达胶片的效果很好。河底村小小的招待所很干净，现在她一点儿担心也没有了。

"你说话呀，研究生！"她朝旅伴开起玩笑来了。

"全想起来了，"他开口道，"我早知道，一到这儿我就能想起来。"

"想起来什么？地理讲义么？"她兴致很高地问，她挺想和这个大个子青年开开玩笑。

"不，是这块石头。"他说，"十几年前，我就是从这儿下水的。"

"游泳么？"她歪着头瞧着他。他默默地站着，长长地叹了一口气。告诉她么？"我上错了车。喏，那时的长途班车正巧就是辆解放牌卡车，"他迟疑地说，"我去延川看同学，然后想回北京。从绥德去军渡然后才能进山西往北京走，可是我上错了车。那辆车没有往北去军渡，而是顺着无定河跑到这儿来啦。而且，路被雨水冲垮了，车停在青羊坪。在青羊坪我听说这儿有渡船，就赶了四十里路来到了这里。"他凝视着向南流逝的黄河水,西斜的阳光下,河里像是满溢着一川铜水。他看见姑娘的身影长长地投在铜水般的河面上,和他的并排挨着。告诉她吧,他想道。"在这里,就在这儿我下了水,游过了黄河。"

她静了一会儿,轻声问:"你为什么不等渡船呢?"

那船晚上回来,八天后才再到河东去。当时他远远地望见船在河东岸泊着。他是靠扒车到各地同学插队的地方游逛的,他从新疆出发,先到巴里坤,再到陕北,然后去山西,最后回北京。他想看看世界,也看看同学和人们都在怎么生活。

姑娘又补充说道:"我是说,游过去——太冒险了。你不能等渡船么?"

"我没钱,"他说,"我在村子里问了,住小店,吃白面一天九毛钱,吃黑面一天六毛钱。那时候我住不起。"

她感动地凝视着他。"你真勇敢。"她说。

他的心跳了一下。你为什么把这些都告诉她?他的心绪突然坏了。他发现这姑娘和他的距离一下子近了,她身上的一股气息使他心烦意乱。今天在这儿遇上这个女的可真是见鬼,他想,原来可以在黄河边搞搞调查、背背讲义的。本来可以让这段时间和往事追想一点点地流过心间,那该使他觉得多宝贵啊。可是这女的弄得他忍不住要讲话,而这么讲完全像是吹牛。

"游过黄河……我想,这太不容易了!"他听见那姑娘自语般地说道。他觉得她已经开始直视着他的眼睛。你这会儿不怕没有招待所啦,哼!他愤愤地想。她在放松了戒备的神经以后,此刻显得光彩袭人。这使他心慌意乱。他咬着嘴唇不再理睬她，只顾盯着斜阳下闪烁的满溢一川的滚滚黄河。

她举起照相机，取出一个变焦距镜头换上。这个小伙子很吸引人，浑身冒着热情和一股英气。他敢从这儿游到对岸去。上游拂来的、带着土腥味儿的凉风撩着她的额发，抚着她放在快门上的手指。这个可不像以前人家介绍的那个。那个出了一趟国，一天到晚就光知道絮絮叨叨地摆弄他那堆洋百货。那家伙甚至连眼睛都不朝别处瞧，甚至不朝我身上瞧，她遐想着。而这个，这个扬言要考上地理研究生的小伙子却有一双烫人的眼睛。她想着又偷偷地瞟了他一眼。瞧人家，她想，人家眼睛里是什么？是黄河。

"坐下歇歇吧。"她建议说，并且把手绢铺在黄沙上，坐了下来。黄河就在眼前冲撞着，倔强地奔驰。这河里流的不是水，不是浪，她想。"喂！研究生！你看这黄河！"她喊他说，"我说，这黄河里没有浪头。不是水，不是浪，是一大块一大块凝着的、古朴的流体。你说我讲得对吗？"她问道。

一块一块的，他听着，这姑娘的形容很奇怪，但更奇怪的是她形容得挺准确。一块一块半凝固的、微微凸起的黄流在稳稳前移，老实巴交但又自信而强悍。而陕北高原扑下来了，倾斜下来，潜入它的怀抱。"你说的，挺有意思。"他回答道，"我是说，挺形象。"

"我搞摄影。这一行要求人总得训练自己的感受。"

"不过，我觉得这黄河——"他停了一下，他也想试试，"我的感受和你这小姑娘可不太一样。"他感到那压捺不住的劲头又跃跃而来了。"算啦！"他警告自己说。

"你觉得像什么？"她感兴趣地盯着他的脸。他准是个热情的人，瞧这脸庞多动人。她端起照相机，调了一下光圈。"你说吧！你能形容得好，我就能把这感觉拍在底片上。"她朝他挑战地眯起了眼睛。

"我觉得——这黄河像是我的父亲！"他突然低声说道。他的嗓音浊重沙哑，而且在颤抖，"父亲。"他说。我是怎么啦？怎么和她说这个！可是他明白他忍不住。眼前这个姑娘在吸引着他说这个。也许是她身上的那股味道和她那微微眯起的黑眼睛在吸引着他说这个。他没想到心底还有个想对个姑娘说说这个的欲望。他忍不住了。

"我从小……没有父亲。我多少年把什么父亲忘得一干二净。那个人把我妈甩啦——那个狗杂种。"他恶狠狠地骂了一句，然后牢牢地闭上了嘴。对岸山西的青灰色岩山似乎在悄悄移动着，变成了黛色。瞧，这黄河的块，她静静地凝望着黄河想，它凝住啦。唉，人的心哪。

"我多少年一直有个愿望，就是长成一个块大劲足的男子汉。那时我将找到他，当着他老婆孩子的面，狠狠地揍他那张脸。"他觉得自己的牙齿剧烈地格格响着。他拼命忍住了，不再开口。这种事姑娘猜不到，她想象不出来这种事的。可是我有一个伟大的妈妈——告诉你,那些所谓的女英雄、女老干部、女革命家根本不配和我妈比。我有了她,一生什么全够了。我从小不会叫"爸爸"这个恶心词儿,也没想过我该有个父亲。他颤着手指划亮一根火柴,点燃一支香烟。可是,今天你忽然间发现,你还是应该有一个父亲,而且你已经给自己找到了一个。他喷出一团烟雾,哦,今天真好,今天你给自己找到了父亲——这就是他,黄河。他默默想着,沉入了自己的感动。但当他看到旁边那对充满同情的黑眼睛时,他又感到羞耻。你太嫩啦,看来你是毫无出息。你什么都忍不住,你这么轻易就把这些告诉了她。你,你怎么能把这样的秘密随便告诉一个女人?!他的心情恶劣透了。他忍着愤怒从沙滩上站了起来,朝河边的尖岬大步走去。他想躲开那个女的,他甚至恨那个女的,是她用那可恶的黑眼睛和一股什么劲儿把他弄得失去了自制。他走到黄河边上,河水拍溅着他的脚,他觉得含沙的夏季河水又粗糙又温暖。他忘记了背后那个姑娘,他感到眼前的大河充满了神秘。

  哦,真是父亲,他在粗糙又温暖地安慰着我呢。"爸——爸。"他偷偷试着嘟囔了一声,马上又觉得无比别扭和难受。远处的河水不可思议地凸起着摇荡着。你告诉我一切吧,黄河,让我把一切全写上那张考卷,让那些看卷的老头目瞪口呆。那将不是一张考卷,而是一支歌,一首诗,一曲永恒的关于父与子的音乐。老头们的试卷真能容纳下它么?他问自己。不可能,他又回答自己。这是写不出来的,也不应当告诉别人的一个秘密。你原来那么傻,他嘲笑着自己,你忘了那次横渡黄河时究竟有没有什么神示或者特殊的感觉。你活像只快乐的小鸭子一样,相跟着一个陕北老乡,把衣服和鞋塞进油浸的整羊皮口袋里,就大模大样地下了水。你不买票扒了车,走了四十里沟壑墚峁的黄土路,只吃了些西瓜和青涩的河畔枣,命催着似的跑到这儿来游黄河。你游过去了,当天赶到了山西。难道没有神助么?难道没有什么特殊的东西在保护着你么?你游水时的感觉和平常在游泳池,在水库,在京密引水渠里的感觉一样好,轻松又容易。你把那个抱着吹足气的羊皮油口袋的老乡甩在后面。你的两腿和手臂不仅没有抽筋,而且那么有力和舒展。你横渡了这条北方最伟大的河,又赶了二十里山西的青石头山道,当晚赶到了柳林镇附近的一个小村。第二天你拦卡车到了介休,又扒上"三八红旗白拉线"的火车,一直到了北京。后来你对同学们讲了游黄河的事,而二宝和徐华北他们挤眉弄眼地说,他们也游过来了,而且是游蝶泳过来的——这一切中的每一步,在今天几乎都不可能。合理的答案只有一个,这答案你今天自己找到了:黄河是你的父亲,他在暗暗地保护着他的小儿子。

他抬起头来。黄河正在他的全部视野中急驶而下,满河映着红色。黄河烧起来啦,他想。沉入陕北高原侧后的夕阳先点燃了一条长云,红霞又撒向河谷。整条黄河都变红啦,它烧起来啦。他想,没准这是在为我而燃烧。铜红色的黄河浪头现在是线条鲜明的,沉重地卷起来,又卷起来。他觉得眼睛被这一派红色的火焰灼痛了。他想起了梵高的《星夜》，以前他一直对那种画不屑一顾，而现在他懂了。在梵高的眼睛里，星空像旋转翻腾的江河；而在他年轻的眼睛里，黄河像北方大地燃烧的烈火。对岸山西境内的崇山峻岭也被映红了，他听见这神奇的火河正在向他呼唤。我的父亲，他迷醉地望着黄河站立着，你正在向我流露真情。他解开外衣的纽扣，随即把它脱了下来。

她踉跄着冲过来，一把抓住了他的手臂。

"你干什么？"她气喘吁吁地喊，"你要下水？"

他回过头来，困惑地望着姑娘。

"不行！太危险了！"她坚决地摇摇头。好骄傲的男人呐，他以为我怀疑他那段英雄史。"我知道你能游过去……你已经游过去啦，"她紧紧抓住他的手不放，"不过现在没有必要这样，这太危险了！"她喊着，想使自己的声音压住河水震耳的轰鸣。

他谨慎地抽出了手，打量着她。这姑娘怎么啦？看来男子汉在关键的时候，身边不能有女人。她们总是在这种时候搅得你心神不宁。她们可真有本事。

"别游了，太危险，"她仰着脸望着他说，"咱们不如聊聊天。要不，我再照几张照片，你对着黄河温温功课。"带着变焦距长镜头的相机沉重地在她胸前晃动着，他觉得她那长长的脖子快被那机器坠断了。他挺想帮她托着那台金属的大相机。

"你去照你的相吧，上那边转转，"他嘎哑着嗓子，不高兴地嘟哝着，"我有点私事，你最好走开点。"

"不!"她喊起来,"这是黄河!你懂吗?"她把两只小手攥成可笑的拳头晃着。

我不懂,难道你懂么。他被深深地激怒了。谁叫你那么愿意和姑娘往一块儿凑?瞧她狂的。你懂,你大概只懂怎么把头发烫得更招人看两眼。他恨恨地咬着嘴唇,几乎想骂出一句粗话。

"喂,你听着:我不认识你。你不是已经找着招待所了吗?"他尽量有分寸地说。

她怔了一下,然后退了两步。他看见她脸上的神情先是凝固了,接着就渐渐褪尽。"好,随你吧。"她小声说道,双手扶住胸前的相机。他看见她的眼睛里充满了痛苦和责备的神情。

他吃惊地望着她。她这会儿显得真动人,简直像尊圣洁的雕像。你们真行,姑娘们。怪不得我一下子就吐出了心底的秘密,这秘密我从没向任何一个人说过。他抱歉地搓搓手,"对不起,"他说,"我有个爱发火的坏毛病。"

"你太凶了。"她伤感地说。为什么要这样对待别人呢,我已经看透了,在最深的意识里,他们都一样。"真难得,刚才你还算诚恳些。我以为——"

"刚才我是在瞎编,"他打断了她的话。我为告诉了你那个而羞耻呢,他想。"你别当真。"

"不!人应该学得真诚些!"她激烈地反驳着,"而且——"而且你也用不着那么骄傲。讲人生滋味,也许我尝得比你多得多。她涨红了脸,突然颤声说:"我也没有父亲,我也好久好久没有喊过爸爸这个词儿,而且……我也一想到这个词就难受。"

"哦?"他吃了一惊。

"他在一个中学传达室工作,当打钟的工友。他们说,他在解放前当过国民党的兵。他们把他打死了。就在那个传达室里。那一年我十二岁,小学六年级。"她平静地说着,眼睛一直凝视着他。

"我懂了。"他冷峻地迎着她的目光,"你骂吧!我在那时候也是一个红卫兵。"

她疲惫地摇摇头,叹了口气:"不,我不骂。而且,我一眼就看得出来,你和那些人根本不一样。那些人——"

"狗杂种!"他从牙缝里恶狠狠地咒骂着。

"你太粗野了。"她忧郁地说。他从她低柔的声音里感到一种距离很近的信赖。

"后来呢?"他阴沉地问。

"我母亲有病,青光眼。医生说她一急就会失明。所以,我……"她的头低下去了。他看见她的黑头发在风中颤抖着。"我就一个人跑到那个传达室,给爸爸洗身上的血。"

"好了,别说了。"他轻声打断了她。

"我用一块毛巾给爸爸洗身上的血。那血,那血——"

"别说了!"他转过身去。

她微张着嘴,安静地望着他的肩膀,接着就颓然坐在沙滩地上。被高原的烈日烤了一天的粗沙子舒服地烙着她。她感到心情非常宁静。是呵,别说啦。他全明白。像他对我一样,我也把一切都对他说啦。

他默默地面对着黄河站着,风拂着他裸着的前胸。我不能想象,小妹妹,他想。他的确不能想象,这个眼睛黑黑,身材柔细的姑娘,心里怎能盛着那么沉重的苦难。

这时,黄河,他看见黄河又燃烧起来了。赤铜色的浪头缓缓地扬起着,整个一条大川长峡此刻全部熔入了那片激动的火焰。山谷里蒸腾着朦胧的气流,他看见眼前充斥着、旋转着、跳跃着、怒吼着又轻唱着的一团团通红的浓彩。这是在呼唤我呢,瞧这些一圈圈旋转的颜色。这是我的黄河父亲在呼唤我。他迅速甩掉上衣,褪掉长裤,把衣服团成一团走向那姑娘。"不,太危险了。"她仰着头恳求着他。他又清楚地听见了这声音里的那种信赖。他感动得心里一阵难受。"拿着,等着我,"他低声说,"你看那渡船泊在对面呢,我回来时坐渡船。"他望着那姑娘的黑发在风中飘拂着,他使尽力气才忍住了想抚摸一下这黑发的念头。时间不早了,他想,他又看了一眼那姑娘的头发,就急匆匆地朝着那片疾速流动的火焰奔去。

她站了起来,紧抱着他脱下的乱糟糟的衣服。这衣服上带着一股强烈的男人的汗味儿和烟草味儿。糟糕,我好像爱上他啦,她惊慌地想。但她马上赶跑了这个怪念头。一丝冷静的神色慢慢地浮上了她的黑眼睛。她缓缓地端起了沉重的相机,那团衣服一下子落在沙滩上。她迅速地顾盼了一下视野左右,冰冷的目镜轻轻地、稳稳地抵住了她的眉梢。她不出声地拉动着照相机镜头上的变焦环,沉着地分析着目镜中的画面和她心中闪过的感受。

她看见了一幅动人的画面:一条落满红霞的喧嚣大河正汹涌着棱角鲜明的大浪。在构图的中央,一个半裸着的宽肩膀男人正张开双臂朝着莽莽的巨川奔去。

她嘴角泛出了一个紧张的笑纹。当那男人纵身扑向黄河的一刹,她稳稳地按下了快门。

他垂直对准着河对岸的山。他双臂均匀地划着水。我就这样游,注意手臂推水时别太猛,两腿后蹬时也要用劲均匀,你总喜欢用力过猛。记得那次我就是这样,游蛙泳,但头不埋进水里。要用眼睛瞄着从上游打来的浪。绝对不能抽筋。他觉得浑身被温暖的河水浸得很舒服,但他的每一根神经都绷紧着。那回你登上山西的河岸时,激动地跳着喊了一声"万岁",可是你不知道有个十二岁的小女孩在用毛巾擦着父亲尸体上的血污。"你真够浑的,"他说出了声,一个浪头哗地打在他脸上,使他把后半句咽了回去。今天我才明白,你是仗着黄河父亲的庇护和宽容才横渡成功。这时他停了一瞬,河水浮力很大,他感觉着身躯被浑重的河水托住的滋味。真的,黄河在保护着我呢,他想。他心里又掠过一阵激动。接着他笔直地对准了山西,对准了雄伟的吕梁山脉。他在浪头打来时吐气,在浪峰上吸气。他瞥见自己肩头的肌肉上水珠滚动。我感激你,小姑娘,你使我得到了宝贵的修正,而且你还给了我那样的信任。你居然看得出来。是的,那时我是个地道的红卫兵,但是我没有打过人,更没有打过你那当工友的爸爸。不过,我愿意也承担我的一份责任,我要永远记住你的故事。他觉得自己心情沉重,但他也觉得自己的心变得丰富了。他全神贯注地游着,这时,他看见了河的中流。

一下跌入中流,他就吃惊地发觉黄河正疯狂地搂着他飞跑。一条小鱼碰了他的大腿一下,他觉得那鱼像是对他闪电般的一刺。接着他又碰上了几条,每碰上一条都像挨了清晰的一击。他还仿佛听见了鱼群的叫声。不过中流的水面平稳极了,像凝固的一块在滑走。他想起了那姑娘对黄河的形容。我愿对你承担责任,十二岁的小姑娘。他想,既然当时我像只小鸭子一样毫无顾忌地跳下河水,既然我那时不懂得关心和感受世界上的痛苦。他发现他正被中流的河水抓着迅速向南滑翔着,他赶快对正河岸,努力游着。黄河,他默默地唤着。今天我已经不是那只肤浅的小鸭子啦。黄河轰轰地应声响着,对岸壁立的悬崖已经近了。这石壁已经近了,他想,这石壁在动呢,像是移动着向北走,他深吸了一口气,更专心地游着。

渐渐他觉得两臂上的三角肌发酸。我累了,他警觉地想。上一次我一点儿也不觉得累,记忆中只有轻松活泼、满心舒畅。这回刚游了一半你就累了,而且这回你没有走那四十里路,肚子里是白荞麦馅饼而不是青枣子。伙计,你在衰老。他突然觉得满心凄凉。十几年流逝得像这黄河水。你还没有长成人,你的肉体就已经开始要背叛你。可是我的青春别想背叛!"妈的,我活着就不让你背叛!"他又骂出声来。他划上一个浪峰吸了一口气,脸颊仿佛在发烧。他记起了那姑娘的责备。你总在讲粗话,十几年来,你变野了。可是十几年来我经历过多少啊,我变野了也变文明了。我受过汉语专业本科训练,我还将是地理学的研究生,我可不是不会文质彬彬。不过别再当着那姑娘说粗话,他嘱咐自己。十几年来不知她变没变。她那惊人的坚强和眼光不知道是不是背叛过她。应该对她温和一点,十二岁就有过那么一段经历的姑娘,应该多得到些温暖,包括语言。他使劲地游着,这时他渡过了块状滑行的中流,看见了速度慢得多,但是浪头很大的东侧的浅流。

  他的心激动地跳了起来:河岸已经近在眼前啦。他的喉头哽住了,呼吸有些急促。哦,黄河父亲又一次卫护了我,剩下的这二百米我可以稳稳游过去。肉体也没有背叛,三角肌忍住了疲乏,严格地服从了青春指挥。我还没有衰老,我不会衰老的,他高兴地想。我可以帮那姑娘的忙,找到那个带头毒打她爸爸的恶棍,把那个贵族味儿十足的恶棍揍一顿。"狗东西!"他又骂了一句。这时他冲出了中流。河水的流速骤然减了下来,他又开始瞟着上面打来的浪头。不过,教训贵族的事儿应当留给她的男朋友或是丈夫干,我呢,我可以请她吃一顿。吃饭的时候,我给她唱一个额尔齐斯河边的哈萨克族情歌,让她觉得世上好人多,让她觉得没有看错人。然后我就去专心地研究人文地理学。

  他在激浪中游到了离河岸十几米的水面。眼前粘满青苔的岩壁飞快地移动着。这水流得太快啦，他想。就在这时，他瞥见一块从河底伸出的巨石正朝他冲来。他蜷起身子，双脚拼命地蹬了那石头一下，巨石在水里半隐半现地一掠而过。流得太快了，这水把我冲下去啦，他有些惊慌。他奋力扬起臂膀，鼓足力气，用爬泳对准山西的石壁冲刺，他觉得石崖上的绿苔已经伸手可触了。可是河水抓着他仍然向下飞流。闪过的石壁上的纹理裂缝晃得他睁不开眼睛。两条手臂突然瘫软了，他感到肩头上沉重如铅，酸疼难忍。河水拥着他贴着石崖滑下，他看见又一块狰狞的巨石朝他驶来了。他低哑地从喉头里吼了一声。他蔑视这块礁石，他知道自己已经胜利。他用尽全身力气扑向河岸。当他看见陡崖上的一个棱角闪过眼前时，他一把攫住了它。他的身体立即被河水冲得横了过去。他的身躯翻转了，右臂被一股强力重重地拉了一下。他死死抓紧了右手攀住的那个石棱，感到急流正在他的两个肩头和两只脚掌那儿哗哗地激起浊白的浪花。

他心满意足地闭上了眼睛。温暖多沙的水流抚着他的肉体滑过，朝着他的身体指着的方向继续向前。浑黄的浪头激烈地推撞着他，在他四周响成轰轰的一片。黄河父亲，他想道，我感激你。接着他逆着水流收起双腿，然后牢牢地踏住了坚实的石岸。

二

他出神地凝视着车窗外的黑暗，手指间夹着一支闪着红光的烟。列车摇晃着，暗黑中的树林、山岗和大地都在玻璃外面成了流动的黑色。原来列车也是一条河。他默默地吸着纸烟,在横贯陇海又猛折向北的河道上奔流,亮着灯光,鸣着号角,掀起着轰隆隆的巨响。列车上的人呢,就是河里的水和浪。他看见玻璃上映着一点烟头的红亮,列车也是一条河啊,他吐出一口烟。这样干地理学可真不错,走向河流,沿着河流,连我自己也像一条河流。他又吸了一口烟,看着乌蒙蒙的玻璃上又亮起一点红光。

那次也是这样:车厢里挤满了串联的学生,他坐在联结两节车的冷飕飕的过道里。地上是一块冲出防滑钉的铁踏板。那铁板也像现在一样摇晃不停。

那是你第一次坐火车,第一次投进一条汹涌的河。他缓缓地吐出烟雾。那时你当然不会吸烟,更不会喝酒、骑马、在阿勒泰山的雪坡上拖走一根粗大的圆木。那时你在这块灰蒙蒙的玻璃里只看见一张娃娃脸,看见一双幼稚明亮的闪闪的眼睛。那时你没有和红脸后生交朋友的本事,也没有拥抱过和粗鲁地亲吻过姑娘。你只是揣着一颗小兔子般活泼的心,被大千世界的风雨世面激动得坐卧不宁。那时你还是个孩子呢,就不假思索地跳下了这条河。

后来你穿州过府,风尘仆仆地和社会、和政治、和大自然、和那么多复杂的人往来比试。你敢在人头攒动的会场上大声疾呼,敢在空旷恐怖的荒山里大唱大喊地走夜路。你从马背上栽下来,翻滚的马从你稚嫩的身子上压过去。你不相信道路,用指北针计算着,倔强地朝挡路的大山攀登。后来你爱上了边疆,就一直跑到准噶尔,跑到阿勒泰,跑到伊犁。你回来时装着一副大人气,鄙夷那些只到过大城市的同学的娇气,你绷着晒脱了皮的黑红的脸,昂着头像一阵风走过他们身旁。你不知道,你根本不可能知道——有个十二岁的小姑娘在编着完全不同的故事。你那时不懂得眼泪,不懂得代价,你不知道历史也有它的痛苦。

他看见那扇乌蒙蒙的玻璃上映出一个修长的黑影。他回过头来,"还没睡么?"他问道。

她微笑着端详着他。天不亮车就要到达北京啦,他就要和我分手,去找他那些地理资料了。"你去睡一会儿吧,研究生。"她说,"我和列车员说好了,卧铺车厢开着门呢。"

"我不去,这儿挺好。"他说。

"去吧,你还能睡几个小时。"她劝道,"一个卧铺,轮着睡嘛。"

"我不想睡,"他说,"这儿凉快。车里又热又闷。"

那么我也不去。和他一块儿再待几个小时吧,她想,只有几个小时了。天一亮,等他们走出拂晓时的北京车站,这个游黄河的小伙子就要离开她了。唉,人就又要各自东西啦。"说会儿话吧。"她说着坐了下来,把一本书垫在冰凉的铁踏板上。

他们默默地抱着膝坐着,想着心事。摇晃不停的列车抽动着铁踏板,他们的肩头时而碰在一起。这么近,我这么近地挨着一个男的坐着,她暗自想道,也许这是段挺值得珍惜的友谊呢。而且互相说了那么多,我和他都讲了关于父亲的事,我还亲眼看着他游过了黄河。走廊间的灯突然熄了,他们之间只有那支香烟在一下下明灭。而以前那个,哦,我已经忘记那人的名字啦,她想。那一个和我来往了那么久,也没有这么接近过。

他望着玻璃外面黑黢黢的原野,默默地吸着烟。河流真是神奇的,从那时你就爱上了河。在阿勒泰插队的时候,你总是尽量找和额尔齐斯河有缘分的活儿干。你抢着去沼泽里寻找丢失的挽马,顺着河岸的土路运送粮食。六月的时候野花开了,你迫不及待地下河游泳,后来你习惯了那冰水般刺骨的激流。你曾经和三个布尔津城来的打鱼人在冰水中拽着一张拖网,打上来一条二十公斤重的大鲇鱼。探亲回北京的时候,你上瘾似的见一条河就横渡一条河,后来——完全是命里注定,你横渡了那条黄河。那时你崇拜勇敢自由的生活,渴望获得击水三千里的经历。你深信着自己正在脱胎换骨,茁壮成长,你热切地期望着将由你担承的革命大任。那时你偏执而且自信,你用你的标准划分人类并强烈地对他们或爱或憎。你完全没有想到另一种可能,你完全没有想到会有一个十二岁的小姑娘为你修正。

他突然转过脸对她说:"喂,有件事别忘了:我要请你吃一顿饭。你爱吃什么?"

她故意歪着头逗他说:"我爱吃莫斯科餐厅的西餐。"

"好吧。"他说。他回忆起在黄河中流自己的决定,这件事我要记住,他想,别在忙碌中忘记了。还有几个小时他就要回到北京,他非常清楚在北京的这几十天他该干些什么。他轻轻地吁了一口气。决心斗一场吧,他想。

在黄河边上红脸后生的窑里,她曾经打听他下一步去哪里。他说,他打算沿着交通线调查几条河流的地貌和风俗、经济,然后回北京。"回北京,"他说,"我已经整整一年没有回家啦!"

姑娘犹豫着说,她在青海省还有一点工作,她也想顺便再拍几张黄河支流的风光和风俗片子,希望他能和她一块去。他笑着回答说,对不起,摄影家。既然连河底村这样的地方都有招待所,他就更用不着陪着她采访了。

她脸红了,分辩地说:"不,我是说,你也可以调查那里的河。那儿有一条河,叫湟水。"

他叹了口气:"你那个湟水我知道。前年,我们班在那儿搞过汉语方言调查。不过,南辕北辙——"

"啊,太好啦!"她高兴地嚷了起来,"一块儿去吧!你熟悉情况,我正发愁……"

"我是个穷学生,"他打断了她,"我从新疆来,去北京。我不能从陕西回头再去逛青海。我一共只有一百多块钱资本,我还要去黑龙江一趟。"黑龙江,他想,调查黑龙江,是我这一趟最压台的节目。黑龙江是我的最后一站。它在北方的那一个尽头呵。

"咱们可以想想办法嘛,"她说,她不太打算就这么快地和这个人分手。他头发上的水珠还没有干呢,在她的心目中,那个走向夕阳晚照中的黄河的男人的画面实在太动人了。我的那张片子一定拍得非常出色,她想。"比如说,我可以雇你当向导。我是因公出差,在那些地方可以雇向导,这样可以解决不少费用……"她继续只顾编造着刚刚出现的念头,"只是路费难些……"

这时她发现他神色专注地听着。"好办法,"他考虑着说,"我也真想跑一条黄河上游的支流呢。"

三天后,他们两人已经站在湟水之滨。

他们顶着高原上紫外线强烈的阳光,朝一个名叫高庙子的小镇走去。在一片浓郁的绿荫上头,他们看见一个金灿灿的琉璃庙顶在阳光中闪耀。

路边的田里长着碧绿的青麦子,整齐地随风摇曳。他们登上一段坡道,渐渐地看见了黄土台地和浅山夹着的湟水河滩。铁灰色的河滩上也有些棋盘般方正的绿麦地,一溜蹲成并排的一串花头巾在麦浪上蠕动。那是青海妇女在拔草呢,他给她讲解说,这个地方男人不会拔草。妇女们拔了草,用篮筐子挎回家去喂羊。羊多草缺,所以麦地里没有杂草。他们停了下来,望着湟水下游的弯曲长滩,几道黄土浅山的背后,云雾隐隐罩着一线银霞般的雪山。那边过去就是西藏,他继续为她指点着,咱们现在正站在青藏高原的边缘。"你听!"她突然举起手止住了他——

> 青枝呀绿叶展开了
> 六月的日子到了

那排成一线的戴花头巾的妇女们唱起来了，咿咿呀呀的嗓调一跌一扬地起伏着。"这是《少年》，青海民歌的一种，"他解释说，"听说过《花儿与少年》么，《花儿》也是一种民歌。"她恍然大悟地点了点头，我还以为《花儿与少年》是指的姑娘和小伙子哪，她想，这儿的老百姓真有意思。多浪漫的名字呀，花儿与少年。她感到心情非常舒畅，这样轻松的、舒畅的心情她已经好久没有过了，而这青海的黄土浅山和开阔的湟水河滩，这碧绿的青麦子，这隔断着远方西藏秘境的隐隐雪峰，还有这扎着花头巾排成一线拔草的妇女的民歌，都使她沉入了一种安宁恬静的心绪中。

> 哎哟哟，西宁城街里我去过
> 有一个当当的磨
> 哎哟哟，尕妹妹跟前我去过
> 有一股扰人的火

那些拔草的女人还在无顾无忌地随心唱着。她听着他解释的歌词，脸上微微地发烧了。你这家伙也有一股扰人的火，跟着你跑，又累又心神不定，她悄悄地想。他的节奏太快了。从河底村出发，先截住一辆拖拉机，半路上在青羊坪又换了一辆卡车。第二天夜里赶到铜川，拂晓就坐上了开向青海的列车。她觉得应接不暇，她总想扯住他歇一会儿。她眼看着湟水在脚下流去，自己仿佛在梦中一般。在这弯曲的湟水河滩、绿绿的青麦、雪山、浅山和花头巾，还有这抑扬有致的纯朴民歌中，她觉得微微有些晕眩。她感到安定又觉得倦怠，她想倚着什么稍稍闭上眼休息一会儿，忘掉这马不停蹄的奔波，忘掉无定河的深谷和晚霞中的黄河，忘掉那张她命名为《河的儿子》的出色的片子。她需要定下神来，歇息一下疲惫的身心，使自己明白和确认自己已经到达青海，到达了湟水边上。她很快就要咬紧牙关，耸起每一根神经去捕捉这湟水的独特气息，在千钧一发之瞬把一切色彩、心绪、气息、画面、花儿与少年都收在她那张柯达公司的彩色幻灯片上。

　　他领着姑娘走进了高庙子小镇，径直朝那座黄琉璃瓦顶的庙宇走去。这一带他非常熟悉，前年秦老师曾经带领新疆大学中文系的一个方言调查小组来这里实习。他在这片湟水滩上的大小村庄里学到了很多东西。他参加了细致的语音调查，收集了几十首《少年》。"瞧这座庙，"他像个导游一样给他介绍说，"这种庙顶叫盔顶，你看它像不像顶钢盔？"他欣赏地打量着那残旧的黄琉璃双曲线。幸亏我一直听历史系考古专业的课拿学分，人文地理学的一半我可以用汉语方言的知识和考古学文化的知识来垫底。另一半自然地理，我可以猛攻那些讲义和书籍。他又觉得对将到的考试充满信心。"一会儿我们去找一个老头。那老头就住在这庙后面的河漫滩上,"他对她说,"那年那个老头挖了一条渠,引来一股湟水浇他种的一片青杨树。"他瞧了瞧金黄的庙顶旁边的树林,仿佛回忆起了当年的情景,"他那些树,不知道长得多高了。"

她放下照相机,审视地盯着那黄琉璃庙宇,摇了摇头。构图不理想,也没有意思。"走吧。"她轻轻推了推他。在哪儿都有这种古建筑的,这反映不出湟水的风格。"走吧,咱们去看你那个种树浇水的老头儿。"她甩了甩滑下来的黑发。她觉得自己安定下来了,恢复了那种随时可以端起相机,反应敏捷地按下快门的状态。现在可以随他去哪儿乱逛,我已经全都准备好啦,她抚着冰凉的相机想。

他迈开大步走着。前年夏天他独自来高庙子的时候,认识了这个姓高的老汉。他走进一座干打垒的土墙庄院,朝那个老汉要水解渴。高老汉在廊子下摆开一张小木头桌,在桌上放上一只杯,一把壶。一个扎着红头绳的小闺女从屋里捧出个大托盆,上面码着四个大得吓人的馍馍。那白馍上有星星点点的紫红色斑点,他问了才知道是掺了自家种的玫瑰花瓣。他第一次见到有人用玫瑰花瓣和面蒸馍馍,心里又惊叹又新鲜。后来那老汉提着锹出门去了,嘱咐小闺女给他续茶水。那小闺女生得水灵灵的,踮着脚尖小心翼翼地为他添茶。他喝饱了带些咸味的茶水,走出了那座前廊后厦的小庄户院。不远的湟水河滩上,他看见高老汉独自在烈日下站着,他走过去给老汉道谢时,看见一弯哗哗的渠水正被老汉用铁锹引导着，淌进一片小青杨林。在渠水灌饱了那一小片茂盛的小嫩树林以后，高老汉告诉他说，这些小树顶个儿子。他问为什么，老汉说，尕娃，我无后哇。孤老汉，拖累着个小孙女。等十年，这片树林子成材了，卖了是钱。等动弹不得的日子到了，就免得说些难心的话。他记得当时他久久说不出话来，只顾愣怔怔地盯着那片青枝绿叶的小树林。那青杨树又细又嫩，在一片婆娑声中摇曳。后来他走开了，老远回过头来，还看见那老汉佝偻着腰，提着锹寻寻觅觅地踱着，独自侍弄着那片小树。

　　他们出了高庙子小镇，走向湟水河滩。这里视野很开阔，全部湟水河谷的庄稼、村落和自然环境都展现在他们眼前。

　　这是第一级台地。瞧见了吗？他给姑娘分析着地貌。那长着庄稼的是第二级台地，它们在过去都曾经是湟水的河床。河流冲刷着向下切割，后来原先的河床就变成了高高的台地。她眯着眼睛仰望着高处绿得刺眼的庄稼，"真不能想象，"她说，"那是什么庄稼呀，长得那么高。"他告诉她，那是墨西哥品种的小麦，"不能想象的是以前那儿是森林，"他指着暴晒在阳光里的秃秃的黄土浅山，"自然地理讲义和历史地理书上都说，湟水流域的浅山以前都是原始森林。"他停住了，专注地端详着绵延在前面的静静的远山。真静啊，这里静得让人感到神秘。

　　她把照相器材从肩上摘下来，提在手里。他准能考上研究生，她想。"喂，我说，你准能考上研究生。"她朝他说。

　　"嗯，我也这么打算呢，"他回答，"我已经预备了不少功课了。"

倒不是因为这个,她心里想,"哎,你看!"她停住脚步惊叫起来,"你看,这是什么?"

他看见一条水沟里满满地堆着彩陶的碎片。

她俯身拾起一只破碎的彩陶罐子,"真漂亮呀!瞧这花纹!"她喊叫着,"真可惜,可惜碎了!"

彩陶罐子的下半截已经没有了,鼓鼓的腹截断在一条锐角鲜明的线上,陶器质地又细腻又结实,通体施着橙色的薄衣。他摸摸那断碎的碴口,觉得陶胎烧得又匀又硬。罐子腹上一个布满密网的大圆圈里,有一个粗放的黑彩勾画的怪人。那人形朝着他们手舞足蹈着,辨不清五官的脸孔上似乎凝着一种静默的、神秘的表情。

他长久地望着那图案上神秘无言的象形人。

"你瞧呀。这是森林,"她用手指抚摸着罐子颈部的一排塔松般的黑色三角纹,"一棵挨着一棵,尖尖的松树。你说对啦,这里以前一定是森林。"

两个人弯下腰,在河沟里的陶片堆里一块块翻找着,试着把陶片对上罐子的断口。一块块陶片天衣无缝地对上去了,彩陶罐渐渐地复原着。"啊,对上啦!又对上了一块!"她欣喜地悄声喊着,她已经深深地被这件彩陶吸引住了。

最后,只缺腹部的一块找不到。光洁流畅的线条从陶罐的肩部流到底部,只是中间残缺着黑洞洞的一块。"你瞧。多美啊,"她低声喃喃着,"可惜碎了。"世上的事情多么拗人心意啊,生活也常常是这样残缺。"可惜碎啦。"她重复地说。

这彩陶是四千多年前的,他想起了在历史系听的新石器时代考古课。四个大圆圈对称着,颈部排着三角形锯齿纹,像森林一样。这是马家窑文化的马厂类型,一种非常古老的原始文化。他抬起头望望静谧的湟水河谷和远山,怪不得这个世界显得那么神秘。森林变成了光秃秃的浅山,河床变成了高高的台地。雨水冲垮了山上的古墓葬,于是,顺着小沟,彩陶流成了河,他皱着双眉思索着,真的,在湟水流域,古老的彩陶流成了河。

他找到了那座干打垒院墙的小庄户院。在北房的廊子下面站着一个戴着蓝格子头巾的女孩子。那女孩子长得很壮实,手里撑着一把铁锹。"俺阿大——没了。"——后来,她只说了这么一句,就扭过脸抽泣起来。那姓高的老汉死啦,他想,可是青杨树才栽上两年。

他走到了宽阔的河漫滩上,走进了那片用石块围起的小树林。银灰色的叶子在微风中抖动着,树根上浸着汩汩的渠水。他看见湟水在这儿拐了一个弧形的弯,浑黄的浊流哗哗淌着,冲溅着河心的一簇巨石。你死啦,自然而平和。你没能指望上这片小树林子。彩陶片汇成了一条河,青杨树却还很细嫩。你早忘了曾经对一个尕娃讲过你的心事,你就这样悄悄地死啦。但我相信你一定非常宁静,因为此刻我的心里一片宁静。看这湟水,虽然它冲刷着黄土的陡崖,拍打着河里的石头,但我觉得它也充满了宁静。

他在额尔齐斯河边插队的时候,曾经认识一位哈萨克族的老母亲。那老人从年轻的时候就死去了丈夫，独自抚养着一个独生儿子。后来这个儿子娶妻生子，她又抚养着她的孙子们。他插队落户时参加了老母亲的一个孙子的婚礼，后来他又看着那白发苍苍的老人抱着孙子的胖婴儿。老人辞世的时候，已经有整整一个家族为她送葬。他曾经目送着那支马队从草原上走过，里面净是饱经风霜的妇女和剽悍勇敢的男人。

他沿着湟水漫步走着，打量着眼前的种种河流地貌。牛轭湖，河漫滩，干流和支流，浪涛击打的河岸。他抬头记忆着湟水两侧浅山下的台地形状，注意辨认滩地上的植被和土壤。他一步一步地踏着松软的湿地，他的心情沉着而平静。后来那戴蓝格子头巾的女孩子跑来叫他们去家里喝茶，他望着女孩健壮的身子，不禁微微地笑了笑。

他在廊子下面的小方桌前坐了下来。桌上放着一把壶，两只杯，托盘上码着四个大馍馍。他看见她正香甜地吃着，注视着他的动作。馍馍上掺洒着紫红色的碎玫瑰花瓣，他接过她掰下的一块，大口嚼了起来。他伸手取茶壶时，右肩的三角肌突然钻心般地疼了一下。他怔了一怔，活动了一下肩头，然后默默地吃起来。

当他们走出那个小庄户院的时候，他们远远地看见一幅蓝格子头巾正在河滩的青杨树林里闪动。

她醒了。列车正在颠簸的气浪里驶过一个隧道。原来我睡着了，她舒服地揉着眼睛想，靠在这车门旁边的小过道上，居然比在卧铺上睡得还香。她歪过脑袋想看看他睡着没有，结果又看见了烟头的红光。

"研究生,喂,"她唤道,"你一直没睡么?"

"唔,"他回答,"我不困。"

"你就一直抽着烟么?"她问,"那烟,真能解困吗?"

他的脸上突然被灯光照得雪亮。列车正冲过一个灯炬齐明的小站。她静了下来,让那雪白的光柱一下一下地把自己的这个小角落变得忽明忽暗。这个角落呀,她懒懒地遐想着,真像一个黑暗中的战壕。我们都蜷着身子在这儿小憩,等着到黎明时再去冲锋。她想到黎明时列车就会开进北京,想到冲洗胶卷、交代工作和争取发表自己作品的事,心情变得沉重了。她拂了拂额上的头发,驱走了那些烦人的心思。"喂,研究生,"她问道,"你回到北京以后,打算干些什么?"

他停了一会儿,然后低声说:"我要写一首诗。"

"诗?"她诧异地抬高了声调。

"这些天我一直在写,写了好几个开头,可是写得乱七八糟,"他自语般地说道,"不过……我相信能写出来。"

她明白了。"哦,我想,是关于河的。"

他没有回答。在黄河里游着的时候我就想,这不仅仅是河流地貌,也不是地理学。这是一支歌,一曲交响乐,是一首诗。在湟水边我又在想。人文地理是科学,它有它的办法和路子。可是我除了科学还需要些别的。河流地貌不会关心青杨树是怎样长大的,描述性再强的地理著作也不会写到黄河浪头那种神秘的抚摸。还有那些彩陶片，暴雨冲垮了台地上的古墓葬，陶器在激流中撞得粉碎，接着，那彩陶片就流成了河。

"那专业呢？还考试么？"她问。

"当然。不但要考上而且要好好干。不过——难道你不觉得，那河还有好多别的内容么？"

她若有所思地点了点头。她知道，那个不安分的精灵又附上了这个年轻人。我们都一样，她想，我们都不愿庸庸碌碌地了此一生。你自己不也是一样么，你绷紧每一根神经，背着沉重的摄影器材翻山涉水，追逐着百分之一秒的瞬间，你忙得筋酸骨散，靠着这车门旁的硬墙也能呼呼入睡。你不是连自己的生活都无暇回顾么。

她转过脸对他说："在湟水边上，我拍了一张静物。就是咱们复原的那只彩陶罐。它可惜是碎的，像生活一样，"她小声说，"背景是那片小青杨树。我觉得，这是我这次拍得最成功的作品之一。"还有一张，她想，那是一个男人扑向奔腾的大河，我这一趟只有这两张作品拍得成功。"你知道的，青杨树林刚刚长起来，可惜罐子是破的，像生活一样。"她忧伤地摇了摇头。

他从嘴角取下熄了的纸烟，专注地望着姑娘。

"你不是很坚强么？"他问，"你十二岁就见过那么多。"

她苦笑了一下，双手搂住膝盖，等待他擦燃火柴，把那半支烟点着。"他们还有一支烟。在太冷、太寂寞的时候让它做伴。而我们女的，啊，那种时候真难呵。"

他笑了。她在黑暗中似乎看见了他白白的牙齿。"你的男朋友呢？"他问道，"怎么，难道你还能没有位漂亮的骑士么？"他开起玩笑来了。

"别提了。总算受完了洋罪。一共谈了三个月——吹了。"她厌烦地说。

"为什么？"他问。

她费劲地想着一个比喻，"这么说吧：和他坐在一间屋子里，屋里就像有两个女人。不，一个女人，一个唠叨老婆子！"

他放声哈哈大笑起来，笑得前仰后合。瞧他美的，她气恨地想，他倒自信得很呢。难道你的本质里就没有那种东西吗？我还没有告诉你那家伙以前的几个呢，有自私鬼，有小市侩，有木头人，还有一个是臭流氓。她愤愤地打断了他的笑声："连小说上都说，男子汉绝迹了。你不知道？"

"真的吗？"他止住了笑声，注视着她。"我现在就可以给你介绍几个。个个都货真价实。只怕不对你的胃口。"他嘲笑地扔掉了烟头。

"你说吧！姓名？"

"牛虻，马丁·伊登，保尔·柯察金，还有……"还有一个是我，他想。他不禁微笑了。"还有一个那家伙名字很古怪，我想不起来了。"

她黯然地呆呆坐着。"都是虚构的啊！"她说。

"不，"他反驳道，"现实生活中也有。只怕你认不出来。

女同胞,只怕你们见到了也认不出来。"

他们都沉默了。他发觉这最后一句话使他们两人的心绪都变坏了。列车正轰鸣着开过一架铁桥,车门上的把手、铁踏板和乌蒙蒙的玻璃窗都在震响着,他们的肩头也在随着晃动着。他这最后一句话使她听了心里难受,她想起了在北大荒时在一个农场里干活的一个康拜因手。那小伙子总是在快活地笑着,在秋天金黄一片的大田里,他总是喜欢穿一件油污的坦克兵夹克,整天都吹着一支口琴。有一次在麦子地里午休,暴烤着平原的太阳晒得满地升腾着麦秆的味道。她高傲地、鄙夷地回绝了他。她眯着眼睛眺望着一望无际的金黄麦海,心里满是不以为然,甚至是不能容忍的心情。那小伙子踩着地上的麦茬踱回他们那群康拜因手那里,她听见整个中午那儿都响着一支单调的口琴曲子。后来康拜因手去了大庆油田。"我们这儿有八十万产业工人!我们这儿正出现着一个伟大的奇迹!"她听见知识青年们在念他写来的信。"到大庆来吧!这里过的才是真正的生活。"他在信里热烈地向朋友们呼吁着。她听着,仿佛听见一阵热情快活的口琴曲,她怅然若失地坐了好久。后来她常常回忆起那个快乐的小伙子,特别是在她机械地和人们介绍来的对象问答的时候,她有时会感到听见了一丝口琴声。她疲乏地靠住了车厢的硬壁,闭上了眼睛。

他也想起了一个姑娘——海涛。他已经好久没有想起海涛了。在额尔齐斯河边的那片苜蓿地上,在那个肮脏荒僻、地窝子盖得东倒西歪的小村里,海涛和他度过了多少美好的日子呵。海涛不仅仅是他的初恋,海涛那时和额尔齐斯河的流水一样,已经成了他习惯了的生活的颜色。他至今对那个脉脉含情的姑娘记忆犹新。不知你今天怎样了,海涛。他想,也许你已经又离开了那个工厂。我们一块儿沿着额尔齐斯的陡岸奔跑,追赶着汛期流水冲下的大片漂浮的野花。我们曾一直跑到离布尔津城不远的那片沼泽。我到今天还记得那天的情景——额尔齐斯河在戈壁滩前舒缓地滑过,沼泽里芦苇长成一道道曲折的屏障。有牛群,也有野鸭子和别的水鸟停在沙洲上,那片从上游阿勒泰山南麓冲下来的野花,在钢蓝色的水面浮成斑斓的一层。那天有一种青色的暮霭弥漫着沼泽和四野,连翻滚的波浪也涂着青青的光。只有你的脸颊红润新鲜,海涛。他又轻轻擦亮了一根火柴,然后把烟咬在嘴角。我觉得你那红润新鲜的脸颊一直在滋润着我的心,鼓舞着我的热情。

他吸了口烟,略微活动了一下肩膀。右肩的肌肉还在隐隐作痛。恐怕就是在游到黄河东岸的时候,他暗暗想,我用一只手抓住了石头,那急流把肌肉拉伤啦。那时的我多年轻啊,我在额尔齐斯的冰水里也能又叫又嚷地拉网捉鱼,而且肌肉也没有拉伤。今天的我也许已经衰老了,他想。他又稍稍活动了一下肩膀,瞟了一眼旁边姑娘的影子。

这是个挺好看的姑娘,他想。可是海涛长得更漂亮。当海涛离开小村的时候,没有一个知识青年搭理她。他们全都愤愤地谴责海涛,仅仅为了调回内地,仅仅为了当一个农场加工厂工人的前途，就背叛了爱情。但是他从人们的脸上看到了另一种表情，那是觉得被戏弄和被遗弃的表情。是啊，他想，海涛长得太漂亮了，干得又太不漂亮了。人们都觉得这矛盾的现实难以接受。其实人们是在为自己打抱不平，他们觉得海涛也抛弃了他们。他觉得只有他做得好。他从一户哈族老乡家里借来了一辆轻便的单马双轮车，拉开女知识青年住的地窝子房门，帮助已经无人理睬的美丽姑娘收拾了行李，然后为她把小马车一直赶上大道。在路上他跳进沼泽，用肩膀顶出了陷在泥里的车轮。后来他拉着马缰，车轮吱吱地碾过那片白色的流沙，最后驶过了额尔齐斯河上的大桥，到了布尔津城的长途汽车站。但是，在那个人影寥寥的长途车站门口，他冷冷地推开了她递过来的一张照片。

你干得不坏，伙计。他默默地想着，大方地给年轻时代的自己打了个五分。原来你可没打算那么干，原来你曾经打算撞进那间地窝子揍她一顿。你喝醉了酒，听见有谁悄悄说到海涛这个名字就跳了起来。你一声不吭地提着空酒瓶子往外冲，咽喉里烧得冒火。可是后来你害臊了，因为你忽然觉得应该有点男子汉气度。醉醺醺地跑去打一个女孩算什么好汉？你想着，一扭头改变方向跑到了河边，望着那条稳稳前进的大河。额尔齐斯，那也是一条河啊，他想，那是全国唯一的流向北冰洋的外流河。整个阿勒泰山脉南坡的流水都向它倾注，它串通着一串串沼泽和湖泊，胸有成竹地向着真正的北方流淌。那是一条被酷暑严寒的哈萨克草原养育得自由自在的大河啊，原来它把喝过它水乳的人都悄悄地改变了。他把烟头在车厢铁踏板上按熄，又从口袋里掏出一支拿着。今天看来，你和海涛分手时的一举一动都是额尔齐斯河的缘故，那条自由而宽阔的大河重新塑造了你。

外面灯光密集起来。快到北京了，他想，夜行的列车也像一条河。辨不出首尾，辨不清源头和前途，只觉得一股劲奔腾向前，把两岸的灯火远留背后。这样的河跟河流地貌、自然地理并没有关系啊，所以我要写一首诗。我要描写这样的，从大自然和人心里流过的河。

超员的车厢里一下子喧嚣起来，扛着大包小包的旅客挤到这块窄小的空间里吵嚷着。"收拾一下吧，就要到北京了。"他对她说道，随即站起身来。

人们继续朝这车门挤来。扁担、硬纸箱和装得满满的大旅行袋在眼前晃来晃去。他们两人被挤得紧紧贴在那扇车门上，颜色发紫的雪亮站灯疾速地一闪一闪流过。她目不转睛地凝望着他的脸庞，一句话也没有说。

前方出现了一个大水闸似的建筑，拦腰横跨在铁道上。他觉得列车像河水一样正对准这个水闸冲去。"哦，北京。"他小声地自语道。

三

他开始了高速运转。他首先咬着牙开始翻译李希霍芬的《中国》导言。这导言大约有三万多字。他在翻着字典时想，我要在报名时呈上译稿,请他们转交导师。他又觉得最好有论文,哪怕一篇也好。于是他就拟了几个题目:《黄河中游晋陕峡谷自然地理状况概述》《湟水河谷的黄土台地及植被》《关于额尔齐斯河流域的资源及综合经济》等,可是写了几行以后,他发现自己写的不是论文,而是晚报和旅游杂志上用的大路货。他马上扔掉那几个题目去颜林家。颜林正在汗流浃背地给儿子洗尿布,颜老头捻着稀胡子听了他的论文设想以后笑了。老头说,放下你的那些论文吧,只要把基础课考好,问题就不大。但是老头本人并不招研究生。您怎么知道别人就不会事先上交论文呢?我还是要搞一篇,他想。我敢保证其他考生也都会来这一手的,这是光明正大的竞争,人人都不会放弃宝贵的机会。他从颜林父亲那儿抱回一大叠《地理学资料》和小册子,回家研究起来。当他发现不少论文实际上都是描述性的调查报告时,他欣喜若狂。原来野外的亲身调查也可以成为论文的基础。他考虑着,那太好了,我不仅有调查而且有整套缜密的方言调查资料作基础。我可以把方言的分布和发展与自然地理的分析结合起来。他决定搞一篇题为《湟水流域的人文地理考察》的文章,但他没有忙着动笔。他大量地阅读资料,皱着眉头琢磨那些论文字里行间的功夫所在。他没有过多注意那里面的内容,而只是锐利地搜寻着各种概念,以及行家们进入问题的角度和方法。他知道这里头一定有一些规矩。他愈读愈觉得自己的文章能写好,因为他已经模糊地发现了一条行家们严守着的思维的线路和框框。这条隐约可见的线路联结着一串串专用术语和概念，构成了一条神经，一个严密的网，一个冷静而独立的视角。他相信，这就是地理学。我逮住你啦，别看你闪烁其词，他想。干货就在这里。我要准准地抓住你，吃掉你，消化掉你，然后我使出我的方言调查的法宝，也来炮制一下。我的网和视角也会又独立又新鲜。他能读到的书和论文主要都是自然地理或经济地理方面的，他愈读愈发现结合人文科学的研究少而又少。这使他对自己拥有的汉语方言知识和旁听来的考古讲座知识满怀希望，他不时回忆起对他常怀偏爱的秦老师和新疆大学的往事。

他同时开始了对基础课的复习。除了翻译李希霍芬之外，他每天都做《简明基础日语》后头的练习题。考试全都是考基础，这个我深有体会，他想。从来都是这样：试题很简单，人们打开卷子心中窃喜。可是那些貌似傻乎乎的试题后面巧埋地雷，暗藏杀机。十之八九的考生没有发现自己从来没有掌握最简单的那些条条。他把练习题做了一遍又一遍，只要一出错，他就咬住错处狠攻硬背。他决定把这几页习题做上一百遍，一直到考试前三天才住手。政治课也一样，他从旧书店里买了两本哲学和政治经济学的小册子，把它们全都剪成词条，塞在右面衣袋里。骑着自行车赶路时，他左手扶着车把，右手摸出一张，瞥过几眼，默诵一遍，然后塞进左边衣袋里。等过了闹市，没有红绿灯路口时，再从右边摸出一张来。他骑车骑得很警觉，既没有撞了过路的老太太，也没有惹恼过警察。

这次回北京，他是作为一个北京人回来的。以前十来年里他虽然常常回来，但都是探亲或是过寒暑假。弟弟长大了，他第一次看见弟弟领回家一个时髦的女工时不禁想。弟弟已经是个支撑门户的大人，嘴唇上长着一层黑黑的胡茬。他看得出这个不言不语的大伙子正在暗中忙着自己的婚事。弟弟大啦，而且管了这么多年家，他想，我该接接他的班啦。母亲退休以后一直生病，他听弟弟说，这几年母亲的胃病常常发作。母亲很少说话，他只是从她银发下面的两只眼睛里发现了她的喜悦。

第一天全家三口坐在饭桌前时，母亲有些莽撞地忽然把一条鸡腿夹进他的碗里。她的动作很重，那鸡腿一下子推翻了他的碗。他看见母亲掩饰地转过脸去找来抹布，慌慌张张地擦着洒在桌上的汤水。他感到鼻子有些发酸。他差点忍不住握住母亲那双瘦骨嶙峋的手。

他承担了弟弟的买菜任务，并且和弟弟商量着给家里盖个小厨房。他每天上午十一点钟提起菜篮子，火急火燎地跑出去采买一番，然后回来交给母亲做饭——这样上午经常只能看三个小时书，渐渐地连三个小时也难以保障。他拼命地抓紧时间，可是弟弟的女朋友常来吃晚饭，他想自己要有个哥哥样儿，于是下午的四个小时也常被可怕地蚕食。只是晚上的时间极为安静，弟弟和女朋友去轧马路，妈妈坚决认为电视不值一看。他牢牢地攥住了这夜晚的黄金时间，伏在小书桌上向地理学和外语习题发起进攻。

他每天早上七点钟爬起来，夜里一点半或者两点睡觉。一般他温习功课到午夜十二点左右,然后推开那些地理学报、考古讲义和《简明基础日语》,摊开几张稿纸,开始写他的那首诗。诗的题目是一下子跳到纸上的:《北方的河》。他握紧了笔,觉得胸膛里的长河大浪汹涌而至。那些浪头棱角分明,又沉又重,一下下撞得他胸口发痛。他忍着心跳,竭力想区别开那些河流。十几年他见过多少条河啊,黄河、湟水、白龙江和洮河、额尔齐斯河与伊犁河,甚至内蒙古的锡林河以及青海的通天河。这些河流在他的脑海里飞溅激荡,他感到兴奋得有些晕眩。他看见了那么多熟识的面影和那么多生动的故事,他觉得这些河流勾画出半个中国,勾画出一个神秘的辽阔北方。这片苍莽的世界风清气爽,气候酷烈,强硬的大路笔直地通向远方。他深深地感动了,他把笔尖伸向那些薄纸。他想用简练有力的词句几笔就把那些浪头和漩流钉入稿纸的方格,然后再去尽情尽意地描写那些古朴的台地、倾斜的高原和高海拔的山前草原。可是他一个字也写不出来,留在肚子里为他看家的那套汉语训练早已溜之大吉。他枯坐着,紧张地瞪着稿纸上的那个题目,听着自己的心在咚咚地跳。他不仅没有找到那种闪闪发光、掷地有声的词句,他甚至一个字也写不出来。他感受万千,但又一筹莫展,他呆呆地一直坐到两点钟,最后扔掉钢笔,一头栽倒在床上。

有一天深夜,他突然感到四周太安静了。这静寂使他有些若失所依,心神不定。他披上衣服推开了旁边外屋的小板门,小心地绕过堵满一屋的家具和煤气灶、食品柜,蹑手蹑脚地走到母亲床前，帮母亲把薄棉被盖好。他轻轻地把被子拉到母亲的肩头上，突然发现她正在暗影中默默地望着自己。

"妈。"他低哑地喊了一声。

"早点睡吧。"母亲悄声说。

他只是点了点头，几天来，他一到夜晚就忘记了母亲的存在。他从来没有听见板壁这一边有过任何声响。他沉重地坐在母亲的床沿上，一声不响地坐了很久，然后回到自己屋里，熄灯上床。

那天夜里他终于听见了隔壁母亲发出的鼾声，但他却失眠了。他靠在床头吸了好几支烟，出神地倾听着那低柔的呼吸的声响。后来他悄悄取过纸笔，在黑暗中嚓嚓地写了起来。他凭手指的触觉知道，写下的诗句不会重叠在一起。

这是一首新诗的最初的几行。

她被那位银白头发的老人领着，走进了他的屋子。这家伙，不认识啦。她望着他怔怔的神情，好笑地想。"不认识我了吗？研究生！"她微笑着问道。一阵清新的风正从敞开着的屋门外拂来，她头上的黑发在风中轻微地动着。

"我听说了一个消息，就赶快跑来告诉你。"她解释地说道，一面接过他递来的一杯茶。

"听说有一条规定，如果大学毕业生不服从分配的话，将要取消大学生资格，而且五年之内，全民所有制单位也不得录用。我一听就慌了，"她说着自己先紧张起来，"我担心，人家会用这一条来对付你。"

他听了也紧张起来。他确实没有想过这一层。"不怕，只要我拿到准考证，一切就不会出问题。"他说。可是他的神经全竖立起来了，他的感觉在锐利地告诉他，麻烦事恐怕不会太少。他有些语无伦次："没关系，我又不是不服从分配。哼，我是符合报考条件的。不怕，工作单位报到截止在十月一日，哈哈，可八月中旬我就考完啦！"他为自己发现的这个时间差而得意了。"万一到了十月一日还没有接到录取通知书，我顶多去那个地方点个卯。等通知书一来我就逃之夭夭。喂，喝茶呀！"

她笑了。他可真自信，她喝了一口茶，他就不想想考不上怎么办。她吁了一口气，觉得有些累了。这家伙大概没有碰过钉子吧？她瞧着他自以为得计的傻样子，他怎么好像孩子似的，难道他对这个社会还没点认识么？恐怕再合理的事也不会那么顺利的。"我想，你还是要做好思想准备。"她说。他们都沉默了。她看出这年轻人心绪很乱。

他抬起头来："你愿意看看我的诗么？"

哦，他还真的写啦。她注意地看了他一眼，接过那几张纸来。

"我已经写了好几次，只写了这么个开头。"他说。

她坐得舒服些，然后开始阅读那几页纸。一共只有几行。为了礼貌，她故意沉吟着读了好久。

好一个不安分的人哪，一步还没有站稳，他已经又迈出了第二步。她打量着那些揉得皱巴巴的稿纸，在那稿纸上面，这个小伙子大大咧咧地写上了"北方的河"四个字。"嗯，就是这些么?"她迟疑了一会儿,然后谨慎地问。这似乎不能叫作诗,尽管她也觉得这些字迹里带着一股烫人的东西。他太不安分啦,他被那些河惯得太野啦,她想,他根本没想到他这是在对着艺术宫殿的大门乱敲呢。研究生,让我对你进一言忠告吧!尽管你在那些大河里如鱼得水,但是这儿可是北京,是首都。也许,你对北京的了解还不如我深切。她撩撩头发,仰起头说道:

"我说研究生,这首诗……你还是不忙着写吧!"她看见他的脸色一下子变了,心里歉疚起来。"我不是说,我并不是说你写得不好,"她努力补充着,"我是觉得,你首先要对付这场考试。事情不会那么顺利的,你该多做些准备。你的诗,"她口吃起来,她想到他的自信劲儿和热情劲儿,"唔,你的诗,你要知道,艺术——"她说不下去了。她想起了自己那间闷热潮湿的暗室。我从那间黑屋子里走出来的时候,浑身湿得像刚从水里捞出来一样。你哪里知道我要熬过多少难关,才能从显影液里水淋淋地提出一张过得去的照片啊。而这样得来的照片,命运还吉凶难卜。你仗着热情就有恃无恐,可是热情不等于艺术,艺术有时冷酷得让人心凉。

"我懂啦,"他强笑地说,"我也知道,这开头糟透了。"

"不!"她慌忙叫道,"我不是那个意思。我是说——"你就是这个意思。他的这几行实在不像诗。说心里话,这只是一大堆白话,像一个野孩子站在岸上对着大河在喊叫。他太狂啦,他以为他什么全能干成,他以为他会煽动就等于会写诗。他到底是成长得太顺利啦,他恐怕还没有机会咀嚼过生活。她想着,差点对他直说出来:小伙子,艺术不是那么容易就能得到的!……但她心里充满的却是同情。她望着他蓬乱的头发,安慰地说:"先温习功课吧。你首先应该考上你的研究生。这诗,你好好收起来,我觉得,你写得到底是很真诚的……"

"不,它太糟了。我知道。"他回答说。他翻着那些稿纸,翻得哗啦哗啦响。"这些开头全该撕掉。"他小声地说着,慢慢地把那些纸撕成长条,又撕成碎片。

这姑娘很对,我没有写好。他有些伤感地想,我真是个大笨蛋。我压根儿没有找到那些本身就闪着光的词儿和句子。我没有找到那些本身就像河里的浪头一样,沉甸甸又动荡着的、色彩浓重又迷蒙透明的词儿和句子。我知道自己肚子里全是些真东西,他痛苦地咬着嘴唇,站起来扔掉那把纸片。我对那些北方大地上的河感情深重,对那儿的空气水土和人民风俗,对那个苍茫淳朴的世界一往情深。我以为只要有一个精力饱满的晚上,只要四周一片寂静,那些东西就会像一片瀑布或者一股火焰一样直接喷到稿纸格子里。可是没有。不是它们在喷涌,而是我在拼命地挤。挤出来的全是些又干又瘦的瘪三儿。

他深深地叹了一口气,然后决心结束这个话题:"不过,你等着,我会把它写出来的。"我还没去黑龙江呢,等我调查了黑龙江,我会把它写出来的。他开始观察眼前的这个姑娘:"怎么样,你一切都还好么?"

"好什么，"她笑了笑，"我——"

这时，门口一阵笑声和喧闹声打断了她的话。三个小伙子推开门，吵吵嚷嚷地走进了小屋。他连忙站起来，一边倒茶一边给她介绍：二宝、颜林、徐华北。颜林是抱着儿子来的。她坐了一会儿以后，就帮忙把那个胖儿子抱了过来。屋子里吵嚷声响成一片，他们谈着，提到了分配报到和报名考试的问题。

"伙计，"颜林从眼镜里深思熟虑地盯着他，"你应当去那个宣传科报到。不报到是失策的。"接着，颜林口气陡然一变，威吓地说："年轻人，难道你胆敢蔑视北京户口么？这户口，一张比一吨金子还贵哪！"

二宝说："算啦，报什么到。干脆咱们开个小酒铺，我也退职参加，而且，"他搔搔脑袋说，"我把录音机也搬来入伙，天天放咱们在新疆唱的那些知青歌。"

徐华北赞同地说："就这么干。咱们把酒铺安到沙滩，开在作家协会门口。文学酒铺。咱们给那伙作家讲故事，连故事带酒一块卖给他们。"

二宝大喊起来："太棒啦！咱们的啤酒一瓶卖一块！"

颜林打了个呵欠："什么时候开张呵？可得赶个礼拜六，我不用接孩子的时候。"

接着他们乱嚷着吹起牛来："我负责画广告：美酒加美的构思——每瓶收费一元。""二宝！你小子可不许偷酒喝！""颜林，干脆叫你老婆退职吧，叫她炒菜！""别考研究生啦，酒铺里再开个私塾，专门教怎么对付考试！""嘿！咱们这个酒铺把北京镇啦！"

真有意思，这些人。她躲在角落里听着。北京可真是思想活跃呀，像这样的青年人不知有多少。她羡慕地望着他们。可是我一直没能遇上这样一群人，她烦恼地挥了挥手，像是驱开他们喷来的烟雾。怪不得，我在黄河边上遇见他时有种新鲜的感觉，原来他们都是这么快活、直爽和新鲜。

她插不进他们的谈话。坐在一旁听着，尽管兴致很浓，她还是渐渐地感到了一丝孤独。黄河流域的采访和摄影任务已经结束啦，可是最叫人头痛的事正在迫近。她害怕面对那些人事关系，但她知道想发表作品，想参加影展，想叫那些摇头晃脑的权威点头又必须面对人事关系。她坐在角落里，似乎已经感到一只无形的巨手冷冰冰地按在了她的肩头上。

要是能和这样的一群在一起，要是能有这样的一群做自己的支撑，该多好啊，她痴痴地想。等到天色渐黑，她才从遐思中醒来，依依不舍地随着那几个年轻人走了出去。

这伙年轻人余兴未尽地、吵吵嚷嚷地走上华灯初上的街道。他两手插在裤袋里，和徐华北走在最后面。

"你怎么样，华北？"他问道。

"不怎么样，哪里比得上你，"徐华北微笑着，"大学文凭到了手，又为研究生的事儿发愁。"

他没有说什么，在一株树旁停下来准备和客人们告别。

"喂——"徐华北用下巴指了指那姑娘,"真漂亮呀,伙计。"他看见徐华北眼中的一丝嘲笑。

"路上认识的。"他说。

"我可真嫉妒你。"徐华北开了个玩笑。

他默默地和徐华北告了别,又过去和另外几个人握了握手。电杆上的灯光泻过树影,地面上一片斑驳。他想起了关于准考证的事,心情不知为什么变得沉重起来。他又把双手插进裤兜,然后缓缓地朝自己家走去。

他更加紧地工作。由于效率不高,翻译李希霍芬《中国》的事已经拖了很久,不过那篇充大人的所谓论文却写得很顺手。文章写完的第二天下午,他把稿子送到颜林父亲那里。他忐忑不安地坐在一旁,瞧着颜老头眯着眼睛读文章。后来颜林说他,当听见老头喊他的声音时,"脸都绿了"。

"这篇文章我负责帮你转交柳先生,"老头宣布说,"柳老爱才如命,尽管你这篇文章有不少地方写得……写得很可笑,但是,"老头宣判似的说下去,"你显然应当属于我们地理学。"

"颜叔叔,"他小心翼翼地问,"哪些地方,唔,写得可笑呢?"

老头说:"你的描述很准确。结合方言的地理分析也很独到。但是你显然根本没有摸过第四纪地质学,你对黄土还很陌生。小伙子,你懂得什么叫'黄土'吗?"

他吓得没敢回答。虽然他也知道第四纪的黄土,知道"马兰黄土""离石黄土"等概念。

颜老头嘿嘿笑了起来。"没关系，"他拍了拍他的肩膀说，"你是搞人文地理的，而不是搞黄土地貌。你大胆地使用了一种人文科学的材料，而且眼光独到。而柳老，柳先生过去在英国牛津是学人类学出身的，我估计，他会看重你的。"

但他已经听不进去了。黄土！他的脑袋已经晕了，黄土！我连一点像样的地貌知识也没有。我连这么基本的东西也没掌握。他从以往对黄河以及湟水的了解中明白：自己的这一缺陷是严重的。他联想到自己对外语考试的那些宝贵经验。你一定会在考卷上大露马脚的，伙计，他责骂着自己，你会在那些基本的概念上踩响地雷，写下满篇错误的漂亮话。他脸色铁青，好不容易才顾全了对老头的礼貌。

他当场从颜老头那儿抱走了一大捆书：科学院地质所编的《中国的黄土堆积》，一本出版年代虽然嫌早，但却是奠基之作的《黄土》，以及几十本地质、地理方面的学报和论文集。骑着车回家的路上，他突然又想起李希霍芬的那本《中国》里也有一些他不曾留心的黄土论述，他决定当天晚上就把那些段落找出来精读一遍。路过沙滩东面的十字路口时，他下车来把书捆了捆牢，然后在小店里排队给家里买元宵。交钱时，他暗暗吃了一惊：他的全部资本，那一百多元钱似乎已经所剩不多。黑龙江，他想，不知道钱包里的这些小伙计还能不能帮我去黑龙江。他决定要做一次精打细算。再跨上车时他觉得心神不安，仿佛有种不祥的预感。横过马路的时候他没有控制住车把——这是他回北京以来第一次和人撞车。一个迷迷糊糊的"四眼儿"一头栽到他怀里，并且连车带人摔倒在马路中央。他猛扭了几下，用脚支住了地面——立即又明白这是错误的反应。我应该可怜巴巴地摔倒才对，应该让他把我压在下边才好。他望着威严地逼近的警察想。他一句话也没讲，他从那警察的眼神中看出，只要一分辩，自行车保险被扣。他谦恭地默立着，先考虑了一会儿"黄土"的事，然后改背政治经济学名词。"罚款一元。"等警察掏出小本开发票时，他如释重负，从钱包里摸出一张"大团结"递过去，等着警察找钱。等他接过找回的九块以后，立即飞也似的把车一拐，骑进了科学院图书馆。

他在开架阅览室里打开各种百科全书和词典，把"黄土地貌"的词条全部浏览一遍，并且摘录了一些提纲挈领的东西。不过，当他伸手搬下高高放在书架顶上的日本保育社版《现代百科大事典》时，右肩的肌腱钻心般地疼了一下。他差点喊出声来。那本大书重重地砸了一下他的肩膀，然后摔在地板上。角落里站起来一个老管理员，对着他照直走了过来。

书没有摔坏。他跪在地上抱起那书来，一面用袖子擦着那书的人造革面，一面小声地朝那老者道歉。那老管理员注意地看了他一眼，"你不舒服么？"他听见那人在亲切地问他。他努力地作出了个笑容，抱起大书坐了下来。当他翻阅着这部辞书时，心头悄悄掠过了一阵苍凉。这条胳膊叛变啦，他想，我还以为它早就好了。没想到你这么软弱,呸,胆小鬼,背叛的东西。他咬着牙暗自咒骂着。他竭力不再想这件事,专心地把心思埋到那些书里去。他一本又一本地查阅着,辞典和百科全书像流水一样被取来又送回。他读着,觉得这些书也像一条河。闭馆铃一响,他就离开图书馆驱车回家,一路上目不斜视,中速行驶,特别提防着身旁骑车的妇女和戴眼镜的。

第二天他的运气更坏。

他一清早就骑车到了A委员会。颜林老爹所讲的人文地理学泰斗柳先生就在这个A委员会所属的一个研究院供职。他锁上车后,径直向大门冲去。

"哎,回来回来!"传达室的窗口伸出一只手来。他忙上前说明来意。那窗口后面坐着一个面如镔铁的胖妇女。她冷冷地听着他的话,伸手打了个电话。他只好等着那胖女人掐头去尾地把他的事用电话传达过去。咔喀,电话挂了。胖女人黑脸一沉:"研究生办的人说啦,应届大学毕业生一律在学校报名,领取准考证。不给单个人办理报名手续。"

他觉得头顶上挨了一记雷轰。那女人转过铁面孔去织毛线了,他连忙解释道:"我有特殊情况,我是……"

"不行!特殊情况,特殊情况,哪儿那么多特殊情况!"那女人出口不逊,"没人听你的特殊情况!"

他使劲咽下这口气,尽量用研究生的温雅口吻循循善诱地说:"对不起,耽误您了。我的情况比较复杂——您让我进去,跟他们研究生办公室的同志谈谈好吗？我的情况，他们一听就会同意的，我——"

那女人狠狠地把窗子砰地关上了。

他暴怒地扑上去，用拳头砸那扇窗子。

窗子又唰地拉开，一张气歪了的胖黑脸朝他吼着："干什么！你抽疯哪！"

他的牙咬得咯咯响。他粗鲁地问："喂，我问你，是不是你们家老头子揍少啦，惯得你这么浑？"

他看见那铁黑脸哆嗦着，伸手去抓电话。他冷笑了一声，扭头冲出门厅。这家伙准是要找保卫科，他想着跨上了自行车。他骑着，气得浑身在发抖。

他在气急败坏中居然心生一计。他找到一个公用电话，在电话簿上查到了 A 委员会的号码。他使劲克制着自己，使自己平静下来，然后拨了号码。电话通了，他尽量装出一口青海腔，大模大样地讲：

"研究生办么？我是新疆大学。我们学校有一位考生的准考证没有寄来。我们查询的结果，发现邮局把他的报名表寄丢了。现在考期已近，我们准备让这个考生直接到北京去交涉，并且参加考试。请你们接待一下。"

电话里静了一会儿。他的心怦怦跳着，痉挛的手死死地攥住电话听筒。——这时，那边搭腔了：

"好吧，但是，让他带上你们学校政治部人事处的介绍信，详细说明原因。"

他忙又操起青海话:"时间还来得及吧?我们可不能耽误人才呀!"

电话回答说:"唔,反正报名还没有结束。而且,你们这不是打了招呼了吗?我们记着就是。"

他挂断电话,浑身浸透了汗水。幸好那"把门虎"拦不住电流,他喘着粗气,而且今天的几句青海话讲得有板有眼,俨然一副大学里的办公室主任的口吻。

他马上飞车赶到电报大楼,给新大中文系的恩师秦老师发了一份加急长电,详细说明了苦衷,要秦老师明天就把介绍信寄出来。拜托您啦,秦老师!他想。秦老师是个极为善良慈爱的女性,她是决不会看着她的门生在这里受气的。秦老师没准寄特挂呢,他分析着。没错,秦老师一定寄特挂,而且同时再直接给那个A委员会写一封盖公章的长信。

打电报整整用了九块七毛钱。他干脆坐在电报大楼的皮沙发上,清点了一下囊中财产。还有九十块零几毛,他默默地盘算着,刚好够跑一趟黑龙江回来。我可以不住招待所和旅馆,一律睡车站或者住老乡家。我还可以到处截卡车坐,最好能在黑龙江上干几天船夫什么的短工。

黑龙江,他一想这个名字就心荡神移。那可是一条迷人的巨川哪,完全是由一条黑龙变成的大河。如果跑了黑龙江,我就算见过了西至阿勒泰,东至小兴安岭的整个广袤北方的一切大河。

"从额尔齐斯——到黑龙江!"不,"额尔齐斯在西方流逝,黑龙江在东方奔腾!"他顺口诌出了两句,又摇摇头笑了。不行,伙计,这哪里像诗呢。他离开了电报大楼,顺着宽阔的长安大街缓缓骑车回家。他顺手从右面口袋里摸出一张政治词卡片,读完,灵活地一换手,塞到左边口袋里,再摸出下一张。他快活地吹着口哨,吹了哈萨克族情歌《美丽的姑娘》,又吹了《乌苏里船歌》。他想,这些卡片像是从额尔齐斯河一张张地流进了黑龙江。他不禁笑了,心里很快活。路过北京站时,他瞥见大钟正指着上午十点。钟楼上悠扬的乐曲奏起来了,他使劲吹着口哨应和。这一天才刚刚开始,他想,这一天过得还不错。我回去就去译那本李希霍芬,五天内完成译稿第一稿,并且去研究生办公室办好手续。等准考证一到手,我就出发去黑龙江。要抓紧,他想,也要节省用钱,一星期之后力争出发,挺进黑龙江。

晚饭的时候天气闷热,他和弟弟、母亲把小饭桌抬到屋外,在一片蝉声中吃着面条。母亲炸了一碗香味扑鼻的花椒油,他狼吞虎咽地吃着,吃得满头大汗。

"哥,咱们盖小厨房的事儿,"弟弟慢条斯理地说道,"我看料快备齐啦,人工也方便,我们那儿有一伙铁哥儿们。都说了,言语一声就来。家伙我去厂子里借。用不着管饭,他们说了,帮工不帮饭。砖、沙、麻刀、木料、管子——料是差不多备齐啦。主要是两件事麻烦点:一是打个水泥地,得买几袋子洋灰;二是顶棚,咱们是买点油毛毡呢,还是买点石棉瓦?油毛毡省点，找路子买处理的，三四十就够啦。"

他停住了咀嚼，慢慢地放下了筷子。

我太顾自己啦，他想。我忘记了家里没个小厨房，忘记了妈妈是挤在锅碗瓢盆和煤气灶中间休息。我一心只想着自己的准考证，想着去闯荡那条遥远的黑龙江。我忘记了，弟弟正在不声不响地维持着这个家，还有一家的生活。他放下了碗，直起腰来望着弟弟。

他想起自己隐隐有过的对弟弟不爱读书的反感。他望着面前这个粗壮的小伙子，又想起了那个一打输了架就来找他的小男孩。他总是冲出去扑向那些恶霸一方的混小子，而那个小男孩则像条勇敢的小狼一样，从他侧面扑上去投入复仇的反攻。后来他离家远行，一走十多年。他只知道家里有个弟弟，这弟弟陪着母亲看家守业，打发生活。

"小弟，"他沉吟着说，"这些年，多亏你照顾家，照顾妈。我回来了，你该歇歇啦，小厨房需要的料，由我来买吧，我也该出点力啦。"他望了望院子里那个千疮百孔的破棚子，别了，黑龙江，他想。好好地奔流吧，我将来会去看你的。

弟弟依然慢条斯理地说道："不用，哥。咱们一人出一半吧，哥俩么。"

晚饭后，他和弟弟仔细地盘算了盖小厨房的事，具体地商量了人工、用料和动工的日子。当他把钱交给弟弟的时候，他盼咐说："喂，小弟，告诉她——星期天来吃晚饭。"他又补充了一句:"告诉她,是哥哥请她。"

弟弟高兴地咧开嘴笑了。还像以前那样,他想。以前每当他帮助弟弟战败了那些热衷于征服的鼻涕英雄以后,弟弟也总是这么笑的。

他回到自己的屋子,打开台灯,拿起李希霍芬的《中国》。他译得非常快,因为他的精神从未如此集中而安详。一个个准确的词汇涌向笔尖,待他把它们嚓嚓地写在纸上时,那些词汇又添了一分严谨和文采。他唰唰地写着,偶尔翻一翻辞典。他模糊感到时钟正在一旁嘀嗒响着,但他并没有意识到这就是时间。右肩的疼痛开始持久起来,但他心里对这疼痛是麻木的,他觉得那疼痛与他无关。他译得出了神,思想愈来愈沉地陷入那德国地理学大师深邃的思路中去了。他译着,觉得自己正愈来愈清晰地理解着黄土,理解着地理科学,理解着中国北方的条条大河。

"有位客人找你——"母亲在门口唤道。

他好不容易才恢复了感觉。他活动了一下筋骨,推开门走到外屋。

一个陌生的中年人从黑人造革包里摸出一个信封递给他。他打开一看,赫然一个"新疆大学政治部人事处"的鲜红大印跃入眼帘。"秦老师——"他不禁小声叫道。

来客说,下午他正在民航售票处买票,秦老师拉住了他。他说他早就发现那个戴眼镜的女教师在围着他转了。"她一直盯着我,"来客吁出一口长气说,"你的那个老师说,通过邮局赶不上今天下午的飞机了,她要求我今晚一下飞机就亲自送到这儿来。千叮咛万嘱咐的,"他又歇了口气,接着站了起来,"我答应了,就送来啦。行啦,没我的事啦。"

秦老师在附来的一张明信片背面写道,与A委员会研究生办公室联系的结果,要随时告诉她。如果再有障碍,她动员学校派人来交涉。"只是,"老师用一种娟秀的字迹写道,"你是在奔跑着生活。你不觉得太累了么?"

他送走了那位守信用的空中来客,回到了小屋,重新坐在桌前。家里又是一片寂静。他拿起秦老师写来的明信片,那明信片正面印着一条浮冰壅塞的大河。那是解冻时节的黑龙江。他用图钉把这张明信片钉在墙上,然后继续翻译李希霍芬的《中国》。他神情冷峻地写着,钢笔尖重重地划着纸面。午夜十二点时,他收起了词典和译稿。他又取出一沓纸,把台灯罩拉得低些。他一直专注地写到三点钟。这个晚上,他写出了那首诗的第一节。

四

她茫然地站在他家门口。这家伙不知道跑到哪儿去啦,她怅惘地想。其实她猜得出来,他多半是躲在图书馆里。别找他啦,他全部心思都在那些河里呢。她慢慢地打开自行车的锁,不知为什么觉得很疲惫。

"你好。"一个亲切的男人的声音在唤着她。

她费劲地定神看着。原来是——他叫什么来着?她笑了笑,

"你好,"她回答说,"他——出门啦。"

"我是徐华北。还认识么。"

她握住伸过来的一只大手。"认识。你不也是那个文学酒铺里的么。"她回答说。

徐华北笑了:"没错。我也许端盘子当跑堂儿。"

这个男的也挺神。她和徐华北推着车离开了小院门,她嘴角浮着一丝笑纹。他们这一伙都挺神。他们都是高个子,而且都活泼而神气。下班时分,人行道上和马路上的车流人流正在喧嚣,她打听了徐华北的工作,知道他在一个食品厂当秘书。"你呢,听说你搞摄影?"她默默地点了点头,抬眼望望滚滚的车流,她的神情变了。

今天,照片和幻灯片都退回来了,她想。包括那两张最好的。真干脆,一个牛皮纸信封就都退回来了。怪不得昨天做出差总结的时候,赵主任的脸色那么奇怪。我还激动得在那儿滔滔不绝地说呢,真没点眼色。今天一个牛皮纸信封,全退回来了。她想起出差回来后那几天的情景。那几天肚子总疼,浑身没有一点力气,可是她一直蹲在暗室里。找调子,找画面,像在蒸笼里一样喘着。作品的最后制作已经完成,几张十二寸的彩色照片装嵌在精致的白色硬纸框里。可是一张也没有采用,全退回来了。她想,我连去医院看看病的空儿还没等到呢,暗室还没有收拾干净,那个大牛皮纸口袋就摆到了工作台上。她眯起眼睛,避着夏天耀眼的阳光,推着自行车慢慢走着,心情坏透了。

"我讨厌新闻照片，"她听见徐华北说，"我喜欢艺术摄影。"听你口气多大，艺术——摄影。她朝他投去冷冷的一眼。今天上午，她咬着牙关，一声不吭地收拾那些照片和幻灯片的时候，眼泪不争气地溢出来了。后来坐在对面的老谢踱了过来，说有个旅游杂志急着要上一张西北风光片，问她愿意不愿意帮忙支援他一下。她居然能冷静地和老谢聊了一会儿，只是不敢正视老谢善良的目光。

"我不太爱看影展，不过，我倒是很喜欢那种黑白的艺术摄影。"徐华北显然没有注意到她的心情。她的心里突然涌起了强烈的反感。艺术，你懂得什么艺术！照我看艺术是最虚假的一个词儿。少来这一套吧，她用一种怀疑的眼光瞧着徐华北，什么你们都懂，什么你们都敢插嘴，我讨厌你们这种无孔不入。我比你懂得摄影。她加快了步子，抢先推车走上人行横道。

徐华北继续说："前些天我在北海画舫斋看了一次影展，白跑一趟，我觉得真亏。"他的声调很缓慢，充满了自信。

她站住了，从书包里取出一个牛皮纸口袋。"您能劳神看看这些，哪些最次，哪些稍次吗？"她嘲笑地盯着面前这个不知趣地奢谈艺术摄影的青年。徐华北惊讶地接过来，然后开始一张张翻看起来。她余兴未尽地又掏出一张在暗室里弄坏了色调的黄河风景，"喂，瞧这个，黄河之水天上来。怎么样？"她的精神来了，她渴望好好地恶作剧一下，戏弄戏弄这个班门弄斧的人。你还什么喜欢不喜欢摄影的，哼，所谓摄影不过是我在艰难之中捕捉的一个幻影。我真希望有一天能拍下这个影子本身，然后把一切照相机全砸烂。"这张还不错吧？瞧这颜色！"她兴致勃勃地说。

徐华北推开她的手，举起一张照片问："这是谁照的？"

她惊呆了。她愣愣地瞪着徐华北，觉得这年轻人深邃的黑眼睛正洞察着她的五脏六腑。打碎的彩陶罐，她在心里喃喃地说。真厉害，这家伙。"谁知道是谁照的，一张破静物呗。"她说。她不服气地打量着这位食品厂的小秘书，她不相信有人能理解这帧画面。这样平淡无奇的画面，它的完全隐藏的内涵，只有当人们听说作者是一个伟人之后，才会牵强附会地去大事发掘。难道你能看透我的心？呸！

徐华北推开其他照片，把那幅静物移到阳光晒不着的地方。"苍凉古老的黄土高原。生的欲望强烈得逼人的一片树林。端庄、美好、宁静的陶罐子，可惜它碎了。"她听着徐华北低沉的嗓音。他的嗓音很好，低音浑厚，她想。他们都有这样的嗓音。"它是碎的，不可弥补地残了一大块，哦，我觉得，这简直就是我们这一代人的生活。"徐华北沉思着，斟酌着词句说。

"不仅仅是我们，"她怯生生地插话道，"这就是生活。"

徐华北的目光像闪电一样射了过来，她慌忙避开了。她听见食品厂秘书愤慨地反驳道："不，就是我们！再没有谁的生活像我们——打得这么碎了！"她听着，心里不再想反对他了。真的是这样，她想起了上午的事，我们。就连我们咬着牙把它粘起来以后，还要再被打碎呢。她抬起头来，信服地望了望徐华北。她发现这个年轻人也是那样身材高大，充满自信，身上散发着一股强烈的力量。

"是你照的？"徐华北凝视着她问。

她轻轻地点了点头，心里拂过一阵感动。

"真不简单，"徐华北尊重地望着她，诚恳地说，"黄色，绿色，破碎的彩色；高原，树林子和古老的文物——哦，也许还是你对：这古老的罐子应当象征古老的生活。我们这一代，也许也没有什么太特别的。"他黯然摇了摇头，她也没有说话。我们这一代的事记在我们自己心里，她想，只有我们自己知道它的滋味。她抚摸着自行车的车把走着，谁也没有再开口，街上的车流和行人稍稍稀疏些了。他们真是一群最好的人啊，她想。我能遇到他们真是件值得庆幸的事。只是你们这样的人埋藏在人海里，要找到你们就像沙里淘金。她突然想到一个念头。她的脸红了，烫烫地发烧。她悄悄瞟了一眼身旁的年轻人，不管怎样，如果你们真的开个文学酒铺，我一定也天天去那儿坐着，我也去喝你们那种一块钱一瓶的啤酒。

"你再看看这张，"她拣出那张《河的儿子》，阳光在上了光的照片上一闪，她感到手里像亮起一片红红的色彩。

徐华北神情专注地看着，仔细地打量着那烧沸的河面和裸着的男人。她觉得徐华北看得很认真，恐怕没有漏过一堆浪头，一个色块。最后，徐华北爽朗地笑了起来："哈哈，这是——他。"她略侧着头，满怀兴趣地听着。"他就是这样，干什么都不顾一切。"徐华北沉思着说道,"瞧,他又朝着他的目标冲上去啦。"

"听说,你们原来在一块儿插队?"她问。

"对,在新疆。后来,各奔前程啦。"

他们沉默了一会儿。

徐华北把照片收拾起来,顺口问道:"这样好的作品,你为什么不拿出去发表?"

她停住了,凝视着徐华北。静了一会儿,她终于把牛皮纸口袋,还有一切都原原本本地告诉了他。

徐华北慢慢地露出了一个坚决的笑容。"明白啦。这种事用不着多解释,"徐华北说,"到处都一样,到处都在压我们年轻人。不过,我们可不是那么好惹,我们也长着会咬的牙。"她看见徐华北脸上渐渐浮现出一种近乎残酷的果断神情。这神情点缀了他那张清癯方正的脸庞,使他显得在一刹那间像尊凝固的雕像那样饱含力量。

"要比就比,要干就干一场吧!"徐华北继续说,"我们可不像他们想得那么好惹。"

"算啦!"她突然激烈地反驳道,"谁承认你!像我,一个人,累死苦死还不是——"她使劲抓紧了那个牛皮纸袋。

"我帮你干。"徐华北斩钉截铁地说道。

她意识到自己已经同徐华北走了很久了。她收好了照片,打算和这邂逅的青年告别。徐华北一条腿跨到车上,突然微笑着朝后面指了指，问道："你知道他今天到哪儿去了吗？"

她当然不知道。但她猜得出，他今天反正是在和那些河流有关的地方，不是图书馆，就是什么大学。

"他今天去拜见未来的导师，"徐华北告诉她，"我刚刚想起来，颜林的父亲把他的文章交给了一位姓柳的地理专家。老先生有话，叫他今天去一次。"

她欣喜地睁大了眼睛。这么看来，他的研究生，有门啦。她如释重负地想。愿我们大家都顺利，都成功吧。她高兴地向徐华北伸出手来告别。

他从柳先生的四合院里走了出来，倚着一棵树擦着头上的汗。他心里充满了喜悦，甚至是神圣的感觉。

当他看见沙发里半埋着一个老人时，他就明白：决定他人生的契机到了。他屏住呼吸，姿势僵直地坐在老人对面。黄土，他绝望地想，不知道他的黄土给这位地理学泰斗留下了多恶劣的印象。他想说，那篇文章是我以前写的，我现在已经开始读黄土的书啦。可是他没有敢开口。他一直那么规矩地坐着不动，听着挂钟沉缓的响声。

"会几门外语？"老人威严地提出了第一个问题。

一门半。他想。但他说："两门。"他的心跳了起来。可别当面考，老先生，我可以查着字典干，这一门半可以当两门使。我可以夜里干，耽误不了事的。

"再学两门吧，怎么样？"老人的第二个问题是商量式的，他连忙点了点头。"英法德俄日,这几门外语都很重要,"老人说,"研究展开以后,没人替你当翻译。懂吗?"

他轻轻地把椅子往前挪了挪,一字不漏地听着。他觉得,自己离那个全力奔赴的目标正在靠近着。

"听说,你已经跑了不少河流?"

听到老人这第三个问题以后,他兴奋起来了。"我在额尔齐斯河边上生活过,我在那儿插过队。我还去过黄河和湟水,在湟水边上搞过方言调查。"他结结巴巴地说着,好不容易才咽下了关于游过黄河的事。"我还准备去看看其他河,至少把以前我见过的一些河流重新调查一次,而且,我还要去调查黑龙江。"他停住了,等着老人的指示。黑龙江,他想,黑龙江我去不成啦,钱已经买了油毛毡盖小厨房。

柳先生闭上眼睛,躺在沙发里久久没有说话。

他觉得房间里静极了,只有挂钟的大摆在嚓嚓地响。有一会儿他不安地望望老人,他担心老人已经睡熟了。

"人文地理,这一行很苦,"老先生突然开口了,"年轻人,你愿意在这个领域里干完一生么?"

他微微地震动了一下。他想说什么,但没有说出来。

柳先生的声音很小,但很清晰:"没有一种知识是无用的,但是也很难有一个学科能综合一切有用的知识。我觉得,我们要培养那样的人,我希望有人能以地理科学为基础,深刻而且不浮夸地综合其他学科,成为一种真正有眼光的科学家。因为,在学科分支发达以后,科学在取得了伟大成果的同时,科学也正在陷入片面。年轻人,这不是一件随便说说的事。你要下决心吃苦,除了自然地理、经济地理、历史地理,你还要学习人类学和考古学,你要把你学过的那些方言知识搞得更深入。你得逐渐掌握统计还有计算。这些都不是轻松容易的……"

他入了神地听着,觉得这位老人的思索也像一条伟大的河。这是一位白发苍苍的统帅,他想,这样的统帅不用黄土吓唬小孩。中国真是藏龙卧虎之地,四合院里也潜居着宏观世界的哲人。真棒啊,他用崇拜的眼光望着老人,我真想现在就拜他为师。以前我从一条河跑到另一条河,我以为这样干就一定会成功,其实不,年轻人在一生的关口原来需要一个导师,这种导师将深思熟虑地指导他的人生。

柳先生最后挥了挥手:"你的文章我读过了。唔,回去好好准备吧,把基础课考好。记住:每门功课都必须名列前茅。"

他在林荫道下慢慢走着,回味着柳先生的话。我已经是个幸运儿啦,能找到这样好的导师。首先要考上他的研究生。要考好,而且要名列前茅。他计算着,我还有一个月的时间,我已经译完了李希霍芬《中国》的导言。我已经把地理系的功课又复习了一遍。总而言之,我正在扎扎实实地准备着哪,我一定要考好,要力争名列前茅。

他骑上车顺着街道驰去。在一个药店门口,他下车进去买了几帖伤湿止痛膏。现在他的右臂已经一动就痛,但他不愿去想它。他脱去半边衬衫，把一块膏药贴在右肩的三角肌上，然后穿好衣服，上车继续前进。他鄙视这条胳臂，他坚信自己会很快使它投降。我有一颗有劲的心脏呢，他想，我的肺活量也很大。我的两腿、左臂都状况良好。我的大脑一天只要休息五六个小时，就永远敏捷可靠。我会抓紧这一个月时间的，他想。他知道自己既然能把过去的时间利用得那么有效，就一定能抓紧这剩下的时间。他使劲地蹬着自行车，朝A委员会的方向疾驰而去。

但是，准考证的事情仍然没有进展。秦老师奇迹般当日送到的介绍信看来也没有解决问题。

上次他送介绍信来时，研究生办公室的人讲："可以研究研究。"而今天他们研究的结果是，因为报名期内的工作已经结束，不能补办其他考生的手续。"明年再考吧。"那位研究生办的职员劝他说。

他吓坏了。他急得声音颤抖，冷汗一下子浸透了衬衫。一个小时后，那位职员最后表示，研究生办是完全同情和理解他的；他们可以负责把他的情况反映上去，让上级再研究研究。

他心事重重地跨上车子回家。从柳先生静谧的小院里带来的那种神圣纯净的激情已经荡然无存。他的两只手都在微微颤抖，好像扶不稳车把。他强制自己做着深呼吸，想平息心里慌乱的激动。一点办法也没有，他失神地想，那些人刀枪不入，软硬不吃。原来是这么个结局在等着哪，干脆堵死泉眼，让河流从开头就干枯掉。怎么办呢？怎么办呢？他没有了主意。路过邮电局时，他抱着挣扎一下的想法又给秦老师打了个电报。

他突然看见一个新开张的知识青年小酒馆。他心里一动，立即调转车头，朝徐华北家的方向蹬去。他想起徐华北的姑父在Ａ委员会工作，是个领导干部。找华北去想想办法吧，他想，千钧一发啦。

他推开徐华北家的单元门时，手表正指着下午四点。

徐华北正在摆弄一些贴在大幅硬纸上的照片。他一眼瞥见了那些熟悉的画面：彩陶罐，黄河的傍晚。她来过这儿啦，他突然想到，她正在和徐华北来往呢。"喂，华北，干什么哪？"他问。他发现自己的声音很别扭。

他看见徐华北慢慢地坐直了身子，然后又慢慢地看定了他。他立即明白了。原来是这样，他想，我明白啦。

"写篇小评论，"徐华北平静地说，"我有个熟人在摄影家协会，帮她推荐几张作品。"他望着徐华北，没有说什么。"她不容易，也太不顺了。得帮她一把。"他还是没有说话，信手翻弄着桌上堆着的大照片。华北好像知道我想什么似的，只用个"她"字。别来这一套吧，华北，还在阿勒泰的地窝子里钻的时候我就见过你这一套。那时候，我们那一伙人还都没有刮过胡子。我们从来不买刮脸刀片，甚至见到别人刮胡子还觉得麻烦——那时候我就见过你这一套。海涛给我讲过你的故事。当然啦，我们离开那里以后就不提旧账啦，在北京人和人用不着挤在一个地窝子里的一条皮被子下头，所以没有必要说那些往事。

"我也不顺利哪，华北。"他冷冷地说。

"你？研究生不是已经大半到手了吗？你还有什么不顺？"

算了，华北。用不着这样，连讲话都充满敌意。你的那些故事还留在额尔齐斯河边上，尽管人们都已经不再用那河边上的规矩待人律己，可是那条河记着一切。那条流往北冰洋的河看重诺言和情义，也看重人的品质。

"我今天倒了霉啦。"他阴沉着脸对徐华北说。

"什么？今天你不是给你导师烧香去了吗？"

"我听不懂，"他有些生气了，"什么叫烧香？"

"烧香都不懂么？哼，"徐华北挑战般笑了一声，"烧香就是走后门，蹚路子，就是进贡表忠心。"徐华北的脸色冷峻起来，"烧香不是坏事么，你不烧他烧。我们本来就被压得他妈的喘不过来啦，烧香怎么样？放火也合情合理。你干吗？假正经？你够顺的啦。大学稳稳毕了业，又分配到北京城。再一步步地往上混，眼看研究生又要到手啦。你够顺的啦，伙计。你不懂——你不懂谁懂？我看你的香烧得地道，没考就内定了。没有颜林他爹，你能蹚开路子吗？"

他听着徐华北的发泄。他渐渐地平静下来了。华北在额尔齐斯河边上的时候，可没有这么大火气，也没有这么多话，那会儿华北多谦恭。他想起了那条浩浩荡荡地向边境流去的大河，哦，在那条河上人们讲的是另一套行话。那条河只认识意志、热情和诺言。那儿的水土只认识有劲的胳膊，大碗的白酒和爽朗的大

笑。华北,那时的你是多么文雅、多么谦恭呐。那时你讲不出这么一套,更讲不了这么粗。他抬起头来,打断了他的话:

"算啦——华北,告诉我——你看上她了?"

徐华北怔了一下,然后坚决地回答道:"对,我爱上她了。"他看着徐华北站了起来,两眼冒着火光。"我可没有你那么顺。我没有大学文凭,也没法子考研究生。我想的全干不成,好事从来轮不上我。我从六岁就学过钢琴,十一岁就在少年宫学画。我不信我就当不了个艺术家,可是我连个艺术毛也摸不着。妈的,还把我涮到新疆玩砍土镘,一玩就是四年五年。我白白地在那儿踩了两脚泥,到现在才混了这么个烂秘书,而且,是给个白痴当秘书!"徐华北猛地挥起手,咚地砸在旁边的钢琴键盘上,那琴发出一声吓人的轰鸣,"但是我懂艺术!……我理解她的摄影,她现在和我一样不顺。我帮得了她,只有我帮得了她这一把。我看见她的第一眼就觉得我们俩合适。我们俩都要靠这一步跳出坑来……"徐华北满脸涨得通红,在地板上急促地走来走去。

"怎么,你有意见?"徐华北凶狠地盯着他。

"不,"他简短地回答,"我管不着,"他坐了下来,奇怪地打量着徐华北,"坐下,华北。你怎么啦?"

徐华北局促地笑了一下,语调又恢复了平常的样子。"呵,对不起,我最近不知怎么,心情不好,总是激动。"

他坐在椅子上,注视着徐华北去给他沏茶。多有意思,瞧华北又变得文质彬彬了。现在华北和这套房间的陈设和气氛又一致了。可刚才可不同,他想,跟在额尔齐斯河边插队的时候更不同,那时插队已经到了第四个年头了,布尔津附近的戈壁滩上总是刮着风沙。走近额尔齐斯河的白沙岸时,常常能看到沙粒在水面上溅起一大片密密的麻点。那个春天汛期过后不久,他曾经看见华北躲在陡岸下面哭。泪水在脸上冲开污垢,淌成一条条花道道。他还记得那天天色晚了,河水在薄暮中闪着白晃晃的光。我一点也不想讥笑你,华北。当时我急忙离开了河岸,生怕打搅了你。我以为你正在认真地回顾你的插队生涯呢,可是你没有。你没有去找那个被你甩掉后变得痴痴呆呆的女孩子谈谈,也没有和那些心直口快的牧人们告别。我不知道你是否记得,你曾经义正词严地向公社书记抗议,因为他没有在听到最新最高指示后组织庆祝游行。当然,那是插队第一年的事了,后来我们都变得那么褴褛和潦倒。讥笑你是不对的,华北,讥笑你等于讥笑我自己。但我是不会赞成你的,你后来能为一根纸烟就和二宝翻脸,凶狠地对二宝破口大骂。我更不能赞成你那样离开。有一天早上,你声称去布尔津城买东西,就再也没有回来。你把行李、皮袍子和破烂的毡靴乱七八糟地扔在地窝子里,甚至连我们一块照的那张合影也没有带上。那是我们在额尔齐斯河边的芦苇地里照的唯一一张合影,背面有我们几个人亲笔写的、要患难与共的誓言。我知道,你是厌恶地诅咒着离开那片土坯小屋的,不过那时你没有这么硬的口气,也没有这么凶的目光。你走向布尔津的时候佝偻着腰，我记得你的身影悄无声息地消失在那道白沙的河岸后面。

他默默地想着，小口喝着华北端来的茶水。茶很香，几片茉莉花瓣浮在水上。他望着墙边立着的漆黑闪亮的钢琴，那钢琴在斜阳柔和的光线中呈着一种凝重高雅的光泽。他突然觉得这环境正在有力地否定着他的思想。那些河是多么遥远哪，他想，这里并不受那些河的主宰。难道不是么，大家回到这里就不约而同地不提往事，尽释前嫌。在北京扯那些话题多不招人喜欢哪，生活在这里早就重新开始了。大家都在重新选择生活。我和华北、二宝、颜林，还有她，都在重新选择生活。她自己会考虑好和华北的事的，她十二岁就见过那么大的世面。我当然管不着，华北，我更不会有什么意见。不过你要记住海涛给你的教训，那件事情你不该忘掉。你当年就是这样找海涛的，你也是这样，一见到海涛就甩了你原先的女朋友。海涛把你写给她的诗给我读过，说实话你的那首诗写得太棒了。你的那首诗如果登在报纸上，一定会引起轰动。只是我不同意你那么多地写到额尔齐斯河，那条河是被哈萨克族的真挚情歌和阿勒泰山的雪水养大的，它一直浩浩荡荡地流向北冰洋。你不应该写它，额尔齐斯河是坚强、忠诚和敬重诺言的。

他提起书包，站了起来。

"你怎么，伙计，好像不太顺利？"徐华北随便地问道。

这回华北没讲"不顺"，他想，可刚才你像个京油子，一嘴一个"不顺"。他把书包背上,然后端起桌上的杯子一饮而尽。"是研究生办公室有些麻烦,"他说着握住了门把手,"还是不给我准考证。"

徐华北笑了,赞许地拍拍他的肩膀:"放心温书吧,没问题。你是为这个来的么?"他们走到楼梯口,徐华北接着说:"我去找我姑父。问题不大,可以找他们头儿谈谈。"

他犹豫了一下,随即又抬起头来对徐华北说:

"不,用不着。"

傍晚,他走进家门,还没有放下自行车,邻居老大娘就唠叨着跑了过来:"可回来啦,你这宝贝儿子。快送你妈上医院吧,快进去看看你妈吧!"他的脸唰地变得惨白,自行车哐啷一声摔在地上。他冲进屋里,母亲正在床上痛苦地抽搐。他吓得浑身一抖,扑过去抓住母亲。

母亲艰难地睁开眼睛,看了看他,立刻又疼得侧过脸去。他看见母亲的蓬乱的白发在昏暗的室内显得分外刺眼。

他冲出小院,公共电话旁边站着两个穿红裤子的姑娘,正对着电话吃吃地笑。他重重地把手按在电话上面,"对不起,"他喘着粗气,"我母亲病啦,让我先打一个叫车。"他哆嗦着翻开电话簿,寻找出租车站的号码。电话不紧不慢地应了一声,他赶紧报了地址,"——没车!"电话砰地挂断了。他愤怒地把听筒一摔,冲出了公用电话间。"哎,交钱!交钱!"他听见后面在吆喊,但是他咬着牙睬也不睬。他的头脑已经丧失了思考的能力。

他撞开家门,不禁又愣住了:母亲已经自己穿好了衣服,围着一块头巾倚墙端坐着。

他靠近母亲,难过地嘟囔了一声:"妈。"

"自行车……孩子。"母亲半闭着眼睛,虚弱地喃喃着。

他推着车大步走着。母亲默默地坐在自行车后座上,抓着车座一声不响。你永远这样,妈,你永远都是默默地忍受一切,他想,也许昨天或者前天你就病了,但你不说出来,甚至夜里都不哼出声来。"一会儿就到医院啦,妈。"他俯身低声安慰母亲说。他觉得自己左臂正生出千钧之力,沉重的车把在这条臂膀下被扶得又稳又直。他用右臂扶着母亲,咬紧牙关顺着大街走着。车流在他身后疾速分开,他听见脑袋后面车铃声响成一片。只要有一个人撞我的车,他默默地想,只要有谁把我撞了,把妈妈撞了——他发着狠想着,迈着大步走着。他浑身的肌肉都已绷紧,心脏和神经都充分调整过。他知道只要有一个蛮小子撞了他的母亲,这肌肉和神经就会即刻反射,把那个家伙头朝下扭下来。他知道自己将不顾一切地大打出手。他觉得自己又变成了一个浪头,正在愤怒地扑向前方。不管他多么耻于让颜林的爸爸和柳先生知道自己还有如此野蛮的一面,他也在所不惜。十字路口亮着红灯,但他照直向前走去。额尔齐斯河在通过布尔津大桥时就是这样坚决地冲上去的。他感到心中充满悲愤。他瞥见岗楼里的警察一直目送着他从眼皮下面走过。

他先是在急诊室里,后来又在病房里守着母亲,整整守了四天四夜。

　　这四天里,他没有做日语习题,也没有温习地理讲义,他一句话也不说,只是不出声地注视着母亲床头的输液瓶。除了伺候病人以外,他总是坐在床前的一只白漆方凳上,连夜晚也坐在那里,一动不动地坐到天明。右肩三角肌的疼痛仿佛已经生了根,在那块肌肉下面的一个凹陷里潜伏着。他知道怎样一动就能牵疼那里,也知道怎样可以避开那种牵动,用这条手臂去拿东西。

　　有一天早晨来了一个新换班的护士,不知为什么对着母亲大叫大嚷。他缓缓地站了起来,走近那位脾气不好的小姐。他和她对峙了几秒钟。那位小姐突然恐怖地尖叫起来,夺路逃离了病房。一会儿又来了一位年纪大些的护士,她一面手脚麻利地干着自己的事,一面奇怪地打量着他。

　　他成堆成堆地给母亲买来水果和罐头。打开,削好,递到母亲面前。

　　"不想吃。"母亲的声音还很微弱。

　　他还是端着那些食物,不作声地望着母亲。

　　"不。"母亲又说了一遍。

　　他把食物递得更近。

　　"你也吃。"母亲说。

　　"不,你吃,妈。"他说。

　　"你也吃。"母亲坚持着。

　　他拿起一个苹果,用两个拇指卡住,咔嚓一声掰成两半,大口嚼了起来。他避开了母亲的目光，也不再去看老人满头的白发。母亲也吃了起来，小声地啜着罐头梨子里的糖汁。他们都想起了久逝的往事。小时候——好像是他刚上小学三年级的时候，有一次患猩红热住院。那时母亲穿着一件洗得发白的列宁服，也举着水果和一个梨子罐头坐在他床前。"你也吃，妈。"他奶声奶气地坚持着。好像后来妈妈吃的时候落泪了，他回忆着，当然我现在不会落泪。他几口就咽下了半个苹果，又开始吃另外一半。十几年来他几乎淡忘了自己的母亲，回北京探亲或者度假时，有时心情不好他还对母亲大发脾气。只是有一次，他回想着，有一次他在布尔津城的小邮局里看见一个哈萨克族女人在接北京来的长途电话，听筒里传来的声音满屋子都能听见："妈妈！妈妈！你怎么啦？妈妈，你说话呀！"可是哈萨克族女人却呜咽着，一句话也说不出来。他目瞪口呆地看着那瘦削的女人，直至长途电话被切断。他永远忘不了那哈族女人剧烈颤抖着身子，紧紧握着话筒哭泣的样子。他在一旁看着，突然想起了自己的母亲。哦，那天我想起了自己的母亲，我难受得差点发疯。我冲出邮局大门，看见了横亘在面前的额尔齐斯河，那天我深深地体验到了我们知识青年心里的苦。他使劲地嚼着苹果，酸甜的汁液顺着喉咙淌入他胸中。

整整四天他没有看书。从清晨到黄昏，母子二人静静地在病室里迎送着时间。母亲的病很快地好了起来。

他开始考虑自己下一步的办法。他觉得心中一片茫然。去研究生办公室么？不，现在如果去那里，他会把事情弄得不可收拾。去图书馆么？他觉得兴味索然。明天弟弟就要来接替他看护母亲。家里将清冷得空无一人，他也不想回家。去找伙伴们么？颜林即使休息，那个胖儿子也一定正缠着他。二宝是砖厂的窑工，上一天班要流几斤汗，回家就呼呼大睡。他从徐华北又想到那个姑娘，他更不愿意去找他们。唉，黑龙江！他又想念起那条神秘的北方大河来，可是无论如何他也去不成那条河啦。我要找一条近一点的河流，他想，我现在只有去调查一条活泼的河流，才能恢复身上的力量。他打开母亲床头的台灯，掏出地图册翻阅起来，他一眼就看见了北京近郊有一条大河。

永定河，他望着地图上那条弯曲的蓝色线条，去永定河看看吧。母亲正在床上发出沉沉的鼾声，他稍稍收拾了一下自己的东西，然后疲惫不堪地伏在母亲的床头，闭上了眼睛。

第五天的清晨，弟弟和他的女朋友一块儿来替换哥哥。他提起自己的书包，吃力地从床前站了起来。他推开门走到外面，深深吸了一口室外的清新空气。夏季早晨的凉风正精神抖擞地摇晃着满树绿叶，他从存车处推出自行车来，走出了医院大门。

这时，他看见她正急急忙忙地迎面跑来。

通向首都西郊的大道上车流滚滚。他瞧见她的黑发在晨风中飘得高高的。他不愿和她多说什么，只顾用力地蹬着自行车。他在医院门口几次表示反对，但她说今天她没事，还是跟着他一块儿来了。今天我又是同她一起奔向河边。他想到黄河，又想到湟水。这已经是第三条河啦,他想,这是很不容易的。可是他想到了徐华北,他的心绪又坏了。他又只顾蹬起车来。

车过五棵松以后,西去的车流稀疏起来,大道上行人很少。"研究生!喂,叫你哪!"她快活地说起话来。

"我的作品,要发表啦!"她大声说。

他点了点头,继续骑着车。

"那张静物,"她显然很兴奋,"记得吗?那个彩陶罐。"

他又点了点头。他看见她把身体绷得弯弯的,吃力地跟着他的速度,就略微骑慢了些。

"徐华北给我写了一篇评论,和作品一块儿发表。"她还是兴高采烈地说着,抬起手擦了擦汗。

"祝贺你,"他回答道,"发表在什么杂志上?"

"嘿,《摄影艺术》!全国最大的摄影杂志!"

"太好啦。"他说。不管怎样,他还是为这姑娘高兴。她总算闯过了一关,他想,这是很不容易的。

"喂,研究生。"她低声地唤他道,"你们这伙人真棒。"

他们进入了工厂区。两侧高耸的烟囱吐着团团浓云,路上拥挤着穿工作服的人群。他们不时按着车铃,闪开横冲直撞的卡车和悠然踱着的农民的马车。

"徐华北的评论写得真好,"她的声调充满了感动,她甩了甩黑发,望着他说道,"那评论,我读了好几遍。"

"对,"他说,"华北的文章写得很漂亮。"他绕过一辆马车。不过，姑娘，你读过的那几页大概还不是华北的杰作。在阿勒泰，华北曾经写给海涛一首情诗。那首诗完全有资格在报纸上印上一整版。连我都被那首诗迷住啦，他想着不禁微笑起来。他努力想回忆那首诗里的句子，可是没有能想起来。平心而论，那确实是一首漂亮的好诗，他心悦诚服地想，可是海涛却气愤地把那诗撕得粉碎。也许海涛不能容忍那种完美背后的欺骗，海涛为另一个蒙在鼓里的女孩子气得满脸通红。后来海涛把头埋在他的怀里哭了。他苦笑了一下，轻轻地摇了摇头。其实诗确实是好诗，他想，我不同意的只是华北大段地写到了额尔齐斯河。额尔齐斯河是我的。

这时，他们终于穿出了林立的烟囱和工厂区，前方出现了三家店的崇山峻岭和平原。

永定河，他盯着前方的一条粼光闪闪的水。这就是永定河呵，他想。他忽然觉得累了，整个一条右臂又酸又麻。不管怎样，我总算是坚持着又来到一条北方的河畔。"喂，小心点！"他朝她喊了一声，用力握紧车把。自行车直直地顺着下坡路朝河谷飞去。他扭头急速地瞥了一眼，他看见飞舞的黑发下面，一双倔强的黑眼睛和他相遇了。

他不顾一切地松开车闸，冲向陡峭的下坡路。这个小伙子真勇猛呵，她想，他像一只下山的野兽，像一条飞溅的瀑布一样。他比徐华北更热情，更勇敢；但是徐华北却更懂得支持和扶助艰难中的女性，更机智和善于斗争。徐华北不像他这样不顾后果，而且徐华北也在不屈地向命运抗争。她想起徐华北告诉她的计划，要用一支笔砍开荆棘和障碍，离开那个食品厂秘书的办公桌。更重要的是，她忽然想起了一支名叫《山楂树》的歌，徐华北已经宣布爱我。她想着，望着前面的他。可是我更信任你呀，愣头青小伙子，她默默地说，我要听听你的意见再决定。她使劲蹬了几下，车子箭一样向下疾驰。她也看见了永定河，看见那条河正从西山山脉的群峰中朝着这里迢迢而来。她看见三家店高矗着的钢铁巨坝。她松开了领口的一个纽扣，望着下游的开人胸襟的广阔平原。她感到河谷里特有的，那种土腥味儿很浓的凉风正拂入她的胸怀。她使劲骑着车，很快追上了他。他们两人无言地并着肩，对准河谷飞快地驰去。

他们把自行车放倒在河滩上，朝河水走去。

喔，你就是永定河，他想。你就是把北京西北的巍峨山脉劈出了深峡长谷的永定河。你就是一旦来到了三家店，一旦摆脱了高山和岩石的阻拦就肆意恣情地在开阔的大平原上东摇西荡的永定河。你就是多少年来自由自在，迁徙无常，河道如麻的永定河。他失望地瞪大了眼睛，望着面前这条细浪汩汩的流水。简直是可怜巴巴，他来回地在河边踱着，唉，这条河简直是可怜巴巴。他不能理解地瞧着水上的鱼鳞细浪，永定河的一湾清波正在灰色的沙滩上拍响着单调的哗哗声。

她和他顺着荒漠的河岸走着，谈着话。她不时停下来，捉摸一会儿河谷的画面和色彩。他低着头，认真地读着她递来的那份徐华北的文稿。

他掀着纸张，很快地读着。这是一篇纯艺术的论文，徐华北在文章里分析了古朴的高原、新生的树林和破碎的彩陶罐，分析了构图、用光、色彩和调子。文章言简意赅地分析了这幅静物的象征意义，总结了动荡的历史和艰辛的生活，从悲剧的内容中肯定了作者对真善美的执着的爱。华北会这么写的，他合上了那叠稿纸，华北会这样把文章写得又流畅又漂亮。他朝她问道："华北今天上班么？"今天是星期日，他觉得，华北应当设法和她在一起才合理。

"他为你的事，要去找一位什么头头，"她答道，"华北说，只要准考证的事不再刁难你，问题就不大了。"

他踩着河滩地上的卵石和硬石，不动声色地压制着心头的怒火。他厌恶和徐华北之间发生的事，这些事愈解释愈庸俗不堪。就像他对徐华北本人的反感一样，那只是一种直觉，一种他解释不清，但又为他坚信不疑的直觉。他感到自己和这姑娘之间有着一种说不清的隔阂。他想着，心里突然强烈地怀念起那些气候酷热、环境荒莽的世界来。华北，你错了，他在心里说，我和这个姑娘并没有什么关系。你用不着干得那么面面俱到。如果她喜欢你——不，即使是当年吧，如果海涛喜欢你的那首长诗的话，我也决不会说什么。用不着和我来这种交换。在额尔齐斯，我们像赤裸在暴晒大地的阳光中一样，那时候我从来不去解释什么，不管是为别人还是为自己。他加快了步伐，不再去想华北的事，他开始集中精力，观察永定河谷的各种地貌特点。

徐华北昨天向我求爱了，她走着想着，徐华北说的那些话，简直……简直是些烫人的语言。可是不知为了什么，当时我突然想到了你，她悄悄地瞟了一眼旁边的他，你在我的眼中，曾经化成了一个奔向雄浑大河的男人，一个精灵般的河的儿子。华北……当然华北也很好。他那么理解奋斗中的女人，他在帮助我的时候机智、果断又富有才华。华北，他多像我在泥泞长旅中的温暖呀。她想着，又想起了那支《山楂树》，觉得心里充满了一种矛盾的、幸福感和奢侈感交织的心情。

"唉，你们都是好人哪。"她轻轻地说。

他听着圆圆的石块在脚下咯咯响着。他的情绪越来越坏了。永定河没有用惊人心魄的景观来振奋他，关于准考证的念头却纠缠着脑子，使他心烦意乱。面前那道小河缓缓淌着，耐心又有韧性。他凝视着那河水，深深地叹了一口气。你就是永定河么？你就是劈开了燕山和西山，多少年来任意迁徙、放浪不羁的那条河么？《地表水》和《历史自然地理》上说，你是条不知安宁、河床屡改的不驯的河。我在读着那些书时，总是禁不住在想象中描绘着你。我无法猜测年轻时代的你，无法猜测那时你究竟有多强悍。书本上说，就在五百多年前，你还曾经从这儿赶跑了两座城市，三百年以来你逼得下游五次改堤。他失神地望着河水，这条小河简直可以一跃而过，可以"捉襟而涉"。他看着一汪清流正朝着下游涓涓而去，河上漂浮着几张腐叶和他并肩徐行。

他回忆起黄河的情景。那才是一条真正的河呢，他想，我在黄河边上见过整棵的大树在浊浪里翻滚。在那儿男子汉可以找到粗糙的抚慰；在那儿，那一眼迷茫的巨川会引诱人的勇敢，会引诱人把心底最深的话向姑娘们诉说。但是我决不会再向你们诉说啦，姑娘们，他愤愤地想，那些字字沉重的话语在你们娇嫩的心里会变成另外一些玩意儿。他大踏步地踏着砾石块，咬着嘴唇走着，那位姑娘已经被他甩在背后了。永定河来到平原就屈服了。你呢，你也屈服了。你暴躁，你烦恼，你四天里谁都不理，你在大街上和医院里想寻衅打架。你连书也不看——你居然连书也不看了！他嘲笑着自己，仅仅因为拿不到准考证，因为没有钱去看黑龙江，仅仅因为徐华北在追求这个姑娘，你就丧失了意志。他轻蔑地望着那条小溪般的细流，"嘿，我以为你是一条好汉。"他大声地对永定河说道。

河水依然如旧地、无声地流着，微微地掀着涟漪。他弯下腰拾起一块石头，奋力朝河中心投去。石头在空中画了个弧线，在耀眼的水面上向着自己模糊的影子，咕咚一声沉了下去。哦，它咕咚一声沉下去啦，他想，连水花也不冒一个。他有些吃惊，又弯腰去拾一块更大的石头。这时右肩像撕裂了似的疼了一下，他咧着嘴倒抽了一口凉气。这病已经留了根啦，他想，这条胳膊完啦。他勃然大怒地冲了几步，"你这背叛的家伙！"他骂着，不管不顾地使劲把那块大石头扔向河里。石头笨拙地翻了个跟头，啪地摔碎在河滩的砾石堆上。"你这胆小鬼，哼，我不怕你！"

他嘟哝着,绝望地站在岸边,哧哧地喘着粗气。

"你怎么啦,研究生?"她跑上来了。

"没怎么——喂,咱们找个地方吃饭吧。"他说。

他们找到一个小副食店,买了两包饼干。他们又绕到一个菜园子里,买来一堆西红柿。他们找到一棵大树,在阴凉地里坐了下来。树荫外面的世界被正午的毒阳暴烤着,一片白花花的灼烫气流罩着河谷。

"喂,研究生,"她吃着饼干问他,"还写诗吗?"

他满嘴都塞满了饼干。他抬起头来,不解地望着她。

她用手绢把一个西红柿擦干净,递给了他。

"你不是已经写了一个开头么?那首诗。"她问。

他迟疑了一下,但他还是回答说:"那首诗,嗯,我已经写了两节。"

她高兴得嚷了起来:"写了两节!真快呀,我记得,那天还在写开头。"他也许能成功呢,她想。

"这几天,在医院,我又写了一点儿。反正,将就算是写完了两节。"他说,可是写得力不从心,写得心烦意乱。他想着,心里兴致不好。

她伸出手来,兴奋地望着他:"来,我看看!"

他没有回答。他想到了徐华北的评论文章,也想到了那首献给海涛的情诗。他觉得自己有些冷淡,没心思在这会儿和她再谈论自己的诗。他沉默了一阵,抬起头来说:"不,现在不成,现在我那诗像个瘪三。等我改好以后，再请你读吧。"

他站了起来，咽下最后半个西红柿。"我要顺着河走一段路。你，"他打量着姑娘消瘦的脸，"要不，你就在这儿歇歇吧？"

她想挣扎着起来，可是觉得浑身瘫软无力。她望了望树荫外面白得晃眼的毒日头下的土地，"唉，"她叹了一口气，"那我就歇一会儿。这些日子天天忙到半夜才睡——我等着你，研究生，"她朝他疲倦地笑了笑，"快点回来。"

他顺着永定河的河漫滩大步走着。她看见他走进眩目的毒热的阳光里，又走进一片丛生的杨柳树林，然后消失了。

绕过一片树林子以后，他顺着河湾走进了一块新的地方。他看见河谷骤然开阔了。三家店下游的平原一望无际，高高的河堤远远伸向天尽头。被高堤嵌住的河床又宽又深，满盛着一川铁灰色的砾石。戈壁滩，他想，这河床简直就是一片阿勒泰南方的戈壁滩，一泓清流在这干渴的戈壁上扭曲着，强烈地反射着白亮的阳光。他眯起眼睛，用手搭着凉棚，眺望着那戈壁的彼岸。真宽哪，他暗暗吃惊了，简直宽得看不到边。他转身奔上岸上的河堤，继续朝那辽阔的河漫滩望。一片茫茫的铁青色充塞视野。真宽呀，他暗暗惊奇了。这河漫滩恐怕有几千米宽，不，恐怕有一万米宽哪。这条河在丰腴的平原上制造了一片戈壁，一片荒漠，一个几千米或者一万米的摇篮。它在农田和树林之间制造了无法改造的一片钢铁般的青灰色，而它自己却在悄无声息地流。

河堤上一字排开地趴着一排光屁股孩子，从头到脚晒得焦黑似炭。他发现那伙小家伙正在好奇地看着他。他拾起一块石头，使劲地把它投向河中心。石头飞快地落向水面，他听见了深沉的咚的一声。"它深着哪，"他说道，"它非常深。"他又拾起一块石头扔向河中心。那伙贴在河堤上的小黑泥鳅们全都蹦了起来，喊叫着围住了他，争先恐后地拾起石子朝河里扔起来，他混在这伙赤条条的小黑人当中，和他们一块叫嚷着，把一块又一块鹅卵石和方砾石投向河心。河面上不断地响起咕咚咕咚的声音。后来孩子们一齐怪叫着，打闹着扑向河水，永定河被这群欢乐的小家伙扑腾得溅起高高的白色浪花。他站在河边，听着孩子们的欢声和河水的音响，脸上身上都被浪花水珠溅湿了。

  永定河没有屈服，他想，这并不是一道屈辱的驯服的浅流。听那石头落水的声音，那声音里饱含着深沉的坚忍和力量。永定河没有屈服，它不像你，原来，你完全配不上这些北方的河。你就像你那些诗句一样干瘪和轻狂，你只会在顺利的时候充满自信，得意洋洋。他想到了自己几天来的一幕一幕，想到了准考证、医院、徐华北和那姑娘。"笨蛋，你完全是个废物！"他骂着自己。你应当变得深沉些，像这忍受着旱季干渴的河一样。你应当沉静，含蓄，宽容。你应当像这群晒得黑黑的河边孩子一样具有活泼的生命，在大自然中如鱼在水。你应当根须攀着高山老林，吮吸着山泉雨水；在号角吹响的时候，像这永定河一样，带着惊雷般的愤怒浪涛一泻而下，让冲决一块的洪流淹没这铁青的砾石戈壁，让整个峡谷和平原都回响起你的喊声。

他沿着河漫滩向回走。永定河在远处仍然缓缓长流。他望着空旷的河谷和那条细流，心里又感到一种奇异的神秘。他走回树林后面那棵大树下时，偏西的太阳正沉入一条薄薄的长云。

他在那棵大树下停住了：那姑娘正倚着树干，酣沉地熟睡着。他轻轻地坐下来，望着她静静的睡姿。他摸出一支烟来，默默地坐在一旁，注视着她，心里一下子百感交集。

你实在太累了，十二岁的小姑娘。这样的人生对于你来说，实在是太难了点儿。他吸着烟，打量着她熟睡的样子，心激烈地跳了起来。他的眼前闪过了自结识这姑娘以来的一幕一幕；闪过了黄河、湟水和这永定河的浪头。不管怎样，他想，这样的经历实在是太难得了。他知道眼前这酣睡着的女孩子是个真正的好姑娘。我真的还能遇到比她更好的人么？他默默地问着自己。他忽然感觉到一股苍凉的心境。他体味着这种遥遥而来的沉重心绪，又接上了一支烟。也许我应该伸出手把她牢牢地抓住；他思索着，也许我应该毫不迟疑地把华北打败。谁知道你的生活最终会不会是一个悲剧呢？他冷冷地问着自己。他久久地凝视着倚树沉睡的她，好像要在心里永远把她记住。不，这不是我渴望的爱情，他轻轻摇了摇头。我要鼓足勇气坚持下去，哪怕真的陷入悲剧我也决不屈服。何况，她现在刚刚登上一座山岗，她心里正充满着成功的喜悦；他想，让她自己去了解和认识一切吧，我应该离她远一点儿。她在奋斗中认识了华北，找到了自己的小船、帆篷和港口，而这一切和我之间最终是不一样的。别以为我不支持你的奋斗,他想,冈林信康唱过:"我就是我,我不能变成你。"他深深地吸了一口烟,然后把烟雾吐向河谷。向前跑吧,别回头,我祝你成功,也祝你幸福。如果你有一天陷入了逆境,如果有一天华北真的又使出他在阿勒泰的那一套,我会伸出手来,尽力帮助你的,尽管我的这条手臂已经受了伤。而现在——他把烟头轻轻地踩熄在地上,而现在,我要同你告别啦。

他转过身去,注视着永定河远近的景观,记忆着与地理学有关的东西。等三家店西面的群山里拂来第一阵凉爽的晚风时,他叫醒了她。他们推起自行车,走上了那个陡陡的高坡,然后上了公路,向着东方的都市中心驰去。薄暮的永定河水被留在他们身后。在黄色的斜阳照耀下闪跳。

五

他一层一层地走上楼梯,拐弯,然后顺着宽宽的走廊向前走。他朝一个忙匆匆的中年人问清了A委员会党委第一书记办公室的位置,接着照直走到那扇磨砂玻璃门前,毫不犹豫地一把推开了门。他看见在一张巨大的写字台前正伏着一个花白头发的老人,他闪电般地联想了一下柳先生和母亲。那老人惊讶地戴上眼镜,望着他。

"您是党委书记吗?"他问。

"对。我姓曹。"

他听出了这位书记语调中的不快。他掏出了毕业证书、从研究生办取回的申请书、秦老师寄来的介绍信、一份自填的人文地理研究生报名表，还有一份标明时间的备忘录，谨慎地一一摆在写字台上。最后，他退后一步，简洁而清晰地把自己的全部情况叙述了一遍。

"现在距离考试一共只有十天。而且十天里包括今天。我和我的母校已经尽了我们能尽的一切力量，"他平静地望着曹书记，沉着而不容置疑地说，"但是没有用处。我只有直接找您谈。请您通知研究生办，让他们马上发给我准考证。"

姓曹的书记放下了眼镜，慢慢地斟酌着字句。"小伙子，你不觉得，嗯，"书记先微笑了一下，"这儿是党委书记的办公室啊——门也不敲就闯进来？"

他眼睛一眨不眨地迎视着曹书记的目光："不，我不觉得。这是人民交给您的工作。而且，"他继续冷冷地说，"我从您这座楼的传达室敲起，已经整整敲了一个月门了。您可以化个装，然后到您的传达室去试试找您自己。"他建议说。

曹书记被他逗笑了。"哈，你认为你的考试这么重要么？来，坐下。小伙子。"书记点燃一根烟，打量着这个年轻人。"那么，你认为我的其他工作，喏，"他推了推案上高高的卷宗文件，"我们老头子天天忙的，就都不算你说的，人民交给的工作吗？"

"您可以再忙一点。"他斩钉截铁地回答道，"难道您不是共产党员吗？"他看见这书记被他的话吓了一跳。

两人默默地坐着，陷入了难堪的寂静。最后，书记把那支烟按熄在烟灰缸里，抬起头来：

"好吧，我马上研究你的材料，好么？只要你符合报名条件，我就通知他们发给你准考证。"

"现在我想请您原谅我，曹书记。"他依然一动不动地坐着，"我刚才的每一句话都没有礼貌，"他诚恳地盯着书记说，"因为，我实在走投无路了。您知道，只剩下十天了。"

书记和蔼地站了起来："不，你的话，每一句都很正确。"他一直被这年迈的书记送出玻璃门，又送到楼梯口。"不过，小伙子，"书记在告别时满有兴趣地问道，"万一我们认为不能给你准考证呢？我是说，在慎重研究之后？"

"那我就去闯考场。"他阴沉地说。

"噢。那么，如果你万一考不取呢？你不觉得今天这些话，太过分一点了么？"书记笑着问。

"不可能。我一定要考上。"他像受伤的野兽一样，喉咙里咕噜噜地响。

"真自信呀。"书记笑着摇了摇头，然后话锋一转，严肃地问他说，"你真的这样热爱这个专业吗？"

"再见——"他嘶哑地说了一声，头也不回地奔下楼梯。

他撞开大门，飞身跨上自行车，一下子冲进了川流不息的人流。他的心还在怦怦地狂跳着，他竭力使自己不去回想刚才同那位第一书记的谈话。再谈下去你会控制不住的，你或者会丢人地流出眼泪，或者会疯狂地破坏一切成果，把事情弄得不堪收拾。

他责备地埋怨着自己，把车子骑得飞快。你完全没有那种大河风度，你只是被那些河惯坏的一个野孩子。你在年轻时代就被惯坏啦，被那条自由的、北国的额尔齐斯河。

他使劲地蹬着车，风吹着发烫的脸颊。他想，我怎么能不被惯坏呢，在额尔齐斯河流域，路程起码是上百公里，山岭最少是海拔三千多米。我们曾经徒步走进阿勒泰山，异想天开地想把红卫兵的旗子插到阿勒泰的冰峰上去。我们在山里迷了路，一天同时挨了暴雨和暴雪的鞭打。后来我们遇上了一群赶马的牧人，又兴高采烈地跟着他们去浪游新疆。那时的我还不满二十岁，我是抱着一匹马的脖颈渡过额尔齐斯河的。河水冷得刺骨，汛期的雪水在河里掀着大浪。我只记得满河都响着马群的嘶声和哈萨克族人粗犷的喊叫，马蹄溅起的水珠在天空飘成一片蒙蒙的雾。上岸时我已经冻僵了，那些牧人把整瓶的烈酒灌进我的肚子里。我说不出话来，我看见他们也把整瓶的酒喝得干干净净。我一句话也没说就醉了，我觉得他们那粗放的大笑在震撼着我的每一个细胞。我嘿嘿地笑着，后来就在篝火旁睡熟了。第二天清晨我爬了起来，我一开口就发现自己的嗓音已经粗哑，带着他们那样的声调。我走了第一步就发现自己也开始像他们那样威风地摇晃。我就这样变野啦，亲爱的、操劳的老书记！等我考完了试，我要买一瓶麦乳精去看您，再次向您道歉。我是因为走投无路才那么毫无礼貌，出言不逊。阿勒泰的牧人是讲究礼节的，我要在考试以后，华北不会再认为我是"烧香"以后去看您，请您喝点麦乳精，休息休息脑筋和补养一下身体。我还要请她——他突然想起一件事来，我答应过请她吃一顿西餐，为着她承受过的痛苦。应当由大家承受的不该只落在一个小姑娘身上，华北也最好能同意这一点。

他当晚把李希霍芬《中国》导言的译稿又读了一遍，然后整整齐齐地钉好，放在桌角。他又收起了那本边角翻烂的《简明基础日语》，这里面的习题他已经做了不知多少遍。他又整理了那一大叠《地理学报》《地理学资料》《国外人文地理研究动态》，准备全部还给颜林的父亲。最后，他搬过卡片盒来，随手翻阅着那些卡片。他感到一股满足和有把握的心情。他想，这些卡片就是那些讲义和书籍里的干货。无论是政治课的内容，还是自然地理、人类学和原始社会考古学的内容，有用的都已尽收其中。剩下的几天时间我只对付你们，伙计们，他抚摸着卡片想。我可以把你们放在口袋里，随时随地掏出来阅读。

他整理了卡片，然后取出一张纸，在纸上画了九个格。每格代表一天，还有九天，他想。九天以后是个星期一，那天早晨，我带上两支钢笔，灌足墨水，然后去考场。不管准考证的事儿怎么了结，那天早晨我都要走向考场。

他挪挪椅子，坐得端正些，然后开始工作。

一天过去了，他在那张表上画掉了第一个格。

又一天过去了。还有七天，他计算着，把写满了工作内容的第二个格轻轻地勾掉。这是一个星期日的晚上，弟弟和那位年轻女工把母亲接走去看戏,家里只有他一人。

他擦干净桌子,扔掉一个空烟盒和一些碎纸。他从抽屉里取出自己的诗稿,然后慢慢地拔下钢笔帽。

他感到自己的心情异样地宁静,但又觉得那宁静之中正在渐渐地涌起着、凸起着什么。心跳开始一下比一下沉重,他听着自己的心跳,听着那涌起着和凸起着的东西带来的一丝微弱而尖锐的音响。刹那间那一丝音响轰鸣起来,他感到自己被突如其来的汹涌波涛一下淹没了。他激动地把笔按向纸张,纸嗤地撕破了。

他已经写完了第三节。第三节是在永定河回来那天夜里一气呵成的。他不知道自己要写多少节,也不知道自己究竟要写些什么,他只是重重地把笔尖刺向稿纸,让笔尖发出的嚓嚓的声音紧紧跟上胸腔里那颗心的搏动。他来不及字斟句酌,但他惊喜地发现已经有些亮闪闪的字眼排着队,不可思议地从笔下涌出,留在他的稿纸上。但他此刻无暇回顾,因为那浪涛在凶猛地冲撞着他,急躁地朝着他的喉咙、他的大脑,以及他握笔的手一下一下地冲击。黄河,额尔齐斯,湟水,无定河和永定河,阿勒泰的巍巍大山,黄土高原的沟壑梁峁,新栽的青杨树林,以及羊群和马群,飘浮的野花,彩陶的溪流,铁青的河漫滩——都挟带着热烈的呼啸一拥而至。那些大河两岸的为他熟识了又与他长别了的人们的面影正在波浪中浮沉隐现,亲切地注视着他的眼睛。他写着,手微微地颤抖了。他发觉自己正大胆地企图描绘一个粗犷的大自然,一个广阔的世界。这是北方啊,他吃惊地想,他有些害怕。涂满墨迹的纸一页页地翻过去，他鼓足勇气写了下去。他看见，在他的笔下渐渐地站起来了一个人，一个在北方阿勒泰的草地上自由成长的少年，一个在沉重劳动中健壮起来、坚强起来的青年，一个在爱情和友谊、背叛与忠贞、锤炼与思索中站了起来的战士。他急速地写着，一手按住震颤着的薄薄纸页。理想、失败、追求、幻灭、热情、劳累、感动、鄙夷、快乐、痛苦，都伴和着那些北方大河的滔滔水响，清脆的浮冰的击撞，肉体的创痛和感情的磨砺，一齐奔流起来，化成一支持久的旋律，一首年轻热情的歌。他写着，觉得心里充满了神奇的感受。我感激你，他想，我永远感激你，北方的河，你滋润了我的生命。

他一口气写了很多。他已经在留心寻找适当的机会结尾。他明白这宣泄而下的倾诉应当有个深刻的结束；这结束应当表现出巨大的控制力和象征能力，它将使全部诗行突然受到一束奇异的强光照射，魔幻般地显现它们深蕴的一层更厚重含蓄的内容。这个结尾应当像那些北方大河一样，粗悍清新，动人心魄，但又不留痕迹，不动声色。

他猛地把笔摔掉，跳了起来。他抓起那叠稿纸读着，用两只手把它们翻得哗啦乱响。

他读完了。不行啊，他把诗稿放回桌子上，我不仅没能写出那个结尾，而且我也没能写出那种吸引我的、伟大的东西。那是一个神秘的幽灵，北方全部的魅力都因它而生。他沉重地坐在椅子上，沉吟着点燃了一根烟。这不是因为我不懂得艺术，也不是因为我不会写诗。他推开窗子,让清凉的夜风吹进小屋。你还没有找到那神秘的幽灵,他对自己说,你还并没有真正理解北方的河。你走的地方还少,你见过的世面更少,你还没来得及在塔里木,在居延,在许许多多的北方河流旁边生活过。特别是你还没有见过黑龙江。他有些伤心地想,无论如何,我现在去不成黑龙江啦。我没有钱,也没有时间,无法去瞻仰和调查那条完全由一条黑色巨龙变成的大河。

他终于把钢笔慢慢地插入笔帽,藏起了自己的诗稿。他看看闹钟,时针正指着凌晨三点。最后的一个星期开始了,一共还有七天时间。他抱着双臂坐了一会儿,倾听着闹钟走动的嘀嗒声。他决定,这首诗就写到这儿为止,等他将来到达黑龙江以后,再写出结尾并把全诗修改出来。他站起来,揉了一会儿麻木的右臂,然后关上窗子,上床睡觉。

她在床上躺着,昏昏欲睡。她累得全身像是散了架,连起床给自己煮一碗挂面的力气都没有。当她听见有人敲门以后,好久才打起精神应了一声。

她吃了一惊。她睁大眼睛望着门口站着的他。这是他第一次来找我呢,她想。华北可是已经常来常往了,而他,自从一块儿去了永定河以后,我还是第一次看见他。

"研究生,事情怎么样?"她还是开着玩笑问道。

他猛地一把从书包里抓出一张纸,"你看!"他的声音激动得发抖,"你看,准考证!"

她感慨地看着那张小小的白纸片。

原来就是这么一张纸片。可是这种小纸片上凝聚着我们这一代人怎样艰辛的经历呐。她想起昨天华北也拿来了一张白色的纸片。那是一份调令。华北终于以他的文章,以他的顽强努力和出众才华离开了那家小食品工厂。华北也曾激动得声音发抖:"我的新生命开始了!我复活了!"她也曾像此刻一样,感慨地、默默地看着那张公文纸。

"真好啊。"她喃喃地说。

她为他冲了一杯橘子水,望着他大口地喝着。真好啊,她想,他们都在奋力地挣扎,都在坚强地和命运搏斗。他们终于都找到了自己向往的一个位置,找到了一个为人们和社会承认的位置。真是些坚强的男子汉哪,她羡慕地想。

他大口地喝着橘子水,敞开的衬衫领口冒着热气。"再喝一杯吧。"她端起冷水瓶和橘子水瓶。他憨厚地笑了,于是又把第二杯一饮而尽。她马上又斟上了第三杯。

他抹了抹嘴角:"喂,你瞧!"他说着把两臂向侧后伸直,踩着碎步,歪着脑袋,像只鸟儿一样在屋子里转了起来。"呜……"他憨足劲儿哼着,"喂,你看,像不像飞机?"

她笑着,奇怪地凝视着他。"不像。像只大蜻蜓!"真可笑,不害羞,她想,高兴成这样子。拿到了准考证,他简直乐得像个小孩子。"像个大傻瓜!"她高声笑道。

"不对,"他一面呜呜转着圈一面说,"这是轰炸机。瞧着吧，"他停止了飞行，端起那杯橘子水，"还有五天了，还有一共五天，我就要去轰炸那些考卷。"他兴奋不已地瞧了瞧橘子水，然后仰起头大口喝起来。

她把华北的事情讲给了他。"你们都成功啦。"她说，他一定会考得很出色，华北也可以搞他喜欢的艺术了。她欣慰地想，他们都是强者，都是些坚强的人。"你们真像岩石。"她突然说道。

"什么？我们——岩石？"他奇怪地问。

"嗯。"她微笑着点了点头。是岩石，她想，是我们理想中的依靠。

"走吧！摄影家！"他把杯子放在桌子上，毅然地做了个邀请的姿势，"走吧，去莫斯科餐厅。忘了吗？我早说过，要请你去吃一顿。"

她出神地望着他，好久才站了起来。

他们走出房间。在大门口迈进了暴晒的阳光里。他看见这姑娘晕眩了一下，用手扶住了一棵树。她太累了，她简直是形容憔悴，他想道，心里漾起一道饱含复杂的潮水。但是她不露声色地谈起了别的事。于是，他们一块儿走离了那棵树。

在餐桌旁，他问道："你怎么样？好久没见啦。"

"我么，我很好，"她说，"那张作品，已经发表了。"哦，已经——发表了。她想起上午自己躲在报刊零售亭旁看到的情景。道路上依然人声鼎沸，广播里依然报道着重要新闻，她盯住两个买了《摄影艺术》的年轻姑娘走了一段路，但她发现她们买这份杂志的目的在于封面女郎的那件蝉翼衫。发表了,而且还有华北的那篇评论,也许在秋天全国影展的大厅里会占上一个小小的角落。可是,她怅然地想,这就是一切么?

邻座的一位小伙子正在独自大吃,桌上放着一架录音机。一个嗓音低沉的男人正在唱着什么歌。

"你听,这是冈林信康,我最喜欢的歌手。"他小声地告诉她,"唱得真棒啊!"他聚精会神地听着。

他现在充满了信心,大考临头还镇静自若。她想,他那么相信自己的力量。是的,男人比我们多的只是力量,这是我们和他们最大的差别。她伤感地想,我咬着牙关,拼着全力,才终于得到了这么一丁点儿。可是我得到了也累垮了,我像被抽空了一样精疲力尽,心境苍凉。哦,这样的成功也够狠的,她想着,顺手叉了一点菜放在口中嚼着。人生那么多代价,那么多滋味儿,就被这种成功轻轻地一笔勾销啦。

他突然推了她一下:"注意听——这首歌我听过。我给你翻译。"她放下叉子,邻座的录音机里正传来吉他的伴奏。

你的疼痛的深切

我当然不能理解

为什么我们离得远了

其实一直是近在眼前

她一下子转过头来,黑黑的头发随着甩到一侧。她直视着他说:"我要告诉你一件事——华北已经向我求婚了。"她喝了一口掺汽水的啤酒,"当然,华北是和你一样的人,但是我还是一直想征求你的意见。"她说完稍稍朝椅子上靠了靠。我明白啦,她想,成功并不能真正给人的生活带来改变,包括不能改变人心的孤寂。我是女人,她慢慢地啜着冰啤酒,我需要有块岩石靠靠,我要歇一会儿,我实在累啦。

他久久没有回答。那边的录音机里正奏着长长的间奏。当她看见他抬起眼睛的时候,心里不禁一动。但他伸出一个手指:"听——"接着又继续译下去:

> 是呵,我就是我
> 我不能变成你
> 就连你在那儿独自苦斗
> 我也只能默默地注视

她静静地听着那个歌声,一动不动地坐着。她的脑海里浮现出她的另一幅作品,那是一个扑向晚霞烧红的黄河的男人。她明白自己终于要和那幅画面中的主人公告别了,她意识到自己在这一刹流逝的时间中已经完成了抉择。她双手抚着冰凉的玻璃杯,小口小口地喝着,记忆着这种复杂而亲切的滋味儿。

"你也吃呀。"她帮助他把菜拨到小盘子里,然后望着他狼吞虎咽地吃着。她隐隐感到，自己也不会再有机会和这个莽撞热情的小伙子去到处看望那些大河了。多保重吧，她心里暗暗地对他祝福道。他用刀叉把盘子里的菜切成块，吃得额上微微沁出了汗珠。他偶尔抬起头来，正看见她那双黑眼睛里的痴痴的神情。他的手突然有些发抖了。哦，他想，我就这样和她分开啦。

这时，长长的吉他伴奏弹完了，那支歌又继续唱了起来：

　　我们两人都经受着考验
　　而你究竟是我的谁
　　如果一切将从此崩溃
　　那么我又曾是你的谁

他们吃着，喝着啤酒，谈论着这支歌的曲调，谈论着彼此的工作。他问她下一步打算干些什么，她回答恐怕还是要为争取发表作品而努力；她也问到关于考试的一些事情，他仔细地对她讲了自己的打算和计划。

她笑着说道："研究生，等你考上并且念完了研究生，得到了学位，而且——也许将来当上了讲师、副教授或者教授以后，你准备做些什么？"

"哦，我没有想到那么远，"他沉吟着回答，"不过，我在想，恐怕我会再次改行。"

"改行？"她大大地震惊了，"改行？干什么？"

"我想写诗。"他低声回答道。

她放下了刀叉和杯子,久久凝视着他。她一句也没有多问,她完全明白他的意思。许久,她沙哑地说道:"你们真像岩石。"他笑了,举起杯来对她说:"来,干一杯。让我祝你幸福吧!"祝你幸福,十二岁的小姑娘!他心里补充道。她忙举起杯子:"也让我祝你一句——祝你平安些,顺利些吧!"

他们喝掉杯里的酒,然后一块儿坐着听着那支歌子的叠唱:

是呵,我就是我
我不能变成你
就连你在那儿独自苦斗
我也只能默默地注视

那歌手的嗓音真实、深沉。他们倾听着那歌声,彼此都觉得受了深深的感动。

这一天从清晨就风和日丽。他撕掉一张红色的星期天日历,又顺手把作息计划表上最后一格画掉。他吩咐弟弟在家准备这顿星期天的午饭,自己则和母亲一块儿走出了家门。

他没有踢足球。恐怕去找二宝也没有用,这个星期天二宝不会老实待在家里的。他扶着母亲的手臂,散着步走进了公园。今天是最后一天,他想,过了这个白天,再睡完这个夜晚,那个庄严的时刻就要到啦。卡片都已经收拾整齐，装回了盒子里。今晚应该早早睡觉，明天早晨要记住把钢笔灌足墨水。这个白天要好好休息，让头脑里的知识平静下来，按秩序排好队，准备好一个个上场应战。

他和母亲慢慢踱着，小声谈着家常话。有时他跳起来，揪下高高梢头上的绿叶；或是举起腿，把小石子踢到湖水里。他暗自体察着自己手臂和腿上的触觉。我还年轻呐，他很高兴。还能跳那么高，眼明手疾地抓住叶子，膝关节也依然富有弹性。

他和母亲在一个石桌旁坐了下来。母亲用麦管安静地啜着酸牛奶，他从衣袋里掏出一封出门时收到的信。

信很简单，是份请柬。"定于二十八日下午五时举行订婚纪念酒会。"他看到徐华北和她的名字用漂亮的美术体并排签在一起。

他把那张信笺放在石桌上，然后开始喝酸奶。这样很好，他想，岩石和岩石分开了。十二岁的小女孩找到了她的岩石，华北找到了他的胜利，你找到了你的北方的河。我们都找到了自己追求的东西。二十八日是后天，下午五点我已经考完了第四门课。我会去看你们，参加你们喜庆的纪念。我会帮助你们接待宾客，会管住二宝不要吵闹，会替换颜林抱那个胖儿子。我会悄悄地把伙伴们召集起来，商量好给你们送一份新颖别致的礼品。从你们那儿回来以后，我还要早些睡觉，大后天上午还要考最后一门课。等三天五门课全考完以后,我就开始钻研黑龙江问题。今年秋天和冬天我努力学习基础课,同时也读几本诗。我要读读惠特曼的《草叶集》,等着明年春天的实习。明年四月,我就前往黑龙江。我要在那冰封的河岸上等着四月十七日。《地表水》上说,黑龙江平均的解冻期是每年四月十七日。我会看到莽莽的冰河咔咔开冻。我会看到下游十公里宽的辽阔江面上冰排拥塞的雄壮景观。我会看到一条黑龙的苏醒和飞腾。那时,我将站在开冻的江上大声对你说:祝你找到了真正的岩石,祝你找到了幸福的安慰,十二岁的小姑娘!

"喏,走么,孩子?"他听见妈妈在唤他。

他站起来,看见妈妈的眼睛在纷乱的银发下望着他。他笑了。他和妈妈一块儿朝着公园的深处走去。他听母亲轻微足音和自己沉重的脚步,心里充满了新奇的庄重。

"喏,同学的信么,刚才?"母亲随口问道。

"是华北,还有那个姑娘,——他们要结婚了。"他说。

母亲默默地点了点头,不再问了。

他不禁又笑了。他望着身旁走着的矮小的母亲,懂得了她无言之中的话语。"走吧,妈,"他用大手握紧母亲的臂,"我也快啦,妈,"他调皮地逗母亲说,"您别着急。"

"真的么?"母亲苦笑着,挣出手来,替他摘掉衣服上的一片草叶。

当然是真的,妈妈。别太为那个眼睛黑黑的年轻姑娘遗憾,她毕竟还不了解你的儿子,更不了解你。他望着林荫道两侧高大的乔木,一线明亮的天正在密密的浓叶中闪烁。我当然会结婚,会找到一个我中意的姑娘。就像无定河边上的那个红脸膛的陕北小伙找到他的蓝花花,就像额尔齐斯草原的哈萨克族巴郎子找到他们的阿米娜或是帕丽黛,就像保尔找到他的达雅,就像一个河上的年轻船工找到他的健壮红润的渔家女儿一样,我当然会找到一个梳小辫的家伙,她会让你乐得合不上嘴的,妈妈。她会心甘情愿地跟着我从一条大河跑向另一条大河。她有本事从人群中一把抓出我来,火辣辣地盯住我不放。她一眼就能看清两块石头之间的不一样。她会在我们男子汉觉得无法忍受的艰难时刻表现得心平气和,而我则会靠着她这强大的韧性,喘口气再冲上去。她身上应当有一种永远使我激动和震惊的东西,那就是你的品质,妈妈。

他遐想着,看着母亲和自己的两个并排的身影在地上长长地伸着,公园深处悄无声响。他仔细地听着母亲轻微的喘息声,听着大地上传来的低低的回响。

母亲挨着他,一言不发地,一步接一步地迈着步子。似乎不是他陪着母亲出来散步,而是母亲正全力以赴地送自己的儿子踏上征途。他看了一眼母亲那副全神贯注的样子,不禁又轻轻捉住了她细瘦的手臂。

上午的太阳透过层层树冠，把一道道一束束强烈的光芒迎面投来。再见啦，他在心里朝那姑娘道了别，让我们趁着这阳光明媚的时候，各自奔向自己的目标吧。他回忆着自从结识了那姑娘以来的一件件往事，审视着自己的所有的行为。他隐约觉察到自己好像有过不少错误、偏激和分寸失当的地方，但他又感到这一切都根本无法避免。他想，你还肤浅，你还太嫩，你还缺少像那些河流一样的、饱经沧桑的生活。但他又想，让那些伟大的哲人去描述北方河流最深刻的一面吧，我可以写这些河的青春。肉体可以衰老，心灵可以残缺，而青春——连青春的错误都是充满魅力的。我就是我，我的北方的河应当是幻想的河，热情的河，青春的河。

他扶着母亲，缓缓地顺着石板路走着。林荫道两侧高矗的巨大杨树在高空哗哗地摇着叶片。他抬起头来看了看太阳。多么宁静的一天呵，他想，这最后的一天就要过去了。明天，明天我将走进一个新世界。

阳光依然在浓密的树叶上面明亮地闪烁。

母子两人顺着静谧的小路，向林荫深处走去。

他沉沉地、香甜地睡熟了。开始他还听见桌上闹钟在嘀嗒地响，后来那嘀嗒声溶进了一片潮水般的风声中。他费劲地听着那潮声，他似乎从那声响中辨认出一种动静。他翻了个身，被子掀在了一边。他琢磨着那一丝缥缈的消息。他闻到了一股被腐殖质染成清黑色的河水的气味儿。黑龙江,他在梦中喃喃着,这是黑龙江的水腥味儿。那条河在呼唤着我呢。

他终于大声喊起来:"黑龙江——"母亲披着衣服,轻手轻脚地走进屋来,替他掖紧了薄棉被。他翻了一个身,紧紧地抓住了被角。那轰轰作响的波涛声已经淹没了他,此刻他正伏在一张狗拉爬犁上驰过茫茫的雪原。他目不暇接地看着密密的针叶林和阔叶林,以及斑驳闪幻的茫茫林海正从爬犁两侧滑过。他看见前方出现了一条明铮铮、亮晶晶的光洁冰面。黑龙江,我来看你啦,他朝那道冰河招呼说。是我来啦,我在黄河找到了自己的父亲,我在湟水找到了自己的血脉,现在我看你来啦。

他看见白皑皑的雪原吞没了起伏的沙洲和纵横的河汊。在雪盖的冻土地和沼泽上,稀疏的灌木丛刺破积雪,星罗棋布地、黑斑斑地布满荒原。一个戴着狐皮帽子的魁梧大汉用长鞭子打着精神抖擞的狗,雪橇轻灵地滑上了冰冻的江面。

开冻吧,黑龙江!他喊道,你从去年十一月就封河静止,你已经沉睡了半年时光,你在这北方神秘的冬季早已蓄足了力量,你该醒来啦。裂开你身上白色的坚甲,炸开你首尾的万里长冰,使出你全部的魔力,把我送到下游,把我带到你的入海口吧!我在额尔齐斯河就爱上了你的性格,我在永定河已经懂得了坚忍沉着。我东出山海关,穿越了整个松嫩平原和三江低地,我翻越了兴安岭,跋涉了万里雪原,我怀着对你的爱情,我点燃了自己的生命，我高举着自己的诗篇来找你，请你为我开冻吧！

他举起自己的诗稿，在粗厉的风啸声中朗读起来。他读着，激动地挥着手臂。狂风卷起雪雾，把他的诗句远远抛向河心。他读着，觉得自己幼稚的诗句正在胸膛里升华，在朗诵中完美，像一支支烈焰熊熊的火箭镞，猛烈地朝着那冻河射去。

一声低沉而喑哑的、撼人心弦的巨响慢慢地轰鸣起来。整个雪原，整个北方大地都呻吟着震颤着。迷蒙的冰河开冻了。坚硬的冰甲正咔咔作响地裂开，清黑的河水翻跳起来，拥推开巨船般的冰岛。在同一个刹那，雪原上长长地拂来了一股暖流。积雪融化了，汩汩的细流渗透着，在凹地和低处汇成了清亮的雪水溪，朝着大河快乐地奔跑。河中间已经出现了一条发亮的微黑的水道，正在庄严的音乐中朝着下游平稳地起程。而整个一条河流的上下却仍在连声炸响着，冰排、冰洲、冰块、冰岛在漩流中愤怒又惬意地粗野碰撞。他目瞪口呆地站着，手里紧握着那沓诗稿。这河苏醒啦，黑龙正在舒展筋骨。他默默望着眼前这又可怖又迷人的大河，黑龙江解冻了，黑龙就要开始飞腾啦。

那赶雪橇的魁梧大汉卸下了狗群，领着他走到了河边。河岸上站着一个束鹿皮坎肩的、系红头巾的小女孩。他们对她笑着，领着他登上了一只桦皮舟。

轻盈的桦皮舟像一条大鱼，在滚滚的黑色波涛和冰排中间飞一般地前进。他站在桦皮舟尖吻般的船头上，眺望着上下无际的满江流冰。他久久说不出一句话来。他甚至屏住了呼吸。他被彻底地慑服了，震惊了，吞没了。

他香甜地熟睡着。他不再说梦话。他的声音已经和这轰鸣的巨川的吼声融在一起，他觉得自己的身体也和这桦皮舟一块儿化成了一个大浪。我就要成熟了，他听见自己在用浪涛的语言说着，我就要成人了。我很快就要窥见那北方的秘密。他感到自己正随着一泻而下的滚滚洪流向前挺进，他心里充满了神圣的豪情。我感谢你，北方的河，他说道，你用你粗放的水土把我哺养成人，你在不觉之间把勇敢和深沉、粗野和温柔、传统和文明同时注入了我的血液。你用你刚强的浪头剥着我昔日的躯壳，在你的世界里我一定将会变成一个真正的男子汉和战士。你让额尔齐斯河为我开道，你让黄河托浮着我，你让黑龙江把我送向那辽阔的入海口，送向我人生的新旅程。我感激你，北方的河。

他在梦中紧紧地攥住拳头，脸上现出幸福的笑容。他知道自己已经启程了，他感到力量正在每一块肌肉和每一根骨骼中蓄积。他惊喜地发现自己正在继续获得着青春。他听到一些新鲜的诗句正踏着浪涛的节奏远远传来。他已经朦胧地读到了一首真正的诗。他明白，在黑龙江和北方的条条大江长河上，那首诗就要诞生了。他也仿佛看见了一个活生生的姑娘：那是一个任何艰难困苦都不能把她打垮的、热情似火的姑娘。那姑娘正轻蔑地踩着河岸上丛生的荆棘，笔直地正对着他大步走来，他甜美地睡着，静静地等待着她走近。他的脸上露出了一个慰藉的微笑。

最后的这个夜晚正在悄悄地流逝着。他用炽热的爱情和不安宁的生命等待的一天正在降临。

窗口渐渐变得亮了起来,东方现出了晨曦。

骑手为什么歌唱母亲

/// 张承志

朋友，你喜欢蒙古族的民歌吗？那山泉一样轻快流畅的好来宝；那号角一样激动人心的摔跤歌；那曲折、辽远、拖着变幻无穷的神妙长调的《黑骏马》；那深沉、悲愤、如泣如诉的《嘎达梅林》，自古以来打动过多少人的心啊！每一个草原上的骑手都会说：马头琴的乐声沸腾了我们的血，点燃了我们的心！

我特别喜欢唱歌。来到乌珠穆沁草原以后，我深深地爱上了那些朴实无华的蒙古族长调歌子。刚穿上牧民的袍子，我就用汉字把蒙语歌词拼写在小本上，一天到晚"啊嗬哝"地唱。牧人们见我爱唱蒙古族歌子，高兴地称我为"玛乃道钦"——我们的歌手。

可是，虽然我很快学会了几支流传草原的民歌，但我并没真正理解牧人歌手的心情。比如说，我就曾经好久不理解，草原上的人们为什么总是歌唱母亲。

"母亲"常是蒙古族民歌的主题。渐渐，我发现一个规律，只要你喜爱蒙古族民歌，你就会发现：以母亲为主题的歌子，简直有着神话般的力量！

记得我刚到内蒙古草原插队时，有一次到牧民吉格木德爷爷家里做客。牧民们围着吉格木德爷爷喝着奶子酒谈笑。威风凛凛的吉格木德爷爷微笑着，一面拉着那把自制的、安着一个紫檀木长鬃马头的马头琴，一面唱着歌。

几支歌子唱过以后，马头琴奏起了《乃林呼和》——译过来就是《修长的青马》。这是一首驰名乌珠穆沁草原的、歌唱母亲的古歌。

当歌中唱到"头发斑白的母亲啊，你的恩情像东方的晨曦；头发银白的母亲啊，你的恩情像温暖的朝晖"，我突然看见吉格木德爷爷那皱纹密布的紫铜色脸庞上滚下两颗泪珠。在唱到"酷夏的夜是多么难熬咧，是母亲喂给了我奶水；严冬的夜是多么冻人啊，是母亲披紧我的皮被……"，蒙古包里静悄悄的，男人们低下了头，女人们轻轻啜泣起来。歌声拖着委婉的长调，穿过蒙古包的天窗，轻轻地向草原飘去……

这是为什么？朋友，我相信你一定愿意听听我所找到的答案吧！这答案是我亲身经历了草原上严冬酷暑、风云变幻的艰苦斗争才找到的。我是多么希望告诉你这些体会啊，可是，我不知道能不能讲清楚……

和大多数在牧区插队的知识青年一样，我也有两个母亲。一个是我的生身母亲，住在北京；另一个是我的蒙古族母亲，我叫她"额吉"，住在草原。按汉族的习惯，额吉算是我的"干娘"；按蒙古族的习惯，额吉把我看成她的抱养儿子。我住在额吉家的蒙古包里——那是阿拉哈哥哥结婚时，卖掉了那匹漂亮的枣红自留马置下的。在这座蒙古包的毡顶下，我们迎送过多少难忘的岁月啊！

至今，我还记得第一天住进额吉家的情景。那时我一句蒙语也不会讲。虽说我已经是十九岁的小伙子了，可是到了这里，我却觉得什么都新奇。一放好行李，我就跑到门口去看风景。包前的牛车上拴着一头又高又壮的花山羊，它昂着头，像个小马驹子。这是阿拉哈哥哥抓来准备杀给我吃的自留羊。我心眼里一活动——骑山羊会是什么滋味儿？于是偷偷解下它的绳子，一下子骑到它背上。那家伙真厉害，噔噔噔驮着我就跑。正当我得意忘形之际，大山羊突然猛地一退，我一个趔趄摔在地上。它又不依不饶地用那尖尖的犄角狠顶了我屁股一下。

后来，隔了两三年，莲花嫂子还用这事取笑我。一提起这事，她先咯咯地笑个不停，逗得两个小家伙——舞蹈家达莫琳和小骆驼巴特尔也跟着笑。巴特尔一傻笑，鼻涕口水都流到他那宝贝木碗里。只有额吉不太笑，她疼爱地看我一眼说："当时我想，这北京孩子简直和三岁的巴特尔一样，什么时候，才能成个像样的牧人呢？"

唉，说起那时的事真怪不好意思的。可是你不要以为我就是那么一副淘气样，在草原上晃荡了几年。在乌珠穆沁辽阔的草原上，在母亲——额吉的身旁，我就像三岁马鞴上鞍子一样，一眨眼，在流矢般的岁月中成长起来了。夏天，我和额吉顶着烈日，并马驱赶着肥硕的羊群，额吉教我认着牧草的种类。冬天，额吉让我先裹着皮袍躺下，再用宽大的山羊皮被紧紧地包好我的脚。额吉掖紧的被窝是那么暖和，我躺在里面，看着额吉给我补毡袜，在驼毛线穿过毡子的嗤嗤声中，我香甜地入睡了。每当阿拉哈哥哥从马群回来，额吉就催他教我蒙文。一天晚上，我趴在额吉身旁，用蒙文写了一条"我的额吉好"念给她听。她那和北京妈妈一样和蔼慈祥的眼里，溢出了幸福的泪花。她扔掉牛腿骨做的纺锤，用粗糙的手掌抚摸着我的脸，然后在我的额头亲了一下，银白的乱发触到了我的脸。

在牧民的怀里，一块石头也会揣得滚烫。我们这些还不懂得人生的年轻人的心，揣在蒙族人民的怀里，也确实变得热起来。可是，烤热的东西，哪怕它是一颗心，也有再冷却下来的可能，要想得到一颗永远火热的心，还要经过特殊的磨炼。

一九七二年的春寒，对我就是这样一场磨炼。

朋友，我不相信任何一个住在北京城里的人还能记得一九七二年春天曾有过几天阴雨的春寒。但任何一个草原的牧人都不会忘记那春寒回袭的严酷情景，不会忘记那春寒降临五月的草原时引起的可怕灾难。——是哪个熟知草原的文学家写过这样的话：白毛风，春天的白毛风，是屠杀我们牧人的刀子！

但是，并不是因为我在那场风雪后，前额上增添了牧人的皱纹；也并不是因为我在白毛风中冻伤了双颊；当然也并不是因为我亲眼看到了脱过毛的胖马被冻得在寒风中倒毙——就能说我经历了特殊的磨炼。不，风餐露宿和铺冰卧雪固然是牧人值得骄傲的经历，但它远不能称为"特殊的磨炼"。你若想懂得这种磨炼是什么，还得从暴风雪刮起的时候讲起……

暴风雪像一个狰狞的怪物，半夜时分闯进了草原。清晨——说是清晨，只是由于黑漆漆的混沌迷茫变成了白蒙蒙的混沌迷茫。一步跨出蒙古包，马上就被风雪裹住，就像掉进了一个嗷嗷怪叫着的深渊。粗硬的雪粒狠狠地打在脸上，又冷又疼。迈开几步，就再找不到近在咫尺的屋门。天地间飞闪着急速卷过的灰白色雪雾。迷茫中，一个白色的人影出现了，这是下夜的额吉。她顶着一条皮被屹立在羊圈门口，浑身上下披了厚厚一层白雪，完全成了个雪人。

牧民一年工作三百六十五天，无论是严寒酷暑，也不问雨雪风霜。女人下夜，男人出牧，这是乌珠穆沁草原的祖传分工。我牵来冻得发抖的马，准备给它鞴鞍子。额吉蹒跚地踏着积雪，取来一条棉毯给马披上，又帮我把马鞴好。在尖厉的风啸中什么也听不见，额吉把粘满冰雪的瘦削身躯靠近我，对着我的耳朵喊道："春天的马已经脱了长毛，不小心会冻死的！"她急切的声调，使我更清楚地意识到这场风雪的严重破坏性。

等风势稍稍减弱，我就赶着羊群顶风出牧了。我用厉声的吆喊和套马杆的套索，把羊群缓缓地赶向蒙古包北面的山洼，那里有我们小心保存了一冬的牧草，专门留在白毛风的日子用的。

一切可恶的自然灾害，如台风、暴雨、风雪、地震，常是一个浪头追着一个浪头，一个冲击接着一个冲击。我那企图设法熬过这场风雪的希望，就在暴风雪的第二个冲击下被粉碎了。大约下午三点钟，尖厉嘶喊了一夜半天的空中好像响了一声闷沉的雷鸣，大地剧烈地抖动起来。呜呜的风啸变成了轰轰的狂吼，铺满草原的厚雪向天空翻卷，世界好像消失了，只剩下白花花的一片。羊群吓呆了，停下脚步，咩咩叫起来。羊的惨叫声伴着狂暴的风吼，使我突然感到了恐怖！

我好像变成了一具稻草人，吓坏的羊儿不再理会我的喊叫和马杆子的抽打，它们扭头顺风狂奔起来。白毛风得意地怪叫着鞭挞着它们，羊群就像决了堤的河水，从我马前、马后，甚至马肚子下面，蜂拥着窜过。

我下意识地拨转马头，紧紧追上羊群，来回地跑着横线，企图拦截它们。但是，浑身粘满雪块的羊群像一堆雪球，一个劲儿地顺风滚去。我的嗓子嘶哑了，头脸也呆滞了，只是机械地左挡右拦和喑哑地吆喊。小绵羊绊倒在雪坑里，我下马把它扶起来。羊群遇到冻死的马匹惊散了，我纵马把它们赶到一块……

右侧的山坡上，有一群受惊的马顺风狂奔，一个牧马人闪电似的在马群里飞驰。我只从呼呼的风吼中辨出他一声绝望的喊声——这群人马,就像腾云驾雾一样,在风暴的裹挟下倏然消逝。

不知什么时候,我的皮袍子在马鞍的银钉上划开一个大口子。风雪拼命地从那儿钻进我的怀里。冰冷的寒气扫尽了袍子里仅存的一点温暖,我的半个身子冻木了。我用一只手紧紧捂着这个破洞,继续拦截着羊群。

白毛风的呼啸中传来了一个声音:"喂!——"

不管在多少只羊的叫声中,小羊羔也能辨出母亲的叫声。我马上意识到这是额吉!听:"喂——小铁木尔——"

我猛地从马镫上立直身子,奋力喊着:"额吉!我在这里——额吉!额——吉——"

一团雪雾冲到我身边,额吉的青马浑身披着冰甲,额吉穿着的达哈,也粘着片片的雪块。她的眉宇中现出一股坚毅的神情,这种神情只有在抢救孩子的慈母脸上才能找到!额吉全不像个六十岁的老人,灵活的青马驮着她飞快地穿过雪雾,一根赶牛车用的粗鞭子,随着她坚定威严的吆声,有力地打在踟蹰不前的羊儿身上。

羊群似乎和我一样,由于额吉的来临而稍稍安下心来,它们不再烦人地咩咩乱叫了。在一根套马杆和一条粗牛鞭的催赶下,在两骑快马的堵截下,羊群渐渐转身朝东,半顶风半顺风地,被赶进一个石头圈。

石圈墙挡住了白毛风。我也随着风声的减弱渐渐缓过神来,我们下了马。额吉心疼地打量了我一下："小铁木尔，你迷路了吧？这白毛风真凶。没关系，一会儿——咦，你的袍子破了！"

她慈祥的眼中又出现了刚才那种神情，"穿上达哈！"说着她就脱下那件毛蓬蓬的达哈。可是额吉里面只穿着一件薄薄的羔皮袍，我坚决不答应。我一只手捂着破洞，一只手推开额吉的达哈。

"孩子，薄袍子总比破袍子强！一会儿顶着风赶羊回家时，你会冻死的！你这小铁木尔怎么不听话！快，快穿！快穿！"——额吉眼里的那种神情是无法拒绝的……

后来，我曾经为当时接过那件达哈悔恨不已。达哈挡住了要吞噬我的白毛风，而薄薄的羔皮袍子却没能保护好额吉瘦削的身躯。

万恶的寒风唤醒了潜伏在许多草原牧人体内的魔鬼——关节炎。暴风雪过去了，战胜寒潮的春天终于降临到我们的草原。可是，当我独自坐在五彩缤纷的山岗上，在轻柔的和风中，看着雪白的小山羊嬉戏的时候，额吉却倚在蒙古包的木墙上，看着莲花嫂子默默地烧茶。我的额吉，由于把白毛风中的温暖让给了我，她的下肢瘫痪了。

我再也不唱歌了，不懂事的达莫琳总求我吹口琴，给她跳舞伴奏，可我总推说有事。我也不淘气了，晚上赶羊进圈时，爱学骆驼叫的巴特尔一拿套马杆套羊玩，我就骂他，可是以前我是最爱玩这个把戏的。我不再像疯子似的纵马狂奔过一过"马瘾"。

我的羊群出牧最早，晚上回家时，羊儿都吃得肚子滚圆。人们都说我变了，我也觉得自己在变化。好像是在额吉病后，我才成了牧人……可是，尽管人们夸奖我，我却总是心情沉重。好额吉，什么时候你再能和我一块儿骑马呢？

额吉可不这样。两个月后，她把一块小牛犊皮垫在膝下，挪一步，拉一下牛皮，又恢复了忙碌的生活。渐渐地，牧民们看见她跪在乳牛腿旁，膝盖下垫着块牛皮挤奶，也不再感到新鲜了。她只是不能骑马。可是，她是骑惯了马的人，额吉的丈夫去世早，她是又当父亲又当母亲地把独生儿子阿拉哈哥哥抚养大的。——所以，她总是爱操心马的事："小铁木尔，别让马喝泥塘的脏水，到井上去饮马！""阿拉哈，我的青马该剪剪鬃了！"有时，我抚弄着她的膝盖，难过地低下头来。她却笑着摸着我的头发说："草原上的骑手不能整日愁眉苦脸。像我这样的人，草原上多着呢！"

真的，你看瘸马倌敖日布，放马摔断了腿，可他总是笑呵呵的。只要马杆一撑，他就轻巧地跃上马背。还有吉格木德爷爷，骆驼倒下来，砸断了他三根肋骨。可他连医生也不找，只是每天从驼群回来，朝图雅额吉要半碗酒喝。他还满认真地对我说：只要喝点酒，肋骨是会自己接上的。牧人从不把伤疾看成残废，也从不过多地对不幸者讲宽心话。那场春天的暴风雪一共毁坏了我们公社七个牧人的身体，可是这七个人都重新恢复了生活和斗争的能力。这就是我们草原上的人啊！……

额吉不光是我的母亲。她对所有知识青年都像对巴特尔、达莫琳和我一样心疼。每当有知识青年来我家做客，她总是把藏在柜子里的最好的东西拿出来给他们吃；要是来了女知识青年，她就更高兴了，一面问长问短，一面催促莲花嫂子烧奶茶。人家走了，她还倚着门框，跪在牛犊皮上喃喃自语："多好的姑娘啊……"

转眼间牧草变黄，金风飒飒的秋天到了。又一场灾难袭击了我们的草原：邻队查千宝力格的牧场发生了火灾。一连几天，空气中飘浮着一股刺鼻的烟味。夜晚，遥远的地平线上一片通红。

火灾扑灭的那天早晨，爽朗的大队书记班达拉钦叔叔路过我家时说："有两个北京知识青年在打火时烧伤了。"

额吉一听就焦急地扯住班达拉钦叔叔的袍角问："他们烧得重吗？现在在哪儿？"

"在公社卫生院，准备送城里治疗。其中有个姑娘，烧伤得比较严重。"

额吉立刻命令似的说："小铁木尔，给额吉套车！莲花，把箱子里的甜奶豆腐拿出来！我要去公社看看孩子们！"

我把额吉背上牛车，莲花嫂子把一口袋奶豆腐塞给我。中午，我们赶到了公社卫生院，那里已经围着不少闻讯赶来的牧民。人们焦急地期望着什么。

那个烧伤的女青年全身缠满了绷带，只露出眼睛、鼻孔和嘴。额吉一进病房，见到这情景就大哭起来。泪水在她的脸上纵横,打湿了她的前襟和紧攥着的、装满奶豆腐的布袋。额吉的哭声惊醒了那个半昏迷的病人,只见她睁开浮肿的眼睛,好像要辨认这陌生的蒙古族老妈妈是谁。

终于,她嚅动了一会儿嘴唇,声音颤抖地喊了一声:"额吉。"声音是那么微弱,又是那么动人。好像她在这声呼唤中倾注了无限的深情。

我把那包洁白的奶豆腐轻轻地倒在她枕旁,然后小心翼翼地背起额吉,慢慢地退出病房。她那双浮肿的眼睛一直凝望着额吉。

归途上,我和额吉都没有说话。牛车在草原上缓缓前行。一种崭新的意识在我心里萌芽了。好像,探求了多年的真理,这时,在我的脑海里逐渐清晰起来……牛车在草浪上颠簸,山峦、溪水、蒙古包、畜群,慢慢地向后移去,可是我的眼睛里,却仿佛只看到一个奔驰在烈火中的骑手,他高声地喊着:"额吉——"

是呵,为了这样珍贵的民族情谊,为了如此亲爱的母亲,我们有什么舍不得献出来的呢?……

不仅如此。我和好多伙伴还是在经历了更多的风雨以后,才开始体会到母亲的意义。

秋风刚吹黄了牧场,草毯就披上一层松软的雪被,又是一个冬天。我紧张地劳动着,因为再不能依赖额吉帮忙了。捂得严严实实的弱畜棚里,青贮草堆得山高;拖拉机从盐池拉来了一车车盐块,预备给畜群增加过冬的营养。牧人们也到处忙碌着。书记班达拉钦叔叔那匹大黑马，每天跑得汗淋淋的，到处都能听见他那粗犷的声音。

就在这时，一件想不到的事发生了。那是下雪后不久，旗里来了几个蹲点的干部，他们宣布班达拉钦是阶级异己分子，撤了他的职，并把他关在队部交代问题。

听到这个决定，我简直不能相信，因为我一向把他当成草原上传奇的大力士和有名的套马手来崇拜。后来，读了材料才知道，班达拉钦不是贫牧成分。他是在牧主蒙古包里长大的，是牧主的养子，喊死掉的牧主阿西尼玛为父亲，应当划成牧主成分！

晚上我在家里谈起了这件事。只见阿拉哈哥哥闷头抽烟袋，缕缕青烟在包里缭绕。额吉靠在木墙上，给巴特尔补毡靴。谁也不说话，包里静静的。

好一会儿，额吉轻声叹了口气，自言自语地说："什么牧主养子，谁不知道班达拉钦在阿西尼玛家当牛做马呵。铁木尔，你懂什么叫'格林包勒'吗？"

我摇摇头。从字意听，这个词是"家奴"。

额吉停住针线，稍带激动地望着我："一顶蒙古包下面，有穷人和富人两种人。你听说过吗？"

我又摇摇头："没有。过着一样的剥削生活，父亲是什么阶级，儿子不也就是什么阶级吗？"我确实是这样想的。因为材料上写着：班达拉钦自从八岁被阿西尼玛牧主抱养为子，直到解放，他一共参与了十二年剥削生活。

额吉又拿起针来，忧伤地说："你们怎么会知道呢？草原上就是有吃儿子血的父亲。祖祖辈辈，草原上这样的事多得很哪！……唉，你们怎么会知道呢？班达拉钦八岁就给阿西尼玛放羊。阿西尼玛用皮条把他的腿捆在鞍子上，逼他在白毛风里放牧啊！……"

一道电光闪过我的心头——"祖祖辈辈！"真的，我们不了解蒙族人民祖祖辈辈的苦难，更不了解草原的历史啊！

从那天晚上开始，我决心钻研蒙古族历史。

我借来好多介绍蒙古族的书籍。很快我就发现：自古以来——也就是额吉说的"祖祖辈辈"蒙古族社会的剥削现象，经常是在家庭的掩蔽下进行的！在恩格斯的一本书里写着，家庭中的奴隶制度……是在不知不觉之间溶化到家族中去的。

我把这些书也介绍给其他知识青年看。我们还在三个大队做了社会调查，除了班达拉钦叔叔以外，我们又发现了几个例子。这些事例证明：解放前剥削阶级经常以收养衣食无靠的孤儿的手段来进行剥削，这种剥削方式是蒙古族社会的一个历史特点。于是，我们全队知识青年联名给旗委写信反映了这一情况。

不久，旗委派调查组来进行了调查。半个月后，调查组召开社员大会，说班达拉钦从八岁起就受尽了牧主的残酷压迫，宣布目前对他的处理是完全错误的！

至今我还记得班达拉钦叔叔那天的神情。他扑过去抓住调查组干部的手，热泪滚滚。他那又宽又厚的胸脯急速地起伏着，半响，他才说出一句话："党，毛主席……"

谁能理解我们那时的激动和喜悦呢？我们觉得自己做了一件那么有意义的事。我飞马赶回家，拉着额吉的手又笑又叫……人民的团结、人民的利益，还有人民的命运，就像草原上冬尽春来时的鲜花一样，我们要珍惜她，保护她，让她到秋天结下累累的果实，而决不能让偷袭而来的暴风雪把她摧残……

冬去春来，美丽的夏天接踵而至。我们的草原美极了。雪白的毡包在夏牧场的绿草里星罗棋布；接完羔的羊群一下子膨胀起来，像晶莹洁白的珍珠在草原上徐徐滚动；家家门口拴着肥壮剽悍的骏马，人人身上换了色彩鲜艳的"特里克"。

一个喜讯传到我们家里。

远方三百里外的阿拉坦公社，来了一个银发飘洒的老奶奶。她是个妙手回春的民间医生。老奶奶以白酒和白面为药，内服外敷，她在阿拉坦已经治好了三个半身不遂的病人。人们都说她像神仙一样灵验！

阿拉哈哥哥和我争着要陪额吉去治病。可是莲花嫂子胸有成竹地说："你们一人放着马群，一人放着羊群，哪里离得开呢？还是我带着孩子和帐篷，住到白发老奶奶那儿去，彻底治好额吉的腿再回来。"

几天后，我们送走了她们的牛车。自此，没有一天我不在思念着额吉。羊群静静吃草的时候，我总是打马走上附近的山顶，眺望着那浩渺的通往阿拉坦公社的天际。那里有一道若隐若现的淡蓝色山影，听人们讲，越过那道山，再走一天就是阿拉坦。

额吉瘫痪已经一年多了，白发老奶奶真的能靠她那起死回生的医术，把我的额吉治好吗？

额吉一去就是两个月。两个月里，我茶饭不香。要不是羊群缠着，我早就骑上马去看额吉了。我变得比以前更不爱讲话，一天到晚总是坐在羊群旁边，默默地出神。胖蒙医森德常常在我身边下马，笑眯眯地摸出他的药包来，而我烦得跨上马就跑掉。

夜里做梦也总是想着额吉。有一天夜里，我梦见一个白发飘拂的老奶奶，身穿一袭古铜色的蒙古袍子和一双古铜色的翘头靴子。她的眉毛和头发像擦亮的银丝一样雪白，看上去怕有一百岁了。她和蔼地对我说："小铁木尔，你额吉的病已经好了，可以走路了，只是，她没有马靴穿，回不来。"

我慌忙抓住老奶奶的袖子大声喊："有莲花嫂子的牛车！有牛车啊！"

阿拉哈哥哥推醒我问："什么牛车？铁木尔，你在做梦吧？"我发现自己手里紧紧攥着被角，急出了一头汗。

第二天，我就悄悄地买了两双三十六号的马靴。啊，我是多么盼望额吉能再穿上靴子，哪怕只是穿着靴子站一站啊……

一个傍晚，我牵着自己的红马和额吉的青马，去井台饮马。斜阳的金辉洒在水槽里的水面上，闪着粼粼的光。周围一个人也没有。突然从井旁吉格木德爷爷的蒙古包里飘出一阵马头琴声，伴和着一个低沉沙哑的男低音。那熟悉的委婉曲调，一下子揪住了我的心：

头发斑白的母亲啊，你的恩情像东方的晨曦；头发银白的母亲啊，你的恩情像温暖的朝晖。酷夏的夜是多么难熬啊，是母亲喂给了我奶水；严冬的夜是多么冻人啊，是母亲掖紧我的皮被……

长久积郁心底的感情一下子冲上来，我再也忍不住了，一撒手，帆布桶摔在水槽里。我蹲在地上，呜呜地哭起来。正在埋头长饮的两匹马儿吃惊地抬起头来，不安地望着我……

然而终于熬到了这一天！

额吉走后第四个月的一天，正是剪秋毛的日子。牧场上一个个棚圈里都挤满了肥壮的羊群。圈外的牛车上拴满了毛皮闪亮的乘马。男男女女的牧民们谈笑着，敏捷地把厚墩墩的羊毛剪下来。小孩子们抱着大人的马杆子，装模作样地甩着，追逐那些剪过毛的羊。

一个女人喊起来："铁木尔！你家额吉回来了！"

我浑身一震，站起身来一望：西南方的山嘴那里，正缓缓地绕过两辆牛车，隐约可以辨认出第一辆车上套的是头白牛——啊，是真的！

我跳过一只只捆翻在地的羊儿，冲出圈门，抓过一匹马，飞也似的迎着牛车的方向狂奔!

近了,近了!是额吉!她正坐在第一辆车上,挽着大白牛的缰绳。第二辆车上,莲花嫂子朝我挥舞着花头巾,她的背后,并排伸出两个小脑袋。

近了,近了,额吉扯住了大白牛。啊,额吉下了牛车!啊,额吉走过来了!

"额吉!额——吉——"我翻身下马大叫着跑了过去,一头扎在额吉的怀里……

亲爱的朋友,我想,故事就讲到这里吧!……因为这样的故事,用一千张纸也不能写到尽头,它就像蒙古袍子上的针脚一样,密密地缝在我们生活的路上。我想,可能你已经爱上了我们的草原,也想来看望我的额吉。但我要告诉你的是:你虽然没有到过我们的草原,但你也生活在母亲一样的人民中间。

骑手究竟为什么歌唱母亲?我想你已经找到了答案。母亲,养育我们的母亲,是我们代代歌颂的永恒主题,因为养育我们的母亲,就是亲爱的人民。

你会猜得到:额吉又骑上了她的青马,而且是穿着我为她准备的马靴。而我呢,又变成一个爱唱歌的骑手,让歌声飞上了蓝天。当然,我最喜爱的歌子,还是那首有名的古歌。

每当我在高高的山岗上放声唱起这首歌的时候,我觉得自己唱出了那么多的内容:酷暑、严寒、草原和山河;团结、友谊、民族和人民。在"额吉——母亲"这个普通的单词中,含有那么动人的、深邃的意义。母亲——人民,这是我们歌声中,不,是我们生命中的永恒主题!

这个永恒的主题,是用金子铸成的,无论岁月流逝,无论地动山摇,她的光芒将永远永远闪烁!

长篇存目

吕　新《下弦月》

李　锐《万里无云》《人间》

葛水平《裸地》

孙　频《绣楼里的女人》

石舒清《底片》

刘亮程《捎话》《虚土》《凿空》

郭文斌《农历》

玛拉沁夫《茫茫的草原》

张承志《心灵史》

后　记

　　《百年乡愁：中国乡土小说经典大系》是张丽军教授作为首席专家的 2021 年度国家社科基金重大项目"百年中国乡土文学与农村建设运动关系研究"的资料选编成果。项目团队核心成员田振华、李君君等参与了全过程选编工作，张娟、沈萍、彭嘉凝、陈嘉慧、姚若凡、胡跃、林雪柔、徐晓文、宣庭祯等参与了编校工作，在此对他们的辛勤劳动表示感谢！

　　在具体编撰过程中，本套"大系"还得到了张炜、韩少功、周燕芬、王春林、何平、孔会侠、苏北、育邦、刘玉栋、刘青、乔叶、朱山坡、项静等作家与学者的大力支持与帮助，在此深深致谢！

　　需要特别说明的是，因为选入本套"大系"的作品跨越百年之久，在文字、标点等方面，我们在充分尊重作家初版本的基础上，依据现代语言文字规范统一做了修订。

编　者

2023 年 7 月 4 日